SRDSALE@hotmail.com

EDAF

MADRID - MÉXICO - BUENOS AIRES

ANTOLOGÍA DE CUENTOS POPULARES

Prólogo, edición y notas
de ÁNGEL PIORNO BENÉITEZ

11

Biblioteca Edaf Juvenil

Director de la colección:
MELQUÍADES PRIETO

Diseño de la colección:
GERARDO DOMÍNGUEZ

© 1999. Editorial EDAF, S. A. Jorge Juan, 30. Madrid

Dirección en Internet: http://www.arrakis.es/~edaf
Correo electrónico: edaf@edaf.net

Edaf y Morales, S. A.
Oriente, 180, n.º 279. Colonia Moctezuma, 2da. Sec.
C.P. 15530. México D.F.
http://www.edaf-y-morales.com.mx
edaf@edaf-y-morales.com.mx

Edaf y Albatros, S. A.
San Martín, 969, 3.º, Oficina 5.
1004 Buenos Aires, Argentina.
Edafal3@interar.com.ar

Junio de 2000

No está permitida la reproducción total o parcial de este libro, ni su tratamiento informático, ni la transmisión de ninguna forma o por cualquier medio, ya sea electrónico, mecánico, por fotocopia, por registro u otros métodos, sin el permiso previo y por escrito de los titulares del Copyright.

Depósito legal: M. 23.106-2000
I.S.B.N.: 84-414-0740-1

PRINTED IN SPAIN   IMPRESO EN ESPAÑA

Closas-Orcoyen, S. L. - Pol. Ind. Igarsa - Paracuellos de Jarama (Madrid)

ÍNDICE

Págs.

ADVERTENCIA AL LECTOR	9
INTRODUCCIÓN	15
BIBLIOGRAFÍA	55

CUENTOS MARAVILLOSOS

El castillo de Irás y no Volverás	65
Blancaflor	79
Estrellita de oro	105
El agua amarilla	133
Juan de Calaís	167
El príncipe dragón	197
El peral de la tía Miseria	223
Los tres pelos del diablo	237

CUENTOS DE COSTUMBRES

El hombre del saco	267
La mujer que no comía con su marido	289
El zapatero y el sastre	309
Arrimarse a un lao	327

Págs.

CUENTOS DE ANIMALES

La liebre y el erizo 339
La zorra, el lobo y la vaca 349
La cigüeña y la zorra 359

ADVERTENCIA AL LECTOR

EL libro que tienes entre tus manos, querido lector, ha tenido una gestación larga, debido principalmente a la dificultad que entraña el tema, y a la gran abundancia de estudios y buenas recopilaciones que existen sobre él.

Sin temor a equivocarme, te puedo confesar que desde que tuve noticias del proyecto hasta el día de hoy, ha pasado más de año y medio; sopesé minuciosamente desde el principio esa dificultad de partida, y la puse en relación con el tiempo que yo le podría dedicar para tratar de domeñarla; me pareció asequible, y desde ese momento me dediqué a ampliar mis conocimientos sobre el maravilloso mundo de los cuentos. A este primer apartado, preliminar e indispensable, le asigné más de la mitad del tiempo que al principio te he anunciado. Mi experiencia en la materia se reducía al recuerdo de una serie de cuentos, narrados por mi abuelo materno cuando yo era niño; a la lectura de algunos cuentos rusos —regalo del padrino de mi hija, amigo mío, a su ahijada— y al estudio, fruto de la imposición del catedrático de crítica literaria, de gratísimo recuerdo, en la Universidad de Salamanca allá por el curso del 73, de la *Morfología del cuento* de Vladimir Propp; con este escaso bagaje cultural, y como tenía vagar, yo contesté afirmativamente. Desde entonces y hasta el mes de noviembre de 1999, en que empecé la redacción de las historietas que configuran el libro, leí todos los cuentos que pude y toda la teoría lingüística sobre los mismos que encontré. Me di cuenta enseguida de que los cuentos populares tenían tela; pero había dicho que sí, y tenía vagar...

De ese tiempo de lecturas precipitadas tengo grabadas en mi mente varias aseveraciones de prestigiosos especialistas en la materia que a punto estuvieron de hacerme desistir y abandonar la empresa. Me sorprendió muchísimo la escrupulosidad con la que los recopiladores manejan la información recibida. Citaré tres observaciones, cada una de ellas vertida por tres excelentes maestros en la especialidad: la primera es de Propp, que en el prólogo a las *Cuentos populares rusos* de Afanásiev, valora principalmente del folclorista ruso el verismo del relato recopilado: «Los hermanos Grimm trataban con bastante ligereza los textos, puliendo el lenguaje y el estilo. Afanásiev mantenía el punto de vista de la inviolabilidad del texto...»; la segunda es de mi profesor de Francés en la Universidad de Salamanca, don Luis Cortés Vázquez, y va todavía más allá: «Respecto a las versiones que integran esta obra —enuncia este juicio, mi buen maestro, en su recopilación de *Cuentos salmantinos*—, quiero insistir, una vez más, en la fidelidad absoluta de mis transcripciones... Afirmamos una vez más que nuestras versiones están tal y como salieron de la boca de mis informantes, y ello hasta en las ocasiones en que un levísimo retoque hubiera facilitado la comprensión del relato»; la tercera es de Espinosa, el primero de los tres especialistas desde el punto de vista cronológico, y manifiesta la misma opinión en su recopilación de *Cuentos populares españoles:* «Yo mismo copié a puño y letra todos los cuentos de mi colección...». Me convencí de que la materia que manejaba era intocable, inmaculada; y en mi cabeza bullía el juicio de don Luis Cortés sobre los folcloristas aficionados, como era mi caso, que *malogran sus aportaciones precisamente por sus intervenciones.* Me dio fuerza para seguir adelante el convencimiento de que yo no era un recopilador. Y no lo soy. ¿Qué era entonces? ¿Cómo podría definirse mi actitud...?

Continué leyendo y encontré recopilaciones en donde el purismo aparecía un poco desvirtuado; adecuado, diría mejor, a la nueva forma de comunicación: la escrita. Y así llegue a José María Guelbenzu y a su colección de *Cuentos populares españoles.* Seguí buscando información y encontré a los novelistas del XIX —don Juan Valera, *Fernán Caballero,* Campillo...—, que habían tomado el cuento como pretexto para desarrollar una narración literaria. Entonces fue cuando me dije que ese era el camino que debía seguir. Sin embargo, algo me aconsejó que abandonara semejante temeridad: ellos, me volví a repetir, pueden, porque son personas consagradas, tienen un nombre, un prestigio, pero ¿dónde va un mequetrefe como tú por ese camino...?

El recuerdo de mi abuelo me dio ánimos para continuar. Mi abuelo era tan mequetrefe como yo; mi abuelo, que aprendió a leer a los setenta años, se atrevía a manipular los cuentos sin ningún sonrojo, según la ocasión y según los públicos. El resultado era siempre el mismo, pero el argumento y los personajes variaban a gusto del narrador, que después de analizar detenidamente a los oyentes, acomodaba el relato a las necesidades presentes. Recuerdo oírle contar muchas veces un cuento de pega. Lo contaba varias veces al cabo del año en las reuniones familiares y siempre al mismo auditorio: a cinco o seis nietos, mientras que los padres, sobre todo las madres, permanecían expectantes, y en muchas ocasiones advertían al hijo para que no cayera en la trampa que nos estaba tendiendo, pero inevitablemente alguno caía. Entonces la carcajada se generalizaba, excluyéndose de la misma el pobre infeliz que había tenido la desdicha de «picar», y también la madre que no había sabido alertar a su hijo a tiempo. En síntesis, la historia que narraba era la siguiente: un protagonista, o como mucho dos, con un mulo, a veces un burro o una vaca, tiene que pasar la noche en un pajar o un habitáculo cerrado donde solo hay una ventana, pequeña y alta. Varios agresores intentan robar al protagonista, que se salva, él y su cargamento, escapándose por la abertura del habitáculo, pero no así el mulo, el burro o la vaca. El castigo, que debía ser premio, pues se castigaba al más lógico, al que más atento estaba, venía después de la pregunta del desafortunado: «—Abuelo, ¿y el mulo...? —Álzale el rabo y bésale en el culo —respondía mi abuelo». Este simplísimo argumento, que nos lo contaba, como he dicho, tres o cuatro veces al año, tenía que manipularlo para que nos pareciera una historia nueva, pues de lo contrario el derrotado era él, y aseguro que nunca fuimos capaces de vencerlo. Los protagonistas podían ser buenos o malos, y los agresores se acomodaban a las cualidades de los protagonistas: protagonista bueno, agresor malo; protagonista malo, agresor bueno. Pasaban la noche en ese lugar, cuando los protagonistas eran buenos, porque, o bien la posada estaba llena y el posadero, que era el dueño del pajar, se lo ofrecía como última posibilidad para pernoctar, o porque no querían separarse de sus animales por temor a que se los robaran. Si los protagonistas eran malos, se escondían en ese mismo habitáculo a hurtadillas para repartir sus ganancias. Como protagonistas buenos desfilaron, y los recuerdo perfectamente, un pobre minero, que después de pasar toda la vida trabajando, traía el mulo cargado de pepitas de oro; un cura que había ido a ayudar a su compañero, sacerdote de otro pueblo, a confesar por Pascua florida y como habían sacado mucho dinero en el cepillo, fruto de las limosnas de los feligreses, lo repartieron y su parte la traía en las alforjas del mulo; dos monjitas que llevaban unas vinajeras y un cáliz de oro a una parroquia próxima; un pañero, con todo su envoltijo de telas y retales; un labrador, que había ido a la feria, había vendido todas las vacas que llevaba menos una, que retornaba con él al pueblo y se veía obligado a pasar la noche en el consabido lugar... Los protagonistas malos se condensaban principalmente en un par de bandoleros, que después de haber saqueado toda la zona se refugiaban en el mismo lugar a repartir sus ganancias; unos atracadores de bancos que repartían el botín escondidos con sus animales de transporte en el lugar anunciado... Los agresores, cuando los protagonistas eran buenos, siempre eran una cuadrilla de bandoleros y descubrían a sus víctimas, o bien de una forma fortuita o bien a través del rebuzno del burro o del mulo, o del mugido de la vaca que les anunciaba la presencia de la víctima. Cuando los protagonistas eran malos, el agresor —en este caso debería llamarlo perseguidor— era principalmente la Guardia Civil, que, o bien los venía persiguiendo de lejos, o eran alertados por algún vecino del pueblo que los había visto refugiarse en aquel pajar. Mi abuelo alargaba o condensaba la narración según se lo indicara la actitud de nuestras personas. La parte central de la misma se complicaba hasta que observaba que todos, o algunos, estaban completamente embebidos en el relato; incluso algunas veces hacía parir a la vaca dentro del pajar. Cuando nuestro comportamiento le anunciaba que la ocasión era la propicia, cerraba el relato de golpe y, después de una pausa, la contestación a la infeliz pregunta era: para el mulo y el burro: «álzale el rabo y bésale en el culo»; para la vaca: «álzale el rabo y chúpale la caca», y para la vaca y ternero: «álzale el rabo y métele la lengua en el agujero».

Te he contado todas estas largas reflexiones para justificar mi comportamiento ante la redacción de estas historias, muy próximo al que adoptaba mi abuelo y que tan ampliamente te he referido; mis cuentos tienen un principio, un medio y un final idéntico al de las fuentes consultadas, pero a esas coincidencias iniciales se le añaden otras muchas que se apartan de la fuente original. Y todo, porque mi actitud no es la de un investigador-recopilador, sino la de un refundidor, que como mi abuelo, intenta entretener, en este caso al lector, con la recreación del argumento original. Creo que no me quedaba otra salida. Después de la gran cantidad de buenas recopilaciones de cuentos que poseemos, fingir una nueva versión de cada una de las historias que aquí se presentan me pareció un despropósito, y con la humildad que me caracteriza las he retocado, según mi criterio, para adaptarlas al nuevo código, el de la transmisión escrita, al que las he sometido. Yo no he manchado ninguna de las versiones utilizadas, y de todas ellas te doy puntual referencia al final de cada cuento; allí están representadas, conservando el frescor que le otorga la oralidad; si tienes curiosidad, puedes consultarlas y verás cómo es cierto lo que te digo.

INTRODUCCIÓN

Los albores de la humanidad: Cuento, mito y logos

A LO LARGO de la introducción y en las reflexiones que acompañan a cada cuento, al final del mismo, se hace varias veces referencia, a impulsar a los términos *cuento* y *mito,* como dos partes de un mismo todo, difíciles de separar. Conviene matizar y definir, hasta donde se pueda, ambos conceptos, empresa por lo demás muy complicada. La primera vez que se nombra en la literatura occidental el término *mythos* es en Homero: en la *Odisea,* en el canto XII, aparece el verbo *mythologeuo,* con el significado de «contar un relato», «narrar un suceso, un cuento». El sustantivo *mythos,* por lo tanto, significaría: relato, cuento e incluso palabra o discurso; pero siempre relacionado este discurso con un relato maravilloso. De este modo el mito sería una narración más o menos larga donde la ficción tendría una importancia esencial. Sin embargo, hay que dejar constancia de que esta misma definición, perfectamente, podemos acomodarla al concepto de cuento.

La Real Academia, en la tercera acepción de la palabra cuento, precisa el término como: «Breve narración de sucesos ficticios y de carácter sencillo, hecha con fines morales o recreativos»; de la definición que da la Academia podíamos pensar y deducir que la diferencia entre mito y cuento se fundamenta en los dos adjetivos que ayudan a configurar el significado del vocablo: la sencillez y el sentido lúdico del mismo, pero también hay mitos que participan de estas dos características. Por lo tanto, las interferencias entre ambos términos siguen siendo muy claras.

Todavía dentro de la Antigüedad clásica, Platón se encargó de matizar y precisar el significado de dos términos —no precisamente mito y cuento— que en principio parecían sinónimos: *mithos* (palabra, discurso) y *logos* (con un significado similar). Para Platón el mito se opone al logos en el sentido de que el primero hace referencia a un relato fabuloso y de ficción, frente al segundo que se centraría en el discurso organizado y lógico. La diferencia es tan sutil que algunos helenistas modernos, por ejemplo W. Nestle, han sintetizado la evolución de la cultura griega precisamente a través del significado de estos dos vocablos. Así, Nestle habla de la evolución del pueblo griego como un proceso cultural que arranca del mito para concluir en el logos; la apreciación sutilísima, como no podía ser menos viniendo de Platón, no soluciona el problema que hemos planteado al principio, y parece que todavía mito y cuento siguen siendo sustantivos sinónimos.

V. Propp, en el prólogo de los *Cuentos populares rusos* de Afanásiev, en relación con este problema, y comentando el concepto de cuento que la denominada Escuela Mitológica, a la que pertenece el recopilador ruso, tenía, afirma lo siguiente:

> Se suponía que en tiempos de la unidad indoeuropea no existían cuentos, sino mitos acerca de las deidades. Se consideraba que la religión más antigua era la de la adoración del Sol y otros elementos. *A medida que esta religión iba desapareciendo, los mitos se transforma-*

ban en cuentos. Se consideraba tarea de la ciencia hacer resurgir de los cuentos las representaciones religiosas de la Antigüedad. La lucha del héroe con la serpiente se interpretaba como la lucha entre la nube (la serpiente) y el Sol (el héroe), que con su espada (el rayo), atraviesa y destruye la nube. El despertar de la bella durmiente se interpretaba como el despertar de la naturaleza en primavera [1].

Parece claro, según afirma Propp, que para esta Escuela Mitológica, el cuento sería un consecuencia del mito. Por lo que se desprende de esta interpretación, parece que primero surgiría el mito, íntimamente relacionado con las creencias religiosas, y cuando, en una etapa posterior de la humanidad, estas prácticas religiosas fueron superadas, el mito se transformó en cuento, cargado de simbolismo.

En *El estudio estructural y tipología del cuento* de E. Mélétinski, apéndice con el que se cierra la *Morfología del cuento* de Propp, aquel autor hace referencia a la idea que Propp tiene acerca del significado de mito y cuento, y afirma, comentando el juicio del formalista ruso, lo siguiente:

> [...] No hay que olvidar, en efecto, que los dos sabios (el otro sabio al que hace referencia Mélétinski es Lévi-Strauss) reconocen el parecido del mito y del cuento. Propp califica al cuento maravilloso como «mítico» (en la medida que el cuento en su génesis se basa en el mito) [2].

No cabe duda de que el juicio lo vierte Mélétinski, pero fundamentado en la idea que Propp tiene del significado

---

[1] *Cuentos populares rusos,* A. N. Afanásiev, Anaya, Madrid, 1985, página 13.

[2] *Morfología del cuento,* Vladimir Propp, Editorial Fundamentos, Madrid, 1971, página 189.

de ambos conceptos y parece que Propp se reafirma en el significado que estos dos vocablos tenían en la Escuela Mítica de mediados del XIX: primero fue el mito y sobre él se construye el cuento.

En el mismo estudio, Mélétinski hace referencia al concepto que para el otro de los estudiosos del cuento, o acaso mejor de mitos, Lévi-Strauss, tienen ambos términos:

> Lévi-Strauss considera al cuento como un mito ligeramente «debilitado» y plantea de partida que el mito, de modo contrario a los otros fenómenos del lenguaje, pertenece de una vez a las dos categorías saussurianas, de lengua y habla: en tanto que narración historica del pasado, es diacrónico e irreversible en el tiempo, y en tanto que instrumento de explicación del presente (y del futuro), es sincrónico y reversible [3].

Para el etnólogo francés parece que los dos términos están muy próximos, pero quizá esa «debilitación» del mito, que es el cuento, tenga el mismo origen que el que le otorga también la Escuela Mítica.

De todo lo dicho con anterioridad podemos sacar las siguientes conclusiones:

a) Mito y cuento son dos manifestaciones del pensamiento humano relacionadas con lo fabuloso y se enfrentan al logos, representante del pensamiento lógico organizado.

b) Parece que el mito antecede al cuento y, según Lévi-Strauss, el cuento es una debilitación del mito, que sería en definitiva la tesis defendida por la Escuela Mítica.

---

[3] *O. C.*, página 189.

Da la impresión de que la mayor parte de los cuentos, sobre todo los maravillosos, tienen su origen histórico en el bajo Neolítico; aunque es difícil precisar el inicio de dicha manifestación cultural, se puede afirmar que a partir del VII milenio a. de C. comienzan a aparecer una serie de cambios en la sociedad que anuncian el nuevo concepto de vida que se avecina; entre las aportaciones más significativas habría que citar la aparición de la agricultura y, como consecuencia, el desarrollo de una sociedad sedentaria, que vivía en una aldea con elementos comunes, exógama y dirigida por un jefe que en multitud de ocasiones aunaba en su persona también la función de sacerdote o hechicero. La antigua sociedad nómada, cazadora y endógama entra en crisis, y los cuentos maravillosos recogen en multitud de ocasiones el conflicto generado entre las dos sociedades.

Estudios lingüísticos y etnográficos en Europa

Los estudios de folclor, sobre todo los de mitos y cuentos, han aprovechado al máximo las aportaciones lingüísticas, hasta tal punto que ambas disciplinas, la lingüística y la etnografía, se manifiestan como ciencias complementarias, y en muchas ocasiones etnógrafo y lingüista aparecen unidos en una misma persona y las innovaciones lingüísticas son utilizadas en la etnografía, y los descubrimientos etnográficos sirven de demostración a las nuevas teorías lingüísticas.

A lo largo de todo el siglo XIX y primeras décadas del XX se desarrolla, en etnografía, la denominada Escuela Mítica, que tiene su punto de origen en los estudios lingüísticos comparados y en el descubrimiento de un tronco lingüístico uniforme que conocemos con el nombre de indoeuropeo, cuyo asentamiento primitivo se situaba en Asia Central. Esta lengua común, en su diáspora, es el origen de lenguas, en principio tan dispares, como las eslavas, las germánicas, el griego, el latín, el sánscrito, el persa... Este estudio puramente lingüístico sirvió para explicar el carácter uniforme y repetitivo que presentan muchos de los cuentos que tienen tratamientos similares en culturas aparentemente muy distintas. La labor de los folcloristas de este largo periodo se centró fundamentalmente en comparar las distintas narraciones recopiladas entre las diferentes culturas y poner de manifiesto su paralelismo. En contrapartida, el lingüista tomó como ejemplo todas estas leyendas unitarias para reafirmarse en la existencia de un tronco lingüístico uniforme que afecta a gran parte de Asia y Europa. Sin embargo, la ampliación de la recuperación de cuentos, y sobre todo el estudio comparado de los mismos, paradójicamente, vino a demostrar que esta primitiva unidad lingüística no explicaba completamente el problema, pues los estudios comparados ponían de manifiesto que lenguas y culturas no indoeuropeas, caso por ejemplo del finés, del húngaro o de todas las lenguas semíticas, tenían ejemplos mitológicos y narrativos similares a los de las lenguas indoeuropeas.

Por lo tanto, la uniformidad temática de los cuentos no se puede explicar solamente a través de la unidad lingüística, y otros aspectos de la condición humana debieron de influir para conseguir ese posible sincretismo. Para aclarar este problema se han expuesto diferentes teorías: una primera, que podríamos calificar de histórica, según la cual las diferentes analogías que presentan los cuentos se explicarían a través de las distintas migraciones protagonizadas por la humanidad; una segunda, psicológica, cuya argumentación defiende que, según los defensores de esta argumentación, la semejanza de los cuentos sería el fiel reflejo de la identidad de la mente humana; por último, Propp, en *Las raíces históricas del cuento,* atribuye esta identidad a la interrelación entre el folclor y la economía de la vida material.

Los iniciadores de esta corriente lingüística y etnográfica son los hermanos Grimm en Alemania con obras tan importantes como *La mitología germánica* (1835), *Historia de la lengua alemana* (1848), o la recopilación de cuentos alemanes: *Cuentos* (1813-1822); dentro de esta misma tendencia se encuentra el etnógrafo ruso Afanásiev, que comienza la publicación de sus *Cuentos populares rusos* en 1855, una de las mayores colecciones de cuentos del mundo. En España, con bastantes años de retraso, se puede incluir en esta tendencia históricamente de la lingüística a don Ramón Menéndez Pidal. Del estudio del cuento en nuestro país durante este periodo hablaremos más adelante. Como se puede comprobar, tanto lingüistas como etnógrafos, durante este siglo largo se preocupan principalmente de estudiar la lengua y los cuentos desde el punto de vista histórico, para decirlo de una forma más actual, desde la perspectiva diacrónica.

En el año 1916, Saussure publica su obra *Curso de lingüística general,* donde aparecen claramente definidos los conceptos de diacronía y sincronía, y a partir de aquí los estudios sincrónicos del cuento se van a equiparar con los diacrónicos. Este cometido va a recaer principalmente sobre los formalistas rusos y concretamente va a ser Vladimir Propp el que lo lleve a efecto. Antes de entrar en las aportaciones que para el estudio del cuento han supuesto los hallazgos de Propp, quiero poner de manifiesto que existe un desfase de treinta años entre el resto del mundo y Rusia. Propp publica su obra *Morfología del cuento* en el año 1928. Sin embargo, la primera traducción de la misma no se realiza hasta 1958 [4], siendo hasta ese momento una perfecta desconocida para Occidente. Las intenciones del autor ruso quedan claras ya desde el principio del estudio; afirmaciones como las siguientes así lo demuestran:

> [...] No se puede hablar del origen de un fenómeno, sea el que sea, antes de describir ese fenómeno.
> Antes de elucidar la cuestión del origen del cuento es evidente que hay que saber qué es el cuento [5].

De estas afirmaciones podemos sacar las siguientes conclusiones:

— Al menos en este ensayo, el formalista ruso se despreocupa del origen del cuento, luego en otro libro suyo, *Raíces históricas del cuento maravilloso,* publicado en 1946, se dedicará a analizar el nacimiento del mismo; pero en este primer ensayo se centrará en el análisis de los elementos que componen el organigrama del relato maravilloso. Es, por lo tanto, un estudio sincrónico, abandonando el autor las viejas tendencias de la Escuela Mitológica.
— Interesa, sobre todo, poner de manifiesto cuáles son las claves sobre las que se fundamentan estos relatos.

En el prefacio de la obra, el autor incide en el carácter descriptivo y sincrónico de su estudio, comparando la etnología lingüística con la botánica:

---

[4] Fue traducido por primera vez al inglés por A. J. Greimas en 1958.

[5] *O. C.,* página 17.

La palabra morfología significa el estudio de las formas. En botánica, la morfología comprende el estudio de las partes constitutivas de una planta y el de la relación de unas con otras y con el conjunto; dicho de otra manera, el estudio de la estructura de una planta.

Nadie ha pensado en la posibilidad de la noción y del término de *morfología del cuento*. Sin embargo en el terreno del cuento popular, folclórico, el estudio de las formas y el establecimiento de las leyes que rigen la estructura es posible, con tanta precisión como la morfología de las formaciones orgánicas [6].

Lo que propone Propp con este método tan desmenuzado es simplificar en un solo ejemplar básico toda la pluralidad de cuentos maravillosos existentes, y esto lo consigue mediante la catalogación de las treinta y una funciones que aparecen en la mayoría de los cuentos maravillosos, dispuestas de una forma similar, y a la actuación de los siete personajes que intervienen en las narraciones maravillosas.

Las treinta y una funciones [7] que señala Propp en los cuentos maravillosos las reúno, a modo de hilo argumental, en torno a seis bloques:

— *Funciones preparatorias:* uno de los miembros de la familia se aleja de casa, normalmente el protagonista o héroe, y sobre él recae una prohibición. El agresor intenta obtener noticias acerca de su víctima.

---

[6] *O. C.*, página 13.

[7] Entiende el formalista ruso por función lo siguiente: «Acción que un personaje realiza en una determinada narración encaminada fundamentalmente a multiplicar la intriga».

— *Funciones carenciales:* algo le falta a uno de los miembros de la familia del héroe, o tiene necesidad de poseer algo. Se divulga la noticia de una determinada fechoría o de un encantamiento, decidiendo el héroe actuar para solucionar esa carencia.
— *Aparición del objeto mágico:* es la parte esencial de los cuentos maravillosos; aparece el donante (persona u otro ser que entrega ese objeto). El héroe supera una prueba y el objeto mágico pasa a su poder.
— *Combate con el agresor:* el héroe se desplaza hasta el lugar donde se ha producido la carencia: el móvil de su búsqueda. Enfrentamiento y derrota del agresor. El héroe regresa a casa, a veces perseguido por el agresor.
— *Nueva carencia y nueva actuación para repararla:* los agresores, o el agresor, le quitan al héroe o bien el objeto mágico o bien raptan a la persona que ha salvado. En este punto se suelen repetir las funciones que ya aparecieron en el segundo grupo, las denominadas carenciales, y el proceso culmina con la posesión de nuevo del objeto mágico.
— *Nuevo enfrentamiento con el agresor:* se le propone al héroe una nueva tarea de difícil solución. La tarea es realizada y se descubre la verdadera personalidad del agresor, siendo este castigado. El héroe se casa normalmente con una princesa o asciende socialmente.

De estos seis bloques, las principales funciones son aquellas que giran en torno a la consecución del objeto mágico, a la actuación del donante y a las pruebas que el héroe tiene que protagonizar para conseguir dicho objeto;

le siguen en importancia los viajes de ida y vuelta que el héroe debe realizar, el enfrentamiento y la derrota del agresor y el matrimonio o ascenso final del héroe.

En cuanto a los personajes que realizan esas funciones, Propp los condensa en siete: el héroe, la princesa, el falso héroe, el agresor, el donante del objeto mágico, la víctima y los auxiliares del héroe.

La mayor parte de los cuentos maravillosos tienen como elementos esenciales de su argumento las funciones que acabo de enunciar, y son llevadas a cabo por los siete personajes, también enumerados en el apartado anterior, con lo cual el esquema argumental de todos los cuentos maravillosos queda reducido a un complejo amasijo de signos, en los que están representadas cada una de las funciones así como los diferentes protagonistas que las interpretan, y que se repiten en cada una de las manifestaciones particulares, o lo que es lo mismo, en cada uno de los distintos cuentos de esta familia.

Cuando en el año 1958 la *Morfología del cuento* fue traducida al inglés, las aportaciones que el libro contenía fueron recibidas por los lingüistas europeos, la mayor parte pertenecientes a la Escuela Estructuralista, con aplauso, pero no faltaron casos en los que estas innovaciones fueron tomadas con precaución; tal es el caso del etnógrafo francés Levi-Strauss [8]. Para este autor, la diferencia mayor entre los tratamientos utilizados por Propp y los suyos propios tienen su origen principal en el distinto enfoque, motivado por las diferentes coordenadas de las que

---

[8] Levi-Strauss, Claude. Etnólogo y sociólogo francés afín a la Escuela Estructuralista. Sus obras más conocidas en España son la *Antropología estructural* (Paidós, 1995) y *El pensamiento salvaje* (Península, 1985).

parten cada uno de ellos debido a su particular formación lingüística, formalista la del ruso y estructuralista la del francés; y así lo reconoce el etnógrafo europeo:

> Levi-Strauss considera su discusión con Propp como la de un «estructuralista» con un «formalista» [9].

En efecto, los puntos de fricción entre ambos estudiosos vienen motivados principalmente por el diferente punto de partida que desarrollan en sus respectivas investigaciones: Levi-Strauss, que es sobre todo mitólogo, se interesa por estudiar fundamentalmente el análisis del pensamiento mítico y no la estructura del relato mítico. En consonancia con la dicotomía saussuriana de lengua y habla, Levi-Strauss se centrará sobre todo en la lengua, mientras que Propp lo hará en el habla. He aquí un primer punto de discrepancia. Igualmente critica la tendencia sincrónica, otro de los conceptos básicos de la lingüística estructural, del estudio de Propp, achacándole que se olvida por completo del tratamiento diacrónico del problema. La causa de esta apreciación viene motivada por el desconocimiento del etnógrafo francés de la publicación por parte Propp del libro *Las raíces históricas del cuento* [10] en 1946, en donde el autor ruso analiza los orígenes históricos de las narraciones maravillosas. En 1960, año de la discusión entre los dos etnógrafos, todavía esta obra no había sido traducida en Europa. Por último, y para terminar esta polémica entre los dos autores,

---

[9] *O. C., El estudio estructural y tipología del cuento de E. Mélétinski,* página 194.

[10] El citado libro se encuentra publicado en español por la Editorial Fundamentos en 1986.

habría que hacer otra referencia puntual que vuelve a tener su origen en las distintas escuelas a las que pertenecen: Propp se centra fundamentalmente, en esta obra, en el análisis de las relaciones sintagmáticas entre los cuentos, dejando a un lado las paradigmáticas, que serán las que le preocupan a Levi-Strauss. El propio Propp contestó a los reproches que le había hecho Levi-Strauss en el epílogo de la traducción italiana de su libro *Morfología del cuento,* y allí deja claro que este ensayo es la primera parte de sus estudios comparativos e históricos del cuento maravilloso cuya continuación se consolida en su segundo trabajo.

Dos autores más sería necesario analizar aquí, aunque sea someramente. En primer lugar, A. J. Greimas, que en su *Semántica estructural* intenta compaginar las teorías defendida por Propp y por Levi-Strauss, alternando los estudios sintagmáticos y paradigmáticos representativos de ambos autores y reduciendo las funciones aportadas por Propp a veinte. El otro autor es Claude Bremond, cuyo objetivo básico es extraer del análisis del formalista ruso reglas generales sobre el desarrollo de todo tema narrativo, y no solamente de los cuentos maravillosos. Piensa que la «función» es un átomo narrativo y que el relato está formulado por la agrupación de estos átomos. Considera como secuencia elemental la tríada compuesta por tres funciones que se corresponden con las tres fases indispensables en todo proceso: la primera abre la posibilidad del proceso, la segunda realiza esa posibilidad y la tercera termina el proceso.

La obra de Propp, a pesar de las pequeñas discusiones que ha levantado, sigue siendo indispensable para acercarse al estudio de la narrativa maravillosa oral, y desde su difusión en Europa y América es el punto de partida para cualquier aproximación al estudio de esta manifestación literaria.

España y los cuentos

La Edad Media y el Renacimiento

España ha sido un país de una enorme tradición cuentística. No debemos olvidar que durante la baja Edad Media convivieron en nuestro país la cultura árabe, la judía y la cristiana, y nuestra patria fue el crisol donde se fundió lo más representativo de cada una de ellas. A esta peculiaridad de nuestra literatura habría que añadir que la tradición literaria del Medio Oriente, una de las más ricas en cuanto a la producción de cuentos se refiere, tiene un contacto directo con la nuestra a través principalmente de la cultura árabe. Este contacto y esta tradición poseen una vertiente culta que se traduce en la recopilación de apólogos y cuentos que luego serán publicados en forma de libros, y otra puramente popular en donde las influencias recíprocas se intercambian de forma oral. Este largo periodo de gran influencia oriental tiene su momento de esplendor durante los siglos XII y XIII, pero su pervivencia se prolonga hasta la Edad Moderna.

Acaso el primer libro editado en España en donde se recogen una serie de cuentos de procedencia oriental sea la *Disciplina Clericalis,* del judío converso oscense Pedro Alfonso, publicado a mediados del siglo XII. Consta de 34 ejemplos o cuentos narrados casi todos como enseñanzas de un padre a un hijo. Desde el punto de vista temático se puede estructurar en torno a tres partes:

a) Las cualidades de la persona humana.
b) Los tratos con las mujeres y sus peligros.
c) Sobre las relaciones políticas entre los hombres.

El libro tuvo una enorme acogida tanto en Europa como en España y su influencia se deja notar en obras como los *Castigos y documentos del rey Sancho IV* y en *El conde Lucanor* de don Juan Manuel.

Un poco posterior, es la traducción del *Calila e Dimna*[11], ordenada por Alfonso X en el año 1251. Se trata de una colección de apólogos de origen sánscrito, en su mayor parte procedentes del *Panchatantra,* traducidos al árabe hacia el año 750. Esta adaptación es el punto de partida de la traducción al castellano y a otras lenguas europeas. El contenido de la obra es el habitual en el género: narraciones de sencilla moraleja, de carácter utilitario y procedentes de las más diversas fuentes. Toma el nombre del primero de sus cuentos: *Calila e Dimna,* dos lobos que viven en la corte del rey león.

De este mismo siglo es también el *Sendebar*[12] o *Libro de los engaños y ensañamientos de las mujeres,* mandado traducir por don Fabrique, hermano de Alfonso X. Como puede comprobar el lector, reflexionando sobre el título, se trata de un libro misógino que mantiene su influencia a lo largo de toda la Edad Media. Consta de veintiséis cuentos enlazados entre sí de forma semejante a *Las mil y una noches*. El argumento es el siguiente: un príncipe es acusado por su madrastra de haberla querido violentar[13].

---

[11] *Calila e Dimna,* María Jesús Lacarra y J. M. Cacho Blecua, Madrid, Castalia, 1984.

[12] *Sendebar,* María Jesús Lacarra, Cátedra (Letras Hispánicas), Madrid, 1989.

[13] Estas leyendas de origen hindú que recoge el *Sendebar* son muy parecidas a la leyenda de la mitología griega de Fedra. La historia la desarrolla Eurípides en su tragedia *Hipólito*. El joven Hipólito, dedicado por completo a su pasión por la caza, es requerido de amores por su madrastra Fedra, y cuando el joven se entera de ello se muestra airado

Y el rey, su padre, lo condena a muerte. La ejecución se demora, sin embargo, durante siete días, en los que siete sabios discuten con la acusadora. Todos las argumentaciones de aquellos tienden a demostrar la astucia y malas artes de las mujeres. Al fin, se descubre el engaño y la madrastra es condenada al fuego. El libro consagra definitivamente la tradición misógina medieval en Europa y en España. Don Juan Manuel, y sobre todo el Arcipreste de Hita, son los encargados de continuarla en el siglo siguiente.

Hasta aquí la enorme repercusión de la literatura oriental, a nivel culto, en la literatura castellana de los siglos XII y XIII, y su concreción en forma de libros. Sin embargo, y aunque no se tengan testimonios fidedignos de ello, hay que pensar que esta influencia se desarrolló también a nivel oral, pues la convivencia entre las tres culturas durante los periodos de paz existió; de esta forma podemos pensar que las narraciones maravillosas de *Las mil y una noches,* que en Europa, a nivel libresco, pasaron desapercibidas hasta el siglo XVIII [14], en España, a través de

---

e insultante contra Fedra y asegura que jamás deshonrará a su padre Teseo, marido de esta. Fedra, despechada, se ahorca, pero para vengarse del rechazo de Hipólito escribe antes una carta en la que le anuncia a su marido que su hijo la ha deshonrado. Teseo expulsa de casa a Hipólito y este es atropellado por el carro que él conducía velozmente. La diosa Artemisa, a la que estaba consagrado Hipólito, revela a Teseo la verdad y le hace ver la inocencia de su hijo y la maldad de Fedra. Hipólito, moribundo, expira en los brazos de su padre. Existe otra leyenda relacionada con este mito, en la cual Fedra afirma ante su marido, Teseo, que su hijo, Hipólito, ha querido deshonrarla. Teseo destierra al joven a los dominios de Poseidón, y este le manda un monstruo marino que espanta sus caballos, muriendo el joven en el accidente. Fedra, llena de remordimientos, al conocer la muerte de Hipólito, termina suicidándose.

[14] La primera traducción de *Las mil y una noches* es francesa y se imprimió en la ciudad de Caen en 1704, siendo su traductor el diplomático francés Antonio Galland.

esa tradición oral, fueron conocidas ya desde la Edad Media.

En el siglo XIV los dos grandes fabulistas a nivel culto son don Juan Manuel y el Arcipreste de Hita. Don Juan Manuel recoge la veta moralizante del siglo anterior, y así *El conde Lucanor* o *El libro de los estados,* con un marcado carácter didáctico, siguen la estela oriental que se inicia durante la centuria pasada en las obras ya mencionadas. El Arcipreste de Hita [15], más campechano que su contemporáneo, sigue desarrollando una literatura similar a la del noble castellano, pero infinitamente más desenfadada y popular. Ambos recogen ahora, aunque todavía no estaba traducido al castellano, la influencia del fabulista Esopo, y tanto uno como otro hacen desfilar por sus ejemplos multitud de animales: leones, zorras, cuervos, cigüeñas... Desgajados del autor griego. El Arcipreste de Hita los denomina cariñosamente Isopetes. Con todo, y a pesar de ese carácter jovial que presenta la literatura del Arcipreste, el tono moral y didáctico alejan estas narraciones de los auténticos cuentos populares, donde la moraleja y el didactismo está mucho más difuminado.

En los siglos siguientes, la tradición del cuento escrito sigue manteniéndose viva, y así, por ejemplo, a finales del siglo XV se traduce por primera vez el *Decamerón* al castellano; del siglo XVI, es la obra de Juan de Timoneda [16] *Sobremesa y alivio de caminantes* (1563) y *El buen aviso y portacuentos* (1564). En ambas obras se recogen

---

[15] *Libro de buen amor,* Juan Ruiz Arcipreste de Hita, Cátedra, Letras Hispánicas, Madrid, 1992.

[16] De estas dos obras de Timoneda existen dos ediciones modernas; de la *Sobremesa* existe una en SAPE, 1992; del *Portacuentos* en Castalia de 1971.

cuentos de tradición oral. Y por último, en el siglo XVII, se publica *El fabulario de cuentos antiguos de Sebastián Mey* [17] (1613). Se recogen en este libro 57 relatos cuyas fuentes se hallan principalmente en Esopo y en el *Calila e Dimna.*

Llama la atención que durante el siglo XVI y el XVII, salvo la recopilación de Juan de Timoneda, *Sobremesa* y *Portacuentos,* los eruditos españoles del momento no tuvieran en cuenta en sus estudios estas narraciones populares, cuando otras manifestaciones culturales del mismo signo sí son motivo de reflexión y de recopilación, así por ejemplo los refranes. Las colecciones de refranes arrancan del siglo XV, siendo el Marqués de Santillana el primer recopilador con los *Refranes que dicen las viejas tras el fuego;* y para no cansarte, lector, solamente citaré otra de principios del siglo XVII, el *Tesoro de la lengua castellana* de Sebastián de Covarrubias [18]. Lo mismo ocurre con los romances, de signo también eminentemente popular y oral, y de las que desde el siglo XVI tenemos abundantes recolecciones; baste citar el *Romancero general,* publicado en el año 1600, y las innumerables *Rosas, Flores y Primaveras de romances* que se publicaron a lo largo de estos dos siglos. Los autores cultos de este periodo también dejaron a un lado el acervo cultural de los cuentos, no así en el de los refranes y el de los romances. De la repercusión de los primeros baste citar su importancia en *La Celestina* y en *El Quijote,* y de los segundos, recordar la enorme cantidad de obras de teatro

---

[17] También existe una versión moderna de *El fabulario* realizada por Carmen Bravo Villasante, Universidad Española, 1975.

[18] *Tesoro de la lengua castellana,* edición de Felipe Maldonado y Manuel Camarero, Castalia, Madrid, 1995.

que inspiraron y la afición de los poetas del XVII a su cultivo. El cuento fue la Cenicienta de nuestra literatura oral. Cervantes, en *El Quijote* (I-20), parece acordarse de ellos, y en boca de Sancho coloca una narración de este tipo cuyo principio no puede ser más oportuno: «Érase que se era, el bien que viniere para todos sea, y el mal, para quien lo fuere a buscar...» [19].

El siglo XIX y el siglo XX

La tradición folclórica se recupera en España con el Romanticismo y se desprende del concepto que el romántico tiene de pueblo como «creador», pero como sucedió en el siglo XVII son los romances fundamentalmente los que atraen la atención de eruditos y poetas, quedando el cuento relegado a un segundo plano. Lo estudios del romance son numerosísimos. Todavía dentro del reinado de Fernando VII, Böhl de Faber publica entre los años 1821 y 1825 una *Floresta de rimas antiguas castellanas,* y poco después Agustín Durán publica toda una compilación de romances que, según palabras de Antonio Machado [20], sirvieron de libro de lectura para el propio poeta; el interés por la poesía popular se cierra con la obra del erudito catalán, Milá y Fontanals, *De la poesía heroica-*

---

[19] Cervantes Saavedra, Miguel, *Don Quijote de Mancha,* Planeta, Barcelona, página 197.
[20] Machado en el prólogo a la edición de *Campos de Castilla* de 1917 (*Poesías completas,* Antonio Machado, Espasa Calpe, páginas 20 y 21), y refiriéndose a su extenso romance *La tierra de Alvargonzález,* dice lo siguiente: «... Cierto que yo aprendí a leer en el *Romancero general* que compiló mi buen tío don Agustín Durán...».

popular castellana, publicada en el año 1874. Con los poetas romántico sucede también como con los del siglo XVII, y así muestran muchísimo más interés por el romance que por la prosa narrativa oral. Sin embargo, una escritora a caballo entre el Romanticismo y el Realismo, *Fernán Caballero,* o lo que es lo mismo Cecilia Böhl de Faber, va a incluir dentro de sus obra *Cuentos, oraciones y adivinas* y *Cuentos y poesías populares,* una serie de narraciones de tradición oral, muy manipuladas desde el punto de vista literario, pero que sirve para retomar de nuevo el interés por este tipo de discursos. Otros autores literarios contemporáneos suyos, o un poco más jóvenes, hacen lo propio; y o bien recogen cuentos populares que publican de una forma muy subjetiva, o introducen dentro de su obra narrativa algunas narraciones orales; tal es el caso del escritor vasco Antonio de Trueba, que desde el año 1880 hasta el año 1883 publica una especie de antología donde recoge diversos tipos de cuentos: *Cuentos populares, Cuentos de color de rosa, Cuentos campesinos.*

Entre los años 1883 y 1886 se publicó en Sevilla la colección más importante de folclor español del siglo XIX, titulada *Biblioteca de tradiciones populares española,* dirigida por Antonio Machado Álvarez, padre del poeta del mismo nombre. En la revista se analiza todo tipo de manifestación cultural popular, pero lo que se dice cuentos de tradición oral solamente recoge cincuenta y cinco. Sirvió, sin embargo, esta recopilación para que otros folcloristas de otras regiones de España iniciaran, en su región, la investigación y la recogida pertinente de cuentos populares. Y así, durante el primer cuarto del siglo XX aparecen las colecciones de Constantino Cabal en Asturias o la de Manuel Llano en Cantabria.

El espaldarazo definitivo, en cuanto al estudio y la recopilación de los cuentos populares españoles, se debe al hispanista norteamericano de origen español Aurelio Macedonio Espinosa [21]. En 1920, cuando inicia la recopilación de los cuentos populares en España, se entrevista con Menéndez Pidal, al que ya conocía, y es el filólogo español el que le recomienda los lugares geográficos españoles en donde la posibilidad de encontrar muestras vivas de cuentos populares es mayor:

> Cuando me despedí de mi buen amigo en San Rafael *(se refiere a Menéndez Pidal)* para emprender la colección de cuentos, llevaba, entre otras cosas, un mapa lin-

---

[21] El eminente folclorista nació en El Carnero en 1880, una pequeña aldea al sur de Colorado, aunque sus antepasados procedían de Nuevo México. Por los años del nacimiento de Espinosa la mayor parte de la población de estos territorios hablaba español, pero el influjo de la cultura inglesa crecerá muy rápidamente. Los antecedentes de los Espinosa son españoles, y un hijo del folclorista, José Manuel Espinosa, se encarga de rastrearlos; textualmente dice lo siguiente: «Descendía de antepasados españoles que habían venido desde España hasta el Virreinato de Nueva España (México) y emigrado de allí a Nuevo México en los siglos XVI, XVII y XVIII, de manera que se encontraban entre los primeros colonos del norte de estos territorios». Se licencia en la Universidad de Colorado en Filosofía y comienza a dar clases de lenguas modernas en la Universidad de Nuevo México en Alburquerque. Las primeras recopilaciones de materiales de tradición oral las recoge entre los años de 1902 y 1915 en el territorio de Nuevo México y el sur de Colorado, la antigua patria de sus antepasados y de su propia persona. Colabora con Menéndez Pidal, que en esos momentos inicia la recopilación de romances españoles e hispanos, proporcionándole parte de sus propios materiales. Comienza la recopilación de sus cuentos populares en España en 1920, y su fin primordial era contrastar esos materiales recogidos en España con los que ya poseía procedentes de América.

güístico-folclórico por él preparado para mí, donde se indicaban cuidadosamente las regiones de España donde según estudios o indicaciones definitivas vivía con mayor vigor la tradición. Algunos lugares debían visitarse con preferencia: el este de la provincia de Burgos, por Salas de los Infantes; el sur de Ávila, Santander, Soria, Cuenca, Teruel y algunas regiones inexploradas de Andalucía... En cinco meses que anduve recogiendo cuentos viajé por las siguientes provincias: Santander, Palencia, Burgos, Valladolid, Soria, León, Zamora, Segovia, Ávila, Cuenca, Granada, Sevilla, Córdoba, Ciudad Real, Toledo, Madrid y Zaragoza, recogiendo cuentos en ciudades y pueblos de todas estas provincias y también de personas de cinco más que no visité: Jaén, Málaga, Cáceres, Guadalajara y Pontevedra.

El total de los cuentos que recogí en todas estas provincias llega a trescientos dos... Los que publicamos son doscientos ochenta, y creemos que todos son cuentos populares. Se publicaron tal como fueron recitados. Yo mismo copié a puño y letra todos los cuentos de mi colección... De manera que los *Cuentos populares* españoles que ahora publicamos pueden servir muy bien para los estudios lingüísticos, particularmente para la sintaxis y la morfología. Las antiguallas que se encuentran en nuestros cuentos son muy numerosas, muy interesantes y de mucho valor filológico [22].

De la extensa cita podemos sacar varias conclusiones que nos ayudarán a configurar las intenciones del folclorista hispano:

— Por lo que se afirma en la nota a pie de página, parece claro que Espinosa pertenece a la Escuela Mítica,

---

[22] *Cuentos populares españoles,* Aurelio M. Espinosa, C.S.I.C., Madrid, 1946, páginas 32 y siguientes.

y lo que le interesa es comparar las narraciones recopiladas en España con las que ya él ya posee, recogidas en el sur de Estados Unidos. Por lo tanto, la comparación entre los distintos cuentos es un fin esencial.
— Desde el punto de vista geográfico, siguiendo los consejos de Menéndez Pidal, los cuentos son recogidos principalmente en el centro peninsular; los lugares más periféricos serán Granada, Santander y Zaragoza. No incluye Pontevedra y Málaga porque, según sus propias manifestaciones, no estuvo en estos lugares, sino que recopila narraciones esporádicas de personas oriundas de estas provincias. No recogió, pues, cuentos de zonas tan amplias como Extremadura (a Cáceres le sucede lo mismo que a Pontevedra y Málaga), Andalucía meridional, Murcia y Levante, incluida la totalidad de Cataluña, la zona del Pirineo con Navarra y las provincias vascas, Asturias, Galicia y los dos archipiélagos.
— Se observa, según sus propias manifestaciones, en lo que se refiere a la forma. El cuento parece una materia intocable, y todos los planos lingüísticos, el fonológico, el morfosintáctico y el semántico son respetados escrupulosamente. Se confirma, pues, la aseveración que hacíamos al principio del prólogo en la que afirmábamos que la lingüística y la etnología son dos disciplinas complementarias. Esta conclusión toma carta de naturaleza cuando observamos que el propio autor dedica un amplio espacio de su prólogo a enunciar las características esenciales que presentan dichos cuentos en relación con la lingüística y la dialectología [23], que no

---

[23] *O. C.*, páginas 34 y 35.

cito porque me parece que se salen del tema que nos ocupa.

La tradición recopiladora iniciada por Espinosa, padre, en 1920 se ve continuada con la de su hijo, también de nombre Aurelio Macedonio, que en 1936, y también bajo los auspicios de la American Folklore Society, recorre España y recoge más de quinientas versiones de cuentos populares. De esta enorme recopilación, Espasa Calpe publicó una selección de 72 cuentos en el año 1946 bajo el título de *Cuentos populares de Castilla,* y muy posteriormente, en 1987 y 1988, el C.S.I.C., en dos volúmenes, ha publicado el resto bajo el título de *Cuentos populares en Castilla y León* [24].

Como se desprende del título de los cuentos recopilados por Espinosa hijo, parece que la zona más estudiada sigue siendo la región central de España; para contrarrestar este desajuste, en la segunda mitad del siglo aparecen colecciones de cuentos, precisamente, de aquellas zonas que fueron olvidadas por los dos folcloristas norteamericanos, con lo que el panorama de recolección de narraciones orales queda prácticamente configurado. Como la lista es francamente larga, solamente nombraré a un representante de cada región; en la bibliografía general aparecerán más detalles de estos estudios. En los dominios del vascuence destacan los estudios de José Miguel de Barandiarán y Julio Caro Baroja; en Asturias, las recopilaciones de María Josefa Canellada; en Galicia destaca la recopilación de cuentos populares de Lugo y de la zona de Vigo; en León, los trabajos de Julio Camarena; en Salamanca, los de Luis Cortés Vázquez; en la provincia

---

[24] *Cuentos populares de Castilla y León,* Aurelio M. Espinosa (hijo), C.S.I.C., Madrid, 1987 y 1988.

de Valladolid y alrededores, los trabajos de Joaquín Díaz y Maxime Chevalier; en Extremadura, la colección de Pedro Montero Montero. Menos conocidas son las zonas de Andalucía oriental y Murcia. En la zona de Levante destacan las recopilaciones de E. Valor; igualmente, en Baleares, las de Antoni M.ª Alcover Sureda; en Cataluña, la de Joan Amades; en Aragón, las de Antonio Beltrán, y en las Canarias, las leyendas guanches de García de la Torre.

El interés por los cuentos populares tiene también su reflejo en América. Destacan las recopilaciones argentinas de Berta Elena Vidal y de Juan Zacarías Agüero; la de Y. Pino en Chile; las de Celso Lara Figueroa en Guatemala; las de Juan B. Rael en Nuevo México y Colorado y las de Samuel Feijoo en Cuba.

Clasificación de los cuentos populares

Antes de entrar en la clasificación propiamente dicha, y después de todo lo expuesto sobre los cuentos populares, habría que precisar qué se entiende por cuento popular. Sabemos, siguiendo los conceptos que de él tienen Propp y Levi-Strauss, que es una especie de popularización del *mito* y que es posterior a este; que se forma precisamente cuando el mito se debilita. Sabemos, por Platón, que el *mito* —y también el cuento— se opone al *logos* precisamente por el discurso fabulado que presenta aquel frente a la ordenación lógica típica de este; pero sería necesario aproximarnos a una definición más directa acerca de lo que entendemos por cuento en la actualidad. Siguiendo las pautas marcadas por Rodríguez Almodóvar [25] en su libro ya citado, me atrevo a definir el cuento de la

---

[25] A. R. Almodóvar, *Cuentos al amor de la lumbre,* Anaya, 1984.

siguiente forma: «Narración colectiva oral de una extensión media, cuya acción busca principalmente la intriga, desprovista de toda lección moral, y que tiene sus orígenes en los profundos cambios protagonizados por la humanidad durante el Neolítico».

La clasificación de estas narraciones colectivas, que denominamos cuentos, ha sido motivo también de continuas discusiones. La mayor parte de los estudiosos ha propuesto una; pero no es precisamente en la clasificación global en donde han surgido las principales discrepancias, sino en la adjudicación de tal o cual tipo de cuento a un apartado u otro. Básicamente se coincide en clasificar los cuentos populares en tres grandes bloques:

A) Cuentos maravillosos.
B) Cuentos de costumbres.
C) Cuentos de animales.

El problema se presenta con la inclusión o exclusión de determinados cuentos en uno u otro bloque, pues las características que presentan algunos relatos hacen difícil su encuadre en un determinado apartado. Un ejemplo puede aclarar el problema: los cuentos maravillosos, sobre todo aquellos en los que los animales desempeñan un papel importante, tienen varios puntos de contacto con los cuentos de animales, que también tienen matices maravillosos, como la facultad de poder hablar; dependiendo de cómo entienda el recopilador el porcentaje de elemento maravilloso que encierra el cuento o el porcentaje de ausencia de ese elemento, así será incluido en una u otra categoría. Por lo tanto, se debe matizar muy bien cuáles son las características indispensables que debe poseer un relato para incluirlo en una categoría o en otra.

a) Cuentos maravillosos

Nos encontramos ante las narraciones más conocidas y populares de todo el *corpus* que forman los cuentos. Podemos afirmar que son los cuentos populares por antonomasia los que más estudios han motivado y los que han gozado de más popularidad; además, casi seguro que son los más antiguos, y en los que la *debilitación* del mito es más patente. Se incluirían dentro de esta clasificación todos a aquellas narraciones que en esencia alcanzan un final feliz gracias a la actuación de un objeto mágico, entendiendo este objeto maravilloso de una forma amplia. A esta característica esencial hay que añadirle todas las que hemos expuesto con anterioridad al comentar el estudio de Propp sobre los mismos.

Aunque los cuentos maravillosos presentan una gran uniformidad en todas las culturas, existen algunas peculiaridades de los mismos muy representativas de la nuestra, que hacen que nuestras narraciones sean hasta cierto punto particulares. Una de esas características es la del impulso del protagonista a hacer el bien. Desde un punto de vista, me pareció esta peculiaridad un rasgo muy positivo de nuestras narraciones maravillosas, y por mi cuenta y riesgo procuré resaltarla en los ejemplos que se presentan a continuación. Está muy clara esta predisposición hacia la bondad en *El agua amarilla,* donde el rey y sus hijos no condenan a muerte a las dos hermanas iniciadoras de la tragedia; en *Los tres pelos del diablo,* en donde Samuel, mi protagonista, desde el principio de la narración se mueve por un fin noble; en *Juan de Calaís,* que se despreocupa de la suerte del marquesito que quiso ahogarlo para casarse con su esposa, supuestamente viuda, y heredar así la corona...

Otra de las características de los cuentos españoles es la del realismo, entendido este dentro de unas coordenadas marcadas por lo maravilloso. Reflexioné mucho sobre esta particularidad y la relacioné con esa misma característica que preside toda nuestra literatura, sobre todo la poesía épica medieval, convirtiéndose en uno de los rasgos más significativos de la cultura española. Acentué también este rasgo por mi cuenta y está muy presente en casi todos los cuentos que he seleccionado: así, por ejemplo, resulta verosímil la pérdida de poderes mágicos de los dos caballos, Pensamiento y Viento, en *Blancaflor,* cuando alcanzan la frontera de los reinos del Diablo; y también resulta creíble, en este mismo cuento, el abandono de la persecución por parte del Diablo, pues sabe que Blancaflor conoce sus trucos y de nada serviría enfrentarse a ella fuera de sus dominios. Igualmente resulta verosímiles en otras narraciones acciones similares; así, por ejemplo, el abandono de la búsqueda por parte de los padres de Adela, en *El príncipe dragón,* y de Vega, en *El hombre del saco,* al entender aquellos que ambas protagonistas habían perecido devoradas por las fieras del bosque; pero donde he intentado cubrir de un mayor realismo el discurso es en *Juan de Calaís,* y muchas de las anécdotas que se cuentan van encaminadas a conseguir ese fin.

Otra de las características representativas de nuestra narrativa maravillosa es la tendencia a suprimir, en aquellas ocasiones en que es posible, las escenas de violencia salvaje, a la vez que se procura ocultar los momentos sanguinolentos. Es esta otra tendencia generalizada en nuestra literatura oral, que tiene sus raíces en la épica griega, al menos en sus orígenes; basta con comparar, para demostrar esta afirmación, algunos momentos de la épica francesa; por ejemplo, en la *Canción de Roldán,* el pasaje de la muerte del arzobispo Turpín: «El conde Roldán ve al arzobispo en tierra: ve sus entrañas esparcidas fuera del cuerpo y que bajo la frente le hierve el cerebro», o la propia muerte del protagonista: «Siente Roldán que la muerte le está cercana. El cerebro se le derrama por las orejas» [26]. La épica castellana es mucho menos macabra, y cuando la situación obligatoriamente lo requiere, el asunto se trata con mucha mayor naturalidad. Una de las secuencias más sangrientas y dramáticas de nuestros poemas es la que narra el momento en el que Gonzalo Gustioz, en *Los siete infantes de Lara,* tiene que reconocer las cabezas decapitadas de sus siete hijos y la del ayo que los educó. La ocasión la pintaban calva para recrearse en la descripción sanguinolenta, sin embargo, no se puede pedir más discreción en el relato; así aparece en la prosificación que de este poema hace Alfonso X en la *Crónica General:*

> ... Et dixol a Gonçalo Gustioz Almançor: «Digote que yo enbie mis huestes a tierra de Castiella, et ovieron su batalla con los cristianos en el campo de Almenar, et fueron vençudos los cristianos; et agora troxieronme ocho cabesças de muy altos omnes: las siete son de mançebos et la otra de omne viejo e quierote sacar fuera que las veas si las podras connoscer, ca dizen mis adaliles que del alfoz de Lara son naturales».

La escena se sigue desarrollando en los términos que a continuación indico, y cuando Gonzalo Gustioz contempla el espectáculo de las cabezas decapitadas de sus siete hijos y de su ayo, le contesta a Almanzor lo siguiente:

---

[26] *Canción de Roldán.* Edición de Martín de Riquer. Colección Austral, Madrid, 1972, página 87.

> ... Almançor mando entonçes quel sacassen; et pues que las vio et las connosçio, tan grant ovo el pesar, que cayo por muerto en tierra; et desque acordo començo de llorar tan fieramiente que maravilla era. Desi dixo a Almançor: «Estas cabesças conozco yo bien, ca son las de mios fijos los infantes de Salas las siete, et esta otra es la de Muño Salido, su amo que los crio»[27].

No se puede exigir mayor naturalidad. Los cuentos maravillosos también participan de esta particularidad tan nuestra, y salvo en aquellos casos en los que es absolutamente necesario se huye de la descripción macabra.

Las características que presentan los personajes que intervienen en el desarrollo de la acción de estas narraciones maravillosas tienen un paralelismo muy cercano con los personajes básicos que intervienen en el desarrollo dramático de la escena española del siglo XVII, que persigue también el mismo fin que el de estas historias maravillosas: la intriga. A excepción del personaje del donante, indispensable en los cuentos maravillosos, y cuyo parangón es más difícil en nuestro teatro, las características que Ruiz Ramón[28] aplica a los principales personajes de la escena española del XVII se pueden acomodar perfectamente a los personajes de los cuentos maravillosos españoles. Así, por ejemplo, el galán y la dama —dos personajes claves en la escena de ese momento— se pueden identificar perfectamente con el héroe y la princesa, también indispensables en nuestros cuentos maravillosos. Las características psicológicas que apunta el crítico teatral para estos personajes escénicos se pueden aplicar

---

[27] *Crestomatía del español medieval*, Ramón Menéndez Pidal, Gredos, Madrid, 1971.

[28] *Historia del teatro español (desde sus orígenes hasta 1900)*, Cátedra, Madrid, 1988, 8.ª ed.

a los dos protagonistas de los cuentos maravillosos: sagacidad, valentía, audacia, temeridad e impulso de hacer el bien para los dos masculinos. Hermosura, discreción y sentimiento amoroso, para los dos femeninos. El agresor de los cuentos maravillosos tendría su contrapunto en la figura teatral del poderoso, y como en el caso anterior su perfil psicológico es también similar en ambos casos: arrogante, soberbio, vengativo...

En el cuento maravilloso será el héroe el que se encargue de derrotarlo, mientras que en la escena lo hará, o bien el galán, o el villano, o el propio pueblo. El rey también tiene una buena proporción de similitud: en el teatro, la mayor parte de las veces, sobre todo cuando es viejo, se caracteriza por la templanza y por administrar con tino la justicia; en algunos pocos casos, cuando es joven, se caracteriza por ser también un soberbio. En los cuentos maravillosos, mientras está vivo, tiene un comportamiento similar al del rey viejo teatral; pero también aparecen reyes en las narraciones maravillosas cuyo comportamiento es indigno de una persona de su categoría. En la selección que presento, el caso más palpable es el del rey de *Los tres pelos de diablo,* aunque no es un monarca de sangre real, sino solamente rey consorte, viudo, que desempeña ese cometido hasta que su hija, Altamara, sea mayor de edad. Incluso la figura del donante, si lo desposeemos de su halo maravilloso, tiene su contrapunto en la escena en la figura del gracioso: ambos se deben en cuerpo y alma a su señor; en la escena está al servicio del galán, ayudándolo desinteresadamente en todas las acciones que acomete, y en muchos casos su señor triunfa gracias a su ayuda. Igual sucede con el donante en los cuentos maravillosos, y su ayuda será indispensable para culminar la empresa acometida por el héroe. Por último, la intriga, como ya he afirmado anteriormente, será el fin que se pretende conseguir con la trama argumental en ambas manifestaciones literarias.

Antonio Rodríguez Almodóvar agrupa los cuentos maravillosos en torno a doce ciclos: 1.º Blancaflor; 2.º Juan el Oso; 3.º El príncipe encantado; 4.º La princesa encantada; 5.º La princesa y el pastor; 6.º Las tres maravillas del mundo; 7.º La niña perseguida; 8.º Los niños valientes; 9.º El muerto agradecido; 10.º Seres mitológicos; 11.º La ambición castigada; 12.º La muerte. De estos doce ciclos encontrarás en esta antología ejemplos de los siguientes:

1.º Blancaflor .... *Blancaflor.*
2.º El príncipe encantado .. *El príncipe dragón.*
3.º La princesa encantada .. *El castillo de Irás y no Volverás.*
4.º La niña perseguida .... *Estrellita de oro.*
    El agua amarilla.
5.º Los niños valientes .... *Los tres pelos del diablo.*
6.º El muerto agradecido .. *Juan de Calaís.*
7.º La muerte .... *El peral de la tía Miseria.*

Cuentos de costumbres

Nos encontramos ante el segundo gran grupo de cuentos populares. Podríamos definirlos como aquellas narraciones cuyo entramado argumental gira en torno a las relaciones humanas reflejadas desde un punto de vista real o satírico y desprovistas de todo elemento maravilloso. Son cuentos que cronológicamente están más próximos a nosotros que las narraciones maravillosas, en donde la pervivencia del mito, origen de los anteriores, está muy deteriorada o no existe. La mayor parte de los críticos coincide en situar su origen también en el Paleolítico, pero en una etapa en la que la agricultura y el sedentarismo están ya muy arraigados. Los problemas que se reflejan en estas historias tienen su punto de partida en la posesión de la tierra, la legitimidad de la herencia, su repartición y, en definitiva, el desorden social que provoca la aparición de una clase social nueva, la de los desheredados y los pobres, que tendrán que valerse de su astucia para poder sobrevivir. En las sociedades nómadas y cazadoras, este conflicto está mucho más atenuado, pues la supervivencia gira en torno al mundo de la caza y a la capacidad del hombre para poderla conseguir. De ahí que se valore fundamentalmente en el hombre la valentía y el arrojo, no exentos de cierto grado de habilidad. La transmisión de la propiedad, la necesidad imperiosa de tener un hijo que la herede, y que se preocupe del cuidado de los padres, hace que algunos matrimonios imploren al Diablo para conseguirlo; no importa el aspecto que pueda tener el descendiente, así los encontraremos muy pequeños, muy pequeños, como Garbancito, o cojitas como Vega, la protagonista de *El hombre del saco,* en la narración que yo recreo en esta antología; paradójicamente, se aprecia sobre todo al más pequeño [29], porque es el que más

---

[29] Toda esta serie de sugerencias que describo se pueden rastrear perfectamente en libros ya históricos que, sin duda, recogen toda esa tradición anterior que está presente en los cuentos de costumbres. La Biblia es un buen ejemplo de lo que estoy diciendo; merece la pena refrescarlo. Caín y Abel, los dos primeros hermanos sobre la tierra, responden perfectamente al esquema que tratamos de dibujar: Caín, el

tiempo va a permanecer en el hogar, y en consecuencia el que más se va a preocupar del bienestar paterno.

La vida diaria entre el hombre y la mujer que se unen en matrimonio exógamo [30], en contraposición a las relaciones endógamas [31], que habían sido la norma en la so-

---

mayor, es el pastor, y por su oficio está más próximo al cazador de épocas pretéritas, es el malo del relato, el que todavía posee ciertos hábitos de ese mundo que ya ha entrado definitivamente en crisis. Abel, el pequeño, es el preferido, el que está cerca del hogar labrando la tierra. Es el representante de la nueva sociedad que emerge en esos momentos; sin embargo, es asesinado por su hermano que se resiste a acatar el cambio. La historia se repite después con Esaú y Jacob, los hijos de Isaac. El padre prefiere a Jacob, el pequeño, y el cambio en la línea hereditaria —la famosa escena del plato de lentejas— acaso tuvo el consentimiento, encubierto, paterno. Se vuelve a repetir con los hijos de Jacob. Tuvo nada menos que doce, pero sus preferencias se dirigían hacia los más pequeños, hacia José y Benjamín, nacidos de su matrimonio con Raquel. En cuanto a la importancia de tener descendencia legítima, recuérdese el caso de Abraham, que ya tiene un hijo, al menos, con una concubina: Ismael, pero no es legítimo; Abraham y su mujer, Sara, están obsesionados con perpetuar su descendencia, hasta que lo consiguen en la persona de Isaac. Si pasamos de cultura y nos vamos a la griega, recuérdese la importancia de la descendencia en la sociedad griega; al hijo le está encargada una de las creencias mas arraigadas en esta sociedad: la del culto a los muertos.

[30] Exógamo: matrimonio formado por seres pertenecientes a distintos clanes o familias. Es importante este nuevo hábito social para comprender las relaciones matrimoniales nuevas.

[31] Endógamo: matrimonio formado por personas pertenecientes al mismo clan o familia. También podemos rastrear estas relaciones en libros históricos. En la Biblia se nos dice que Lot (Génesis 19, 30-38), ebrio, cohabita con sus hijas; Ovidio, en *Las metamorfosis* (Cátedra, Letras Universales, libro X, versos 298-741), nos describe el mito de Mirra, madre de Adonis, que engendró al niño como consecuencia de las relaciones incestuosas mantenidas con su padre, Cíniras, rey de Siria. Recuerda Mirra, en el fragor del enamoramiento, que si hubiera nacido en otras tierras esta relación le sería permitida. Merece la pena recor-

ciedad anterior, traerá serios problemas en sus relaciones. Este nuevo hábito, que se ha perpetuado hasta el momento actual, trae como consecuencia una relación matrimonial distinta. Por un lado, en el matrimonio, al perderse la consanguinidad, por realizarse fuera del entorno de la familia, el trato pierde cordialidad y comienza a gestarse una especie de misoginia que ha perdurado hasta nuestros días: se inicia la leyenda de la mujer como un ser falso, mezquino y además sumamente hábil. Ejemplos de esta actitud se encuentran esparcidos a lo largo de este prólogo y generan una literatura muy singular en nuestra cultura. Por otro lado, y siguiendo con esta misma cuestión, el sedentarismo y la sociedad agraria proporcionan una mayor convivencia al matrimonio; el trato entre ambos protagonistas es mucho más frecuente y más cotidiano que el que proporcionaba la sociedad anterior, nómada y cazadora, de ahí que las tensiones matrimoniales se recrudezcan y, en definitiva, sean un tema reiterativo en este tipo de cuentos. El que aquí presento, *La mujer que no comía con su marido,* tiene la mayor parte de los ingredientes anteriormente reseñados. En cierta medida, se puede incluir aquí el último relato de esta antología, *Arrimarse*

---

darlo: «... No se considera vergonzoso que una ternera soporte en su lomo a su padre... ¡Felices aquellos a quienes les están permitidas estas cosas! La cautela de los hombres ha promulgado leyes mezquinas, y lo que permite la naturaleza lo niega la jurisprudencia celosa. No obstante, se cuenta que hay pueblos en que la madre se une al hijo y la hija al padre y el cariño filial crece con redomado amor. ¡Ay desgraciada de mí, porque no me ha tocado en suerte nacer allí y me perjudica el lugar del nacimiento que el azar me ha deparado!» (*obra citada,* versos 330 y siguientes). Ovidio recoge este relato a finales del siglo I a. de C., pero la leyenda se remonta a la etapa mítica, en ese momento en que las dos sociedades entran en crisis; Mirra lo sabe muy bien, y por eso se lamenta.

a un lao, pero, como afirmo en el epílogo del cuento, parece que la argucia femenina se ve superada por la masculina, representada en el alcalde.

El problema del hambre y de la pobreza, muy repetitivo también en este tipo de narraciones, aparece reflejado en la historieta de *El zapatero y el sastre,* que incluyo también en el librito. Al hombre de ese periodo protohistórico, como al zapatero de mi cuento, solamente la astucia [32] le permitirá sobrevivir en aquella sociedad adversa.

Antonio Rodríguez Almodóvar clasifica estos cuentos en los siguientes apartados: 1.º Príncipes raros. 2.º Mujeres difíciles. 3.º Propiedad privada. 4.º Niños en peligro. 5.º De pícaros, de pobres y ricos. 6.º Cuentos tontos. 7.º De miedo. Dentro de este grupo incluyo cuatro en la antología:

1.º Mujeres difíciles. . . . *La mujer que no comía con su marido.*
(Acaso, *Arrimarse a un lao*).
2.º De pobres y ricos . . . *El zapatero y el sastre.*
3.º Niños en peligro. . . . *El hombre del saco.*

---

[32] Ejemplos literarios en donde la astucia es la cualidad más valorada del ser humano son también frecuentes. Recordar solamente la oposición Aquiles-Ulises en los poemas homéricos; Aquiles, prototipo de hombre viril y fuerte, en diez años no es capaz de solucionar el problema de la guerra de Troya, y tiene que ser Ulises, el astuto, el que en un momento de lucidez lo concluya. La fuerza que representa Aquiles muere en la contienda, mientras que la astucia de Ulises lo hace llegar sano y salvo a Ítaca.

Cuentos de animales

El último gran grupo de cuentos, aceptado por todos los folcloristas, es el que tiene por protagonistas a los animales. Podemos definirlos como aquellas narraciones en las que los animales tienen el papel de actores principales; como característica esencial de su comportamiento habría que reseñar la capacidad de hablar. A diferencia de los cuentos maravillosos, en los que también aparecen animales que presentan esta misma habilidad, habría que matizar lo siguiente: en las narraciones maravillosas, los animales son reencarnaciones de seres humanos, mutados en tal o cual animal por la acción de un encantamiento, mientras que en los cuentos de animales, estos son totalmente normales, con la salvedad de tener añadida la peculiaridad de comunicarse.

Son historias también muy antiguas; quizá tengan su origen en las sociedades cazadoras, que precedieron a la agrícola en el Neolítico. Propp [33] le atribuye una finalidad totémica, y cumplirían una función similar a la que desempeñaban las pinturas rupestres realizadas durante este mismo periodo. Sin embargo, esta finalidad se perdió con el advenimiento de la nueva sociedad, y los paradigmas que se plasman en estas narraciones son un trasunto de los problemas humanos, explicados y vividos por estos animales humanizados. Sin conocer las interpretaciones de Propp, el folclorista hispano Aurelio M. Espinosa da otra opinión para la explicación de los cuentos que estamos tratando. Cree el citado crítico que hay un origen geográfico distinto para la confección de los diferentes

---

[33] *Cuentos populares rusos,* A. N. Afanásiev, Anaya, Madrid, 1985.

cuentos que configuran el bestiario de los cuentos occidentales: defiende la teoría de que hay dos orígenes posibles para la configuración de estos cuentos: uno de origen totémico, cuyo germen habría que buscarlo en las culturas africanas no indoeuropeas, y otro fabulístico, cuyo embrión se encontraría en la tradición narrativa clásica de Esopo, Fedro y en los apólogos orientales.

Una de las cuestiones más repetidas en estas narraciones es la de la subsistencia, que sin duda era una de las preocupaciones más acuciantes de aquella sociedad, y el tratamiento que se le da no difiere en nada de lo expuesto en el apartado de los cuentos de costumbres. La máxima de estos cuentos es la de *comer y no ser comido,* y esta premisa hace que sea otra vez la astucia la habilidad más destacada en la argumentación; derivada de esta característica, y en consonancia con ella, habría que situar el triunfo del débil sobre el fuerte, pues se presupone que el más endeble es el que tiene que desarrollar una mayor dosis de astucia para sobrevivir; en este sentido, es curioso observar que cuando los animales actúan en pareja, el comportamiento de uno de ellos cambia según sea la jerarquía de su oponente. Un ejemplo nos ayudará a comprenderlo: la zorra, que aparece como coprotagonista en multitud de cuentos, y es tomada como la encarnación de la sagacidad, triunfará cuando se empareje con un animal de rango superior, por ejemplo, el lobo; pero esa misma zorra será derrotada cuando se empareje con otro más débil, por ejemplo, la cigüeña. En los tres cuentos que incluyo en esta breve selección podrá comprobarse.

En cuanto a los animales que aparecen como protagonistas de estas historias, hay que advertir que se trata de animales reales, sin ningún atributo maravilloso más que el de la facultad de hablar, y del entorno del hombre; son animales perfectamente conocidos en la región donde se cuenta la narración. En el bestiario de la narrativa popular española solamente al león lo podemos considerar como un animal exótico; los demás son animales entresacados del entorno: águilas, cuervos, erizos, lobos, burros, vacas, cabras, y sobre todos la zorra. Antonio R. Almodóvar realiza una serie de oposiciones entre los distintos protagonistas de estas narraciones, en las que el triunfo corresponde siempre a los débiles, que puede resultar muy didácticas; por mi parte, y entre paréntesis, ilustro dicha oposición con un ejemplo representativo.

GANADORES	PERDEDORES
Animales domésticos.	Animales no doméstico.
(Las tres cabritas y el lobo)	
Animales pequeños.	Animales grandes.
(La liebre y el erizo) *	
Animales astutos.	Animales feroces.
(La zorra y el lobo)	
Herbívoros.	Carnívoros.
(El lobo, la zorra y la vaca) *	
Voladores.	No voladores.
(La zorra y la cigüeña) *	
El hombre.	Los animales.
(El labrador y el oso)	

Por último, dos breves apuntes más sobre las características de esta subclase, que ahora nos ocupa: por un lado, el humor escatológico que presentan muchas de estas narraciones, y por otro, la ausencia de una máxima

---

* Los cuentos señalados con asterisco son los que se incluyen en esta antología.

moralizante con la que suelen terminar la mayor parte de los cuentos de animales de tradición culta, por ejemplo los de don Juan Manuel y el Arcipreste de Hita, que tienen su origen en esa tradición libresca grecolatina u oriental. Es tan marcada esta ausencia, que puede servir de pauta para distinguir el origen de una determinada narración: si prima el tono didáctico moral, estaremos ante una anécdota en la que se interfiere la tradición culta; si esa particularidad no aparece, estaremos ante una narración totalmente popular.

BIBLIOGRAFÍA

Bibliografía general sobre el tema

GREIMAS, A. J.: *Semántica Estructural,* Madrid, 1987.
GRIMAL, Pierre: *Diccionario de Mitología Griega y Romana,* Paidós, Barcelona, 1990.
LEVI-STRAUSS, C.: *Antropología estructural,* Paidós, Barcelona, 1995.
— *Polémica Levi-Strauss-Propp,* Fundamentos, Madrid, 1972.
PROPP, Vadimir: *Morfología del cuento,* Fundamentos, Madrid, 1971.
— *Las raíces históricas del cuento,* Fundamentos, Madrid, 1986.
TOMPSON, S.: *El cuento folklórico,* Caracas, 1972.

Colecciones de cuentos europeos

AFANÁSIEV, A. N.: *Cuentos populares rusos,* 3 volúmenes, Anaya, Madrid, 1985.
ANDERSEN: *Cuentos.* Intr. Gustavo Martín Garzo, Anaya, Madrid, 1997.
GRIM, Jacobo, y Wielhem: *Cuentos de niños y del hogar,* 3 volúmenes, Anaya, Madrid, 1986.
PERRAULT, Ch.: *Cuentos completos,* Anaya, Madrid, 1999.

Colecciones antológicas en España

CAMARENA, Julio, y MAXIME CHEVALIER: *Catálogo tipológico del cuento folklórico*, Gredos, Madrid, 1995.

GUELBENZU, José María: *Cuentos populares españoles*, Siruela, Madrid, 1998.

RODRÍGUEZ ALMODÓVAR, J. Antonio: *Cuentos al amor de la lumbre*, Anaya, Madrid, 1984.

— *Cuentos maravillosos españoles*, Crítica, Barcelona, 1982.

SÁNCHEZ PÉREZ, José A.: *Cien cuentos populares españoles*, Biblioteca de Cuentos Maravillosos, Barcelona, 1998, 4.ª edición.

Colecciones de cuentos de las distintas regiones españolas *

Andalucía

FOLK-LORE ANDALUZ. Órgano de la sociedad de ese nombre, dirigida por Antonio Machado y Álvarez. Edición conmemorativa del centenario, Madrid, Tres Catorce Diecisiete, 1981.

LARREA, A.: *Cuentos populares de Andalucía,* Cuentos Gaditanos, Madrid, CSIC, 1959.

PORRO, María José, y otros: *Cuentos cordobeses de tradición oral,* Córdoba, Servicios de Publicaciones de la Universidad, 1985.

---

* Solamente de una región peninsular no he encontrado bibliografía: La Rioja. De esta región, incluida antaño en la región de Castilla la Vieja, podría haber algún cuento en las recopilaciones de los Espinosa, pero tanto el padre como el hijo no incluyeron en su itinerario a dicha provincia.

Sandubete, Juan J.: *Cuentos de la tradición oral recogidos en la provincia de Cádiz,* Universidad de Cádiz, 1981.

Aragón

Beltrán Martínez, Antonio: *Folklore aragonés,* Guara Editorial, Zaragoza, 1979.
Larrea Palacín, Arcadio: *Cuentos de Aragón,* RDTP, 1947.

Asturias

Cabal, Constantino: *Cuentos tradicionales asturianos,* Madrid, Voluntad, s.f.
— *Mitología asturiana,* Oviedo, IDEA, 1983.
Canellada, María Josefa: *Cuentos populares asturianos,* Gijón, Ayalga, 1978.
Fernández-Pajares, José María: *Del folklore de Pajares,* Oviedo, IDEA, 1984.
Llano, Aurelio de: *Cuentos asturianos de la tradición oral,* Madrid, Imprenta de Rafael Caro Raggio, 1925.
Llano, Aurelio de: *Del folklore asturiano: mitos, supersticiones, costumbres.* Oviedo, IDEA, 1977.

Canarias

Báez Montero, Domingo: *Cuentos de la bruja de Fuerteventura,* El Paisaje Editorial, Aranguren, 1983.
Martín Fuentes, Santos: *Ritos y leyendas guanches,* Miraguano Ed., Madrid, 1998.

Cuscoy, Luis Diego: *Folklore infantil,* La Laguna, Instituto de Estudios Canarios, CSIC, 1943.

Cantabria

Espinosa, Aurelio Macedonio (padre)*: *Cuentos populares españoles,* CSIC, Madrid, 1946.
Llano, Manuel: *Obras completas,* dos volúmenes, Fundación Marcelino Botín, Santander, 1968.

Castilla-La Mancha

Camarena, Julio: *Cuentos tradicionales recopilados en la provincia de Ciudad Real,* Madrid, CSIC, 1984.
Cortés Ibáñez, Emila: *Cuentos de la zona montañosa de la provincia de Albacete,* Diputación Provincial de Albacete, 1989.
Madroñal Durán, Abrahan: *Cuentos tradicionales toledanos,* Centro de Estudios de los Montes de Toledo, 1988.

Castilla-León

Bardón, A. Cayetano: *Cuentos en dialecto leonés,* Astorga, Tipográficas Cornejo, 1955.
Camarena, Julio: *Cuentos tradicionales de León,* dos volúmenes, Diputación Provincial de León-Universidad Complutense de Madrid, 1991.

---

* Esta colección, recogida por Espinosa, contiene cuentos de distintas regiones de España, entre otras de Santander, pero también de Castilla-León, Castilla-La Mancha, Andalucía y Extremadura. Solamente, y para no repetirme, aparece citada aquí.

CORTÉS VÁZQUEZ, Luis: *Cuentos populares salmantinos*. Librería Cervantes, Salamanca, 1979.
— *Leyendas, cuentos y romances de Sanabria*, Gráficas Cervantes, Salamanca, 1981.
DÍAZ, Joaquín, y MAXIME CHEVALIER: *Cuentos castellanos de tradición oral*, Ámbito, Valladolid, 1983.
DÍAZ, Joaquín: *Cuentos tradicionales en Valladolid*, Cuadernos Vallisoletanos, XXXI, 1987.
ESPINOSA, Aurelio Macedonio (hijo): *Cuentos populares de Castilla y León*, CSIC, Madrid, 1996.
PONCELOS, Aquilino: *Estorias e contos dos ancares*, Ponferrada, Grupo Cultural «Carocos», 1987.
PRIETO, Alfonso: *Cuentos de la montaña leonesa y aledaños*, León, Nebrija, 1982.

Cataluña, Levante y Baleares

ALCOVER LUREDA, Antoni M.ª: *Aplec de Rondaies Mallorquines*, Palma de Mallorca, Moll, 1936-1976.
AMADES, Joan: *Folklore de Catalunya*, Barcelona, Selecta, 1982.
CONSTANS, Lluis: *Rondalles*, Centre d'Estudis Comarcal de Bañoles, Gerona, 1981.
SERRA Y BOLDÚ, Valeri: *Rondalles populars*, 4 volúmenes, Monserrat, Publicaçions de l'Abadía, 1984-1985.
VALOR I VIVES, Enric: *Rondalles Valencians*, 2 volúmenes, Valencia, Federació d'Entitats Culturals del País Valençiá, 1984.

Extremadura

CURIEL MERCHÁN, Marciano: *Cuentos Extremeños*, CSIC, Madrid, 1944.

HERNÁNDEZ SOTO, Sergio: *Cuentos populares de Extremadura en las BDTP Madrid,* Fernando Fe, 1886.
MARCOS SANDE, Moisés: *Cuentos extremeños,* BDTP III, 1947.
MONTERO MONTERO, Pedro: *Los cuentos populares extremeños en la escuela,* Badajoz, ICE de la Universidad de Extremadura, 1988.

Galicia

CENTRO DE ESTUDIOS FINGOY: *Cuentos populares de la provincia de Lugo,* Vigo, Galaxia, 1963-1972.
FRUTOS GARCÍA, Pedro: *Leyendas gallegas,* 2 volúmenes, Tres Catorce Diecisiete, Madrid, 1980-1981.
HARGUINDEY, Henrique, y BARRIO, Maruxa: *Antoloxia do conto popular galego,* Vigo, Galicia, 1995.

Murcia

CARREÑO CARRASCO, Elvira, y otros: *Cuentos murcianos de tradición oral,* Publicaciones de la Universidad, Murcia, 1993.

Vascongadas y Navarra

ARRATIBEL, José: *Kontu Zaarrak,* Bilbao, Gran Enciclopedia Vasca, 1980.
AZKUE, Resurrección M.ª: *Euskalerriaren Yakintza,* 4 volúmenes, Madrid, Espasa-Calpe, 1935, 1942, 1945 y 1947.
BARANDIARÁN, José Miguel: *De etnografía de Navarra,* San Sebastián, Txertoa, 1987.
MUGARZA, Juan: *Tradiciones, mitos y leyendas en el País Vasco,* 2 volúmenes, Bilbao, Laiz, 1981.

Hispanoamérica

Argentina

AGÜERO VERA, Juan Zacarías: *Cuentos populares de la Rioja (Argentina),* Imprenta del Estado y Boletín Oficial, 1965.

CHERTUDI, S.: *Cuentos folklóricos de Argentina,* Buenos Aires, Instituto Nacional de Filología y Folklore, 1960.

VIDAL DE BATÍN, Berta Elena: *Cuentos y leyendas populares de Argentina,* 9 volúmenes, Buenos Aires, Ediciones Culturales Argentinas, 1980-1984.

Bolivia

ANÍBARRO DE HALUSHKA, Delina: *La tradición oral en Bolivia,* La Paz, Instituto Boliviano de Cultura, 1976.

Colombia

JARAMILLO LONDOÑO, Agustín: *Cosecha de cuentos del folklore de Antioquia,* Medellín, Editorial Bedont, 1958.

Cuba

FEIJOO, Samuel: *Cuentos populares cubanos,* Las Villas, Departamento de Investigaciones Folklóricas de la Universidad, 1960-62.

Chile

FORESTI SERRANO, Carlos: *Cuentos de tradición oral chilena,* Madrid, Ínsula, 1982.

LAVAL, Ramón A.: *Cuentos populares de Chile,* Santiago de Chile, Imprenta Cervantes, 1923.

PINO, Y.: *Cuentos folklóricos de Chile,* 3 volúmenes, Santiago de Chile, Editorial Universitaria, 1960-1963.

Estados Unidos

RAEL, Juan B.: *Cuentos españoles de Colorado y Nuevo México,* 2 volúmenes, Santa Fe, 1977.

Guatemala

LARA FIGUEROA, Celso A.: *Cuentos populares de Guatemala,* Guatemala C.A. Centro de Estudios Folklóricos, Universidad de San Carlos, 1982.

México

PRENS, Konrad Theodor: *Mitos y cuentos nahuas en la Sierra Madre Occidental,* Mexico, Instituto Indigenista, 1982.

RAMÍREZ CABAÑAS, Joaquín: *Antología de cuentos mexicanos,* Espasa-Calpe, Madrid.

Perú

ARGUEDAS, José M.ª, e IZQUIERDO, Francisco: *Mitos, leyendas y cuentos peruanos,* vol. IV, Lima, Ministerio de Educación Pública, 1947.

Puerto Rico

RAMÍREZ DE ARELLANO, Rafael: *Folklore portorriqueño. Cuentos y adivinanzas...,* Madrid, Centro de Estudios Históricos, 1928.

CUENTOS MARAVILLOSOS

EL CASTILLO DE IRÁS Y NO VOLVERÁS

Érase una vez un pescador que pescó un barbo muy pequeñito, y cuando iba a meterlo en la costera, este le dijo:

—Devuélveme otra vez al río, pescador. ¿No te da pena viéndome tan pequeño? Dentro de un año, cuando sea más grande, podrás pescarme de nuevo y entonces sacarás un buen puñado de duros con mi venta.

El pescador se compadeció del pobre pez, que aleteaba nervioso en la palma de su mano, y lo depositó de nuevo en la orilla del río; después, recogió sus aperos [1] de pesca y se marchó para su casa. Una vez que llegó, le contó a su mujer el suceso maravilloso que había presenciado, y esta le recriminó su actitud porque aquel día la pesca había sido escasa y no estaban los tiempos para desperdiciar nada, aunque fuera tan poco como un pequeño barbo.

Pasado un año, el pescador volvió a tirar sus artes de pesca en el mismo recodo del río y efectivamente el pez volvió a caer en sus redes. Ahora era ya un barbo gordo y lustroso; lo reconoció al instante, y acordándose de la reprimenda que su mujer le había echado el año anterior, le dijo:

---

[1] Aperos: Conjunto de herramientas que se usan en cualquier oficio; con preferencia se utiliza para designar las que intervienen en la agricultura.

—Ahora no me pedirás que te suelte como sucedió el año pasado; ya eres un hermoso ejemplar, y lo pactado es lo pactado.

—No me desdigo en nada de lo prometido —respondió el pez—, pero te voy a dar un consejo que, si lo cumples fielmente, te reportará grandes beneficios. Vas a llevarme a tu casa y me vas a trocear en ocho pedazos; dos de la cabeza, que deberá comérselos tu mujer; cuatro de la parte central de mi cuerpo: dos para tu perra y dos para tu yegua; y por último, harás dos de mi cola, que enterrarás en el muladar [2].

Una vez en casa, el pescador despiezó el pez tal y como aquel se lo había indicado, dándole las oportunas raciones a su mujer, a su perra y a su yegua, y acto seguido enterró las dos partes de la cola en el estercolero. Pasado el tiempo, la perra parió dos cachorros exactamente iguales, la yegua dos potros idénticos, del basurero brotaron dos espadas refulgentes y su mujer tuvo dos gemelos que bautizaron con los nombres de Manuel José y José Manuel.

Cuando los dos niños se hicieron mozos, le dijeron a sus padres que era su intención abandonar el hogar para ir a recorrer mundo en busca de fortuna. Como los padres eran ya ancianos, decidieron de mutuo acuerdo que uno de los dos debería quedarse en su compañía para ayudarlos y protegerlos. Lo echaron a suertes y le tocó la custodia a José Manuel. Antes de iniciar la partida, el padre le dio a Manuel José uno de los caballos gemelos, uno de los perros que había parido la perra * después de comer

---

[2] Muladar o muradal: Lugar donde se deposita el estiércol o la basura de las casas.

* Hay que suponer que tanto el caballo como el perro son animales maravillosos por los que no pasa el tiempo. El perro, sobre todo, si fuera normal, ya habría muerto.

los dos trozos del pez y una de las espadas maravillosas que había brotado en el estercolero, y en la despedida, en presencia de todos, el padre les dijo:

—Estas espadas, tanto la que lleva Manuel José como la que queda en nuestro poder, son maravillosas; mientras todo vaya bien, permanecerán brillantes, pero si alguno de los nuestros se encuentra en peligro, inmediatamente se teñirán de sangre.

Al punto Manuel José partió en busca de fortuna, y después de varios meses sin nada digno de reseñar, un atardecer, cuando se encontraba perdido en un farragoso bosque, vio en la lejanía las torres de un castillo, y ni corto ni perezoso hacia él se dirigió. Cuando llegó a la entrada principal de la fortificación, llamó varias veces, unas dando grandes voces y otras golpeando con el pomo [3] de su espada los herrajes de la enorme puerta, pero nadie acudió a su llamada. Desesperado, dio una vuelta a la extensa circunferencia que formaba la muralla del castillo con la esperanza de encontrar algún portillo por el cual introducirse en tan protegido lugar. No tuvo suerte. Todo estaba herméticamente cerrado; cuando estaba a punto de abandonar su empresa, apareció misteriosamente una anciana, que le dijo:

—¡No intente entrar en el castillo, caballero!, ¡es un lugar encantado y el que logra entrar nunca puede regresar!

Manuel José, lejos de amilanarse con los consejos de la vieja, volvió con más ímpetu a golpear el enorme portón, mientras que la vieja seguía increpándole a voces:

—¿No sabes, desdichado, que en la inmediaciones del castillo vive la serpiente de la siete cabezas?, ¡abandona este lugar maldito!

---

[3] Pomo: Extremo redondeado de la empuñadura de una espada.

En esto apareció en el umbral de la puerta una enorme serpiente y Manuel José azuzó [4] el perro contra ella al tiempo que con la espada le cortaba una a una sus siete cabezas, y acto seguido arrancó la lengua de cada una de las cabezas decapitadas guardándolas en un fardelillo de cuero. Entonces apareció una joven y atractiva princesa que había sido desencantada en el momento en que la serpiente había muerto, y le dijo al caballero que su padre, el rey, la había prometido en matrimonio a aquel príncipe, o quienquiera que fuere, que tuviera el valor de desencantarla. Pero Manuel José, que todavía no había saciado su sed de aventuras, le pidió que aplazara la boda para más adelante y espoleando su caballo se adentró de nuevo en el bosque [5].

Al día siguiente se corrió la voz por los reinos vecinos de que la serpiente había sido aniquilada y, por lo tanto, la heredera de la corona estaba totalmente desencantada y, conocida la noticia, un príncipe de los alrededores, deseoso de contraer matrimonio con la princesa, se dirigió apresuradamente al palacio encantado. Todavía estaban en las inmediaciones del castillo los despojos de la serpiente y las siete cabezas permanecían empolvadas en la tierra. El príncipe las recogió en un saco y se presentó ante el rey exigiéndole que cumpliera la promesa, presentando como prueba de su mentida hazaña las cabezas que guardaba en el saco.

El monarca no tuvo más remedio que ceder ante la petición, y aunque la princesa se resistía a cumplir la

---

[4] Azuzar: Incitar a los perros a que ataquen a una presa.

[5] Es muy parecida esta descripción maravillosa a dos mitos griegos relacionados uno con Perseo, que mata a la Medusa que también posee siete horribles cabezas, y otro con Hércules, matador de la Hidra, de características similares a la Medusa.

orden paterna, porque sabía que aquel no era el verdadero autor de su desencantamiento, tuvo que aceptar la decisión tomada por su padre. Inmediatamente comenzaron los preparativos nupciales y, durante la comida previa a los esponsales, a la que asistían los nobles más representativos del reino, entró un perro en el refectorio y le arrebató al prometido un trozo de carne; la princesa, que inmediatamente reconoció al perrillo, exclamó:

—¡No pierdan de vista a ese perro!

Al instante, dos paladines le siguieron el rastro y, en efecto encontraron a Manuel José, que acto seguido fue trasladado al salón donde todavía permanecían los comensales. El rey, dirigiéndose al forastero, le dijo:

—La princesa quiere que asistas al banquete que damos en honor de su futuro marido, el príncipe que fue capaz de desencantarla matando a la serpiente de las siete cabezas.

Manuel José, encarándose con el príncipe casamentero y elevando el tono de voz para que todos los presentes pudieran oírlo, preguntó:

—¿Qué pruebas ha presentado el aspirante para justificar su hazaña?

El rey le explicó que había una irrefutable, y le mostró las cabezas de la serpiente que aún permanecían dentro del saco; Manuel José las observó detenidamente y, dirigiéndose de nuevo a los asistentes, les dijo:

—¿Dónde se han visto cabezas sin lengua? ¿Pensáis acaso que la serpiente carecía de lengua en cada una de sus cabezas? —argüía el joven, mientras desataba el fardelillo de cuero.

Inmediatamente el rey ordenó que se revisaran las bocas de cada una de las cabezas, al tiempo que Manuel José, acercándose, depositaba sobre la mesa regia las siete lenguas, que guardaba en el pequeño saco, descubriéndose de este modo la felonía [6] llevada a cabo por el príncipe.

La princesa, que había reconocido desde el mismo momento en que entró en la sala a su salvador, así se lo hizo saber a su padre. El rey mandó de inmediato que encerraran al impostor en la torre del castillo, y sin más dilación [7] ordenó que se celebrarán los esponsales entre el verdadero desencantador y su hija.

A la mañana siguiente, desde la ventana de la alcoba, Manuel José divisó las torres de otro castillo. Inmediatamente preguntó a su joven esposa por la identidad del mismo, y si se encontraba dentro de los dominios de su reino, a lo cual respondió la princesa con gran sobresalto:

—¡Amor mío, aquellas son las torres del castillo de Irás y no Volverás y está en los confines de nuestro reino!

—Pues con el nombre tan sugerente que tiene ese lugar —dijo Manuel José—, seguro que esconde algún secreto, y como mi ánimo todavía no está saciado de aventura, mañana ensillo mi caballo y me presento en él.

En vano intentó disuadirlo la joven esposa, aunque utilizó todas las estrategias femeninas a su alcance, y con gran sentimiento vio cómo su dulce salvador a la mañana siguiente emprendía el camino del castillo de Irás y no Volverás montado sobre su caballo, armado con la espada encantada y acompañado por su inseparable perrillo. Hacia la mitad del camino se encontró el atrevido muchacho con una vieja que le preguntó:

—¿Cuál es el destino de tan apuesto jinete?

---

[6] Felonía: Traición, infidelidad, cobardía, infamia.

[7] Dilación: Detención o retraso de alguna cosa por algún tiempo. Demora, tardanza.

—Visitar las dependencias del castillo de Irás y no Volverás —respondió, sin detener su cabalgadura, Manuel José.

—Pues toma este bálsamo milagroso, y antes de entrar en él debéis beber todos de él, incluidos el caballo y el perro.

El joven metió el frasco en su alforja [8] y antes de entrar en el castillo se apeó de su montura, cogió al perrillo y le dio unas gotas del jarabe. Acto seguido hizo lo mismo con el caballo y, por último, bebió y se dispuso a entrar en las dependencias de la fortificación. Nada más penetrar en el amplio patio de armas, los tres se convirtieron en piedras.

En ese momento, y muy lejos de allí, en la casa paterna de Manuel José, la espada gemela que el padre reservara para su hermano se tiñó de sangre. Visto el prodigio por José Manuel y por sus padres, estos no tuvieron ninguna duda de que el hermano se encontraba en peligro. Sin tiempo casi para despedirse, José Manuel ensilló el caballo gemelo, se colgó al cinto la espada todavía ensangrentada y acompañado por el perrillo mellizo del de Manuel José inicio la búsqueda del infortunado hermano.

Al anochecer del tercer día llegó José Manuel a las puertas del castillo desencantado por su hermano y con gran sorpresa vio cómo los criados alborozados intentaban acariciar al perro, palmeaban las ancas del caballo, tomaban las riendas del mismo e invitaban, exultantes, a José Manuel a que descabalgara de su montura. Su sorpresa fue mayor cuando vio a la princesa, que también

---

[8] Alforja: Especie de talega de tela o cuero, abierta por el medio y cerrada por los extremos, que se coloca detrás de la silla de montar en el caballo, y sirve para guardar los objetos personales del jinete.

había acudido al patio alarmada por el griterío, abrazada a él susurrándole estas palabras:

—¿Dónde estuviste, amor, la otra noche y la pasada que no viniste a dormir conmigo?

Ahora José Manuel se daba cuenta de que todos en el castillo lo confundían con su hermano; ¡tal era el parecido de cabalgadura, perro, espada y su propia persona! Y cuando, hablando con la princesa, a quien después de la cariñosa pregunta identificó con la esposa de su hermano, observó que esta se interesaba con insistencia por todo lo concerniente a un castillo, que él no conocía, y que todos llamaban de Irás y no Volverás, comprendió también que en aquel lugar se encontraba cautivo su hermano. Pero José Manuel dejó seguir el juego y no reveló a nadie su verdadera identidad.

Después de la cena, el supuesto matrimonio se dirigió a sus cámaras [9].

Antes de acostarse, el apócrifo [10] esposo colocó en la mitad del lecho su espada como testimonio de continencia carnal; sorprendida la inquieta princesa, no pudo por menos de preguntar al fingido marido:

—¿Qué significa esto?; ¿no somos acaso marido y mujer para que andes con estos remilgos?

—Durante mi estancia en el castillo de Irás y no Volverás —respondio José Manuel— hice una promesa y ha llegado ahora el tiempo de cumplirla; no me preguntes más.

Por la mañana, después de levantarse y desayunar, José Manuel le propuso a la princesa ir a dar un paseo a caballo por los alrededores del castillo, invitación que contó

---

[9] Cámara: Sala o pieza principal de un palacio.
[10] Apócrifo: Falso.

con la aprobación de la joven. Llevaban ya un buen rato cabalgando y a la princesa le sorprendía que el perro la ignorase por completo, pero no decía nada. En esto ascendieron a un altozano desde donde se divisaban las torres del castillo encantado, y José Manuel se interesó por la pertenencia de aquella construcción. La princesa le respondió con asombro y un tanto malhumorada:

—¡Pero bueno!, ¿no estuviste estos días pasados en él?, ¿dónde has pasado entonces las dos últimas noches?; aquel es el castillo de Irás y no Volverás, y, si no me has mentido, tú regresaste ayer de él.

—Pues a él debo volver inmediatamente —dijo José Manuel.

Y sin preocuparse de la suerte de la princesa en su regreso al castillo, enfiló su caballo en la dirección que le marcaban las torres, mientras que el perro se esforzaba en seguirlo a una distancia prudencial. En el camino se encontró José Manuel con la bruja que había hechizado a su hermano, y esta extrañada le preguntó:

—¿Pues no eres tú, buen mozo, el mismo que hace tres o cuatro días te encontraste conmigo en estos parajes cuando te dirigías al castillo de Irás y no Volverás?

José Manuel no contestó y siguió la marcha sin prestarle mayor atención; pero ella continuaba interrogándolo:

—¿No es verdad que yo te di un brebaje mágico y te recomendé que todos bebierais de él cuando entrarais en el castillo...? ¿Cómo es posible que te encuentres todavía aquí...? ¿Desobedeciste acaso mi orden?

José Manuel se dio cuenta entonces de que aquella vieja era la bruja que había encantado a su hermano, y desmontanto rápidamente le ató las manos con una correa y la amarró al arzón [11] de su silla. Volvió a emprender el camino, acompañado ahora de la vieja bruja, que se esforzaba por mantener el equilibrio de la obligada marcha. Desde la montura le decía José Manuel:

—Ahora, si no quieres morir, vas a desencantar a mi hermano. Tú eres la causante de todas nuestras desgracias. Nuestro parecido ha hecho que nos confundas y ha servido para que yo me diera cuenta de tus fechorías.

Cuando llegaron al castillo, nada más traspasar los umbrales, José Manuel observó cómo el perrillo olisqueaba tres piedras que inexplicablemente estaban a la entrada de la puerta, y se sorprendió aún más cuando, ante la más pequeña, el perro se ovilló [12] cariñosamente sobre ella. Esa fue la razón por la cual José Manuel comprendió que su hermano, su caballo y su perro yacían ahora convertidos en piedras por el encanto de la bruja, y apeándose de su montura la obligó a que deshechizara a Manuel José y a sus acompañantes.

No habían tenido tiempo ni de abrazarse los dos hermanos cuando la vieja, desde un promontorio, le gritó a Manuel José:

—Ahí tienes a tu hermano, que me ha obligado a desencantarte, después de haber dormido la noche pasada con tu mujer.

Cuando oyó esto Manuel José, sin pensárselo dos veces, desenvainó su espada y asestó un tajo a su hermano que quedó tendido en el suelo, más preocupado por contener el fuerte chorro de la sangre que fluía de su heri-

---

[11] Arzón: Parte delantera o trasera que une los dos brazos laterales de una silla de montar.
[12] Ovilló (del verbo ovillar): Enroscarse, hacerse una circunferencia u ovillo.

da, que por aclarar la errónea situación nacida de la pérfida afirmación de la bruja. Acto seguido, y sin mediar palabra, Manuel José montó en su caballo y se dirigió al castillo de su esposa.

Su mujer, que lo esperaba sobresaltada, lo recibió con muestras de alegría, mientras que el perrillo jugaba con los pliegues del vestido de la princesa incitándola a la caricia:

—¡Vaya, cómo ha cambiado el comportamiento de este perro! —pensó para sí la joven, sin exteriorizar sus sentimientos, pero intuyendo que algo raro pasaba.

Manuel José contestaba con evasivas a las preguntas de su esposa, y esta, malhumorada, esperaba con impaciencia la noche para ver si el comportamiento de su esposo seguía siendo el mismo que el de la anterior. Cuando se acostaron, observó la princesa con alegría que la espada de su marido yacía sobre un baúl que había en la dependencia marital, y en tono irónico se dirigió a Manuel José:

—Poco ha durado la promesa, esposo. La noche anterior tu espada dividió nuestra cama en dos mitades y ahora descansa plácidamente sobre el baúl. Estos ofrecimientos tuyos son sencillos de cumplir.

Ahora comprendía Manuel José el despropósito que había realizado con su hermano, comprendía el alcance de la perversa calumnia de la hechicera y, a su vez, el honestísimo comportamiento de José Manuel; y aunque la noche era todavía cerrada, se vistió a toda prisa, ensilló su caballo y retomó el camino del castillo de Irás y no Volverás en ayuda de su hermano.

Lo encontró recostado al abrigo de una carrasca con el perro enroscado a sus pies, y después de comprobar que la herida era más aparatosa que grave, y de pedirle mil disculpas por lo sucedido, lo ayudó a montar en su caballo emprendiendo a continuación el viaje de regreso. Al amanecer entraban en el castillo los dos hermanos exactamente iguales, montados en dos caballos idénticos y acompañados por dos perrillos gemelos, provocando la admiración de todos los súbditos que encontraban a su paso.

A propuesta de Manuel José, el rey ordenó que dos caballeros de su séquito fueran a buscar a los padres de los dos hermanos mellizos y todos vivieron felices en el castillo durante muchos años.

* * *

PROCEDENCIA

Las versiones que he tenido en cuenta para la redacción de este cuento han sido las siguientes:

— SÁNCHEZ PÉREZ, José A.: *Cien cuentos populares españoles,* Biblioteca de Cuentos Maravillosos, 4.ª edición, 1998, páginas 196 y siguientes.

— CORTÉS VÁZQUEZ, Luis: *Cuentos populares salmantinos,* Librería Cervantes, Salamanca, 1979, tomo II, páginas 21 y siguientes. Don Luis Cortés recoge en este libro cuatro versiones sobre el mismo cuento, dos escuchadas en Vilvestre, una en Hinojosa de Duero y otra en La Alberca.

— RODRÍGUEZ ALMODÓVAR, Antonio: *Cuentos al amor de la lumbre,* Anaya, 1984, tomo I, páginas 105 y siguientes. La versión de este autor lleva por título: «La serpiente de las siete cabezas y el castillo de Irás y no Volverás».

— GUELBENZU, José María: *Cuentos populares españoles,* Siruela, 1998, tomo I, páginas 68 y siguientes.

— ESPINOSA (hijo), Aurelio Macedonio: *Cuentos populares de Castilla y León,* C.S.I.C., Madrid, 1996, páginas 129 y siguientes. Recoge dos versiones con el título de «El castillo de Irás y no Volverás», una de Navas de Oro (Segovia) y otra de Sepúlveda en la misma provincia.

— ESPINOSA (padre), Aurelio Macedonio: *Cuentos populares españoles,* C.S.I.C., Madrid, 1946. Recoge este autor cuatro versiones: Una con el título de «El castillo de Irás y no Volverás» (páginas 321-26); dos con el título de «La princesa encantada» (páginas 331-33), y por último la titulada «Dos almas en pena» (páginas 391-98).

EL CASTILLO DE IRÁS Y NO VOLVERÁS   77

Es curioso que en todas las versiones aparezca la espada como símbolo de continencia carnal entre los cuñados —en el caso del cuento que presentamos, entre la princesa recién casada y José Manuel—. Parece que es una costumbre muy arraigada entre los caballeros medievales, y así ocurre en el romance de Gerineldo, recogido por Menéndez Pidal en *Flor nueva de romances viejos:*

> ....
> Puso la espada en la cinta,
> adonde la infanta ha ido;
> vio a su hija, vio a su paje
> como mujer y marido.
> «¿Mataré yo a Gerineldo,
> a quién crié desde niño?
> Pues si matara a la infanta
> mi reino queda perdido.
> Pondré mi espada por medio
> que me sirva de testigo...»

Como apunto a pie de página en el cuento, el argumento de *El castillo de Irás y no Volverás* está muy próximo al mito de Perseo: Perseo, hijo de Zeus y de Dánae, es enviado, cuando ya es mozo, por el aspirante a la mano de su madre, Polidectes, a realizar una hazaña sobrehumana, con la solapada intención de que perezca en ella. Así, se dirige a Occidente donde encontró a las Gorgonas, tres seres monstruosos, de los cuales solamente Medusa era mortal, y a esta atacó, cortándole la cabeza sin mirarla, pues su mirada convertía a los mortales en piedras. Luego le entregó la cabeza a Atenea que la colocó en el centro de su escudo y se casó con Andrómeda. Ovidio, en *Las metamorfosis* (IV-V), desarrolla ampliamente este mito.

La versión que presento no difiere prácticamente en nada de las presentada por los autores consultados.

BLANCAFLOR [1]

Un matrimonio noble llevaba mucho tiempo casado, pero no había logrado, por más que lo había intentado, tener algún hijo; y aunque poseían todos los bienes materiales que cualquiera puede desear, no eran felices por causa de su esterilidad. Un día, la mujer, que estaba más malhumorada que de costumbre, le dijo al marido:

—¡Ojalá tuviéramos un hijo, aunque se lo llevara el Diablo!

La sorpresa no se hizo esperar, y al poco tiempo la esposa notó los primeros síntomas del embarazo y loca de alegría se lo comunicó a su esposo. A los nueve meses la mujer dio a luz un hermoso niño; pasado el tiempo, se convirtió en un apuesto mozo que era la envidia de todas las muchachas del lugar, pero tenía un vicio muy feo, y este no era otro que el de jugar a las cartas, tanto que la fortu-

---

[1] Esta historia maravillosa de Blancaflor tiene un gran parecido con la de Medea, la heroína griega amiga y, con posterioridad, esposa de Jasón; Medea, como Blancaflor, ayuda a Jasón a salir de la Cólquide, el reino de Eetes, padre de aquella, adonde había ido desde Yolco Jasón, al mando de la expedición de los Argonautas para recuperar el vellocino de oro. Posteriormente se casa con él y tiene dos hijos, que asesinará, cuando Jasón la repudie e intente casarse con Glauca, hija del rey de Corinto. Glauca y su padre también morirán a consecuencia de un hechizo de Medea. Eurípides, en la tragedia del mismo título, dramatiza esta leyenda.

na de sus padres comenzaba a resentirse. Un día, el Diablo, sabedor de lo mucho que le gustaba el juego, se dispuso a tentarlo utilizando como cebo su propia flaqueza:

—Si prometes servirme —le dijo—, yo te ayudaré en el juego y haré que nunca más vuelvas a perder.

El muchacho, asombrado, le preguntó cuál era el favor que debería pagarle a cambio, y el Diablo, sonriente, le contestó:

—Estar a mi servicio el mismo tiempo que tengas en tu poder esta baraja mágica; podrás jugar todas las partidas que quieras, ganando naturalmente, sin importar la pericia de los contrincantes. Si aceptas, tú puedes delimitar la duración del pacto.

El muchacho hizo sus cálculos y pensó que dos años eran suficientes: «Durante dos años, se decía, podré ganar mucho dinero jugando a las cartas; otros dos al servicio del diablo, continuaba razonando, tampoco son una eternidad, y después podré disfrutar de la fortuna amasada con el juego». Sin más dilación aceptó el trato y en recompensa recibió la baraja maravillosa.

Antes de despedirse, el Diablo le proporcionó una vaga información del lugar en el que vivía, y al que debería dirigirse una vez concluido el tiempo acordado:

—Cuando se venza el plazo —hablaba ahora el Diablo—, te dirigirás hacia el oeste, y en los confines de este reino encontrarás la casa de la Reina de la Aves; pregúntale por el emplazamiento del castillo de Irás y no Volverás; allí es donde vivo en compañía de mi mujer, la Diabla, y de mis tres hijas. La Reina de las Aves seguro que te agenciará un medio de transporte rápido para trasladarte hasta allí. No olvides que has firmado un pacto conmigo y tienes el deber de cumplirlo. No me obligues a tener que venir a buscarte.

Pasó el tiempo en un abrir y cerrar de ojos, tal y como el Diablo le había auspiciado, y una semana antes de que se cumplieran los dos años, el muchacho le espetó a sus padres la decisión irrevocable de su partida, sin revelar la verdadera causa de la misma, y respondiendo a las preguntas de sus progenitores, contestaba con toda clase de evasivas que sirvieron, no obstante, para tranquilizar el ánimo de aquellos.

Salió del pueblo una mañana radiante y cabalgó durante dos días completos. Al atardecer del tercer día vio un castillo encaramado en un risco [2], que inmediatamente asoció con la casa de la Reina de las Aves, y hacia él se dirigió. A medida que se acercaba, observó cómo enormes bandadas de todo tipo de pájaros revoloteaban por sus inmediaciones buscando acomodo en los tejados del castillo y en las copas de los árboles de un bosque que lo rodeaba. No tuvo duda de que la inquilina era la persona que buscaba; espoleó su caballo y en un plis-plas estaba en el interior de la mansión. La Reina de las Aves era una anciana octogenaria, vestida de negro, pero en contra de lo que se puede pensar en estos casos, ningún rasgo siniestro oscurecía su semblante; el muchacho le explicó, lo mejor que pudo, cuál era el objetivo de su viaje, y afablemente la anciana se puso a su servicio:

—El castillo de Irás y no Volverás —le decía con gesto preocupado— está muy lejos de aquí. Solamente Mica, el águila imperial más vieja del contorno, puede acercarte con verdadera garantía; es un poco zampona y seguro que te exige que vayas provisto de una buena despensa... ¡Pero vamos a ver si ha llegado a su posadero!

---

[2] Risco: Roca alta y escarpada. Lugar muy elevado.

Desde el adarve [3] de la muralla que protegía la fortificación, la anciana la llamó y al momento el águila se posó en una de las almenas del enorme muro junto a ella:

—Debes trasladar a este joven —le decía la vieja, mientras le alisaba las plumas de la cabeza— a las inmediaciones del castillo de Irás y no Volverás; necesita lo más pronto posible entrevistarse con el Diablo.

—Hoy no podremos iniciar el viaje —respondió el águila—; la noche se nos echaría encima, y además debemos llevar bastante comida para afrontar con éxito la travesía. Cerca de aquí, junto al río —continuaba diciendo el águila, dirigiéndose ahora hacia el joven—, he visto un caballo muerto; acércate allí y, antes de que los buitres terminen sus restos, córtale un anca [4], trocéala en pedazos regulares y guárdalos en un saco; creo que con eso tendré suficiente comida para el camino. Mañana al amanecer te espero en el patio del castillo.

El joven cumplió con diligencia todo aquello que el águila le había dicho, y después de descansar toda la noche en el castillo de la Reina de las Aves, al ser de día, estaba en el patio llevando en su mano izquierda un saco con la carne cuarteada del caballo. La anciana también había acudido a despedirlo, y mientras montaba en la espalda de la poderosa ave y acomodaba el saco en su cruz, la vieja le dijo:

—No te preocupes por tu caballo, yo cuidaré de él. No te olvides de pasar por aquí cuando regreses, si es que regresas; entonces te volverá a ser de utilidad.

---

[3] Adarve: Camino estrecho que se encuentra detrás del parapeto en lo alto de una fortificación.

[4] Anca: Cada una de las dos mitades en que se divide la parte posterior de algunos animales.

A continuación la rapaz levantó el vuelo dirigiéndose al desconocido reino del demonio; aterrorizado por la sobrecogedora altura, el muchacho lamentó por primera vez haber aceptado semejante pacto. Muchas veces, durante el largo recorrido, el gran pájaro fue alimentado solícitamente por su acompañante, y cuando ya la comida comenzaba a escasear en el saco, divisaron la imponente silueta del castillo endiablado. Con presteza, el águila comenzó a trazar grandes círculos descendentes, hasta que por fin en un teso [5] próximo a la construcción tomó tierra, y desembarazada del peso de su ocupante comenzó a acicalarse sus plumas, tanto las caudales [6] como las remeras [7], con su potente pico. Se divisaba desde aquel sierro un río y en él se encontraban tres mujeres, que, a juzgar por su postura, parecía que estaban lavando. Con su vista poderosa, el águila identificó las siluetas femeninas como las tres hijas del Diablo, y dirigiéndose al joven, le dijo:

—Aquellas muchachas que ves lavando en el río son las hijas del Diablo; la más pequeña de ellas, Blancaflor, seguramente que te podrá ayudar durante tu estancia en estas tierras; ahora baja al río y ofrécete para llevarle el lebrillo [8] de la ropa hasta el castillo y entabla conversación con ella.

Terminado el discurso, el águila remontó de nuevo el vuelo en dirección a su posadero habitual, y el joven se dirigió por un sendero hacia el río, donde encontró a las

---

[5] Teso: Colina de altura media con un llano en la cima.

[6] Caudales: Plumas largas que conforman la cola de las aves.

[7] Remeras: Cada una de las plumas largas que terminan las alas de las aves.

[8] Lebrillo: Recipiente de barro o metal utilizado para transportar la ropa al lavadero.

tres jóvenes lavando; cuando terminaron la faena, agarró el barreño de la más pequeña, tal y como lo había sugerido el pájaro, y, siguiendo a una prudente distancia a las hermanas mayores, se encaminaron hacia el castillo. Por el camino el joven le comentó a la muchacha que venía a ponerse al servicio del Diablo, porque había hecho un pacto con él; al punto, Blancaflor, que desde el primer momento se había sentido atraída por el mozo, le comentó que seguramente su padre le mandaría realizar trabajos sobrehumanos, pero que no debía preocuparse porque ella estaba dispuesta a ayudarle en todo aquello que precisara.

Llegados que fueron al castillo, el muchacho pidió audiencia e inmediatamente un demonio acólito del Diablo lo trasladó a una enorme sala, seguramente el salón de audiencias del Belcebú, desapareciendo a continuación por una de las puertas laterales. Al momento se personó en la dependencia el Diablo, y sin mediar presentación alguna exigió del joven la baraja encantada; a continuación, acercándolo a una de las ventanas del aposento, le dijo:

—¿Qué es lo que ves en el contorno?

—Un inmenso bosque —respondió el joven.

—Pues mañana —continuó diciendo el diablo—, talas una parte de él y siembras en la misma un costal de trigo. Debes madrugar y darte prisa, porque por la tarde me tienes que entregar un pan amasado con la harina del trigo que hayas sembrado esa misma madrugada. Puedes retirarte y buena suerte.

En uno de los corredores se encontró el atribulado muchacho con Blancaflor y, casi sin poderse contener, le dijo:

—Razón tenías cuando me dijiste que tu padre me mandaría realizar trabajos imposibles; me ha ordenado que desbroce todo un bosque, que lo siembre de trigo por la mañana, que lo recoja por la tarde y antes de que llegue la noche tengo que entregarle un pan amasado con la harina del trigo sembrado ese mismo día.

Blancaflor le contestó esbozando una sonrisa:

—Mi padre es muy severo con los que pactan con él. Te encomendará empresas más difíciles, y si sales triunfador te ofrecerá la mano de una de nosotras tres; no eres el primero que ha pasado por el castillo en semejante situación, y ya ves que nosotras continuamos solteras. Esto te dará una idea de la dificultad que entrañan las tareas impuestas por nuestro progenitor; pero con mi ayuda, y si me prometes escogerme cuando te proponga la elección, podremos salvarnos los dos. Ahora vete a dormir; deja de mi cuenta este primer encargo.

Efectivamente, por la tarde del día siguiente, Blancaflor le entregó al joven un pan amasado con la harina del trigo sembrado al amanecer, y más contento que unas pascuas se personó delante del Diablo ofreciéndole el presente tal y como él había sugerido. El Diablo lo examinó atentamente y, con cara de circunstancias, le dijo:

—¿No andará alguna de mis tres hijas ayudándote?... Bien, para mañana debes abonar aquel inmenso pedregal que se ve desde esta otra ventana, sembrar un majuelo [9], y por la tarde, a estas horas más o menos, me traes una jarra de mosto de las uvas que hayas plantado por la mañana. Felices sueños y adelante.

Con la misma, se lo contó a Blancaflor, y ella volvió a tranquilizarlo y a recomendarle que permaneciera encerrado en su alcoba, que ella por la tarde, tal y como había solicitado su padre, le traería el mosto.

---

[9] Majuelo: Conjunto de cepas nuevas que conforman un viñedo.

Cuando el Diablo lo vio aparecer con la jarro de mosto en la mano, se dirigió hasta la ventana desde donde el día anterior se divisaba el pedregal, y se quedó maravillado del color amarillento que presentaba el viñedo, plantado aquella misma mañana, y cuyo mosto refrescante le presentaba ahora el apuesto joven. Con la cara más asombrada que la vez anterior, volvió a dirigirse al muchacho:

—Si descubro que alguna de mis hijas anda por medio, ambos moriréis; andad con cuidado. Mañana deberás dirigirte al río y recuperar un anillo de oro que perdió en él, hace ya mucho tiempo, la tatarabuela de mi bisabuela. Si superas esta prueba, ya veremos lo que hacemos después. Enhorabuena y felices sueños.

Otra vez volvió el apenado joven a entrevistarse con Blancaflor y, cariacontecido, le comentó el encargo paterno:

—¡Huy! —exclamó Bancaflor—, ese trabajo es más complicado que los anteriores; además, necesito tu colaboración. Mira —continuaba diciendo—, coge una piel de cabra, baja hasta el río, extiéndela en la orilla y cuando yo llegue me picas en trocitos muy pequeños, pero debes tener cuidado de no perder absolutamente nada, pues en ese caso, cuando resucite, después de haber realizado el encargo, se me notará en alguna parte de mi cuerpo la falta. No te preocupes y ten valor. Te prometo que saldremos airosos de la prueba; por la dificultad que entraña, creo que será la última que te proponga mi padre.

A regañadientes bajaba el muchacho hasta el río, dándole vueltas a las terribles recomendaciones que le había hecho su amada y salvadora, y una vez en él, extendió la piel en su orilla. Cuando llegó Blancaflor al lugar convenido, al joven se le comprimieron las tripas y un vómito de bilis le alcanzó su garganta; sin embargo, la muchacha se colocó de pie en el centro de la piel con los brazos pegados al cuerpo, como una cariátide [10], y sonriendo animaba a su prometido:

—Debes degollarme en esta posición, así la sangre caerá dentro de la piel, y no se desperdiciará ni una gota; después de trocearme, pliega la piel hacia el centro y átala; luego coge todo el amasijo y lánzalo al centro del río. Ten el suficiente valor y la destreza necesaria para que ninguna parte de mi cuerpo, incluida la sangre, se pierda entre la arena. Te prometo que al cabo de un rato volveré con el anillo rescatado y tan resplandeciente como me ves ahora. Entonces comenzaremos a planificar nuestro futuro.

Terminada la tétrica sesión, el muchacho dobló los cuatro pielgos [11] del pellejo y los ató en el centro conformando una especie de capacho en cuyo interior bullía el cuerpo de su amada troceado, luego lo agarró con fuerza por la parte superior y volteándolo, como si fuera una pesada honda, lo lanzó al medio del río. Concluido lo que sin duda ofrecía mayor dificultad para el joven, este se sentó a esperar sobre una peña en la misma orilla y clavó sus ojos en la arena, que mostraba inequívocas señas de la luctuosa actividad anterior; fue en ese momento cuando descubrió un minúsculo manchón rojo que ya la arena había succionado [12], y alarmado, comenzó a pensar cuál sería la parte del cuerpo de Blancaflor que se resentiría del levísimo descuido. Descartó de antemano, aunque lo pensó con tristeza, que fuera alguno de los ojos de su cómplice el que pregonara la pérdida.

---

[10] Cariátide: Columna que tiene forma de mujer.
[11] Pielgos: Cada uno de los cuatro colgajos de la piel de un animal que se corresponden con las cuatro extremidades.
[12] Succionar: Chupar, absorber.

Unos círculos concéntricos en medio del río y un borbotón de agua en el centro fueron los anunciadores de que la empresa había llegado a su fin; al momento, emergió sobre la superficie del agua la espléndida cabeza de la joven con el cabello pegado a su espalda, y a continuación, la mano derecha cerrada se alzaba al aire en un alarde de victoria: sin duda, dentro de ella se encontraba la sortija que tantos quebrantos y tristezas había ocasionado a la pareja.

En la arena, pasados los primeros momentos de nerviosismo, el joven, mirando fijamente a los ojos de Blancaflor, le comentó el suceso de la gota de sangre que se había caído en la orilla:

—¿Qué parte de tu cuerpo, Blancaflor, muestra ahora la huella de esa pérdida? —preguntó el joven ansioso.

La muchacha lo tranquilizó al momento, y mostrándole el dedo meñique de la mano derecha, en cuya yema se notaba una pequeña hendidura, le dijo exultante:

—Esta pequeña mácula [13] en mi dedo es el resultado del extravío anterior; siempre me acompañará, pero es tan poco el desperfecto que no debemos preocuparnos. ¡Ojalá nos pueda servir de ayuda en algún momento!

Después le entregó el anillo, y el joven fue a presentarse ante el Diablo con la ilusión de que fuera este el último trabajo que debiera realizar; lo encontró en una sala adjunta al gran salón de reuniones en compañía de la Diabla, y nada más entrar le mostró la sortija antes perdida y ahora rescatada. Los dos la examinaron con minuciosidad, y por sus gestos de extrañeza, podría decirse que dudaban de la autenticidad de la misma; por fin, el Diablo se incorporó, y le dijo:

---

[13] Mácula: Mancha.

—Está bien, has ganado; y, en recompensa a tu pericia, te concedo la mano de una de mis tres hijas, pues sin lugar a duda este es el anillo de la tatarabuela de mi bisabuela. Deberás elegir a tu futura cónyuge a ciegas. Mis hijas te serán presentadas vestidas exactamente igual y con un capirote [14] idéntico que le cubrirá cuello y cabeza; aquella que resulte elegida se convertirá en tu esposa. Esta noche celebraremos una cena de gala, a la que estás invitado, y antes de la misma será la elección.

Entristecido, el joven fue a reunirse con Blancaflor, que todavía permanecía en el río esperando a que se secaran sus vestidos. Cuando terminó el muchacho de informarla acerca de los planes que tenía su padre, esta le respondió:

—Nada se ha dicho de las manos, o al menos tú no me lo has referido; ahí tenemos la solución: si no nos exige ponernos guantes, yo procuraré mostrarte mi dedo meñique, así podrás reconocerme.

Ya de regreso al castillo, esperanzado y angustiado a la vez, el muchacho esperó la hora de la cena, y suplicaba que el Diablo no cubriera las manos de sus hijas con los consabidos guantes. Cuando comprendió que ya estaba próxima la reunión, se dirigió a la gran sala, que aparecía repleta de los demonios más allegados, mientras que el Diablo y la Diabla presidían el enorme salón. En cuanto el Diablo se percató de su presencia, mandó callar a los invitados, y dirigiéndose ahora a ellos, les dijo:

—Este joven —y lo señalaba con el dedo— tenía que estar a mi servicio durante dos años en pago de un pacto secreto entre él y mi persona, pero dada su audacia (en tres días ha realizado tres trabajos asombrosos), he deci-

---

[14] Capirote: Cucurucho de cartón forrado de terciopelo que utilizan los cofrades de una hermandad religiosa durante la Semana Santa.

dido liberarlo de esta servidumbre acordada, y además le he prometido en premio desposarlo con una de mis tres hijas. Deberá elegirla sin conocer su identidad.

Al punto, entraron en la gran sala las tres hijas vestidas igual y encapirotadas de idéntica forma; cada una de ellas iba acompañada por una acólita[15] demonia, que le servía de lazarillo y, apoyando su mano sobre el hombro de la correspondiente guía, avanzaban hacia la cabecera del salón. Nada distrajo la atención del muchacho, sino las manos de las doncellas, que mostraban su blancor azulado sobre el hombro de sus conductoras:

—Estamos salvados —balbuceó el pretendiente.

Cuando estuvo preparada la elección —ellas colocadas sobre una tarima en la cabecera del comedor, y él a unos pocos metros en el pasillo central—, observó cómo una de ellas tornaba tímidamente la mano para mostrar al dubitativo aspirante su palma y en consecuencia la pequeña cicatriz, imperceptible desde aquella distancia, de su dedo meñique; el joven no tuvo duda de que aquella mano pertenecía a Blancaflor y, dirigiéndose al Diablo, le dijo:

—Señor, la elección ha terminado. Escojo a la primera comenzando por la derecha; la que está más cerca de su esposa. Esa es la elegida. No tengo ninguna duda

En ese momento, el Diablo ordenó que sus tres hijas se descubrieran; todos los asistentes, incluido el ansioso candidato, comprobaron que efectivamente la elegida era Blancaflor. Allí mismo, y en presencia de sus invitados, el Diablo rubricó el pacto, y sin más prolegómenos fueron declarados marido y mujer. En el transcurso de la

---

[15] Acólita: Persona que tiene el encargo de ayudar a otra. En el lenguaje eclesiástico, sinónimo de monaguillo.

cena la Diabla comenzó a hostigar al Diablo y a murmurar de los aún no estrenados esposos:

—No te das cuenta —le decía— de que Blancaflor es maga y ahora que está enamorada, y eso no admite ninguna duda, pondrá toda su magia al servicio de su esposo; si él es ambicioso, seguro que entre los dos son capaces de destronarte y ocupar nuestro puesto. Tienes que matarlos esta misma noche; no seas cretino.

Blancaflor adivinó inmediatamente los pensamientos de su madre, y cuando, terminada la cena, se retiró con su esposo a la cámara nupcial, en lugar de disfrutar de requiebros amorosos, le cogió las manos y le dijo:

—Mi padre, a sugerencia de mi madre, nos quiere matar. No podemos permanecer aquí ni un momento más. Vete a la bodega, coge dos pellejos de vino vacíos y regresa lo más pronto que puedas aquí; yo mientras tanto, voy a preparar un conjuro.

Al momento ella depositó un poco de saliva en un platito y le transfirió la facultad de hablar; cuando llegó el marido con los pellejos, le ordenó que los inflara y los metiera debajo de las mantas en la cama; después salieron sigilosamente al corredor y cerraron la puerta de la habitación. Por el camino, en voz baja, le susurraba:

—He preparado una poción [16] mágica con mi saliva que tiene la facultad de contestar por mí mientras no se evapore; calculo que durará cerca de una hora. Ese es el tiempo que le llevaremos de ventaja a mi padre, pues en cuanto se dé cuenta del engaño saldrá en nuestra busca. Tú ahora vete a la cuadra y verás dos caballos, uno se

---

[16] Poción: Líquido medicinal para curar enfermedades. En el contexto habría que entender «líquido embrujado con un determinado fin».

llama Pensamiento y el otro Viento; llámalos nada más entrar para que se tranquilicen y no relinchen. Ensilla a Pensamiento que es el más veloz y dirígete con él a la puerta del castillo. Yo mientras tanto voy a abrir los portones.

Cuando entró en la cuadra, vio que uno de los caballos estaba muy flaco y pensó que no soportaría el peso de los dos; enjaezó [17] rápidamente al otro, que era mucho mas potente, y al momento estaba junto a su esposa en el puente del castillo. Nada más montar, Blancaflor se dio cuenta de la confusión del esposo:

—Tenías que haber ensillado el caballo más flaco, que es Pensamiento; los dos son muy veloces, pero el pensamiento corre siempre más rápido que el viento. Es fácil que mi padre nos alcance y... pero no perdamos tiempo y espolea la montura que ya estoy acomodada.

Mientras tanto, en el interior del castillo la Diabla no cesaba de fustigar al Diablo para que se deshiciera de los nuevos esposos:

—Seguro que no están todavía dormidos —le decía el Diablo—. ¿No te das cuenta de que esta es la primera noche que pasan juntos?, ¿no te acuerdas de lo que hiciste tú?... ¡Qué tonta eres!

Pero la Diabla no cejaba en su empeño, y tanto porfió que el Diablo, malhumorado, se levantó, se fue para la cocina, cogió un cuchillo de destazar [18] y se dirigió a la habitación de los novios dispuesto a ejecutar el doble asesinato. Cuando llegó, pegó la oreja a la puerta para ver si escuchaba algún rumor, y al comprobar que todo estaba en silencio se dispuso a entrar en el habitáculo; pero recapacitó a tiempo, y preguntó antes de abrir:

---

[17] Enjaezar: Acción de colocar los aparejos de montar a los caballos.
[18] Destazar: Hacer piezas, pedazos de una cosa.

—¿Estáis todavía despiertos, hijos míos?

—Sí, padre —respondió la saliva encantada.

—Pues no se oye nada —apostillaba el Diablo desde el corredor.

—Para besarnos y acariciarnos, padre —contestó la saliva—, no necesitamos hacer ruidos.

Entonces el Diablo, un tanto receloso, miró por la cerradura y observó dos bultos muy juntitos y muy tapaditos en la cama, y, completamente convencido de que eran su hija y su yerno, se fue para su habitación.

Nada más entrar, la Diabla, que estaba en la cama recostada sobre la almohada, esperándolo, le dijo:

—¿Qué?...

—Nada —contestó el Diablo malhumorado—; que están todavía despiertos folgando [19] en la cama. Tenemos para rato.

—¡Pues vaya! —masculló la Diabla—, ¡a ver si se pasan toda la noche haciéndose arrumacos [20]!, ¡qué barbaridad!, ¡vaya juventud!

Habría pasado media hora escasa, cuando la Diabla volvió a las andadas de nuevo, y en esta ocasión el Diablo no se hizo el remolón: tomó el cuchillo, que guardaba debajo de la almohada, y se dirigió a la habitación nupcial. La saliva ya se había evaporado, y cuando el padre asesino preguntó desde el pasillo en términos similares a los de la vez anterior, nadie le contestó; señal fehaciente de que los esposos estaban ya dormidos. No obstante, observó a través del hueco de la cerradura el interior de la alcoba, y volvió a ver los dos bultos muy arrimaditos

---

[19] Folgando: Tener contacto carnal.

[20] Arrumacos: Demostración de cariño hecha con gestos y ademanes.

en la cama. Abrió en silencio la puerta y, enarbolando el cuchillo en la mano derecha, los apuñaló en el acto; pero cuál no sería su sorpresa cuando en el momento de punzar los dos pellejos, estos lanzaron un inmenso chorro de aire mezclado con restos de vino y pcz, y un desagradable olor avinagrado se extendió por toda la habitación.

Limpiándose a manotazos la ponzoña que tenía en la cara, mascullaba venganzas y blasfemias, al tiempo que se dirigía hacia su alcoba; pero no se metió en la cama, sino que, al contrario, atolondradamente, comenzó a vestirse mientras que farfullaba con la Diabla:

—¡Nos han engañado, esposa! Ahora mismo voy en su busca.

Ya en las caballerizas, se alegró de que hubieran dejado a Pensamiento, y, ensillándolo con rapidez emprendió veloz persecución. No tardó mucho en avistarlos, pues pudo seguir perfectamente el rastro, porque las huellas de Viento, sobrecargado con el peso de los esposos, eran tan profundas que podían verse incluso en la oscuridad. Sin embargo, Blancaflor también se dio cuenta de que su padre los perseguía; entonces le quitó a su marido la navaja y después de darle un beso la arrojó al suelo mientras decía:

—¡Qué surja un espeso bosque cuyas ramas sean filos de navaja!

Al punto, brotó entre perseguidor y perseguidos un tupido bosque con árboles protegidos desde los troncos hasta las copas por finísimas púas, imposible de penetrar. El Diablo refrenó a Pensamiento, y ante el espectáculo que se le representaba, dio media vuelta y se encaminó, de retorno, al castillo de Irás y no Volverás. Todavía la Diabla estaba acostada, y nada más verlo se sentó en la cama y le preguntó:

—¿Los mataste ya?, ¿no me digas que no tienes agallas?... Si te da pena quedarte sin una hija, piensa que ella quiere usurparte el trono. Además, te quedan otras dos.

—Mujer, Blancaflor me tendió una trampa —contestaba el Diablo—; no pude darles alcance, pues un bosque de púas afiladas como alfanjes [21] se interpuso entre nosotros.

—¡Qué imbécil eres! Eso es un hechizó de Blancaflor —respondía airada la Diabla—, y tú sabes que los encantos de nuestra hija tienen una duración determinada, y cuando se cumple ese tiempo, desaparecen. Si hubieras esperado un rato, habrías visto cómo el bosque embrujado se diluía; sin duda, hubieras ganado un tiempo precioso; pero no se hable más, y sal de nuevo en su busca.

Mientras tanto, Blancaflor y su marido habían llegado a los confines del reino; y el joven esposo se sobresaltó cuando vio que el caballo se paraba en seco, y por más que lo espoleaba no conseguía que diera un solo paso. Entonces ella lo tranquilizó de nuevo, diciéndole:

—Los dos caballos mantienen sus poderes mágicos dentro de las fronteras de nuestro reino y jamás pueden salir de sus límites. Descendamos de la montura y continuemos nuestra huida a pie. A mi padre, si llega hasta aquí, le ocurrirá lo mismo que a nosotros. Dejemos en libertad al caballo y seguro que regresa al castillo; cuando lo vean en él, todos sabrán lo que ha sucedido.

El caballo inició el viaje de regreso en cuanto se sintió aligerado de la carga que suponían los dos jinetes, y en el camino de vuelta, no lejos de la raya entre el reino endiablado y el de la Reina de la Aves, se encontró con su señor que montaba a Pensamiento; así fue cómo el rey

---

[21] Alfanjes: Espada corta y curva con filo por un lado.

de los demonios se dio cuenta de que los dos amantes habían abandonado los límites de su territorio. Muy a su pesar, no tuvo más remedio que abandonar la persecución, y dándole media vuelta a su cabalgadura emprendió también el camino de regreso al castillo.

Mientras tanto, Blancaflor y su esposo caminaban hacia la casa de la Reina de las Aves; en el rostro del muchacho se adivinaba una sombra de preocupación que se traducía en un constante mirar hacia atrás para cerciorarse de que su suegro no los perseguía. Blancaflor lo tranquilizaba con estos razonamientos:

—Los poderes de mi padre disminuyen muchísimo fuera de su reino; en el extranjero captura a sus víctimas con engaños y tretas, recuerda lo que te pasó a ti; pero él sabe muy bien que a mí no me puede engañar, ni a ti tampoco, mientras que yo permanezca a tu lado.

Y con el semblante turbado por un auspicio siniestro continuó diciendo:

—Peor es lo de mi madre...: debimos acercarnos a una fuente que hay en el límite de ambos reinos, y antes de pisar tierra extranjera, teníamos que habernos lavado para destruir cualquier encantamiento que nos hubiera enviado. Sé que sobre nosotros se cierne ahora uno, concebido por ella, y que se prolongará durante bastante tiempo; escúchame bien: cuando lleguemos a tu pueblo, nadie te podrá besar, ni siquiera tu madre; cualquier beso distinto de los míos te hará olvidar por completo mi persona. Hasta que yo no te diga lo contrario, cumple a rajatabla este consejo.

Llegaron al castillo de la Reina de las Aves, fueron recibidos con extrema hospitalidad por la anciana octogenaria, y ella misma les engalanó la mejor dependencia para que pasaran allí la noche. Durante la cena, la anfitriona les sugirió la posibilidad de hacer el viaje de regreso con mayor rapidez que el de ida:

—Si vais a ir a tu pueblo en el caballo —decía la Reina dirigiéndose al muchacho—, podemos darle un jarabe en el agua que multiplica la rapidez de su carrera; si para el viaje de venida tardaste dos días, para el de ida te sobrará con uno. Los caminos son peligrosos, sobre todo por las noches; yo te aconsejo que le suministres el brebaje.

Todo se hizo tal y como la anciana había propuesto, y después de una noche de desenfreno y vigilia, que paradójicamente no había dejado huella en el rostro de los amantes, a la mañana siguiente, muy de madrugada, se despedían de la Reina de las Aves y emprendían el viaje de vuelta.

El retorno lo hicieron con la rapidez anunciada por la Reina: el caballo galopaba sobre las festoneantes mieses, lavacros [22] de esmeraldas, sin rozar apenas las argañas puntiagudas con sus cascos; y cuando alcanzaron los temidos bodonales [23], las pezuñas se deslizaban hiriendo levemente las ondulaciones cristalinas y levantaban una polvareda, como de pompas de jabón, que reventaban en la claridad del mediodía refrescando a los esposos. Antes del atardecer de aquel día divisaron en lontananza las torres, espadañas y almenas del pueblo del joven. Desde la entrada hasta la casa del muchacho fue una procesión continua de parabienes y felicitaciones para los recién llegados: si más manos hubieran tenido, más hubieran utilizado en saludar a sus convecinos, pues todos desconfiaban del destino que emprendió unos días antes aquel mozo, y la dificultad que entrañaba su regreso.

---

[22] Lavacro: Cultismo, agua y por extensión mar, que sería lo que significa aquí «mares verdes».

[23] Bodonal: Terreno encenagado, pantanoso.

Ya en casa, el joven, antes de presentar a su esposa oficialmente a los padres y familiares más íntimos, les anunció a todos que los besos como muestra de bienvenida quedaban totalmente prohibidos hasta nueva orden: «Los besos —puntualizó con un poco de sorna— solo me los puede dar Blancaflor, que es esta que aquí os presento». De esta forma transmitía a los presentes la orden que con anterioridad le había insinuado su esposa.

—¡Pues vaya estupidez! —murmuraban algunas de las primas, que fueron a darle la bienvenida—, ¡qué acaparadora se presenta la forastera!, ¡ni que se lo fuéramos a gastar!...

Pero la abuela, que estaba sorda como un puchero de barro, sobresaltada por la presencia del nieto, se levantó decidida desde el rincón que ocupaba en la mediocasa [24] y le estampó dos besos en las mejillas al tiempo que le decía:

—¡Majo!, ¡qué majazo eres!; ¡ya sabía yo que volverías, y además bien acompañado! ¡Trae p'acá otro par de besos!

Todos se quedaron sorprendidos de la ocurrencia de la abuela. Blancaflor se tapó el rostro con las manos y miraba a su marido por las aberturas de sus dedos. Todo se había consumado: el marido mostraba ahora un aspecto distante para con ella y dicharachero para con sus convecinos y familiares; y cuando, a instancias de su madre, que le preguntaba por el parentesco que lo unía a aquella mujer, este le respondió que la había encontrado cerca del pueblo y, compadecido, la había invitado a subir a su

---

[24] Mediocasa: Pieza interior, típica de las casas rurales, que sirve de recibidor y de lugar de distribución para el resto de las dependencias.

grupa, Blancaflor no tuvo duda de que el hechizo de su madre, por desgracia, se acababa de cumplir.

Decidida a recuperarlo, la joven esposa no abandonó el pueblo; «así al menos —se decía—, estaré cerca de él, ¡ojalá que el hechizo tenga una corta duración!...». Pero no fue así; los meses pasaban y la amnesia del joven no experimentaba mejoría alguna; la olvidada esposa, para subsistir, se puso a trabajar de lavandera, y entre las familias que contrataron sus servicios se encontraba la de su joven esposo, y de esta forma, ella amorosamente lavaba y planchaba el remudo [25], que luego otra —pues había pasado ya tanto tiempo que su esposo se había echado una nueva novia— disfrutaba y paseaba.

La hermosura de Blancaflor encandilaba a los amigos del esposo olvidadizo; en ninguno de ellos había la más mínima intención de entablar una relación seria con la forastera: una humilde planchadora era poca cosa para aquellos mozos descendientes de campesinos medianamente acomodados, pero la apetencia carnal borbolloneaba en las carnes de aquellos curtidos labradores. La tormenta estalló en la taberna del pueblo unos días antes de que se celebraran los nuevos esponsales del marido de Blancaflor:

—Si yo no estuviera prometido —dijo el nuevo novio—, esa no se me escapaba; ¡no tenéis hechuras [26] si hoy no le dais un tiento!, ¡lo está pidiendo a gritos!... ¿No os dais cuenta?

Tantas vueltas le dieron al asunto, tan fácil se presentaba el apetitoso pastel, que dos de los presentes, acalo-

---

[25] Remudo: Conjunto de ropa, sobre todo interior, que suele cambiarse cada poco tiempo.

[26] Hechuras: Coraje, amor propio, agallas.

rados por la bebida y por el donaire de la moza, decidieron probar fortuna. Blancaflor había alquilado una pequeña casa en las afueras del pueblo y hacia ella se dirigió el primero de los pretendientes. Llamó a la puerta, y ella, pensando que era alguna de sus clientas que le traía ropa sucia para que la lavara, abrió sin tomar preocupación alguna. Cuando vio al muchacho con los ojos enfebrecidos, le preguntó qué quería:

—Que me quieras —respondió el joven—, y si puede ser hoy mejor que mañana.

Blancaflor no se amilanó [27] ante tamaña respuesta, y abriéndole el portón lo invitó a pasar hasta la cocina. El mozo no daba crédito a lo que estaba sucediendo:

—A mí me gusta —decía la lozana muchacha con una sonrisa picarona— que el colchón esté bien blandito... Para una vez que se desmelena una hay que estar cómoda... Así que vete a la habitación y comienza a mullirlo.

Allí lo tuvo dándole palmetazos hasta las tres de la mañana, sin que se pudiera separar. Cuando le pareció, lo desencantó y el muchacho, sin esperar a razones, se fue corriendo para su casa. Antes de salir a la calle, Blancaflor le dijo que no le contara a nadie lo que le había sucedido.

Al día siguiente, a la misma hora, llamó a la puerta el segundo fanfarrón de la taberna y la escena se desarrolló en similares circunstancias que la anterior; esta vez Blancaflor lo tuvo esponjando la almohada de su cama hasta altas horas de la madrugada, y le hizo la misma recomendación que a su amigo.

La víspera de la boda del marido, este invitó a sus amigos y a las amigas de la novia, y por supuesto a la propia novia, a una cena de despedida en su casa; a instancias de

---

[27] Amilanarse: Atemorizarse, apocarse.

su madre, que estaba muy agradecida a Blancaflor por lo bien que le lavaba y planchaba la ropa, invitó también a la forastera. Después de la cena, y para entretenerse, contaban chistes que provocaban la carcajada en los presentes. Blancaflor permanecía sentada sin rechistar; fue entonces cuando el fanfarrón, que había estado mulléndole el colchón durante toda la noche, la increpó en estos términos:

—¡Qué aburrida eres, hija!, ¿es que no sabes ninguna historia divertida?

—Sí las sé —contestó la forastera. Y sacando de su bolso un muñeco encantado, lo colocó enfrente del lascivo pretendiente, y este con tono enérgico le dijo:

—¿No es cierto que la otra noche fuiste a casa de mi señora y le propusiste holganza y retozo [28], y ella te tuvo vareando su colchón hasta la venida del alba?

El muchacho no respondió, y como movido por un resorte, abandonó la reunión. Acto seguido el muñequillo se acercó al segundo pretendiente, y este, sorprendido, confesó, antes de ser interrogado por el artilugio, que él había ido también a casa de la planchadora y que esta lo había tenido esponjando la almohada de su cama durante toda la noche. A continuación el muñeco se encaminó hasta la parcela del novio y, en un tono mucho más afable, le dijo:

—Y tú, ¿no es cierto que fuiste al castillo de Irás y no Volverás a saldar un pacto que tenías con el Diablo?

—No me acuerdo —decía el novio.

—Acuérdate —le decía— de que una muchacha joven y hermosa te consiguió un pan, ese fue tu primer trabajo, hecho con harina de trigo que fue sembrado, segado, molido, amasado y cocido en un mismo día.

---

[28] Retozo: Entregarse una pareja a juegos amorosos.

—Parece que me voy acordando —respondió el joven.

—Y ¿no te acuerdas —continuaba diciendo el encanto— de que esa muchacha te consiguió mosto, ese fue tu segundo trabajo, de las uvas de un bacillar...?

—Parece que voy recordando —volvió a responder el joven.

En ese momento, Blancaflor colocó su mano derecha vuelta hacia arriba, de manera que su marido viera la cicatriz del dedo meñique; entonces el joven se levantó y pleno de alegría dijo:

—Y me acuerdo de que a la orilla de un río tuve que picarte en trozitos pequeños y arrojarte a él para que recuperaras el anillo de la tatarabuela de la bisabuela de tu padre, aquel fue mi tercer trabajo, y una gota de tu sangre, que perdí en el lance, es la causa de esa cicatriz en tu dedo; y te recuerdo y te proclamo como mi primera esposa, Blancaflor, y como nunca segundas partes fueron buenas, contigo me he de quedar por toda una eternidad.

* * *

PROCEDENCIA

Las versiones que he tenido en cuenta para la redacción de este cuento son las siguientes:

— GUELBENZU, José María: *O. C.,* tomo I, páginas 98 y siguientes.
— RODRÍGUEZ ALMODÓVAR, Antonio: *O. C.,* tomo I, páginas 45 y siguientes. Este recopilador titula el cuento como «Blancaflor, la hija del Diablo».
— ESPINOSA (padre), Aureliano Macedonio: *Cuentos populares españoles,* C.S.I.C. Madrid, 1946, páginas 265 y siguientes. También este autor titula el cuento de idéntica forma que el anterior: «Blancaflor, la hija del diablo». En otra versión del mismo cuento, páginas 169 y siguientes, recogida en Soria, el título es el de

«Marisoles»; también lo recoge bajo el nombre de «El castillo de las Siete Naranjas».

— Espinosa (hijo), Aurelio Macedonio: *O. C.*, tomo II, páginas 139-153. Recoge este autor cuatro versiones, con gran variedad de títulos: «Blancaflor», «La hija del diablo», «La hija del demonio», «Blancaflor, la hija del demonio».

— Cortés Vázquez, Luis: *O. C.*, tomo II, páginas 70 y siguientes. Don Luis incluye tres versiones con el título de «Blancaflor» recogidas, respectivamente, en Vilvestre, Hinojosa de Duero y Pereña, y una cuarta, con el título de «El castillo de Irás y no Volverás», recogida en Saucelle.

El punto de partida de mi cuento se centra en la versión de Vilvestre recogida por don Luis Cortés Vázquez. Las diferencias más notorias entre la historia que te presento y la de mi profesor de francés en la Universidad de Salamanca conciernen fundamentalmente a la simplificación. Cortés recoge cuatro trabajos encargados por el Diablo al protagonista masculino; en la mía se suprime el último: la doma de un caballo furioso —por el héroe masculino— en el que se encuentra reencarnada toda la familia del Diablo, incluida Blancaflor. Asimismo, en nuestra versión solamente aparece un obstáculo maravilloso que se interpone en la persecución que lleva a cabo el Diablo para alcanzar al joven matrimonio en su huida: el de la navaja que se convierte en un bosque de agudísimas púas. En la versión de mi profesor aparecen cuatro mutaciones; en la última, el protagonista masculino se convierte en ermitaño, el caballo en ermita y la propia Blancaflor en santa. Me parecieron demasiadas metamorfosis y preferí simplificarlas. El final de la persecución, en mi cuento, el desencanto de los caballos, cuando llegan a los confines del reino del Diablo, es de mi invención. Por lo demás, el cuento sigue en líneas generales las directrices marcadas por el de mi profesor.

Antonio Rodríguez Almodóvar incluye en el discurso de su cuento a una bruja, dueña de todas las aves, que es utilizada en mi narración como esbozo de la Reina de las Aves, que tanta ayuda proporciona a los protagonistas, tanto en el viaje de ida como en el de regreso.

De las relaciones entre esta historia y el mito griego de Jasón, Medea y los Argonautas ya he hecho una breve reseña al principio del relato. Para más información, puedes consultar el *Diccionario de la mitología mundial,* Edaf, Madrid, 1998.

Cervantes, en el *Quijote*, en «La historia del cautivo» (*Quijote* I, XXXIX-XLI), desarrolla un argumento, mitad real mitad novelado, que recuerda la historia de *Blancaflor*. La bella mora Zoraida, en el discurso cervantino, parece poseer algunos rasgos característicos del cuento maravilloso que acabas de leer.

Los hermanos Grimm, en su cuento titulado «La ondina» (*Cuentos,* Alianza Editorial, 1998, página 200), recogen una serie de mutaciones, realizadas por unos niños para librarse de la persecución de una ondina, muy similares a las que realiza en nuestro relato Blancaflor.

ESTRELLITA DE ORO

Un joven conde, viudo y con una hija muy pequeña, decidió casarse de nuevo con una muchacha de su ciudad que era famosa en todo el contorno por su egoísmo; de nada sirvieron los consejos de sus allegados que argüían, para hacerlo desistir, casi siempre el mismo juicio: «Piensa —le decían—, en la suerte que correrá tu pobre hija en manos de esa insaciable». El conde no razonaba, y si lo hacía les soltaba argumentos tales como: «Mi fortuna es grande; tendremos para los tres. Además, puede ser que con el matrimonio su comportamiento cambie». Y siempre terminaba sus discursos con la misma cantinela: «Estoy decidido, y lo voy a hacer».

Los consejeros, viendo que su señor no renunciaba, decidieron zanjar [1] el asunto, y, durante la tregua, el noble viudo comunicó a sus súbditos en un acto público la intención de desposarse de nuevo, y a continuación les anunció el nombre de su prometida. Los murmullos y críticas fueron generales, pero como suele suceder, estos no trascendieron, y de nada hubieran servido, los umbrales de las casas de sus vasallos. Así pues, la boda se celebró con la ostentación que el caso requería.

Al año de casados, el matrimonio tuvo una hija y, con la llegada de la recién nacida, la situación familiar comen-

---

[1] Zanjar: Terminar un asunto, problema o discusión.

zó a resentirse: no en presencia del conde, que procuraba apaciguar las reacciones agrias de su esposa para con su hijastra, pero sí cuando este se ausentaba, y eran demasiadas veces al cabo del año, por necesidades de su cargo. Sin embargo, el agua no llegó al río, y más que menos la situación, aunque tensa, era respirable. Durante una de las ausencias del conde, cuando ya la criatura tenía quince años, la madrastra dio a la servidumbre la siguiente orden:

—Descolgad todos los cortinajes de palacio y colocadlos en aquellos serones [2]. Mañana de madrugada los cargáis en una burra, que ya tenemos la lavandera adecuada.

Al amanecer del día siguiente la malvada esposa despertó a la niña, le dio el panal [3] más pequeño de jabón que encontró y un pucherillo con un cazo de sopa para que comiera:

—La burra está cargada con la cortinas de palacio —le dijo—, vete al río, y quiero que las dejes como los chorros del oro; raciona el jabón, porque puede suceder que no te llegue para toda la colada, y no se te ocurra montarte en ella, que ya va bastante cargada; llévala de ramal [4].

La niña no dijo nada y procuró cumplir al pie de la letra los mandatos de la ficticia madre. Antes de llegar al

---

[2] Serones: Utensilio que consta de dos recipientes simétricos de forma troncocónica invertida, confeccionado con esparto o mimbre y que se utiliza para transportar objetos en las caballerías.

[3] Panal: Dícese de cada uno de los cuadrados en que se divide la masa de jabón una vez endurecida.

[4] Ramal: Cuerda o tira de cuero sujeta a la cabeza de las caballerías que sirve para conducirlas, sobre todo cuando el jinete va a pie delante de la misma.

riachuelo se paró en una fuente a refrescarse, y cuál no sería su sorpresa, cuando de lo hondo del manantial brotó la figura de una anciana que le dijo:

—Yo soy un hada buena, amiga de tu madre; la pobre venía muchas veces a descansar a esta fuente y charlábamos juntas. Siempre se portó maravillosamente conmigo, y ahora que tú estás sola y necesitada, mi conciencia, en agradecimiento al recuerdo materno, me dice que tengo que ayudarte.

La niña no salía de su asombro, y el hada continuaba hablando:

—Sé del encargo de tu madrastra; no te preocupes y déjalo de mi cuenta: acerca la burra a la fuente y saca el cuarterón [5] de jabón y el pucherillo de sopa de los serones. No es necesario, ni siquiera, que te molestes en sacar los cortinones. Déjalos en los canastos. Cuando yo realice el encanto para lavarlos, tú debes permanecer arrodillada y mirando al cielo.

Así lo hizo la niña, y mientras tanto la anciana cortó una ramita de un madroño [6] que crecía junto a la fuente y roció con su agua el cargamento. En el mismo momento en que las gotas caían sobre los cestos de mimbre, la niña notó un pinchacito en el centro de su frente, pero continuó impasible mirando a las alturas. Las gotas de agua encantada lavaron completamente la ropa y las cortinas presentaban una limpieza envidiable.

---

[5] Cuarterón: Cuarta parte de una libra. La libra castellana equivale a 460 gramos, por lo tanto el cuarterón pesaría 115 gramos. En el lenguaje coloquial, y para designar algunos objetos, no tiene que coincidir exactamente el peso.

[6] Madroño: Árbol de 3 ó 4 metros de altura, de hoja perenne, flores blancas y frutos en forma de baya de aspecto granuloso, color naranja y sabor dulzón.

Cuando terminó, la anciana se sentó con la niña junto al manantial, y el agua reflejaba sus rostros; entonces la adolescente vio que en el centro de su frente aparecía dibujada una minúscula estrellita dorada. Sobresaltada, miró a su afable compañera, y esta la tranquilizó:

—No te preocupes, es una estrellita de virtud, como lo es esta fuente y este árbol: sus aguas y sus ramas tienen poderes mágicos que les trasmite mi persona. Pide a tu padre que te lleve una varita de este madroño; si la cogieras tú, no te serviría de nada. Debe regalártela una persona que te quiera mucho.

Como el trabajo estaba ya hecho, la niña destapó el puchero de la sopa e invitó a su compañera; y comieron y comieron, y la sopa no disminuía, así que cuando saciaron el hambre lo volvió a tapar y lo colocó con el jabón en uno de los serones, y acto seguido se despidió de su simpática bienhechora; dio media vuelta a la burra, y andando, se dirigió de nuevo a palacio.

La madrastra la vio venir desde lejos, y como todavía no era mediodía, no cesaba de farfullar [7]:

—¡Buenas traerá las cortinas!, ¡ni tiempo ha tenido para lavarlas, cuánto más para secarlas! Las habrá metido chorreando agua en los serones y estarán más arrugadas que un higo paso. ¡Qué barbaridad!, ¡qué inútil es!

Cuando ya la proximidad era tanta que podía escucharla, continuaba apostillando:

—¿No me digas que se te ha terminado el jabón y vienes a por otra pastilla?, o ¿has acabado la sopa y regresas a por más comida?, ¡estás tú lista si esa es la causa de la vuelta!

---

[7] Farfullar: Decir algo de forma confusa y atropellada.

—Tía[8] (así la llamaba desde hacía un poco de tiempo), nada de eso ha sucedido —respondía la muchachita—, es que una antigua amiga de mi madre me ha ayudado y he terminado antes. Todo se ha desarrollado tal y como usted lo dispuso.

Cuando estuvo a su altura, la madrastra enseguida miró en uno de los cuencos y observó que allí permanecía intacto el puchero con la sopa y el jabón sin empezar; la sorpresa se multiplicó cuando le vio la estrellita que le brillaba en medio de su frente:

—Pero ¿qué estrella es esa que adorna tu frente? —preguntó sobresaltada.

—Es un estigma[9] de buena suerte. Mientras que la amiga de mi madre preparaba la colada, sentí como un leve pinchacito en medio de la frente y luego descubrí este tatuaje maravilloso.

La madrastra comenzó a rascarle la marca encantada con la uña, pero esta no desaparecía, y al verla tan graciosa, llamó inmediatamente a su hija y le dijo que fuera ella, ahora, a la misma fuente, e hiciera lo mismo que había hecho su media hermana para que tuviera en su frente también aquel adorno estrellado.

—No es necesario cambiar la ropa de los serones —decía nerviosa la madre—; ¡qué sabe esa mujer si las cortinas están sucias o queremos lavarlas más!; dale la vuelta a la burra y vete inmediatamente a la fuente.

A instancias de la madre, y para ganar tiempo al tiempo, la muchacha se encaramó encima del animal, y a hor-

---

[8] Tía: Es muy frecuente que la hijastra en la lengua coloquial llame tía a la nueva madre.

[9] Estigma: Señal impuesta sobrenaturalmente en el cuerpo de algunos hombres en señal de unión con el espíritu.

cajadas [10] la espoleaba azotándola en las ancas y en el pescuezo con el sobrante del ronzal [11].

Sucedió exactamente igual que la vez anterior: la anciana emergió del fondo de las aguas y se dirigió directamente hasta los banastos de ropa, y al momento se dio cuenta de que eran los mismos que había traído aquella mañana su hermanastra. Repitió de nuevo el conjuro y, cuando terminó, ayudó a la adolescente a subir en la caballería, tal y como había venido, y esta se dirigió de nuevo hacia palacio.

Nada más verla aparecer, su madre salió alborozada a recibirla, pero se paró en seco cuando vio en su frente tatuado un rabo de burro, con la borla en el mismo centro, que casi le tapaba el entrecejo; inmediatamente se lo cubrió con un pañuelo y, ya dentro de palacio, se lo lavó y se lo frotó con estropajo hasta hacerle sangre, pero la marca no se le quitaba. Después acudió con dos criadas a descargar los cortinones, y observó que estaban tiznados como si los acabaran de sacar de una carbonera, mientras que la sopa que contenía el puchero, ahora derramada por toda la colada, le engrasó las manos. Entonces comprendió que su hija había sufrido un hechizo maligno.

Agotada, se sentó en un poyo [12] que había en el patio y recompuso su figura. Luego reunió a las dos muchachas y les ordenó que bajo ningún concepto salieran del palacio con la cabeza descubierta, y ella misma les colocó un

---

[10] Horcajadas: Montar en las caballerías con una pierna a cada lado del animal. En el mundo rural es símbolo de poca feminidad; a la mujer que monta de esta forma se la suele calificar de «machirulo».

[11] Ronzal: Sinónimo de ramal. Cuerda o tira de piel unida a la cabezada que sirve para conducir las caballerías.

[12] Poyo: Asiento de piedra que solía estar colocado a la entrada de las casas rurales.

turbante, a modo de chichonero [13], que les tapaba toda la frente arrancando del entrecejo; a continuación, ordenó a tres sirvientes que desecaran la fuente encantada, pero tuvieron que desistir cuando, después de varias semanas achicando agua, no consiguieron bajar ni un ápice el nivel.

En esto, el padre, que ya había regresado, se extrañaba de que sus hijas lo rehuyeran cuando no estaban parapetadas bajo el cachirulo [14] floreado, y no se acostumbraba a que, sobre todo la mayor, con el pelo tan bonito que tenía, trigueño que no pajizo, no lo luciera en todo su esplendor. Ni corto ni perezoso, un día, a la hora de comer, les expuso a las tres sus devaneos. No hubo respuesta, pero la madre, airada, les quitó el pañuelo y, sin palabras, el conde comprendió la magnitud de la tragicomedia.

—Así me explico —comentó el padre—, que las criadas más allegada se refieran a nuestras hijas llamándolas Rabo de Burro y Estrellita de Oro. Pero no me parece justo —susurraba ahora—, que las dos tengan que ir enchichonadas: a mi hija le sienta muy bien el estigma; propongo que solamente vaya cubierta la nuestra.

—Imposible —respondió la esposa con firmeza—. Hasta que no se pase el hechizo, las dos llevarán la cabeza tocada [15].

---

[13] Chichonero: Gorro de lana que se utiliza para dormir con el fin de proteger la cabeza del frío.

[14] Cachirulo: Adorno típico de la comarca de Aragón que consiste en un pañuelo de colores atado a la cabeza en forma de un rudimentario gorro.

[15] Tocada: De tocar y este de toca, prenda de tela blanca utilizada por las monjas para cubrirse la cabeza.

La madre consiguió que se cumpliera la imposición, pero por la ciudad se extendió, como un reguero de pólvora, el apodo de las dos hermanastras y por sus barrios, plazas y calles las dos hijas del conde eran apodadas por el vulgo como Rabo de Burro y Estrellita de Oro.

Sucedió que, por aquel entonces, el conde tuvo que ausentarse otra vez de sus dominios, y antes de partir, se reunió con ellas y les dijo que le pidieran el presente que desearan y que él, al regreso, se lo traería. Rabo de Burro le pidió como regalo el vestido más bonito que existiera en la ciudad del condado vecino: «Así —se decía— sorprenderé a todas mis amigas». Estrellita de Oro, sin embargo, le encargó que le regalara la vara más derecha que tuviera el madroño que crecía a orillas de la fuente encantada. El padre partió al día siguiente, y antes de regresar de nuevo a sus pagos, le compró el vestido acordado a Rabo de Burro, y tampoco se olvidó del encargo que le había hecho Estrellita de Oro: cuando llegó a la fuente, ya en sus territorios, se apeó de su montura y cortó la varita que a él le pareció más atractiva.

En palacio, Rabo de Burro se pavoneaba [16] frente a los espejos de los salones probándose el hermoso conjunto: un traje de muselina [17] azul con engastes de pedrería en plata, que se adornaba en la cintura con un hermoso lazo del mismo tono. Estrellita de Oro, mientras tanto, desbastó la varita quitándole la corteza y le afinó los nudos con una navaja; a continuación la introdujo en una paca de heno para que al secarse no se torciera.

---

[16] Pavoneaba: De pavonear; presumir alguien de alguna cualidad suya o de algo que posee.

[17] Muselina: Tela muy fina y transparente de algodón, seda u otros materiales.

La ocasión para que Rabo de Burro pudiera lucir el vestido nuevo no se hizo esperar; su padre había organizado una cacería en la que participaban los jóvenes más distinguidos de la ciudad, y por la tarde, como colofón, se celebraría en los jardines del palacio un gran baile al que asistirían todos los invitados: «Es el momento ideal —pensaba en voz alta la madrastra—, para presentar en sociedad a nuestra hija. Le compraré un sombrero adecuado para camuflar el tedioso tatuaje». Sin embargo, un fato maligno se cebó en la persona del conde y trocó en tristeza y luto la jornada festiva: embebecido en el oficio de la caza, cuando perseguía a los tímidos corzos con su caballo, calculó mal la distancia, y en la siniestra carrera su cabeza se estrelló contra el brazo robusto de una encina muriendo en el acto.

Durante los funerales, el pueblo lamentaba con la misma intensidad la mala fortuna del padre y la peor suerte de la hija; el clamor popular no cesaba de preguntarse sobre cuál sería el triste futuro de Estrellita de Oro, entregada por completo a las veleidades [18] de la altanera viuda.

Antes de que se extinguiera la cera [19] que ardía en la capilla condal de la catedral en memoria de la reciente pérdida, Estrellita de Oro había pasado a ser la criada de la servidumbre de palacio, y si no realizaba los oficios más duros y desagradables, ello se debía más a la piedad

---

[18] Veleidades: Caprichos, cambios repentinos y sin fundamento del ánimo.

[19] Extinguirse la cera: Se hace alusión a una costumbre muy arraigada en Castilla que consistía en mantener encendidos unos velones en la iglesia ininterrumpidamente durante los días siguientes al entierro de un ser querido.

de las ancillas [20] que al cariño materno. Después del sepelio, madre e hija no le permitieron comer en su compañía, al contrario, tenía que compartir los despojos sobrantes de la mesa de la Señora (así se hacia llamar ahora la mala madre) con las criadas menos allegadas; se le asignó el cernidero [21] como dormitorio, y ella misma tuvo que confeccionarse un jergón de paja de millo [22] donde pasar las noches. Se le racionó el agua hasta extremos insospechados, y se prohibió la salida del palacio sin el permiso de la Tirana, y entre ambas intentaron popularizar intramuros, sin conseguirlo, el apodo de Encenizá para referirse a su persona.

Pasados dos años de la muerte del conde, el hijo del rey anunció una gran fiesta, con la intención solapada de elegir durante el transcurso de la misma a su futura esposa; todas las jóvenes del reino, azoradas [23] por el evento, se dispusieron a retocar sus mejores galas por si la suerte les era propicia. Rabo de Burro, que todavía lucía el asqueroso tatuaje, suplicó a su madre que le levantara el luto que llevaba por la muerte paterna, pues la ocasión era irrepetible. A pesar de que la costumbre aconsejaba una duración mayor, la madre no solo autorizó a la hija, sino que decidió acompañarla en tan sonado acontecimiento, y así se lo hizo saber a todo el personal del servicio para que tuvieran dispuesto hasta el más mínimo

---

[20] Ancillas: Criadas.

[21] Cernidero: Dependencia indispensable en las antiguas casas rurales donde se amasaba y se cocía el pan.

[22] Millo: Maíz, término muy utilizado en el oeste peninsular.

[23] Azoradas: Derivado de azor y aplicado sobre todo a las palomas, porque estas aves se ponen tan nerviosas cuando detectan la presencia de esta rapaz que son incapaces de levantar el vuelo; sinónimo, pues, de nerviosas.

detalle: los hombres se encargarían de pulir la carroza más vistosa y de enjaezar los mejores caballos, mientras que las mujeres se afanarían en planchar y almidonar los mejores trajes de los roperos.

Estrellita de Oro se enteró del rumor por la criada encargada de la cesta de la compra, y no le dio mayor importancia al asunto; pero aquella misma noche después de cenar, reunida con las sirvientas más afines en el cernidero, salió a relucir la noticia que se comentaba en todos los corrillos de la ciudad, y las allí presentes coincidieron en que Estrellita debía asistir al gran baile. Las razones más sesudas las pronunció la hornera [24], que era una de sus amigas íntimas, ya que pasaba con ella muchísimo tiempo cociendo el pan.

—Si la esposa ha roto el luto, a ti, que eres hija, te asiste el mismo derecho —decía enfatizando—. Si ellas van porque se consideran nobles, más nobleza corre por tus venas; además, si resultaras la elegida por el príncipe, nosotras nos llevaríamos una gran alegría y, sin duda, una buena recompensa. Tienes que decidirte e ir. Hazlo por nosotras.

Convencida con las razones expuestas por sus compañeras, Estrellita decidió acudir a la fiesta, y cuando se quedó sola, tomó la varita de virtud que su difunto padre le regalara, y le dijo:

—Ahora no me puedes fallar. En ti confío, amada amiga.

—Déjalo de mi cuenta —respondió el encanto remedando la voz de la anciana amiga de su madre.

---

[24] Hornera: Persona encargada de tener a punto el horno para cocer el pan.

El día del gran baile, después de comer, la madrastra mandó llamar a Estrellita y, sin invitarla a sentarse, le dijo en tono irónico:

—Sabrás que tu hermana y yo asistimos hoy a la cena y al baile que el príncipe ofrece a la nobleza de la ciudad. Tú no irás; y para que estés entretenida he encargado a un mozo de palacio que te lleve un par de costales de nueces para que le quites el ruezno [25], las laves y las pongas a secar en el sobrado [26] del cernidero. Por la mañana yo misma, en persona, revisaré el encargo que te hago. ¡Pobre de ti si no haces con diligencia el mandao!

Al atardecer, salió para el palacio real la calesa [27], y la servidumbre, desde los ventanucos de los sótanos, observaba cómo Rabo de Burro lucía aquel vestido de muselina azul, regalo de su padre, que durante más de dos años había permanecido colgado en el ropero, y que ahora, desempolvado para la fiesta, todavía despedía un fuerte olor a naftalina.

Cuando llegó el mozo con los dos sacos de nueces, Estrellita le sugirió que los vaciara en el centro del habitáculo, y cuando se encontró sola, cogió la vara de virtud y haciendo un rápido círculo sobre su cabeza, dijo:

—¡Que vengan todas las ardillas del bosque!

Al momento llegaron cientos de ardillas y cogiendo las nueces con sus patitas delanteras, sentadas luego sobre las dos traseras y el rabo, a modo de trípode, mondaron con destreza y rapidez el enorme muelo [28]; nada

---

[25] Ruezno: Piel que protege el fruto de la nuez.
[26] Sobrado: Buhardilla con el piso de madera que se utiliza para guardar la cosecha.
[27] Calesa: Carruaje de dos o cuatro ruedas tirado por caballos.
[28] Muelo: Conjunto de cereal, ya limpio de la paja, que presenta una forma cónica, de base amplia y poca altura.

más hubo que colocarlas sobre una enorme estera y subirlas al sobrado para finalizar el encargo.

A continuación, la joven volvió a dibujar otro círculo con el encanto, al tiempo que decía: «¡Que aparezca la carroza más hermosa jamás vista!»; y al instante emergió una carroza maravillosa, tirada por cuatro caballos blancos empenachados [29] y conducidos por un apuesto cochero. Sin tiempo para admirarla, Estrellita se golpeó levemente su estigma frontal y volvió a decir: «¡Que mis sucias ropas se conviertan en un fantástico vestido!». La metamorfosis se produjo al instante y la joven apareció brillante como un cristal, al tiempo que en sus manos el verdiasco [30] de virtud se convertía en una batuta de oro y pedrería y, para no ser delatada, desaparecía de su frente el dibujo encantado.

El cochero, solícito, le abrió la puerta del carruaje, y entonces vio sentada en el interior a una joven camarera que le serviría de dama de compañía. Nada más hablar, Estrellita reconoció la voz de su hada protectora, y esta, en tono conciliador, le dijo:

—Te acompañaré hasta el gran salón del baile, pero antes de que termine la función me retiraré al interior de la calesa. No quiero ser un obstáculo para las intenciones del príncipe; seguro que te requiebra de amores. ¡Estás tan guapa!

Cuando llegaron al palacio real, el hada binhechora bajó primero y, dando la vuelta a la carroza, le tendió la mano para ayudarla a descender, y así, la madrina con el brazo derecho a media altura, y Estrellita con la mano

---

[29] Empenachados: De penacho; adornos de colores que se colocan sobre la cabeza de los caballos.

[30] Verdiasco: Vara tosca de cualquier tipo de árbol.

izquierda agarrándole su muñeca, entraron en palacio; atravesaron inmensos corredores, subieron escaleras, saludaron con la mirada a ujieres [31] y camareros, y al rato arribaron al gran salón del trono: los invitados formaron un pasillo en el centro de la enorme sala y miraban boquiabiertos aquella aparición hecha mujer; ella correspondía a todos con una sonrisa, hasta que por fin llegaron al testero [32] donde se encontraba el príncipe. Entonces Estrellita hizo una graciosa reverencia, flexionaba sus piernas al tiempo que inclinaba hacia delante su cuerpo, y con el brazo derecho ajustado al vientre, mirándolo a los ojos, le dijo:

—Disculpad, alteza, mi tardanza.

El príncipe contestó aturdido con otra sonrisa, pero cuando empezaron a sonar los primeros compases de la música, se dirigió al lugar donde ella estaba sentada, todavía acompañada por su madrina y, con elegancia y consideración, la invitó a que fuera su pareja en la apertura del baile. En el círculo que por cortesía habían dibujado los invitados, Estrellita se deslizaba como pluma mecida por el viento, y su hermosura trascendía los más ignotos [33] lugares del salón: iba tocada con un vestido de noche negro, que en los movimientos acompasados de la danza, dejaba imaginar la perfección de sus muslos, flotantes columnas de pasión; los pies calzaba en chapines [34] de charol que multiplicaban el blancor del empeine, cuando al son de los acordes sobresalían por debajo del

---

[31] Ujier: Portero de un palacio o de un tribunal.

[32] Testero: Pared frontal de un salón. Coincide con el lugar donde se suelen sentar los invitados más importantes o situarse la presidencia de un acto.

[33] Ignotos: Recónditos, ignorados, alejados.

[34] Chapines: Zapatos.

volante que remataba el vestido; los brazos, la espalda y el pecho, libres ahora de la opresión del peplo [35], mostraban la perfección de sus líneas en todo su esplendor: la redondez de los hombros se prolongaba en las medias lunas de sus omóplatos, que el escote posterior dejaba al descubierto, y la profundidad de sus pechos, palpitantes, bullía como magma [36] en la parte anterior; el alto cuello traslucía la tensión de sus músculos cuando el movimiento lo exigía, y se adornaba con un dije [37] de amatista [38] engarzado en un sencillo cordón de seda negro; los labios finos, el superior ligeramente más delgado que el inferior, dejaban entrever unos dientes blancos y uniformes, y en su sonrisa forzaban un gracioso hoyuelo en la mejilla izquierda, imposible de describir; los ojos garzos [39], enmarcados por unas finas cejas trigueñas y protegidos por largas pestañas volteadas hacia arriba, semejaban dos aguamarinas engastadas en oro, y la despejada frente se adornaba con los rubios mechones ondulados de su cabellera, que en despreocupada caída, iluminaba el blancor del cuello y la rotundidad de los hombros, deteniéndose justo en los dominios de sus pechos.

Toda la noche estuvo el príncipe meciendo aquel potosí [40], y cuando antes de terminar la función, ella le comu-

---

[35] Peplo: Mantón de lino, normalmente de color blanco, que utilizaban las griegas y romanas para cubrir la espalda.

[36] Magma: Lava líquida y candente de un volcán.

[37] Dije: Joya colgada de una cadena que adorna el cuello.

[38] Amatista: Piedra preciosa de cuarzo transparente de color violeta; es muy apreciada en joyería.

[39] Garzos: De color azul.

[40] Potosí: Toma su nombre de la ciudad de Potosí (Bolivia), famosa por su riqueza en plata. Se utiliza como sinónimo de persona o cosa de una extraordinaria belleza o cualidad.

nicó su intención de abandonar la fiesta, pues la hora era ya la convenida y su aya [41] la estaba esperando, él la acompañó hasta la carroza, y en el camino, en uno de los corredores del palacio, la requebró de amores:

—Altísima mujer —le dijo—, nunca me he sentido tan aturdido y a la vez tan lúcido como en este día; quisiera, si vuestra persona me lo permite..., perdonadme que no sepa expresar mejor mis desvelos, pero mis palabras no son capaces de exteriorizar mis sentimientos... Pero la amo.

—Alteza —respondió Estrellita—, le agradezco mucho su deferencia, pero nos acaban de presentar..., ya habrá tiempo en fiestas venideras de conocernos mejor. Le prometo que asistiré siempre que me invite. Soy su más fiel admiradora.

Cuando ya la carroza había partido en dirección a la casa de la joven, el príncipe recordó, en su enajenación que ni siquiera conocía el nombre de su amada, y pensó de inmediato que ella, si convocaba otra fiesta, y no la invitaba personalmente, podría sentirse ofendida, y se propuso averiguar el nombre y la procedencia de aquel ser angelical.

De vuelta al salón preguntó a todos sus amigos más íntimos si conocían la identidad de la joven con la que había estado bailando, y todos callaron por respuesta. Apesadumbrado por su despiste se dedicó a deambular por los corrillos conocidos interesándose por intrascendencias, pero el recuerdo de su pareja no se le iba de la mente.

Rabo de Burro, que todavía no se había estrenado, estaba sentada junto a su madre, y ambas tenían cara de

---

[41] Aya: Institutriz, maestra de confianza de una joven noble.

pocos amigos; movida por la curiosidad, o por distraer su pensamiento en algo distinto y ajeno al desastre de la fiesta, preguntó:

—¿Quién puede ser esa chica que tanta impresión ha causado a nuestro príncipe?, ¿la conoces tú, madre? Por más esfuerzos que hago no logro asociarla con ninguna familia noble de la ciudad.

Sin mirar siquiera a su hija, la madre le soltó de mala gana una contestación escueta que no invitaba al diálogo continuado, que era lo que buscaba Rabo de Burro:

—Debe de ser hija de algún nuevo rico que viva extramuros de la ciudad —dijo, y sacando el abanico se sacudió cuatro abanicazos destemplados, y acto seguido lo cerró, bruscamente, al tiempo que se propinaba sendos golpes con él en la parte superior de los muslos.

Mientras tanto, Estrellita había llegado a su denostada[42] residencia; por el camino su madrina le recomendó los sencillos pasos que debía seguir para desencantar tanto a su persona como al carruaje, y cuando el cochero detuvo la carroza, la joven descendió sola. Tocó con su cetro de oro y pedrería uno de los caballos y todo el conjunto desapareció al instante; a continuación, lo aproximó al centro de su frente y al momento estaba vestida con sus mismas ropas sucias de faena, y para que no faltara de nada, el estigma encantado volvió a lucir en su frente.

Ya en el cernidero, todas las compañeras de fatigas de la noble esclavizada no cesaban de preguntarle, y Estrellita les contaba todos los pormenores: «Que en los brazos del príncipe se sentía como un colibrí..., que todavía sentía el calor de su mano en la cintura..., que durante un instante reposó la cabeza en su hombro...». Hubieran estado escu-

---

[42] Denostada: Despreciada.

chándola, y ella hablando, toda la noche, pero la llegada de la Tirana era inminente y decidieron continuar la conversación otro día.

A la mañana siguiente la madrastra se fue al cernidero para comprobar personalmente la realización del encargo que la noche anterior le había hecho a Estrellita, y al ver las nueces todas peladas encima de la estera en el sobrado, observó detenidamente los dedos de la muchacha, limpios y blancos, y en tono inquisitorial le preguntó:

—¿Cómo es posible que después de lavar tantas nueces tengas las manos tan limpias?, ¿qué clase de jabón has utilizado para lavarte?; no tienes ni un ápice de tintajo en la piel y eso que la savia de esta cáscara lo mancha todo. Es un caso chocante.

—Me encinté los dedos para no mancharlos —mintió Estrellita—; los hiladillos que utilicé, totalmente negros, los acabo de quemar en el horno.

La madrastra dio media vuelta y se dirigió de nuevo a palacio; en el salón central vio a la hornillera[43] que estaba limpiando los fogones de las chimeneas y las estufas y, sin percatarse de la presencia de la Señora, la criada cantaba con desparpajo una canción cuyo estribillo decía así:

> Que sí, que no,
> que al príncipe lo quiero yo.
>
> Que no, que sí,
> que el príncipe me quiere a mí.

La madrastra atravesó el salón sin delatar su presencia, y durante la comida increpó a su hija en estos términos:

---

[43] Hornillera: Persona encargada de limpiar y encender las estufas y las chimeneas.

—¿No le habrás dado pie a la chascarrillera de la criada que enciende las chimeneas para que componga un estribillo en el que se afirma que el príncipe está enamorado de alguien de esta casa? Porque... ¡Menudo éxito tuvimos!

—Madre —respondió la atribulada [44] hija—, no he visto a la hornillera esta mañana; pero, pensando esta noche en la identidad de la joven que tanto sorprendió a todos los invitados, incluido el príncipe, he llegado a desconfiar incluso de mi hermanastra. Si así fuera, ella le habría transmitido la información, pues sé que son muy amigas.

—Pero ¡qué tonta eres, hija! Ella ha estado toda la noche cachando nueces, lo acabo de comprobar; y además, bien me fijé yo durante el baile en su frente y no lucía el estrellado tatuaje, y ahora sí lo tiene. ¡Tienes unas ocurrencias...!

Madre e hija no volvieron a hablar más del asunto, pero el rumor del estribillo se extendió por todo el palacio, y ahora eran las planchadoras, las lavanderas y cocineras las que alegraban sus faenas con el toniquete que retocaban a su antojo:

> Que sí, que no,
> que al príncipe lo miro yo.
>
> Que no, que sí,
> que el príncipe me mira a mí.

Sucedió que el cartero de palacio, pasadas unas semanas, trajo la nueva noticia y se la comentó a las planchadoras: «El príncipe —dijo— ha convocado una nueva fies-

---

[44] Atribulada: Apesadumbrada.

ta. Hay edictos por toda la ciudad anunciándola». Aquella misma noche Estrellita estaba enterada de la noticia, y en el cernidero se reanudaron las tertulias nocturnas. No hizo falta convencerla, lo estaba completamente desde la fiesta pasada, y cuando llegó el día, el desasosiego en palacio fue similar al de la celebración anterior.

Al atardecer de aquel día, sin aviso previo, llegó al cernidero un mozo de cuadra y descargó cuatro fanegas [45] de cebada en la boca del horno, ahora apagado, y con la ayuda de un escobón la mezcló con la ceniza por toda la solería [46]: «El ama —susurró— dice que para que no te aburras esta noche debes separar la cebada de la ceniza, y tenerla perfectamente limpia por la mañana». La muchacha miró al mozo con cariño y, cuando ya se alejaba, le dijo: «Dile que su voluntad será cumplida».

La calesa ducal partió hacia el baile antes de la puesta del sol, y a esa hora Estrellita tomó en sus manos la vara de virtud, la agitó en el aire y pronunció la consabida frase, y al momento todos los pajarillos del bosque comenzaron a entrar por la boca del horno, y traían cada uno prendido en su pico un grano de cebada que depositaban sobre una lona tendida en el suelo; cuando terminaron, un enjambre de ratones se afanaba en limpiar el enlosado del horno con sus panzas, hasta que la ceniza, sin un grano entre medias, quedó de nuevo amontonada a la puerta del mismo. A continuación, salió a las inmediaciones del patio, describió un círculo con el encanto y al momento apareció la misma carroza, con los mismos

---

[45] Fanega: Medida de capacidad para cereales, ronda los 40 kilos de peso, según la densidad de los mismos.
[46] Solería: Conjunto de enlosado que conforma el suelo de una dependencia.

caballos, el mismo cochero y el hada madrina sentada en su interior; se tocó ahora el estigma y sus ropas se convirtieron en un hermoso traje blanco adornado con bordados de flores de distintos colores, al tiempo que, como en la vez anterior, el tatuaje desaparecía de su frente. Se miró el pie, extendiendo la pierna por debajo de la cenefa del vestido, y se quedó admirada de los zapatos de cristal que calzaba, y sin más dilación montó en la carroza y se dirigió al palacio real a encontrarse con su amado.

Todo sucedió igual que la vez anterior: su protectora la llevó hasta el centro del salón, y al momento, el príncipe fue a saludarla; Rabo de Burro, que se encontraba muy próxima a ella, se arreboló cuando vio al joven heredero dirigirse hacia el lugar en el que ella se encontraba. Su madre, al percatarse de la situación, le dio un pellizco en un muslo al tiempo que le decía: «No te atolondres, pues creo que no es para ti; ¡ya está aquí la de la otra noche!». Efectivamente, el heredero saludó con delicadeza a Estrellita y toda la noche estuvo bailando con ella: fue como un calco de la fiesta anterior, y el cuerpo de la joven, acompasado por la música, semejaba a una mariposa entre los nenúfares de un riachuelo. No se le olvidó al príncipe preguntar por su identidad, pero la joven le contestó esbozando una sonrisa:

—Alteza, estoy aquí de incógnito; disculpad mi silencio. Sigo siendo su más enfervorizada admiradora, pero no puedo revelar ahora ni mi nombre ni mi dirección. No desesperéis, os lo suplico.

El príncipe, aturdido, continuó arrollando aquel dechado [47] de anonimia y, como en la vez anterior, cuando la hora se acercaba y su compañera de desvelos le comu-

---

[47] Dechado: Ejemplar. Muestra que se tiene presente para imitar.

nicó su intención de ausentarse, el joven heredero la acompañó hasta la misma puerta de la carroza; fue entonces, al subir, cuando uno de los zapatitos de cristal se enredó en el estribo de la calesa, y el príncipe lo recogió solícito y lo guardó como recuerdo de su inolvidable compañera.

Cuando llegó a las puertas del palacio paterno, desencantó el carruaje y a su propia persona, y en ese instante se dio cuenta de la pérdida, pues todo su resplandeciente equipo se trocó en sus ropas de faena menos uno de los zapatos, que al haberse perdido, no pudo sufrir la transformación, y ahora su pie izquierdo aparecía descalzo protegido solo por el sucio calcetín. Cojeando, por la diferencia de altura de sus piernas, entró en el cernidero y, reflejada en el agua de la escudilla [48] que utilizaba para beber, observó que el tatuaje maravilloso continuaba adornando su frente.

Sus compañeras de fatigas acudieron a visitarla, y ella les comentó el suceso de la trivial pérdida; la hornera, que era de su misma estatura, le proporcionó al momento unas zapatillas suyas que suplieron el infortunio. Pero no se habían desplazado hasta allí para escuchar desgracias, y Estrellita les contó el interés que el príncipe había vuelto a mostrar hacia su persona.

Al día siguiente por la mañana, la madrastra se dirigió al cernidero a comprobar si Estrellita había cumplido el castigo, y estupefacta observó la pila de cebada colocada en la estera, y el enlosado del horno completamente limpio con la ceniza amontonadita en la puerta del mismo. Mandó llamar al encargado de la panera y, después de

---

[48] Escudilla: Cuenco rústico de madera que se utiliza para servir líquidos.

medir el grano con la ochava [49], testificó que las cuatro fanegas primitivas eran las que se encontraban ahora sobre la esterilla, sin que faltara cantidad apreciable. A continuación retornó a las dependencias palaciegas y, cuando cruzaba el patio del palacio, el estribillo de la cancioncilla inundaba todo el espacio, y las ventanas abiertas proclamaban el milagro amoroso:

> Que sí, que no,
> que al príncipe lo quiero yo.
>
> Que no, que sí,
> que el príncipe me quiere a mí.

Aquel mismo día, el cartero trajo la noticia, que ya era pública en la ciudad, y la servidumbre se enteró al mismo tiempo que la Tirana y Rabo de Burro: el príncipe, acompañado por dos albaceas [50], se disponía personalmente a comprobar a qué muchacha de su reino pertenecía el chapín de cristal que había lucido durante la fiesta del día anterior, y que por un descuido perdió en el momento de subir a su carroza; la dueña sería, y lo afirmaba bajo juramento, la elegida como esposa del heredero real.

Muchas jóvenes de las que fueron invitadas al festejo regio, entre ellas Rabo de Burro, encallaron sus pies en agua de limón y luego los empaquetaron en vendajes apretadísimos con la finalidad de empequeñecerlos, y así

---

[49] Ochava: Medida de capacidad que equivale a octava parte de un todo. En algunos lugares de Castilla se la denomina también media por equivaler exactamente a media fanega; por lo tanto, su peso oscila, según los áridos, entre los 18 y 23 kilos, aproximadamente.

[50] Albacea: Persona encargada de hacer cumplir la voluntad de otra; un sinónimo puede ser testigo e incluso notario.

permanecían hasta que la comitiva regia se acercaba a sus mansiones; los pies, libres entonces de la férrea opresión, presentaban una coloración blanquecina y las marcas de la venda permanecían visibles durante mucho tiempo en la piel entrecocida. A Rabo de Burro su madre le aplicó unas ligaduras tan severas que, cuando se vio libre de ellas, fue necesario acudir al masaje para reactivar la circulación sanguínea.

El séquito, presidido por el príncipe, llegó al palacio de Rabo de Burro en último lugar, y la madre, toda solicitud, salió a recibirlo a la misma entrada, y con ademanes zalameros [51] condujo al príncipe y a los dos notarios al salón central donde se encontraba la hija, con el cachirulo calado hasta el entrecejo, sentada, y con los dos pies descalzos apoyados en una silla de enea [52]. Hizo ademán de levantarse, pero el príncipe la contuvo e inmediatamente uno de los notarios sacó el zapatito de cristal e intentó calzárselo en el correspondiente pie. Rabo de Burro contuvo la respiración mientras duró la operación, pero por más esfuerzo que hicieron, tanto el notario como ella, resultó del todo imposible ponerse el transparente chapín. El príncipe, desolado, al darse cuenta de que aquella era la última oportunidad que le quedaba, pues ya todas las posibles candidatas habían intentado calzarse el zapato sin éxito, le dijo a la madre:

—¿No tendrá usted otra hija mas pequeña que quiera participar en la prueba? De alguien deberá ser este zapato, y su hija era la última candidata que debía probárselo.

---

[51] Zalamero: Persona propensa a hacer mimos y carantoñas.

[52] Enea: Planta que crece en sitios pantanosos con tallos hasta dos metros de altura, cilíndricos y sin nudos. Sus hojas se emplean para hacer los asientos de las sillas. Sillas de enea.

—Alteza, mi hija no tiene ninguna hermana —decía la madre—; es cierto que yo le veo los pies un poco inflamados, acaso la hinchazón se deba a lo mucho que bailó ayer, ¡no paró en toda la noche!; bien podría, majestad, repetirle la prueba cuando esta haya remitido dentro de tres o cuatro días.

El príncipe no accedió a la petición materna, y, en su defensa, argüía que en la misma situación de cansancio estaría el resto de las participantes en la fiesta. De repente, la hornillera, que se encontraba en uno de los ángulos del salón, avanzó hacia el príncipe, y le dijo:

—Señorito, la aquí presente, y señalaba a Rabo de Burro con el índice, tiene una hermanastra a la que tienen castigada y vive con la servidumbre, y pudiera ser que ella fuera la dueña de ese zapato. Por intentarlo no pierde su alteza nada.

La madre, fuera de sí, le echó una mirada fulminante a la pobre criada y, cuando se disponía a hablar con el príncipe, este la apartó hacia un lado y, dirigiéndose a la hornillera, le dijo:

—Vete a buscar inmediatamente a esa pobre alnada [53] y tráela junto a mí.

Al momento entraba en el salón Estrellita de Oro, vestida con la ropa más andrajosa jamás imaginada, solo el tatuaje de su frente ponía una nota de color ante tanta pobreza; el príncipe le sugirió que se descalzara el pie derecho en el momento en que uno de los notarios, arrodillado delante de ella, se disponía a probarle el zapato de cristal. Sin la más mínima opresión el pie quedó perfectamente encajado en el zapato, y a través del cristal podían verse los dedos que salían por los rotos delanteros

---

[53] Alnada (del latín *ante natus,* nacido antes): Hijastra.

del calcetín. «¡Pero bueno!, si en vez de calcetines parece que tiene mitones [54] —exclamaba Rabo de Burro al verle los dedos a través de los agujeros». La muchacha, llena de vergüenza, ante tal situación inclinó la cabeza confundida, pero en ese momento se operó la última transformación maravillosa, y otra vez Estrellita apareció con el mismo vestido blanco que lució en la fiesta del día anterior, y el príncipe la reconoció al instante. El joven heredero, loco de alegría, anunció allí mismo, oficialmente, su compromiso matrimonial, y ordenó que la noticia fuera difundida por todo el reino. Rabo de Burro y la madrastra permanecían ahora con la mirada gacha, temerosas de la reacción de Estrellita. Él le tomó cariñosamente la mano, al tiempo que le decía:

—Tú otorgas en todo, ¿verdad mi dueña [55]?

Estrellita asentía con una leve sonrisa; y cuando su prometido, mirando a las dos inquilinas, le volvió a preguntar qué hacía con ellas, la princesa, dando muestras de una generosidad sin límites, le contestó:

—Dejadlas tranquilas; que me den la parte de la dote que mi padre me tenía asignada, que incluyan en ella los prados que rodean la fuente encantada donde habita mi hada bienhechora, pues no quiero dejar de visitarla, y que a ellas no se les haga ningún daño.

El príncipe le sugirió entonces que hasta que se celebraran los esponsales viviera en una cámara del propio palacio real; la joven volvió a consentir encantada, pero se atrevió a pedirle un deseo muy personal:

---

[54] Mitón: Guante que cubre solo desde la muñeca hasta el nacimiento de los dedos.

[55] Dueña: Nombre con el que durante la Edad Media frecuentemente el poeta se dirigió a su amada.

—Otorgo —le dijo—, pero el servicio de este palacio, que tanto me ha ayudado, quiero que me acompañe a mi nueva residencia, y ellas serán mis camareras de confianza y ellos tus criados más allegados.

Así sucedió, y cuando la servidumbre terminó de recoger sus enseres personales, Estrellita subió a la calesa real, al lado de su novio, y en procesión le seguía todo el servicio que cantaba a coro:

> Que sí, que no,
> que al príncipe lo quiero yo.
>
> Que no, que sí,
> que el príncipe me quiere a mí.

* * *

PROCEDENCIA

Las versiones manejadas para la redacción del cuento son las siguientes:

— GUELBENZU, José María: *O. C.*, tomo II, páginas 96 y siguientes.
— RODRÍGUEZ ALMODÓVAR, Antonio: *O. C.*, tomo I, páginas 197 y siguientes.
— ESPINOSA (hijo), Aurelio Macedonio: *O. C.*, tomo II, páginas 257 y siguientes. El título con el que aparece aquí es «La fregona».
— ESPINOSA (padre), Aurelio Macedonio: *O. C.*, páginas 227 y siguientes. Este autor, recoge dos versiones, una de ellas con el título de «La Puerquecilla» (páginas 221 y siguientes) y la otra como «Estrellita de Oro» (páginas 227 y siguientes).
— CORTÉS VÁZQUEZ, Luis: *O. C.*, tomo II, páginas 118 y siguientes. Don Luis recoge dos versiones sobre de este cuento: una en Miranda del Castañar, que titula «La cochina Cenicienta», y otra en La Alberca, con el título de «Cenicienta».

Básicamente, la versión que sigo en mi cuento es la de Guelbenzu. Las desviaciones más relevantes que aparecen en mi historieta se concentran en la muerte del conde, padre de Estrellita, que en la mayor parte de las narraciones no se produce; me pareció más lógico hacer morir al padre para que la madrastra pudiera castigar a la pobre Estrellita a su antojo, sin la interposición del progenitor, y así este muere en un accidente de caza, comenzando en este punto las vejaciones más humillantes para la protagonista. En agradecimiento al hada madrina, que tanta ayuda le proporciona a Estrellita, en mi versión hago que la acompañe al baile en las dos ocasiones. En la versión de Guelbenzu, Estrellita va sola; el estribillo que anuncia el desenlace de la historia, en la narración de Guelbenzu, lo recita la propia protagonista; también aquí me pareció un poco presuntuosa esa actitud para mi heroína y preferí que fueran las criadas del palacio, amigas de Estrellita, las que lo cantaran, después de haber sido informadas por la protagonista de cómo iban las relaciones con el príncipe. Por último, en la mayor parte de las versiones consultadas, el baile se repite en tres ocasiones; sin embargo, y en esto coincido con la versión de Guelbenzu, en mi cuento solamente se realizan dos sesiones.

El tema que se narra en esta historieta es uno de los más arraigados en la sociedad mediterránea. La primera noticia que tenemos de este argumento se la debemos a Estrabón y la sitúa en el Egipto de los faraones, concretamente en la XXVI dinastía, la Psamética, y es precisamente el faraón Psamético, en el siglo VI antes de Cristo, el protagonista de la historia, que cuenta lo que sigue: a una de las cortesanas del faraón, Rodopis (Cara de Rosa), cuando se está bañando en el Nilo, un águila le robó una de sus sandalias y al momento se la llevó al faraón al palacio. Psamético, entusiasmado por la belleza de la sandalia, comenzó a hacer investigaciones hasta que logró identificar a la joven Rodopis y naturalmente se casó con ella.

En *Cuentos populares rusos* de Afanásiev aparecen dos versiones muy similares a las anotadas con anterioridad, tituladas «El zapatito de oro» y «La tiznada» (*Cuentos populares rusos*, A. N. Afanásiev, Anaya, 1985, tomo II, páginas 292-95). También aparece en los hermanos Grimm (*O. C.*, páginas 183-93) con el título de «La Cenicienta».

EL AGUA AMARILLA

En un pequeño país vivía un sastre viudo que tenía tres hijas que colaboraban en la economía familiar ayudando al padre en las tareas más sencillas de su profesión: una de ellas era la encargada de coser los botones a los trajes que le solicitaba su distinguida parroquia, otra recogía los bajos de los vestidos y confeccionaba las hombreras de las chaquetas, mientras que la más pequeña se dedicaba a bordar los adornos sugeridos por los clientes más caprichosos. Tenían la costumbre, cuando el tiempo así lo aconsejaba, de sacar la labor al portal de su casa, y de este modo estaban distraídas viendo pasar a la vecindad de la ciudad en sus quehaceres cotidianos, y de vez en cuando hacían un alto en su trabajo para entablar conversación con las muchachas y muchachos de su edad que pasaban por la puerta. En cierta ocasión pasó por delante del portal el príncipe heredero y, después de levantarse para saludarlo con una leve reverencia, este aparentemente siguió su camino, pero se detuvo en la esquina inmediata, muy cerca del lugar donde ellas se encontraban, para escuchar la conversación interrumpida por su presencia:

—Me gustaría casarme con el príncipe para dejar esta maldita aguja y este dedal que me tiene entrecocido el dedo de tanto usarlo. ¡Estoy quedándome ciega de tanto sobrehilar ojales [1] y coser botones! —decía la mayor de las hermanas.

—A mí me gustaría ser la elegida —cortaba [2] la mediana— para que estuvieran todo el día haciéndome reverencias. ¡Qué placer estar escuchando desde que te levantas: princesa por aquí, alteza por allí; soberana ahora, señora luego, majestad después...!

—Pues yo quisiera ser la esposa del príncipe para darle muchos hijos —terciaba [3] la pequeña—, y bordar para él y para nuestra descendencia toda la ropa que necesitaran: una camisita para el pequeño, un vestido para la mayor; las iniciales del rey, mi marido, en sus pañuelos...

Cuando la conversación se desvió por otros derroteros, el príncipe, que reconoció por la voz los juicios de cada una de ellas, continuó su paseo y a la hora de la cena, cuando toda la familia real estaba reunida, se levantó y le comunicó a todos los presentes su intención de casarse: «Creo —dijo— que he encontrado a la mujer adecuada». Su padre, que era ya anciano, recibió la noticia con un enorme alborozo, pues estaba esperando desde hacía años la ocasión para abdicar, pero desde tiempo inmemorial se seguía en el reino la costumbre de que el heredero debía estar casado, cuando recibiera la responsabilidad de los asuntos de gobierno:

—La elegida es una muchacha humilde —continuaba diciendo—, hija de un sastre que vive no muy lejos de

---

[1] Ojal: Corte o raya, reforzada con hilo en sus bordes, que se hace en la tela para pasar por ella un botón y abrocharlo.

[2] Cortar: Tomar parte en una conversación de forma brusca e inesperada.

[3] Terciar: Intervenir entre dos o más contendientes para intentar terminar una discusión o diálogo.

palacio; me ha cautivado su sencillez. Mientras que todas las aspirantes, según mis propias observaciones, denotan un enorme egoísmo, esta solamente se mueve por amor. Si usted, veneradísimo padre, da su consentimiento, y ella es conforme, que creo que sí, hago pública la noticia e iniciamos los preparativos para la boda.

Los padres inmediatamente asintieron, y al día siguiente el correo mayor de palacio se dirigió personalmente a la casa del sastre y le entregó una carta sellada por el propio príncipe; el padre, que no sabía leer, llamó a la más pequeña para que le descifrara aquel jeroglífico escrito, y a medida que ella lo iba leyendo se le mudaba el color y se le entrecortaba la voz, hasta que llegó arrebolada al párrafo final: «(...) Perdonad mi atrevimiento, pero, si es conforme, mi deseo es desposarme con su hija pequeña lo antes posible. Tanto mi familia como yo estamos completamente decididos». La joven se quedó perpleja, y el sastre, al verla, le preguntó:

—¿Qué es lo que dice en ese punto la carta, que no he entendido nada?

Recompuesta de la impresión, la hija le explicó al padre la buena nueva e inmediatamente llamó a sus hermanas para hacerlas partícipes de su alegría. Estas la miraron recelosas, pero ella, sin hacer caso de sus mohínes [4], les expuso su intención de interceder ante el príncipe para que todos pudieran trasladarse a palacio y que su padre se convirtiera en el sastre oficial de la casa real. Ni por esas se conformaron las hermanas, y a hurtadillas no cesaban de criticar la buena suerte de la pequeña.

---

[4] Mohín: Gesto especialmente de los labios, que indica sobre todo enfado o disgusto.

Los preparativos se realizaron rápidamente: apenas tuvo tiempo el padre de terminarle a su hija y a su yerno los respectivos trajes de novios, y ya la fecha era llegada. La ceremonia se realizó siguiendo las costumbres ancestrales del reino y todos los invitados coincidieron en alabar el buen gusto del heredero a la hora de elegir esposa: su humanidad y cariño, sin desmerecer en nada a su hermosura, eran notorias al más leve trato. Al poco tiempo la familia de la princesa se trasladó a palacio ocupando una dependencia aneja [5] al mismo, y el padre, tal y como había previsto la hija, fue nombrado sastre mayor de la corona.

Por aquel tiempo, el príncipe recibió dos alegrías casi consecutivas: su esposa lo iba a hacer padre, y el anciano rey abdicaba en su persona; así se convertía en el monarca más joven de todos los contornos. Sin embargo, una desgracia vino a empañar tanta felicidad: el padre de la joven y embarazada reina murió de repente, cuando estaba rematando un faldón, recubierto de armiño, que debía lucir su primer nieto el día de su bautizo. El desconsuelo de la reina no distrajo su atención para con sus dos hermanas, e inmediatamente pasaron a ser sus damas de compañía y a depender exclusivamente de su persona.

El rey, por motivos de estado, tuvo que abandonar a su esposa antes del nacimiento de su hijo, y la ausencia se prolongó más tiempo del previsto, así que la joven reina, acompañada por sus hermanas, que seguían envidiándola a rabiar, tuvo que enfrentarse a su primer parto completamente sola. Cuando los dolores y la rotura de aguas anunciaron la inminencia del mismo, las hermanas cerraron la habitación de la parturienta y no permitieron la

---

[5] Anejo/a: Unido a otra cosa; derivado o dependiente de ella.

entrada a nadie. Ni siquiera la reina madre, que les suplicaba para que dejaran entrar a la vieja partera, que la había atendido a ella en el mismo trance, fue escuchada; unas veces la mediana y otras veces la mayor respondían con el mismo estribillo:

—Nosotras nos bastamos para atender a la reina.

En una de las salidas, la hermana mediana, que portaba un rebujón [6] de ropa, fue increpada por la ansiosa partera, pero la respuesta tajante no se hizo esperar: «Ropa sucia. ¿Es que ya no te acuerdas de tus años de servicio?; pues esta, hija mía, hasta se mea antes de expulsar algo de provecho». Sin detener el paso se perdió por el corredor en dirección a la dependencia asignada al difunto padre y al momento entró de nuevo en la habitación de la parturienta con otro envoltorio, este aparentemente limpio. Al cabo del rato, la hermana mayor anunció a la concurrencia que el parto había terminado y que la reina se encontraba exhausta, pero tranquila. Antes de invitarlas a pasar para conocer al recién nacido, les anunció:

—El parto ha sido doble, pero lo que ha salido son dos seres monstruosos. Por fortuna, los dos han nacido muertos. Parecen dos conejos desollados. Mi hermana todavía no los ha visto.

La reina madre y su séquito [7] observaron los dos monstruos abortizos, y todas coincidieron en que parecían exactamente dos gazapos [8] campestres. Desilusionada, la reina madre no pudo reprimir algunos juicios vejatorios [9]

---

[6] Rebujón: Paquete o envoltorio hecho de cualquier manera.

[7] Séquito: Conjunto de personas que acompañan a un personaje famoso.

[8] Gazapo: Cría de conejo y por extensión también conejo.

[9] Vejatorio: Humillante.

hacia su nuera, y para no hablar más de lo debido abandonó el paritorio y se dirigió a sus habitaciones privadas; allí le comunicó la desastrosa noticia a su marido, y el rey padre, menos visceral que su esposa, se negó en redondo a tomar una decisión sobre el asunto en ausencia de su hijo y sin escuchar al Consejo de Ancianos. Sin embargo, reconoció que el problema era muy grave y que su hijo debería acatar la decisión del Consejo.

En el paritorio, cuando la reina se recuperó de las fatigas del parto, conoció en toda su crudeza el resultado del desgraciado suceso:

—Has traído al mundo dos seres monstruosos. ¡Menos mal que han nacido muertos! —decía la mediana de las hermanas—. En una frasca [10] con vinagre los acabo de meter para que el rey compruebe con qué mujer se ha casado.

Las dos hermanas abandonaron al momento a la pobre infeliz y, después de candar [11] la habitación por fuera, se dirigieron a sus dependencias habituales. Allí en una cesta calafateada [12] depositaron a las dos criaturitas, un niño y una niña, y a continuación las cubrieron con un viejo saco; esperaron un poco hasta que el calor del áspero yute [13] tranquilizó a los infantes y, cuando se quedaron dormidos, la hermana mayor, con la cesta colgada del brazo, salió de palacio y se dirigió hacia el río que bordeaba la parte sur de la ciudad; depositó en la orilla el

---

[10] Frasca: Vasija de vidrio generalmente cuadrada.

[11] Candar: Sinónimo de cerrar.

[12] Calafateada: De calafetear; sinónimo de embrear; tapar con brea las juntas de madera de los barcos.

[13] Yute: Planta asiática de cuya corteza se extrae una fibra áspera que se utiliza para la confección de tejidos de uso corriente.

negruzco recipiente y observó cómo la corriente arrastraba la viviente carga aguas abajo. Todavía permaneció un rato en la orilla, el preciso hasta que perdió de vista la cesta que navegaba sin norte rumbo a lo desconocido *.

Todavía era de noche cuando llegó al palacio. La hermana mediana, nada más llegar, le preguntó:

—¿Todo ha salido tal y como lo teníamos planeado?

—Todo —respondió secamente la mayor.

—Hermana, demos lo hecho al olvido y planeemos nuestro futuro. Seguramente que el Consejo de Ancianos obliga al rey a repudiar a su esposa y se verá obligado a buscar una nueva cónyuge; si yo fuera la elegida, te prometo que tú serás mi dama de compañía. Prométeme tú lo mismo.

—Te lo prometo —apostilló la mayor.

Al amanecer de aquel mismo día, la cesta con los dos niños a bordo encalló [14] en el reborde de una presa que un molinero había construido para almacenar el agua con la que abastecía el molino que se levantaba a orillas del río varios kilómetros más abajo de la ciudad. Cuando, a la salida del sol, levantó el molinero la compuerta de madera, el agua se abrió paso hasta el rodezno [15] que movía dos

---

* Es muy frecuente en la literatura maravillosa que el héroe sea arrojado en un cestillo al agua y sobreviva al ser rescatado por otras personas ajenas a su familia. Así sucede, por ejemplo, con el Moisés bíblico, con Rómulo y Remo y con Amadís de Gaula en la literatura caballeresca. El autor del *Lazarillo de Tormes,* sabedor de esta tradición, hace una referencia irónica en las primeras líneas del libro a esta tradición.

[14] Encallar: Término marinero que hace referencia a la acción de tropezar una embarcación con la arena o rocas del fondo del mar, quedando así retenida.

[15] Rodezno: Rueda con aspas, con un eje vertical que engarza con las piedras de un molino, y que al ser movida aquella por la fuerza del agua que golpea en las susodichas aspas, mueve a través del eje las piedras que muelen el cereal.

enormes piedras que molturaban el cereal. La corriente arrastró la cesta hacia aquel lugar angosto [16] y oscuro que hubiera supuesto el fin del itinerario para las dos inocentes infantes, y cada vez más deprisa, se acercaba hacia el siniestro desenlace, si no hubiera sido por la pericia del molinero, que, alertado por la presencia del extraño objeto volvió a bajar el tablón, y esperó unos instantes a que el cestillo embreado topara con el portón que retenía el agua del azud [17]. Se arrodilló a continuación sobre el lomo del muro de contención, y asiendo la cesta por el asa, sacó a la superficie la inesperada carga. Rápidamente subió al piso superior del molino, donde vivía, y le enseñó a su mujer el imprevisto hallazgo; de mutuo acuerdo decidieron adueñarse de los niños y tomarlos como propios, y aquel mismo día los bautizaron poniéndole por nombre Moisés al varón, rememorando el suceso bíblico, y Alba a la niña, por ser aquella la hora en la que sucedió el admirable encuentro.

Poco tiempo después, el rey regresó a sus dominios e inmediatamente fue informado por las hermanas de la reina del fatal desenlace. Al punto, se reunió en privado con su esposa, que todavía permanecía encerrada en la misma cámara donde se produjo el parto, y la cuitada de ella no pudo desmentir ninguno de los argumentos que su marido, mal informado por la envidia de sus hermanas, le exponía, y abrazada a su cuello se atrevió a musitarle [18] al oído:

—El amor lo puede todo; si tú quieres, podemos intentarlo de nuevo.

---

[16] Angosto: Estrecho.

[17] Azud: Arabismo; presa hecha en los ríos para detener el agua para regar u otros usos.

[18] Musitar: Hablar muy bajo, casi sin voz.

—La sucesión es algo trascendental en todas las casas reales, y es un asunto tan delicado que incluso se escapa a los poderes que me han sido conferidos; debo someterlo al veredicto del Consejo de Ancianos y acatar su decisión. Confiemos en la benignidad del juicio —dijo el rey.

La decisión tomada por el Consejo fue adversa a los intereses de la joven pareja; de nada sirvieron las argumentaciones del rey intentando convencer a los presentes de que la cuestión sucesoria no corría en absoluto peligro, pues su esposa no era estéril, y de que lo único que había que hacer era esperar como máximo un nuevo año para ver cómo se desarrollaba el futuro embarazo; de que el desastre ocurrido ahora era algo puntual y de que en ningún caso se debía considerar como definitivo. El portavoz del Consejo, una vez escuchados los razonamientos regios, hizo público el veredicto de la asamblea:

«Exigimos que el rey, nuestro señor, repudie a su esposa y que esta sea encerrada en un jaulón de hierro que penderá desde ahora del arco de entrada de la puerta principal de palacio, como aviso sempiterno [19] a todos nuestros súbditos y escarnio de la allí encerrada; asimismo, aconsejamos al rey que en un plazo más o menos corto se decida a tomar una nueva esposa para asegurar la línea sucesoria de la corona.»

El rey, visiblemente contrariado, avanzó hacia el centro del círculo que formaba el Consejo, y desde este lugar se dirigió a los presentes en estos términos:

—Vuestra sagacidad [20] y pericia es mucha; sin duda, la edad os hace ser tan meticulosos. Bien sabéis que el Consejo solamente puede obligarme a cumplir una deci-

---

[19] Sempiterno: Que dura siempre, que no tiene fin.
[20] Sagacidad: Astucia.

sión y así lo habéis expuesto: la primera sugerencia la tomo como orden, y como tal la cumpliré, y desde este momento abandonaré a mi esposa y se hará todo lo que habéis ordenado. Sin embargo, la segunda es un consejo, y así lo habéis enunciado; pues yo os digo que este no lo cumpliré, y por lo tanto es la asamblea, y no yo, la responsable de la sucesión dinástica.

Al día siguiente, con la reina ya colgada en el jaulón, el Consejo volvió a reunirse a escondidas con el fin de analizar la situación creada por la negativa del rey a desposarse de nuevo. En la mente de los presentes se barajaba la posibilidad de retractarse de la decisión tomada la tarde anterior, si aquella ponía en peligro la sucesión de la corona. Sin embargo, los razonamientos de uno de los ancianos presentes convencieron de nuevo al cónclave [21], y la reunión, que fue convocada con la soterrada intención de desdecirse de lo anteriormente promulgado, terminó por reafirmar con mucha más virulencia lo ya expuesto. El astuto anciano trajo a colación [22], para convencer a sus compañeros, el comportamiento del abuelo del rey, que, viéndose en una situación similar a la de su nieto, también se reafirmó en la decisión de no casarse de nuevo, para forzar al retracto a la asamblea, pero al cabo de dos años sucumbió a los encantos de una de las camareras de su antigua cónyuge. «... Y este —terminó diciendo el anciano— lo tiene mucho más fácil, pues no tiene que salir de la familia para encontrar nueva esposa: cualquie-

---

[21] Cónclave: Reunión de personas para tratar algo. El término se utiliza sobre todo para designar la reunión de cardenales encargados de la elección de un nuevo Papa.

[22] Traer a colación: Mencionar algo o a alguien en un texto o conversación.

ra de las dos hermanas de la antigua reina harán que la corona tenga continuidad. ¡Menudas lagartas son!»

Los dos infantes erráticos [23] crecieron en el hogar del molinero junto con el resto de la prole natural del matrimonio: otra pareja formada por un niño y una niña. Ningún distingo, ninguna atención especial hacían prever a los convecinos un origen tan diferente para ambas parejas. Sin embargo, un sexto sentido hacía suponer al mayor de los hermanos naturales que tanto Moisés como Alba eran unos meros allegados que nada tenían que ver con él y con su propia hermana; rumiando este presentimiento, el hermano mayor alcanzó la pubertad, y todo hubiera seguido igual si hubiera sabido controlarse el día en que pescando los dos hermanos en la misma presa que años atrás sirvió de contención al cestillo embreado, exasperado por el éxito de Moisés en las artes de la pesca y por su propia mala suerte, se encaró con él, y en un instante regurgitó [24] lo que durante años había estado adobando en su cerebro:

«No me extraña —le dijo— que tengas tanto acierto en el oficio. Nadie mejor que tú puede conocer el escondrijo de estos peces, pues en realidad tú eres hermano de ellos; tú y tu hermana emergisteis de este piélago [25], y mis padres, compadecidos, os acogieron en nuestra casa. Sois peor que los cucos, pues estos abandonan el nido ajeno y a los padres putativos [26] en cuanto pueden emprender el

---

[23] Errático: Que anda de una parte a otra sin domicilio fijo.

[24] Regurgitar: Echar por la boca el contenido del esófago o el estómago como algunas aves para alimentar a sus crías.

[25] Piélago: Parte del mar que dista mucho de la tierra. En Castilla, también se denomina piélago a cada uno de los charcos que mantienen estancada, durante el verano, el agua de un río o un arroyo.

[26] Putativo: Que se considera como padre o hace las veces de tal sin serlo.

vuelo, sin embargo, vosotros continuáis en él toda la vida»*.

Moisés no contestó, pero aquella misma noche le propuso a su hermana la necesidad de abandonar el hogar lo más pronto posible. No le dio en el instante ninguna explicación, pero le aseguró que cuando estuvieran solos, lejos del molino, le referiría la causa de la dolorosa partida. Antes del amanecer, los dos hermanos se levantaron y sigilosamente abandonaron la aceña[27] que durante tanto tiempo les había acogido, y se internaron en el bosque siguiendo de cerca el curso del río. Caminaron hasta el atardecer, acompañados tan solo por dos perros ventores[28] propiedad de Moisés, y como únicos utensilios llevaban los aperos de caza y pesca del hermano: un destral[29] de leñador, y un par de pucheros de barro en que cocinar la caza que les serviría de sustento. En un claro del bosque pasaron la noche al raso[30], sobrecogidos de vez en cuando por los ladridos de los podencos que anunciaban la presencia de animales salvajes acercándose al remanso del río para abrevar[31]. A estas alturas, Alba ya sabía cuál había sido la causa de la partida; y en aquel amanecer,

---

* El anuncio de la falsa paternidad es el condicionante del argumento del cuento. En este sentido, el parecido entre este cuento y el Edipo griego es patente. Se distancia de este en que el desenlace final es distinto: trágico en el mito griego y resuelto de una forma feliz en la narración que nos ocupa.

[27] Aceña: Molino movido por agua.

[28] Ventor: De viento. Perro que tiene mucho viento; que poseen un olfato muy fino para la caza.

[29] Destral: Hacha pequeña que se maneja con una sola mano. Sinónimo de hacha.

[30] Al raso: A cielo descubierto, sin protección alguna.

[31] Abrevar: Sinónimo de beber.

sola, observando el discurrir del río, el mismo discurrir que en un tiempo, ahora lejano, había llevado su cuerpo hasta el ficticio hogar paternal, mientras su hermano peinaba [32] los alrededores del bosque en busca de la caza que les permitiera sobrevivir, se interrogaba acerca de dónde estaría el origen de su persona y el de su hermano. Al mediodía regresó Moisés de la breve incursión cinegética [33] con un recental [34] de corzo terciado sobre los hombros; le anunció la abundancia de caza en aquellos contornos y de mutuo acuerdo decidieron construir una cabaña de troncos que les sirviera de protección y cobijo. Aquella misma tarde comenzaron a desbrozar [35] una parcela del bosque junto al río y a talar los primeros árboles que servirían de armazón del futuro refugio.

Desde el principio, el trabajo estaba perfectamente repartido; al romper el día, Alba retiraba las redes de arquillo que durante toda la noche habían permanecido en el lecho del río, preñadas ahora de diferentes pescados: las pintojas truchas, las broncíneas tencas, la sarda de aletas ensangrentadas, las rubias y rechonchas carpas... Se retorcían en la pradera cercana a la ribera, curvando inútilmente todo su cuerpo, a la vez que abrían con insistencia boca y agallas, en un intento desesperado por atrapar las gotas de rocío y la humedad de sus propios cuerpos, que les permitieran prolongar ese estado agónico que inevitablemente desembocaría en una muerte segura. Al punto se hebillaba un cinturón de cuero del que pen-

---

[32] Peinar: Rastrear una zona con mucho cuidado buscando a personas o cosas.

[33] Cinegético: Perteneciente o relativo a la caza.

[34] Recental: Cría pequeña de vacas, cabras u ovejas.

[35] Desbrozar: Limpiar de broza (maleza, monte bajo...) un determinado lugar.

dían, de un lado, un mazo de faisanes y, de otro, un sartal [36] de conejos y liebres, al tiempo que colocaba sobre su cabeza un serillo de esparto con la pesca recogida momentos antes, y se dirigía a los pueblos cercanos en busca de los compradores habituales de tan suculentos manjares. A esa misma hora Moisés abandonaba la caseta y se perdía en medio del bosque, acompañado siempre por los dos ventores, y revisaba una a una las trampas: cepos en los cagarruteros de los conejos, lazos en los pasos de liebres, que había diestramente colocado la tarde anterior. Al mediodía, ambos hermanos estaban de nuevo en la caseta, Alba con los dineros sacados de la venta matutina y Moisés con el acopio de nuevas piezas atrapadas esa misma madrugada.

Así vivieron durante varios años, hasta que un día, a la hora de la siesta, llegó una anciana a la puerta de la caseta y, después de agasajarla con un refresco y diversas golosinas, esta les anunció que no serían completamente felices hasta que no consiguieran el *pájaro que habla, el árbol que canta y el agua amarilla,* y en agradecimiento a su hospitalidad les regaló un espejo mágico que tenía la facultad de empañarse cuando alguno de los dos hermanos estuviera en peligro. La anciana se despidió de ellos, pero antes les recordó que a un par de días de camino, en dirección oeste, se encontraba un ermitaño que podía darles información puntual de dónde encontrar el pájaro, el árbol y el agua que les proporcionarían la felicidad absoluta.

A los pocos días, Moisés le comunicó a su hermana que era su intención partir en busca de los objetos mara-

---

[36] Sartal: Conjunto de cosas enlazadas entre sí; en este caso, liebres y conejos.

villosos que la anciana les había augurado; y sin pensárselo dos veces, al amanecer de la mañana siguiente, en lugar de recorrer los lugares donde tenía camufladas las trampas de caza, se colgó a la cintura un largo cuchillo de monte, y con un grueso garrote en la mano y un hatillo [37] en bandolera [38], donde llevaba lo más indispensable para sobrevivir durante una semana, se perdió en el bosque siguiendo la estela del poniente. Aquella mañana Alba revisó rápidamente los arquillos [39] de pesca, y después, guiada por los perros de su hermano, recorrió uno a uno los distintos lugares trampeados por él. Acto seguido, como todos los días, se dirigió al pueblo a vender la mercancía. Mintió a la clientela diciéndole que tardaría algunos días en volver puesto que su hermano, en la actividad venatoria [40], se había retorcido un pie y debía guardar reposo durante algún tiempo; este anuncio hizo que la parroquia terminara con la mercancía antes de lo previsto y al mediodía se encontraba la muchacha de nuevo en las inmediaciones de la caseta. Decidió no abandonarla durante el tiempo que estuviera ausente el hermano, y comprobar constantemente, a través del espejo mágico, el estado en el que se encontraba, y, para distraerse, comen-

---

[37] Hatillo: Envoltorio de ropa y otros objetos que una persona lleva consigo.

[38] En bandolera: Forma de transportar una cosa, que consiste en cruzarla desde un hombro hasta la cadera del lado opuesto.

[39] Arquillos: Red cilíndrica de pesca que consta de una malla circular que soportan unos aros de mimbre y que se tensa con dos varas exteriores que presionan los primeros aros de cada uno de los extremos. Posee dos entradas laterales cónicas invertidas; en el interior de la misma se coloca el cebo oportuno, y aquel pez que entra por el embudo cónico no puede volver a salir.

[40] Venatoria: Relativo a la caza.

zó a repasar los desperfectos que el tiempo había causado en las paredes y en el techo de la misma.

Moisés empleó día y medio en atravesar la enorme mancha [41] boscosa que cubría todo el valle, pero por la tarde del segundo día la tupida vegetación dio paso a otra mucho más rala [42] y de menor fuste la cual permitía al joven otear un entorno mayor. En la lejanía, sobre el lomo de un sierro [43], divisó un pequeño chozo y hacia él se dirigió. A la caída del sol llegó a las inmediaciones del mismo y descubrió, sentado en un tajo a la puerta, a un venerable viejo de largas barbas blancas, que al momento identificó con el ermitaño anunciado días atrás por la anciana que les visitó a su hermana y a él en la caseta. Llegado que fue a su altura, después de saludarlo y de tomar asiento junto a él, le comunicó cuál era la intención última de su viaje; el eremita [44], en tono pausado, le contestó con estas desoladoras palabras:

—Muchos han sido los que lo han intentado y ninguno ha regresado; todos están presentes en mis plegarias. El lugar que buscas no está muy lejos de aquí, pero los peligros son tantos que nadie hasta ahora ha sido capaz de superarlos. Yo te aconsejo, quienquiera que seas, que vuelvas sobre tus pasos y olvides esta quimera.

—Señor —respondió el joven—, la felicidad bien merece correr este riesgo, y aquella anciana nos auguró que ni mi hermana ni yo seríamos felices sin poseer el

---

[41] Mancha: En el lenguaje de los cazadores, bosque muy espeso donde se refugian los animales de caza para protegerse.

[42] Ralo: Se dice de las cosas que están más separadas de lo normal y que, por lo tanto, dan sensación de poco espesas.

[43] Sierro: Elevación pequeña del terreno.

[44] Eremita: Hombre que vive en un lugar solitario y se dedica principalmente a la oración.

agua amarilla, el pájaro que habla y el árbol que canta. Mi intención, por tanto, es acometer esta empresa, y no desistiré aunque para ello tenga que empeñar la vida. Todos los consejos y ayudas que usted me pueda proporcionar serán bien recibidos.

—Bien —continuó diciendo el anciano—, ya que no puedo hacerte desistir, escucha con atención lo que te voy a decir. Ese lugar mágico que buscas se encuentra detrás de aquella loma que cierra el horizonte por el norte; no es difícil llegar hasta la cumbre y tampoco plantea problemas la estancia dentro del recinto, una vez traspasados los umbrales que delimitan su perímetro; lo verdaderamente peligroso es el espacio que separa la cresta de la loma del acceso al lugar encantado. Una vez dentro, como te he referido, el peligro ha pasado por completo. El camino que separa ambos lugares está poblado de una enorme cantidad de seres malignos que a través de trucos variadísimos intentan disuadir al caminante de su objetivo: unas veces imitan voces de seres queridos, invitando a descansar al que intenta atravesar esos parajes, otras producen ruidos tan horrísonos [45] que es imposible no volver la vista para ver lo que pasa... Tú debes continuar siempre hacia delante, sin tornar la mirada en busca de los alaridos, ruidos o remedos [46] que estos duendes encantados pronuncian; de lo contrario te convertirás, y ya verás cuántas hay a tu alrededor, en una piedra negra. Nunca te detengas ni nunca vuelvas la vista atrás. Te daré una piedrecita imantada; la fuerza que sobre ella ejerce el centro de ese pequeño paraíso la hace rodar y salvar todos los

---

[45] Horrísono: Se aplica a todo aquello que causa horror o molestia por su sonido.
[46] Remedos: Imitación de una cosa.

obstáculos que a su paso encuentre. Cuando se detenga, ten por seguro que estás en el centro de ese edén, muy cerca del árbol que canta, el pájaro que habla y la fuente amarilla. Para entonces el peligro ya habrá pasado, y será el pájaro que habla el que te dé las instrucciones pertinentes para regresar.

Aquella noche, Moisés durmió en el chamizo [47] que daba cobijo al ermitaño, y a la mañana siguiente emprendió el camino que lo llevaría a la cresta de aquel teso [48] que servía de línea divisoria entre el mundo real y el encantado. Llevaba en un bolsillo la piedrecita imantada que el ermitaño le proporcionó: ovoidal como un huevo de perdiz, empavonada [49] y pulida como una piedra de tormenta [50]; Moisés, durante el trayecto, se congratulaba acariciándola dentro de su propio bolso, sin sacarla, por temor a perderla. Cuando llegó a la cumbre del sierro, la impulsó por una estrecha vereda que se perdía por la ladera descendente de aquel cotorro [51], y a medida que avanzaba aceleraba su velocidad de bajada, tal y como le había anunciado el ermitaño; Moisés la perseguía a grandes zancadas, y la seguía con la vista, temeroso de perderla en algún recodo del camino; de repente oyó un

---

[47] Chamizo: Caseta rústica con techumbre de hierba o paja.

[48] Teso: Parte superior de un cerro. En amplios dominios del castellano es sinónimo de cerro.

[49] Empavonado: De empavonar, cubrir el hierro y el acero con una capa de color azulado y brillante para mejorar su aspecto y evitar la corrosión.

[50] Piedra de tormenta: En el lenguaje coloquial, canto rodado muy pulido, que, según la creencia popular, desciende del cielo, acompañando a la lluvia, durante las tormentas muy virulentas; se le atribuyen poderes mágicos.

[51] Cotorro: Risco de cumbre redonda y llana a modo de altozano.

enorme chasquido, semejante a cuando el rayo desgaja con su fuerza la rama de una encina y, olvidándose de los consejos del ermitaño, el muchacho volvió la cabeza para comprobar el origen de aquel tremendo latigazo y al instante quedó metamorfoseado en una negruzca roca.

Serían las diez de la mañana. Alba había terminado de tender al sol las artes de pesca de su hermano y se disponía a lavarse las manos, impregnadas ahora de un fuerte olor a pescado, cuando observó que el espejo, que la anciana le había regalado días atrás, estaba completamente empañado, signo fehaciente de que a su hermano le había sucedido alguna desgracia. Ni tiempo tuvo de coger lo imprescindible: un garrote, un poco de mojama de trucha en un fardel [52] y los dos perros de su hermano, que se empecinaban en acompañarla, componían el diminuto equipaje de la atrevida hermana. Tomó la misma dirección que días antes había emprendido Moisés, y, siguiendo las mismas orientaciones de la viejita, inició la apasionante búsqueda de su hermano. Al momento se dio cuenta de que uno de los perros había desarrollado una corpulencia desusada y, colocándose delante de ella, le impedía andar con desenvoltura, dándole rabazos en las piernas, hasta que por fin la muchacha comprendió que el animal lo que pretendía era que se subiera a su grupa y de esta forma ganar tiempo al tiempo en el viaje. A horcajadas sobre los lomos del perro, al trote lobero [53], guia-

---

[52] Fardel: Saco de pequeño tamaño que llevan regularmente los pobres y pastores para guardar las viandas u otras cosas de su uso personal.

[53] Trote lobero: Expresión popular que toma su significado de la observación del paso del lobo cuando se desplaza en busca de caza; de una rapidez media pero muy sostenida, que le permite recorrer grandes distancias.

dos jineta y montura por el ventor, que los precedía, atravesaron la mancha boscosa que separaba el chozo del ermitaño de su propia caseta en menos de la mitad de tiempo que había empleado su hermano.

Las escenas que se sucedieron junto al anciano ermitaño fueron muy similares a las protagonizadas por Moisés: las mismas consejas del viejo y el mismo convencimiento por parte de la joven de acometer la desigual empresa. «Ahora no solo busco la fuente de la felicidad —decía Alba—, sino la recuperación de mi propio hermano; si a él los peligros no le arredraron[54], a mí me sirven de acicate.»

Pasó la noche, como su hermano, dentro del chamizo del ermitaño y por la mañana, mientras que el eremita le entregaba una nueva piedra imantada que le sirviera de guía, ató a los dos perros en collera[55] a un árbol junto a la humilde vivienda del anciano, y después de rogarle al viejo que los desatara y los cuidara si ella también sucumbía en el intento que iba a acometer, entró de nuevo dentro del habitáculo y amasó cascajo[56] de cera que contenía el soporte de una palmatoria[57], que alumbraba en el interior, dos bolitas que ablandó macerándolas con los dedos.

---

[54] Arredrar: Hacer volver atrás a uno por el peligro que ofrece o el temor que infunde la ejecución de alguna cosa.

[55] En collera: Emparejados.

[56] Cascajo: Restos de algo. Normalmente se dice de los desperdicios menudos de la piedra de granito. Aquí, restos de cera que se depositan en la base que sirve de soporte a una vela y que se precipitan en ella por causa de la combustión. También suele aplicarse el término para designar la moneda fraccionaria de metal: pesetas, duros y demás monedas metálicas.

[57] Palmatoria: Candelabro bajo con mango, y pie en forma de platillo.

Los ladridos de los perros la acompañaron largo rato; durante todo el camino se entretuvo en mantener la elasticidad de las bolitas de cera, exponiéndolas sobre la palma de su mano a los rayos del sol, o bien, amasándolas con las yemas de sus dedos. Cuando coronó el sierro que separa el mundo real del maravilloso, se acopló en sus oídos la cera, sabiamente maleada *, lanzó la piedra imantada por la misma vereda que lo hiciera su hermano el día anterior, y la siguió en el más absoluto de los silencios, sin que los alaridos siniestros o los discursos embaucadores traspasaran los límites de la audición. La piedrita imantada se detuvo hacia la mitad de la ladera próxima, y Alba, recordando el consejo del anciano, se paró también, en la seguridad de que se encontraba en el equinoccio del lugar encantado. Acto seguido, con la ayuda de una púa [58], liberó los oídos de la opacidad de la cera, e inmediatamente mil sones de todos los pajarillos canoros [59] del bosque le indicaron cuál era la ubicación exacta del árbol que canta: un hermoso ejemplar, frondoso como un castaño, copudo como una encina y de una envergadura superior a la de los viejos nogales. Colgado de una rama, en una jaula de oro, se encontraba el pájaro que habla, que inmediatamente se dirigió a la muchacha en los siguientes términos:

—Te he seguido con la vista desde que iniciaste la bajada, pero han sido tantos los que he visto descender y

---

* La actitud que Alba adopta aquí es muy similar a la adoptada por Ulises en el episodio de las Sirenas, *Odisea,* canto XII, versos 166 y s.

[58] Púa: Cuerpo delgado y rígido que acaba en una punta fina. Aquí, protuberancia de algunos árboles, como la acacia o el espino, que tienen la forma anteriormente expuesta.

[59] Canoro: Musical. Que produce un sonido agradable y armonioso.

perderse para siempre que pensé que tú serías uno más de los que engrosarían el macabro berrocal de piedras negras que ensombrece la entrada de este recinto. Pero no perdamos tiempo: junto al espino albal [60] que ves a la derecha, está la fuente del agua amarilla, al lado de la cancela que protege la entrada de la misma encontrarás un ánfora de cerámica roja; llénala de agua, luego vuelve y corta una ramita del árbol que canta, nos servirá a manera de hisopo [61]; y por último, descuélgame de la rama y llévame contigo.

Alba hizo con diligencia todo lo que el pájaro que habla le había sugerido, y cuando salieron del recinto encantado, el pájaro le dijo que rociara con agua amarilla cada una de aquellas piedras para devolverles su forma pretérita. La muchacha humedeció la ramita del árbol que canta con el agua del ánfora y la salpicó por aquel peñascal sombrío; al momento un tropel de jóvenes recobró su figura, entre ellos su hermano Moisés, que corrió inmediatamente a abrazar a su salvadora. Continuaron el camino, ahora ascendente, de la loma, y antes del mediodía toda la comitiva se encontraba sentada en derredor del chozo del ermitaño. Allí se despidieron los jóvenes desencantados por Alba, prometiendo volverse a ver durante las fiestas de la ciudad, y tomó cada uno de ellos la dirección que les conduciría a sus respectivos hogares. Al poco rato, los dos hermanos se despedían también del ermitaño, no sin antes, y a sugerencia del pájaro encantado, plantar un pequeño esqueje de la ramita del árbol

---

[60] Albal: De color blanco.

[61] Hisopo: Instrumento con un mango de metal corto y redondo en cuya extremidad tiene una bola hueca con agujeros que sirve en las iglesias para esparcir el agua bendita.

musical en las cercanías del chozo del eremita, el cual, regado con unas gotas del agua amarilla, alcanzó en unos minutos la altura y el porte de su antecesor; al momento, todos los pajarillos del contorno vinieron a posarse en sus ramas e inundaron con sus cantos todo aquel apacible lugar:

—¡Que seais felices! —les gritaba el anciano, mientras los dos hermanos, precedidos por los perros, descendían cárcava [62] abajo a punto de ocultarse en la espesura del bosque.

Nada más llegar a la caseta que les servía de albergue, Alba plantó los restos de la ramita encantada a unos metros de la entrada, volvió a regarla con un chorrito de agua amarilla y el prodigio se repitió, y al momento se llenó de todos los pájaros piadores del bosque que alegraban con sus trinos el bucólico lugar. La rutina volvió al hogar de los dos hermanos; solamente las apostillas y las preguntas del pájaro que habla, que durante el tiempo que Alba estaba en la caseta, permanecía tomando el fresco colgado de una de las ramas del árbol, tal y como lo encontró la muchacha en aquel edén encantado, añadían una nota de novedad a la monotonía impuesta por el quehacer diario.

Una tarde en la que Moisés se encontraba cazando, no muy lejos de las inmediaciones de la cabaña, se cruzó con una cuadrilla de cazadores, y, observando el porte de sus ropas, el brillo de sus armas y la abundante rehala [63] de perros que traían, dedujo un origen noble, cuando no prin-

---

[62] Cárcava: Socavón o zanja grande e irregular que suelen hacer en las laderas de los montes las lluvias torrenciales.

[63] Rehala: Conjunto de animales. En este caso conjunto de perros que acompañan a los cazadores.

cipesco, para sus componentes; sin embargo, la caza no había sido propicia para ellos aquella tarde, y tan solo uno de los cazadores portaba una liebre por las cinco empioladas [64] que colgaban de los flancos de Moisés. Uno de los monteros [65], el que presentaba un porte más egregio, cuando se encontraba a escasa distancia del joven, sin quitarle la vista a las liebres, increpó en estos términos al avezado [66] cazador:

—¿Cómo es posible esta humillación? Yo, que me hago acompañar de los mejores cazadores y los ventores más enrazados del reino, consigo como trofeo esta liebre huérfana, mientras que tú, solo, y con dos perros hijos de cien padres, cuelgas de tu cintura nada menos que cinco hermosas rabonas.

—Señor —respondió Moisés—, yo he nacido en estos parajes; conozco el monte palmo a palmo; conozco las costumbres de estos animales al dedillo; sé dónde comen, dónde tienen la dormida, sus querencias, sus pasos, sus abrevaderos, y esto, señor, ayuda. Además, es mi oficio; mi hermana y yo vivimos del dinero que nos porporciona la venta de la caza y de la pesca, y el hambre, señor, aguza el ingenio.

Otro de los componentes de la cuadrilla terció en la conversación y, sin venir a cuento, preguntó al joven:

—¿Sabes con quién estas hablando?

—No, señor —respondió Moisés.

—Con el señor de estos reinos.

---

[64] Empioladas: De empiolar, trabar. Acción de trabar la caza de pelo por sus patas traseras para transportarlas colgadas de los flancos.

[65] Montero: Persona que busca y persigue la caza en el monte. Sinónimo de cazador.

[66] Avezado: Acostumbrado y, por lo tanto, experto.

Inmediatamente Moisés desempioló tres liebres y se las ofreció como regalo a su primitivo interlocutor, pero el rey las rechazó alegando que no era justo que un pobre cazador se viera privado de unas exiguas ganancias por satisfacer un capricho pasajero. Entonces les suplicó que le acompañaran todos a su cabaña, donde su hermana, con mucho gusto, les serviría un refrigerio, a lo cual todos accedieron gustosos.

En ese mismo instante, en la caseta, el pájaro que habla, revoloteando en el jaulón, le decía a la muchacha, que estaba sobrehilando una redes de pesca:

—Prepara la mejor mantelería y pon dos buenas fuentes, una con tencas escabechadas y otra con liebre en adobo, en la mesa que está debajo del árbol que canta. Vamos a tener una visita muy importante: ni más ni menos que el rey en persona y cuatro nobles amigos suyos se encaminan hacia aquí acompañados por tu hermano.

Cuando llegó la comitiva, Alba terminaba de adornar el centro de la mesa con una guirnalda de flores silvestres; al ver el rey la exquisita sencillez de lo allí expuesto, antes de las presentaciones, se dirigió a la muchacha en estos términos:

—¿Cómo es posible que supieras lo de nuestra venida para tenerlo todo tan a punto y tan ordenado?

—Se lo he dicho yo, que lo sé todo, lo pasado, lo presente y lo futuro —respondió el pájaro encantado.

El rey, asombrado, dirigió la vista hacia el lugar de donde habían salido las voces y vio el jaulón dorado y dentro al pájaro que se alisaba sus plumas, y arrebolado por el suceso se atrevió a preguntar:

—Y... ¿quién soy yo?

—Un inocente y un infeliz.

—¡Es el rey! —exclamó uno de los acompañantes.

—Eso también —apostilló el pájaro—, pero es un rey inocente e infeliz.

El rey, sin salir de su asombro, al igual que su séquito, se interesó por la procedencia de aquella ave tan extraordinaria, y los hermanos le relataron al detalle la historia de los tres objetos maravillosos que poseían; fue entonces cuando el monarca se dio cuenta de la cadenciosa musicalidad que modulaban los pájaros que revoloteaban en las ramas del árbol que canta y, asustado por las circunstancias, se atrevió a pedirles un esqueje del árbol con la finalidad de plantarlo en los jardines de su palacio.

—Solamente prenderá si lo planta Alba Blanca —respondió contundente el pájaro maravilloso que desde hacía algún tiempo llamaba a la joven con nombres tan sonoros y transparentes como Alba Niña, Alba Áurea, Rosa Alba, Rosaura o el propio Alba Blanca.

Durante el transcurso de la merienda, el rey sugirió a sus anfitriones que accedieran a su invitación y que le honraran con su presencia en palacio en los días próximos; prometió enseñarles todas las dependencias palaciegas, e incluso le propuso a Moisés la posibilidad de contratarlo como montero mayor de la casa real donándoles un castillete, como vivienda, junto a los jardines de palacio. Los dos jóvenes accedieron gustosos, y antes de concretar el día de la visita, el pájaro que habla volvió a interrumpir con sus apostillas a los comensales:

—Yo también voy —gritó desde el jaulón de oro.

Fijaron la fecha de la visita para dos días después y la comitiva se despidió de la joven pareja al punto. Cuando estuvieron solos los dos hermanos, el pájaro, que estaba más inquieto que de costumbre, volvió a tomar la palabra:

—Tenéis que andar con mucho cuidado durante la visita; no olvidéis llevar el plantón del árbol que canta y un poco de agua amarilla para regarlo. Este será el presente que ofreceréis al rey, pero debéis llevar un poquito de agua amarilla también en un salero, para esparcir unas gotas en las viandas que os sirvan: tengo el presentimiento de que os van a intentar envenenar, y el agua amarilla servirá de antídoto al veneno; si yo no picoteo el fondo de la jaula, no comáis nada sin aderezarlo con unas gotitas de agua.

El rey llegó a palacio a la hora de la cena, y comentó con sus allegados, entre los que se encontraban las dos hermanas de la pobre reina repudiada, pues a ambas les fue respetado el puesto que les concediera su hermana antes de caer en desgracia, los maravillosos sucesos que había presenciado esa misma tarde. La hermana mayor, sin levantar la vista del plato, preguntó de soslayo:

—¿Cuántos años pueden tener esos jóvenes?

—Calculo —respondió el rey— que entre dieciocho y diecinueve años.

Volvió a retomarse la situación, y el monarca anunció entonces que le habían prometido una visita para dentro de dos días, y pidió a los presentes que anularan todos sus compromisos oficiales para ese día, pues era su intención agasajarlos con una comida en la que debían participar todos. En ese momento, la hermana mediana, después de mirar por lo bajo a la mayor, volvió a reiniciar la conversación:

—Y dice vuestra majestad que son hermanos..., y que son chico y chica..., y que no tienen padre ni madre..., y que son mellizos...

—Eso es lo que me dijeron ellos —respondió el rey.

—Pues entonces, si vuestra majestad nos lo permite —continuó diciendo—, nosotras —miraba ahora a su hermana mayor— nos encargaremos de supervisar el banquete para que no falte ningún detalle, ya que el interés que vuestra persona muestra por esa pareja parece extraordinario.

—Os lo agradecería profundamente. Siempre salen mejor las cosas cuando alguien de la casa se preocupa de estos detalles —concluyó el rey.

A la hora del almuerzo del día convenido, los dos hermanos se encontraban a las puertas del palacio: Alba con la jaula del pájaro que habla pendiendo de su mano derecha, y Moisés con un esqueje novalío [67] del árbol que canta y un frasquito del agua amarilla. El ujier de puerta mandó llamar a un número [68] de la guardia real para que acompañara a los invitados a los salones interiores, y cuando atravesaban el patio de armas, vieron el jaulón de hierro pendiendo del arco central de cuadrilátero, y a la pobre infeliz encerrada dentro de las rejas con las macilentas manos aferradas a los barrotes, tan delgadas que se vislumbraba perfectamente debajo de su piel toda la estructura ósea; el pelo, largo y descuidado, le cubría casi la totalidad de su cuerpo, y la mirada perdida encontraba un punto de referencia en las habitaciones privadas del monarca. Al ver aquel espectáculo tan macabro, Alba le preguntó a su hermano por la causa de tan horrible castigo. El pájaro que habla le adelantó la respuesta:

—Ninguna; perversas intrigas familiares han trastocado la alegría de esa mujer.

---

[67] Novalío: Nuevo. Se dice particularmente de los retoños que echa el árbol podado o demochado.

[68] Número: Cada una de las personas que forman parte de un conjunto. Se utiliza sobre todo en el mundo del ejército: vinieron dos números de la Benemérita.

Los dos hermanos se miraron sorprendidos sin saber qué responder; de los ojos de Alba se desprendieron dos lagrimas que rodaron mejillas abajo hasta perderse en la convexidad de su pecho.

Desde una de las ventanas de palacio, detrás de unos visillos transparentes, las dos hermanas, provistas de sendos catalejos, acercaban hasta delante de sus propias narices la fisonomía de los dos hermanos sin encontrar un rasgo inefable que les aclarara su procedencia. La mediana, visiblemente más nerviosa que la mayor, dio fin a la ineficaz inspección con estos argumentos:

—Con los datos que nos ha dado el rey, tienen que ser ellos: rociemos con la pócima sus manjares. No podemos arriesgarnos.

El rey recibió a los dos invitados en un saloncito privado con muestras verdaderas de cariño, y, antes de almorzar, Moisés le sugirió que debían trasladarse al jardín para plantar en el lugar adecuado el esqueje [69] que le ofrecían como regalo; una vez elegido el sitio y enterrada la rama, Alba vertió un chorrito de agua amarilla en el centro de la tierra removida, y el prodigio del crecimiento vertiginoso volvió a repetirse; al momento, todos los pájaros cantores del entorno poblaron sus ramas y la melodía de su música llegaba a los rincones más recónditos de aquel parterre [70].

Cuando, ya sentados a la mesa, los camareros sirvieron el primer plato, un caldo de verduras con tropezones de pescado, ambos hermanos miraron al pájaro que habla, encumbrado en un pedestal que de ordinario servía de

---

[69] Esqueje: Tallo que se planta en la tierra para que prenda y perpetúe su especie.
[70] Parterre: Jardín.

base a un jarrón chino, y observaron que permanecía hierático sobre un aseladero [71] de la jaula; con disimulo, Alba le echó unas gotitas de agua amarilla en el recipiente de Moisés y a continuación hizo lo propio en el suyo; seguidamente tomaron el consomé siguiendo el ritmo marcado por la mayoría de los comensales. Después sirvieron un suculento plato de pescado, y otra vez Alba observó al pájaro encantado que permanecía inmóvil como la vez anterior, y la escena se volvió a repetir. El rey, que había observado las dos maniobras de la muchacha, comentó en voz alta el extraño comportamiento de la joven, ante la atenta mirada de sus invitados:

—Me parece inexplicable tu comportamiento. ¿Están acaso sosas nuestras comidas para que tengas que aderezarlas con unos granos de sal?

No le dio tiempo a la joven a responder; desde la peana de mármol el pájaro encantado lo hizo por ella:

—Los platos de tus invitados no están sosos, están envenenados, y lo que Alba Niña le echa no es sal, es agua mágica para anular los efectos de la pócima. Y más inexplicable resulta tu comportamiento, que pues creíste que tu mujer había parido dos gazapos —eso te dijeron las perras de tus cuñadas— y la mandaste encerrar hace ahora dieciocho años, los mismos que tienen este par de jóvenes, en el jaulón que pende del arco principal del patio de armas; y ahora que tienes a tus hijos delante de ti, no los reconoces. Sin embargo, ellas, las que están sentadas a tu lado, sí los han reconocido, y si en el momento del parto fueron capaces de arrojarlos al río, ahora han vuelto a intentar librarse de ellos. Oblígales a que coman ellas las

---

[71] Aseladero: Posadero. Palos donde se posan las gallinas para pasar la noche.

raciones del tercer plato que están reservadas en la cocina para estos dos infelices. ¡Verás lo que te dicen!

El rey no daba crédito a lo que oía; ordenó que les sirvieran a las dos cuñadas las raciones de carne destinadas a los dos hermanos, y ellas se negaron en redondo a comerlas. El pájaro que habla volvió a tomar la palabra:

—¿Quieres más pruebas para convencerte de lo que te digo? Estos son tus hijos, y los dos conejos desollados que te enseñaron esas indignas, y que todavía conservas en un tarro con vinagre, estaban destinados para la cena de esas dos busconas.

El rey abrazó ahora a los muchachos y así descendieron al patio de armas y, una vez allí, ordenó a la guardia que descolgara el jaulón; inmediatamente el propio rey abrió la puerta de hierro, pero la pobre reina no se atrevía a salir y fue precisamente Alba la que le tendió la mano para que se apoyara, y así poder salvar el leve escalón que conformaba el jaulón con el nivel del suelo; arrastrando los pies y a pasos entrecortados, con el cuerpo encorvado, reflejando en él la concavidad de la jaula que durante tanto tiempo había ahormado su figura, avanzó hacia el centro del cuadrilátero. Allí, los cuatro se fundieron en un largo abrazo, al cabo del cual el rey ordenó que, antes de izar de nuevo la jaula, introdujeran en ella a las dos hermanas, y que permanecieran cautivas al menos el mismo tiempo que lo había estado la infeliz esposa.

Aquella misma tarde convocó al Consejo de Ancianos, el cual, escuchados los razonamientos del rey y la confesión de las dos hermanas, sentenció públicamente la inocencia de la pobre esposa, que después de haber bebido agua amarilla, se había recuperado milagrosamente, y la legitimidad de Alba y Moisés como descendientes de la pareja real y, por lo tanto, legales sucesores a la corona.

* * *

PROCEDENCIA

Las versiones manejadas para la confección de esta historia son las siguientes:

— Sánchez Pérez, José A.: *O. C.*, páginas 166 y siguientes.
— Guelbenzu, José María: *O. C.*, tomo I, páginas 56 y siguientes.
— Rodríguez Almodóvar, Antonio: *O. C.*, tomo I, páginas 231 y siguientes; este autor presenta el cuento con el título de «El pájaro que habla, el árbol que canta y el agua amarilla», haciendo alusión, ya en el epígrafe, a los tres elementos maravillosos que aparecen en la historia.
— Espinosa, Aurelio Macedonio (hijo): *O. C.*, tomo II, páginas 318 y siguientes. El título con que recoge el cuento Espinosa es «El pájaro que canta el bien y el mal».
— Cortés Vázquez, Luis: *O. C.*, tomo II, páginas 120 y siguientes. Presenta dos versiones: una, recogida en Pereña de la Ribera, titulada «El canario que hablaba», y otra, recogida en Peñaparda, titulada «El pajaritu que habla».

En el cuento que presento sigo las líneas trazadas por Rodríguez Almodóvar en el suyo. Los cambios que aparecen en mi historia no son significativos; el objeto mágico que le entrega la anciana protectora a los jóvenes, capaz de avisar si uno de los dos hermanos está en peligro, en Almodóvar es una espada que se tiñe de sangre cuando uno de ellos está en dificultades; este encanto lo he cambiado en mi versión por un espejo que se empaña en la misma situación; la razón no ha sido otra que la de no repetirme, pues en *El castillo de Irás y no Volverás* ya aparece la espada ensangrentada como objeto maravilloso que anuncia las dificultades por las que pasa uno de los hermanos mellizos.

El título de «El agua amarilla», que aparece en las versiones de Guelbenzu y de José A. Sánchez Pérez, y que yo he elegido también para titular la mía, no me parece el más adecuado, pues el agua, a pesar de que en mi historia adquiere más relevancia —hace crecer los árboles de forma maravillosa, desemponzoña las viandas de los jóvenes, envenenadas por sus tías, y revitaliza a la pobre esposa una vez liberada—, cede ante el protagonismo que asume el pájaro; tanto, que todavía hoy le contestamos a los niños después de contarles una historia maravillosa, que aquella nos la ha dicho «un pajarito». El título de Almodóvar «El pájaro que habla, el árbol que canta y el agua amarilla», en donde se recogen, como ya he dicho, los tres elementos maravillosos, sería el más adecuado, pero la tendencia de los lectores a simplificar los títulos, sin duda, me ha condicionado en esta ocasión.

En varias de las versiones consultadas —por ejemplo, en la de José A. Sánchez Pérez, en la de Guelbenzu y en la de Cortés de Peñaparda—, la infeliz reina tiene tres partos: de los dos primeros nacen dos varones y del tercero una niña; en mi versión, siguiendo a Almodóvar, he preferido que el alumbramiento fuera único y mixto. Por último, los señuelos que las perversas hermanas utilizan para camuflar a los recién nacidos, un corcho ensangrentado, un cachorro de perro y de gato, me parecieron poco verosímiles y los cambié por dos conejos desollados, que al no tener pelo los hacia, desde mi punto de vista, más creíbles.

En *Las mil y una noches* se encuentra una narración, «Las hermanas envidiosas», muy similar a la que se desarrolla en esta historia.

En los *Cuentos populares rusos* de Afanásiev se encuentra también una versión, muy similar a cualquiera de las que he anotado con anterioridad, con el título de «El árbol cantarín y el ave parlera» (*Cuentos populares rusos,* A. N. Afanásiev, Editorial Anaya, 1985, tomo II, páginas 284-87).

JUAN DE CALAÍS

En otros tiempos vivía en una isla, alejada de la costa, un matrimonio de carboneros con dos hijos. La única fuente de ingresos dependía de la venta del carbón y del cisco que producían en los dos pueblos en los que se concentraba la población de la misma. Como el negocio no era muy boyante [1], el hijo, cuando llegó a la mayoría de edad, le pidió a su padre permiso para trasladarse al continente en busca de mayor fortuna; los padres, apesadumbrados, no tuvieron más remedio que dárselo, porque como decía el padre: «Todo el mundo tiene derecho a soñar con un futuro mejor, y en la isla el futuro lo ahoga el mar». El padre vendió un rimero [2] de carbón, fruto del trabajo de todo un invierno, y adquirió un pasaje para su hijo en un velero que una vez al mes hacía escala en el puerto camino del continente. El poco dinero sobrante, dos duros, se lo entregó, para que le sirviera de alivio en los días difíciles que presuponía que tendría que afrontar el muchacho cuando llegara a tierra firme.

Nada más desembarcar, se dirigió a la capital del reino, que se encontraba en el interior del país, a unos cincuen-

---

[1] Boyante: Se dice de los barcos poco cargados y que por esta causa navegan con más soltura que los sobrecargados. En el contexto, negocio que produce poco, que se sostiene con dificultad.

[2] Rimero: Montón de cosas puestas unas sobre otras.

ta kilómetros de la costa; «allí —se decía— olvidaré, al menos, el arrullo machacón de las olas que me ha acompañado durante toda mi estancia en la isla». Con este propósito, a la mañana siguiente, inició la larga caminata con un maletín de madera terciado a la espalda, en donde su hermana le había colocado dos mudas limpias y, camufladas en el falso fondo del mismo, unas pocas provisiones compuestas por pescado salado y cecina de cabra; de la mano, atados con un cordel, que en la parte central tenía una cómoda anchura, a modo de asa, llevaba los utensilios típicos de su oficio: una macheta para olivar, una destrala de desmochar y una espiocha [3] para arrancar árboles. Hacia el mediodía divisó un pueblo y dedujo que el camino que llevaba debía de desembocar en él; así es que avivó el paso con la intención de comprar pan en aquella alquería [4] y pararse a la orilla de una fuente para reponer fuerzas y descansar. Todo hubiera salido según lo previsto de no haber sido por el macabro hallazgo que encontró junto a un estercolero en las afueras del pueblo: un hombre muerto, con el cuerpo hinchado como un pellejo de vino y la cara llena de moscas, que debía de llevar en aquel lugar, a juzgar por los inminentes signos de descomposición que presentaba, al menos un par de días. Espoleado por el descubrimiento, apretó más el paso en dirección al pueblo; a unos niños, que estaban jugando a la entrada del mismo, les preguntó por la casa del alcalde, y sin perder más tiempo a ella se dirigió. El alcalde lo recibió indiferente y, cuando escuchó cuál era

---

[3] Espiocha: Herramienta de mango de madera con dos partes opuestas, una de ellas en forma de pico y la otra provista de corte, muy utilizada por los leñadores para arrancar los árboles.

[4] Alquería: Poblado de poca importancia.

el motivo de su visita, le contestó en los siguientes términos:

—Era un mendigo que vagaba por estos contornos, hoy aquí y mañana allí; no le conocíamos oficio ni beneficio, y como no tenía ni un céntimo encima y nadie del pueblo quería pagar los gastos del funeral, el enterrador se negó a darle sepultura gratis, y yo mismo le ordené al alguacil que lo arrojara en algún muladar en las afueras del pueblo, con el fin de que la fermentación del vicio [5] acelerara su propia descomposición, antes de que cuervos, pegas [6] y buitres devoraran sus despojos. No he vuelto a pasar, desde el suceso, por ese lugar, pero seguro que el calor del sol y la propia cochura [7] del estiércol han multiplicado la corrupción del cuerpo.

—¿A cuánto ascienden los gastos por el funeral de ese pobre desgraciado? —preguntó el muchacho, sin detallarle cuál era el estado en el que se encontraba el infeliz.

—El último que hemos tenido, hará unos dos meses, se importó cinco pesetas: una para el enterrador, otra para el alguacil por transportar en el carro al difunto y tres para el carpintero por los gastos de la caja... Ahora, si quiere usted sudario [8], ese lujo hay que pagarlo aparte.

Sin despedirse siquiera, el muchacho retrocedió para entrevistarse con los tres humanos indispensables para

---

[5] Vicio: Estiércol, abono. Creo que el término tiene su origen en el efecto que produce en la tierra el estiércol: una tierra muy abonada es una tierra viciosa y por lo tanto produce mucho. De ahí el nombre.

[6] Pega: Urraca; ave de pequeño tamaño de la familia de los córvidos que se caracteriza por tener un plumaje blanco y negro y una larga cola de color negro.

[7] Cochura: Cocción, fermentación.

[8] Sudario: Lienzo con el que se envuelve un cadáver.

llevar a cabo la misericordiosa acción, cuando desde en medio del corral el alcalde le gritó:

—¡Se me olvidaba, el cura se negó también a enterrarlo, porque como murió sin los últimos auxilios, para sepultarlo en sagrado había que ofrecerle un novenario [9] y tampoco nadie se hizo cargo de esos gastos!

—¿Y cuánto se importan esas recomendaciones eclesiásticas? —preguntó el joven sin retroceder.

—Eso no se lo puedo decir —respondió el alcalde con sorna—; mientras yo he estado al mando de la alcaldía, todos nuestros muertos han ido para el otro mundo bien auxiliados. Pregúnteselo usted al cura.

Despachó las tres primeras entrevistas en un momento, quedando fijados los precios según le había advertido el alcalde, y a continuación, el muchacho se dirigió a la casa parroquial a negociar los auxilios espirituales. El sacerdote, después de realizar una agilísima suma mental, le dijo:

—Sumando los emolumentos [10] de la misa de *corpore insepulto* y el novenario posterior, el montante asciende a cinco pesetas.

—Señor cura —respondió el joven—, ese es exactamente el dinero que tengo; ¿no me podría hacer una pequeña rebaja?; ¡al menos unos céntimos para comprar un pan para alimentarme!

—Hermano —replicó el cura—, los asuntos celestiales nunca admiten rebaja. ¡A Dios jamás se le puede regatear! Pero no te preocupes; tú págame ahora, que antes de

---

[9] Novenario: Conjunto de nueve; en este caso nueve misas que se solían aplicar por los posibles pecados del difunto.

[10] Emolumentos: Precio o pago que corresponde a un trabajo, cargo o empleo.

que partas, yo te proporcionaré el pan. Así, yo hago una obra buena, que de algo me valdrá, y tu podrás pregonar la caridad que adorna mi persona.

Aquella misma tarde dieron sepultura al maltratado cuerpo del mendigo, que, ironías del destino, se llamaba Atanasio, y así quedó inmortalizado por el alguacil en el padrón del Ayuntamiento. Antes de partir, el cura le proporcionó al muchacho media hogaza de pan, como le había prometido, cuando ajustó sus servicios. Todavía antes de despedirse, el cura volvió a interrogar al chico:

—Verá usted... No es fácil que alguien se preocupe por la suerte de este pobre infeliz, pero, si así ocurriera, a mí me gustaría saber su nombre por si acaso los hipotéticos interesados quieren recompensarle su buena acción. La vida da muchas vueltas..., y nunca se sabe lo que uno puede necesitar.

—Juan —respondió el muchacho—; Juan de Calaís me llaman.

Cuando llegó a la capital del reino, se enteró de que el rey daba una gratificación a la persona que fuera capaz de recuperar un acebo [11] que el monarca había regalado a su hija con motivo de su cumpleaños, y que sin saber el porqué, desde hacía unos meses, estaba perdiendo su lozanía, y sus hojas estaban cambiando de un verde oscuro a un color amarillo pajizo, preludio de una muerte inminente. Con los bártulos [12] de leñador, se encaminó hacia el palacio real y allí se entrevistó con el jardinero mayor, que

---

[11] Acebo: Árbol de cuatro a seis metros de altura de hoja perenne de color verde oscuro con espinas en el margen y frutos de color rojo intenso.

[12] Bártulos: Conjunto de utensilios propios de un determinado oficio.

inmediatamente lo llevó al macizo en donde se encontraba el arbolito. Nada más verlo, el muchacho vaticinó que la causa de la enfermedad era el exceso de agua:

—Las raíces de este acebo están nadando en agua, y esa es la causa de su agonía. Necesito —le dijo al jardinero— una caña hueca que sirva de desagüe y dos carretillas, una de arena y otra de grava, para sanear el contorno.

Trazó una circunferencia imaginaria en torno al tronco del acebo y retiró toda la tierra hasta llegar al cepellón [13] del arbolito; a continuación excavó una canaleta de unos tres metros de longitud, y después de perforar la caña con la ayuda de una lezna, la depositó en la zanja, cuidando de que los agujeros quedaran todos en la parte superior de la misma, a fin de que el agua sobrante cayera por los orificios en el interior de aquella y a través de la oquedad se alejara de las raíces del árbol; después cubrió la caña y el cepellón del acebo con la grava y la arena que tenía en las carretillas, a modo de drenaje, y remató la faena recubriendo todo con la tierra que con anterioridad había sacado.

—Cuidad —le dijo al jardinero— de que no se riegue este árbol en unos cuantos días; como usted ha visto, la tierra estaba encharcada y creo que esta es la causa del deterioro de la planta. Supongo —volvió a insistir— que con la cura que le he hecho se recuperará en unas semanas.

El jardinero, que no había perdido detalle, le ofreció un puesto de temporero [14], pues estaban a finales del otoño y el trabajo se multiplicaba con la poda de la enor-

---

[13] Cepellón: Pella de tierra que se queda adherida a las raíces de los árboles para transplantarlos.

[14] Temporero: Persona que se contrataba a tiempo parcial; se utiliza en el mundo rural.

me cantidad de árboles que adornaban los jardines. El joven aceptó encantado y, en agradecimiento, le contestó:

—Dígale usted a nuestro rey que no me tiene que dar gratificación alguna por el trabajo realizado; me siento bien pagado con el contrato que me ofrece.

Aquella misma mañana Juan se unió a una cuadrilla de podadores que limpiaban los castaños que bordeaban el paseo central de los jardines, y el capataz informó al rey de la decisión que había tomado. Este asintió en todo lo convenido por el capataz, pero la hija, que se encontraba también presente, le dijo que le anunciara a aquel joven que, si el árbol recobraba su lozanía, ella misma se encargaría de recompensar su acción.

A la semana siguiente el arbolito había cambiado por completo de coloración, y el verde lustroso de sus hojas contrastaba con el rojo de las bolas apiñadas de sus frutos. La princesa, que durante toda la semana había bajado a visitarlo, convencida de que la recuperación era cierta, mandó llamar al jardinero y lo obsequió con un colgante de oro cuyo adorno central era el escudo de armas de la casa real.

—Muy pocas personas, fuera de la familia, tienen el honor de llevar este distintivo. Espero que te dé buena suerte —le dijo la princesa.

—Alteza, le prometo —respondió Juan— que siempre me acompañará, y cada vez que lo mire me traerá el recuerdo de su grácil figura.

La joven heredera de la corona quedó gratamente sorprendida de la hermosura y virilidad de aquel joven leñador, y con sus amigas y con sus damas de compañía más allegadas no cesaba de comentar la agradable sensación que le había producido el muchacho; tanto lo mentaba que una de las damas de su confianza, a solas con ella, se atrevió a decirle:

—No sé si os dais cuenta de que estáis prometida, y de que dentro de poco os deberéis en cuerpo y alma al señor marqués, que se convertirá en vuestro esposo. ¿No querréis comparar el porte y el prestigio del marqués con el de ese pobre leñador?

—No hay punto de comparación —respondió la princesa—. Ese leñador, como tú lo llamas, es la bondad personificada, y el prestigioso marqués mantiene relaciones con mi persona movido solo por la herencia y el rango que ello conlleva. Si pudiera, ahora mismo lo dejaba todo y me marchaba con Juan.

Desde la entrevista, cualquier situación le era favorable para estar cerca del joven: los golpes de los destrales le anunciaban el lugar exacto donde se encontraba desmochando [15] árboles, y con el más leve pretexto hacia allí se dirigía en los paseos diarios; a la hora de la cena, con la disculpa de enterarse de la situación en la que se encontraban los árboles de los jardines, se personaba en la caseta donde pernoctaban los podadores con la única finalidad de estar junto a él. Llegó un momento en que se abandonó por completo, dejó de comer y cayó enferma. El médico de palacio, después de hacerle un detallado reconocimiento, no encontró ninguna causa fisiológica que justificara aquella laxitud general, y así se lo hizo saber al rey y a la reina. La princesa permanecía mientras tanto postrada en la cama, en un estado febril, negándose a probar bocado y sin reaccionar a los brebajes y jarabes que le preparaban en la botica de palacio. La situación llegó a ser tan alarmante, que el rey acudió, muy a pesar suyo, a contratar los servicios de

---

[15] Desmochando: De desmochar; cortar las ramas de un árbol para hacerlas leña o carbón.

exorcistas y brujos con la esperanza de ver recuperada a su hija.

Todo era inútil; la salud de la princesa se complicaba de día en día. Una mañana, uno de los soldados de la guardia, conversando con un grupo de mendigos que estaban esperando las sobras de la comida de palacio, escuchó cómo uno de ellos le comentaba en voz baja a otro de los presentes:

—Ha llegado esta noche un compañero nuevo que dice poseer poderes sobrenaturales, y afirma que los males del espíritu no tienen secreto para él. Podría ser la salvación para nuestra princesa.

El soldado, rápidamente, se lo comentó a un ujier de palacio y este trasladó la noticia al rey con la misma celeridad [16]. El monarca se personó a la puerta del palacio y, en voz alta, preguntó por la identidad de aquel pobre que decía tener poderes sobrenaturales:

—Majestad —dijo uno de los pordioseros—, no se encuentra aquí; el cansancio de la caminata del día de ayer le ha impedido acompañarnos y está descansando debajo de uno de los ojos del puente que nos sirve de refugio.

Mandó llamar inmediatamente a su guardia personal y a su secretario, y el mismo rey se dirigió al lugar indicado. Uno de los números de la guardia, cuando llegaron al rabizo [17] del puente, descendió hacia el nivel del río y en el primer ojo, embozado en una manta, encontró al indigente, que se sobresaltó al percatarse de la presencia del

---

[16] Celeridad: Rapidez.
[17] Rabizo: Parte del puente que se ancla en la tierra, por ambos lados, hasta alcanzar el mismo nivel que ella tiene. Inicio por cada una de las partes del puente.

guardia real. Subió al lugar en el que se encontraba la comitiva y, cuando estuvo delante del rey, este le dijo:

—¿Cuál es vuestro nombre?

—Atanasio, majestad; Atanasio me llaman, y por Atanasio respondo —contestó el mendigo.

—Dicen tus compañeros que eres experto en males de encantamiento como hechizos, mal de ojo... ¿Es esto cierto?

—Señor, llevo curados muchos enfermos de estas dolencias; ellos pueden responder por mí.

—Tienes que acompañarme hasta mi palacio, pues mi hija padece alguno de estos embrujos; ten por seguro que tu servicio será pagado con creces.

—Majestad, si es su gusto, yo lo acompaño, pero sé desde aquí cuál es la enfermedad que padece la princesa, y esa no es otra que la de mal de amores; en el momento en que el hombre por el que suspira acuda a su lecho, la dolencia comenzará a remitir.

—Si quieres —le dijo el rey en agradecimiento a su información—, puedes trasladarte a las dependencias de palacio. En los pabellones del servicio tendrás alojamiento y comida gratis.

—Se lo agradezco, majestad, pero me encuentro con más libertad entre los de mi igual —respondió Atanasio.

Después de despedirse, el rey se encaminó de nuevo hacia su residencia y, cuando llegó a la puerta principal, convocó a todos los indigentes y les anunció que en el momento en que se apreciara la más mínima mejoría en su hija, les sería doblada la ración de comida, a lo que respondió aquella turba [18] de desamparados con un clamoroso: ¡Viva el rey!

---

[18] Turba: Muchedumbre de gente confusa y desordenada.

Mandó llamar de inmediato al marqués que cortejaba a la infanta y, cuando estuvo en su presencia, el monarca habló con él en los siguientes términos:

—¿Es cierto que mi hija y tú mantenéis unas relaciones sentimentales estables y que tenéis previsto casaros en un plazo más o menos breve?

—Majestad, ese era nuestro propósito; aunque desde un tiempo acá, antes de caer enferma, su entusiasmo había decaído mucho; yo ahora lo achaco a la enfermedad que la mantiene tan abatida.

—¿La visitas a diario? —preguntó de nuevo el rey.

—Desde hace tres o cuatro días no lo hago porque ella me rogó que la dejara tranquila y sola —respondió un tanto avergonzado el marqués.

—Pues desde ahora la acompañarás todos los días a la hora de la comida y la cena. Dice un curandero, que he visitado hoy, que el mal que aqueja a la princesa es de amores, y yo no tengo noticias de que mi hija haya mantenido idilios con otros pretendientes, así es que de ti depende su curación.

Desde aquel día, el marqués, sin mucho entusiasmo, la acompañó a la hora de las comidas, si se podía llamar comidas a lo que la princesa hacía, pues comer, lo que se dice comer, no comía nada, y su estado era cada vez más lamentable, hasta tal punto que el rey, más alarmado todavía, volvió a visitar al mendigo, esta vez a la puerta del palacio:

—La enfermedad de mi hija —le dijo— no ha remitido absolutamente nada, y ya sabes el refrán: Mal que no mejora... Te suplico que la visites, pues me parece a mí que la dolencia tiene un origen distinto al que tú vaticinaste.

—La enfermedad —respondió el harapiento— se hunde, sin duda, en los entresijos amorosos; ocurre que no habéis dado con el verdadero amor de la niña. Todos pensáis que ese marquesito de tres al cuarto, que la galantea por el más mezquino interés, es el dueño del corazón de vuestra hija, y no es así. Entre los jardineros de palacio hay que buscar al salvador de la enamorada; aquel que este otoño recuperó el acebo, el mismo que vuestra majestad le regaló por su cumpleaños, es el verdadero amor de la infanta; por él pena y por él morirá si vos no le ponéis remedio. Más os digo, contesta por Juan de Calaís.

Ese mismo día fue localizado el jardinero, y, al atardecer, él fue el encargado de llevarle la cena a la princesa. Estaba tan débil que solamente fue capaz de tomar un caldo, desechando el segundo plato porque le era imposible masticarlo a pesar de que se trataba de unas croquetas de pescado gratinadas con queso. Pero todos los presentes se dieron cuenta del cambio operado en la joven: incluso sonrió levemente cuando el muchacho, después de mullirle la almohada sobre la que había apoyado la espalda durante la cena, la ayudó a recostarse de nuevo. A partir de ese momento, Juan de Calaís fue relevado de su trabajo cotidiano y el nuevo destino, que en principio fue una agradable imposición, se convirtió con prontitud en encuentros apasionados. El restablecimiento de la joven siguió una línea ascendente, que era anunciado unas veces con risas estridentes, y en otras ocasiones con esa coquetería femenina que se traducía en las peticiones que les hacía a sus damas de compañía exigiéndoles que le peinaran los cabellos, que le empolvaran la cara o que le perfumaran el cuello y las muñecas antes de cada una de las comidas. En menos de un mes estaba perfectamente restablecida, y Juan de Calaís totalmente enamorado; fue entonces, con los dos amantes ya dando largos paseos por los jardines de palacio, cuando el rey decidió adelantarse a su propia hija y ser él en persona el que se entrevistara con el marqués, ahorrándole el mal trago a su hija, de comunicarle la nueva situación:

—El destino, en este caso, no deja lugar a dudas —le dijo al marqués—, y un padre siempre tiene que velar por la salud y la felicidad de sus descendientes, máxime cuando este es uno solo. Por lo tanto, te ruego que no impidas con tu comportamiento la unión que aquel ha preparado.

El marqués no contestó; hizo una reverencia de cortesía y abandonó el salón donde se había realizado la breve entrevista. A la hora de la cena comentó con su viuda madre el contenido de la reunión mantenida aquella mañana con el rey. No parecía muy preocupado por el desaire; la madre lo encajó peor y afirmaba que se trataba de una enorme humillación para toda su ascendencia, y como si de un vaticinio se tratara, le anunció:

—Tiempo tendremos, hijo, de vengarnos, y el que ríe último ríe dos veces.

A esa misma hora, en los alrededores del puente, Atanasio le dijo a dos mendigos que lo acompañaban, que era su intención abandonar la ciudad dentro de breves momentos; de nada sirvieron las apreciaciones de sus interlocutores aconsejándole que se quedara y que disfrutara de la doble ración de comida que, gracias a él, les proporcionaba la casa real. «Mi misión aquí ha terminado —decía Atanasio—. Nada me retiene ya en esta ciudad. Ya he conseguido la felicidad para mi apadrinado.» Y cuando le preguntaron adónde pensaba dirigirse, la respuesta fue igual de tajante:

—Lejos, muy lejos. Lo más seguro es que no os vuelva a ver.

Al poco tiempo se celebró la boda entre Juan de Calaís y la princesa; toda la familia del marqués, para no romper el protocolo, asistió a la ceremonia, y durante el transcurso de la misma no cesó de criticar el más mínimo detalle que permitiera el más leve comentario; pero el agua no llego al río y el himeneo [19] se desarrolló con absoluta normalidad.

Habrían pasado dos meses de la celebración de los esponsales, cuando Juan le sugirió a su esposa la posibilidad de visitar a sus padres, con el fin de que la conocieran y bendijeran su unión:

—Como sabes, mis padres no pudieron venir a la boda —decía Juan— por no tener el suficiente dinero para adquirir un pasaje de ida y vuelta para los tres, pero se alegrarían mucho con nuestra presencia; te ruego que aceptes mi petición.

A la joven esposa le pareció acertada la propuesta de su marido; aquella misma tarde, a la hora de la cena, ella misma se lo comunicó a sus padres, que también vieron con buenos ojos el acuerdo. La reina madre propuso a su vez que, para limar asperezas entre la casa real y la familia del marqués, se eligiera como dama de compañía, entre otras, a la madre de su antiguo pretendiente; el rey, para no ser menos, anunció que si la madre aceptaba, él nombraría al propio marqués jefe de la guardia personal para darles protección durante todo el itinerario.

Los preparativos del viaje se realizaron tal como habían previsto sus protagonistas, con el tiempo suficiente para llegar a puerto y tomar un velero, contratado expresamente por la casa real. La comitiva se puso en marcha con el marquesito como jefe de la escolta y la madre como dama de compañía de la princesa.

---

[19] Himeneo: Boda o casamiento.

Al atardecer del segundo día de navegación, aprovechando que la cubierta del barco estaba desierta, el marquesito llamó a Juan para que observara desde la popa del barco el espectáculo que protagonizaban una singular manada de delfines, que desde hacia tiempo venían acompañando a la embarcación. Mientras que el joven esposo contemplaba entusiasmado las piruetas de los simpáticos cetáceos, apoyado en la barandilla trasera del velero, el marquesito lo empujó al vacio y al momento su cuerpo desapareció confundido entre las olas. Dejó pasar un tiempo prudencial, y, cuando calculó que estaban ya bastante alejados del lugar del siniestro, comenzó a pedir auxilio anunciando a grandes voces el desgraciado accidente. El capitán inmediatamente mandó arriar [20] velas, y acto seguido dos marineros se descolgaron en un bote hasta la superficie marina, pero la búsqueda fue infructuosa, y la noche, que todo lo confunde, ennegrecía con su presencia las esperanzas de la pobre princesa. Con la noche ya cerrada, el capitán les comunicó que la búsqueda ya no tenía sentido, y tampoco esperar a que amaneciera, puesto que nadie podría sobrevivir tanto tiempo en una situación semejante; así es que la única discusión pertinente, según el patrón del barco, era si ahora, con Juan ya muerto, continuaban en la misma derrota [21], o si, por el contrario, el viaje ya no era necesario y debían poner rumbo al lugar de partida. La joven esposa, que durante todo el proceso había permanecido en silencio, con el rostro transfigurado por la situación, musitó levemente: «Llevadme junto a mis padres». Luego sacó de su

---

[20] Arriar: Bajar, plegar.
[21] Derrota: Rumbo o dirección que llevan en su navegación las embarcaciones.

bolsito de mano unas tijeras de manicura y se cortó dos rizos de sus cabellos arrojándolos al mar. Acto seguido se encerró en su camarote y ordenó a toda la servidumbre que la dejaran a solas con su dolor. El capitán del barco anotó en el cuaderno de bitácora [22] el lugar y la hora del siniestro, y ordenó a toda la marinería que pusieran rumbo al lugar de procedencia.

Todavía, antes de acostarse, madre e hijo tuvieron tiempo de cambiar impresiones; la madre se atrevió, en aquellos momentos tan íntimos y dolorosos para su señora, a recordarle al marquesito:

—Ahora, si no muere de pena, tendrá que ser tu esposa.

* * *

Sin embargo, Juan de Calaís no murió ahogado, como era la intención del marquesito y de su malvada madre. Uno de los delfines que participaba en las acrobacias junto a sus compañeros de manada se encargó de salvarlo: cuando estaba a punto de perecer, lo catapultó con el hocico sobre su lomo y, cuando notó que Juan se aferraba con sus manos a su aleta dorsal [23], emprendió veloz carrera, con la parte superior del cuerpo fuera del agua para que el náufrago pudiera respirar, y lo depositó en las arenas de la playa de un islote desierto, que se encontraba a una distancia prudencial del lugar del naufragio. Desde aquel día, todos los atardeceres, el tropel de delfines se acercaba a la playa y ensayaba su carrusel particular para deleitar a aquel espectador solitario. Cuando se

---

[22] Cuaderno de bitácora: Libro en el que apuntan todos los pormenores surgidos durante una travesía marina.

[23] Dorsal: Aleta que tienen los peces hacia la mitad de su lomo.

acostumbró a su presencia, Juan los esperaba mar adentro, hasta donde el agua se lo permitía, y entonces la manada alborozada hacía cabriolas en derredor, y lo asombraban con sus hirientes chillidos y el castañeteo de sus mandíbulas.

Durante aquellas primeras jornadas, se dedicó a inspeccionar el islote palmo a palmo, y, a pesar de la soledad, encontró algunos hallazgos que le permitieron albergar esperanzas de supervivencia: hacia la mitad de la roca que formaba el islote encontró un manantial de agua dulce, que, a juzgar por el verdor que lo arropaba, dedujo que manaba durante todo el año; en la playa, cuando la marea bajaba, enterrados en la arena, dormitaban abundantes moluscos marinos, y en los pequeños acantilados del promontorio [24] se agolpaban racimos de percebes y mejillones. «Las necesidades vitales —se dijo— las tengo cubiertas; me falta el fuego para anunciar mi presencia a los desconocidos navegantes. ¡Ojalá una tormenta incendie algún árbol, que luego yo me encargaré de mantener la llama!»

A los pocos días se dio cuenta de que aquel islote era un lugar desconocido para la mayor parte de los navegantes, y de que las cartas de navegación ignoraban por completo a aquella pequeña isla, pues ni en lontananza vio aparecer ningún navío; así es que se resignó a vivir en soledad los días que el destino le tuviera asignados, y albergaba como único consuelo de salvación la aparición de un barco, que, perdido como él, arribara por aquellos contornos.

* * *

---

[24] Promontorio: Altura considerable de la tierra que se prolonga dentro del mar.

Nada más llegar a palacio la mermada expedición, volvieron a reaparecer en la princesa los primeros síntomas de la misma enfermedad que la había asolado hacía unos meses. En esta ocasión fue la madre la primera en darse cuenta, y así le trasladó la noticia a su marido:

—Nuestra hija vuelve a sufrir la mismos síntomas que la mantuvieron postrada tiempo atrás; debes comunicárselo al mendigo que la salvó entonces, antes de que la dolencia se apodere más.

El padre recibió la noticia cuando tomaba un zumo de naranja y, al escucharla, el vaso que en ese momento aproximaba a los labios se le cayó de la manos y se hizo añicos [25] entre sus pies:

—Esposa mía —contestó el rey—, ahora la situación se complica muchísimo más, pues si la enfermedad es la misma, ya sabemos cuál es la causa que la produce, pero no conocemos al causante, y desconociendo el principio no podremos atajar [26] su doloroso desenlace.

De todas las maneras, el rey volvió a entrevistarse con los mendigos y a interesarse por la suerte de Atanasio, que no se encontraba entre los allí presentes; uno de ellos se levantó y le dijo estas desoladoras palabras:

—Majestad, antes del matrimonio de su hija, Atanasio abandonó la ciudad y no sabemos la dirección que tomó; a nosotros nos dijo que se iba muy lejos y que posiblemente no volveríamos a verlo.

Aún más desolado, el rey avisó de nuevo a su médico de cabecera, el cual inmediatamente volvió a reconocer a la paciente, y cuando terminó la minuciosa inspección, sin

---

[25] Añicos: Piezas muy pequeñas en que se divide alguna cosa al romperse.

[26] Atajar: Cortar.

poderse contener, delante de los padres y de algunas damas de compañía, exclamó:

—Alteza, ahora sí hay una causa fisiológica, sin restar importancia a la anímica, que justifique vuestro decaimiento: estáis esperando un hijo.

La alegría estalló en lágrimas y risas, y la joven viuda, sacando fuerzas de flaqueza, no hacía más que repetir como una sonámbula: «¡Tengo que vivir!..., ¡tengo que conocer a mi hijo!... Yo soy la única capaz de dibujarle a su padre». A medida que la apatía de la princesa remitía aumentaba la felicidad en el hogar regio. La futura madre, sin olvidar el recuerdo de su marido, se emocionaba con las sorpresas del embarazo, y no había movimiento del niño dentro de su vientre que no fuera comentado con cualquiera que estuviera a su lado. Sin embargo, próxima a salir de cuentas, un inesperado suceso vino a ensombrecer el clima de bonanza que se respiraba en palacio: el rey, sin ningún síntoma previo que anunciara la catástrofe, falleció sentado en un butacón mientras dormitaba en su alcoba después de la comida. Las exequias [27] se prolongaron por espacio de tres días, y la joven embarazada no pudo acompañar a su padre hasta el mausoleo [28], porque precisamente aquel mismo día había dado a luz a un precioso varón al que inmediatamente bautizó con el nombre de Juan.

La madre del marquesito, en los pésames privados que se sucedieron durante los días siguientes al entierro, le

---

[27] Exequias: Honras fúnebres.
[28] Mausoleo: Monumento funerario dedicado a Mausolo, rey de Caria, mandado construir por su esposa Artemisa. El monumento tuvo tanto renombre que ha pasado a designar a todos los monumentos funerarios.

sugirió a la reina regente que las necesidades de Estado aconsejaban que la princesa se casara de nuevo, pues los quehaceres de gobierno primaban sobre las debilidades sentimentales y, dado que su hijo ya había mantenido una larga relación con ella, debía ser tenido en cuenta. La reina madre no dijo nada, pero aquella misma noche comentó con su hija el contenido de la conversación, y esta le respondió:

—La regente por derecho propio eres tú, y nadie puede obligarme a casarme durante el tiempo que dure el doble luto que llevo; pienso agotar todo el tiempo que me sea posible: ahora solo tengo ojos para el pasado personificado en mi esposo y en mi padre y para el futuro edificado sobre mi propio hijo; del presente ni me preocupo.

* * *

El espíritu del difunto rey llegó al reino de la luz, e inmediatamente todos los espectros de sus súbditos, que le habían precedido en la muerte, y entre ellos, naturalmente, se encontraba el de Atanasio, fueron a rendirle honores y a interesarse por la situación de sus familiares en la Tierra; el rey los informó con detalle de todo aquello que él conocía y, como cierre de la conversación, les comentó la situación anímica en la que se encontraba:

—Solamente me apena no poder estar continuamente al lado de mi hija, pues, estando viuda y sola, lleva en su vientre toda la alegría del mundo encarnada en mi primer nieto. ¡Puede ser que ya haya llegado al mundo de los vivos!

Atanasio no daba crédito a lo que estaba oyendo; maldijo su despreocupación para con su benefactor, y entre dientes reflexionaba aturdido: «Pensé que después de su matrimonio con la princesa todos sus males en la Tierra habrían acabado, y por lo visto no ha sido así. ¡Nunca me perdonaré esta desidia! Pero... ¿cómo es posible que estando muerto nadie haya notado su presencia entre nosotros?». Interrumpió bruscamente sus reflexiones de inmediato y le preguntó al rey:

—¿Cuánto tiempo hace que murió Juan?
—Hará unos siete meses —respondió el rey.

La información lo desconcertó aún más: comenzó a investigar sobre el paradero de su protegido, preguntando a sus compatriotas, conocidos y desconocidos, y todos le contestaron negativamente; incluso los más allegados, con sorna, ponían en tela de juicio el comportamiento virtuoso de Juan, que Atanasio tanto había ponderado:

—Me parece a mí, le comentó uno de los espíritus, que Juan no era trigo limpio; reconoce —continuaba diciendo— que si ha muerto y no se encuentra entre nosotros, estará en el reino de las sombras, y eso quiere decir algo.

—Es mucho más lógica y verdadera la deducción mía —argumentó Atanasio, malhumorado—: si Juan no está entre nosotros, es porque no ha muerto.

Así, se produjo por primera vez en la historia de la humanidad la irrepetible paradoja de un hombre vivo entre los muertos y un hombre muerto entre los vivos; y mientras que el mundo de los muertos se afanaba en recuperarlo, el mundo de los vivos hacía lo posible por olvidarlo. Solamente la princesa albergaba alguna esperanza de que su marido no hubiera muerto, pero los consejos y los diálogos de todos sus allegados intentaban apagar aquella ilusión.

Esa misma noche Atanasio descendió a la Tierra y comenzó la afanosa búsqueda, pero esta no dio resultado. En el reino de la luz se volvió a entrevistar con el rey, y esta vez sí se dio a conocer: «Soy, le dijo, el espíritu de aquel pobre que curó a tu hija del mal de amores que la aquejaba. En la Tierra fui el más pobre de los pobres, por eso aquí soy el único que goza del privilegio de bajar a ella cuando quiera; una vez muerto, tu yerno, Juan de Calaís, me encontró insepulto, tendido en un estercolero, y compadecido de mi aspecto me dio cristiana sepultura, gastándose todos sus ahorros en mi entierro, por eso es mi protegido. He bajado a localizarlo, porque debes saber que no está muerto, pero mi búsqueda ha sido infructuosa. ¿Sabes tú quién podría informarme acerca del lugar exacto donde se produjo la tragedia?

Una sonrisa de alegría apareció en la cara del buen rey y, haciendo un rápido recuento de todos los que participaron en la expedición, dedujo inmediatamente que la persona idónea era el capitán de la embarcación que contrataron para que los transportaran hasta la isla de la que era natural Juan, y así le contestó al padrino protector de su yerno:

—Sé que contratamos un velero cuyo nombre es *Virgen del Mar;* nunca supe el nombre de su capitán, pero en el puerto cualquier marinero podrá darte señas de su identidad.

Con la preciosa información, Atanasio volvió de nuevo a la Tierra y se encaminó al puerto desde donde zarpó, hacía ahora más de siete meses, la real comitiva, con tanta suerte que pronto localizó el velero y a su capitán. Le expuso cuáles eran sus intenciones, y el patrón, después de consultar el cuaderno de bitácora, efectivamente le anunció que en él estaba marcado el lugar exacto del accidente, y que en definitiva, el llevarlo hasta allí solo era cuestión de tiempo y dinero. Entonces fue cuando el patrón del barco, sin duda con la finalidad de disuadirlo, le comentó:

—No pensará usted encontrar con vida al príncipe consorte después de tanto tiempo en medio del océano. Ni aun protegido por las Nereidas [29] lo hubiera conseguido.

—Quiero —le contestó Atanasio— situarme en el mismo lugar del accidente y, tomándolo como centro, trazar sobre la carta de marear [30] una circunferencia de un radio de cincuenta kilómetros y peinar minuciosamente el círculo resultante.

—Para eso —respondió el marinero— no es necesario izar velas, desde aquí mismo le puedo decir qué islotes se encuentran en aquellas latitudes.

Hizo el capitán los cálculos oportunos, y después de trazar la circunferencia en la carta, se la enseñó a Atanasio, que se quedó asombrado al comprobar que no solo en los cincuenta kilómetros de radio, también en muchos más, aparecía marcado el menor atisbo de tierra: una inmensa mancha azulada era lo que se observaba en el amplísimo perímetro que rodeaba el lugar del accidente. No se amilanó Atanasio ante la nefasta situación, y en tono irónico le dijo al capitán:

—Iremos de todos modos; yo conseguiré el fin que me propongo, y usted pasará a los anales de la cartografía como el descubridor de una nueva isla que romperá la monotonía de ese azulado manchón.

Convinieron en que los pagos se harían al regreso, pues desconocían el tiempo que emplearían en rastrear toda la zona, y quedaron para zarpar al amanecer del día siguiente.

---

[29] Nereidas: Divinidades mitológicas marinas, Hijas de Nereo y de Doris; se las suele representar como jóvenes desnudas y rodeadas de tritones.

[30] Carta de marear: Mapa en el que se figura el mar o una porción de él.

Al mediodía del segundo día de navegación el patrón le notificó a Atanasio que se encontraban en el mismo lugar de los hechos: nada hacia suponer que allí, ante tanta tranquilidad, hubiera tenido lugar el maquiavélico [31] percance. El capitán mandó arriar velas y con la ayuda de un catalejo inspeccionaba desde distintos puntos de la cubierta, el lejano horizonte. Después de auscultar un círculo completo, Atanasio, impaciente, se atrevió a preguntarle:

—¿Qué?

—Nada, señor; a no ser una manada de delfines que por la popa se acerca al barco. Recuerdo que ellos fueron los causantes de la tragedia; el jefe de la escolta real, que acompañaba a Juan la tarde del accidente, nos comentó que estaban observando ambos la danza protagonizada por estos cetáceos, cuando un vaivén de la embarcación arrojó a su señor al agua.

Los delfines ya habían llegado junto a la embarcación y, rodeándola, en sus idas y venidas se adornaban con las más hermosas cabriolas que su infinito repertorio les permitía; Atanasio, en su tristeza, se fijó en uno, de mayor tamaño que el resto, que en repetidas ocasiones se acercó a la popa, y emitiendo agudos sonidos guturales llamaba la atención de su observador. Luego emprendía una velocísima carrera, siempre en dirección oeste, que remataba con una circense pirueta, arqueando su cuerpo tanto que por un instante cola y hocico se juntaban dibujando un círculo completo. Terminada la exhibición, el delfín volvía a iniciar una nueva secuen-

---

[31] Maquiavélico: De Maquiavelo, escritor italiano del siglo XVI que aconseja el empleo de la mala fe, cuando las cuestiones de estado así lo requieran.

cia, más espectacular si cabe que la anterior. Y siempre la veloz carrera indicaba el mismo norte: el oeste. Fue entonces cuando Atanasio se dio cuenta de que aquel mamífero nadador quería anunciarle algo, e inmediatamente le ordenó al capitán que recompusiera el velamen del barco para tomar la derrota del oeste. En cuanto encauzaron dicho rumbo, todos los delfines, capitaneados por el de mayor tamaño, precedieron a la embarcación con una algarabía de chillidos y un recital de cabriolas, piruetas y saltos. El capitán se apostó en la proa y de cuando en cuando inspeccionaba con el catalejo el horizonte; al principio la observación abarcaba casi un semicírculo completo, pero a medida que pasaba el tiempo el ángulo se iba cerrando, hasta que llegó un momento en que el punto de mira era una línea recta que apuntaba siempre hacia el oeste. Habrían pasado un par de horas, cuando en la calma astral que se respiraba, amenizada por el griterío de los delfines, el capitán vociferó:

—¡Tierra!

Atanasio giró su cabeza como un resorte y, exaltado por la tensa espera, le anunció al portador de la buena nueva:

—Amigo, ya tienes tu isla; vivirás por siempre en la memoria de los navegantes venideros, pero si en ella encontramos a mi protegido, yo seré el encargado de bautizarla y ya tengo pensado el nombre: se llamará la isla del Buen Suceso.

A medida que se iban acercando, el contorno del islote se dibujaba perfectamente sobre el azul del mar, pero todavía estaban lejos para distinguir la presencia humana sobre ella. El capitán ordenó que prepararan un bote para desembarcar y, mucho antes de que el velero encallara en los bajíos [32] del fondo marino, ordenó arriar velas, y acompañados por dos marineros descendieron en el bote Atanasio y el patrón, escoltados por la manada de delfines. Al poco rato divisaron en las inmediaciones de la playa una figura humana, y cuanto más se acercaban, sus perfiles se dibujaban con más claridad. Les llamó la atención que todavía se encontraba vestido, y a medida que se aproximaban, observaron que sus ropas estaban todavía en buen uso (luego sabrían que Juan las había guardado la mayor parte del tiempo en espera de una situación como la que ahora se le presentaba); la barba que le cubría toda la parte inferior de la cara y se prolongaba por el pecho, impedía su reconocimiento, y cuando desembarcaron los cuatro ocupantes del bote, Juan los abrazó a todos y llorando les pedía que le contaran cómo habían descubierto el islote. Al momento, el capitán del barco tomó la palabra y le dijo:

—Quienquiera que seas (el capitán no estaba seguro de que aquel náufrago fuera el príncipe consorte), te digo que en tu salvación han colaborado esencialmente este hombre que aquí ves y que responde por el nombre de Atanasio, y esos delfines que juguetean con las olas. Y Atanasio contrató de nuevo mis servicios y lo traje hasta el lugar del accidente, y los delfines nos han dirigido desde allí hasta aquí.

—Pues yo os digo a todos que soy Juan de Calaís, el marido de la princesa, y de todos los aquí presentes, solamente te reconozco a ti, capitán, los demás son para mí unos perfectos desconocidos.

Juan, a continuación, se abrió las barbas que cubrían la totalidad de su torso, y les mostró a todos el colgante de

---

[32] Bajío: Elevación del terreno del fondo del mar o de los ríos.

oro, que un día le regalara su esposa, con el escudo de armas de la casa real, y, a instancias del capitán, todos reconocieron como su señor al náufrago que acababan de rescatar. Fue entonces cuando tomó la palabra Atanasio, y le refrescó la memoria al pobre muchacho. En su turbación no acertó a comprender más que la última parte del mensaje: «... y tú me encomendaste con dignidad al mundo de los muertos, y en agradecimiento, yo te restituyo sano y salvo al mundo de los vivos». Juan, en ese momento, se volvió a abrazar a su benefactor, y si no hubiera sido por el capitán que aconsejaba la inmediata partida, hubieran permanecido así durante largo rato. Sin embargo, todavía pidió unos minutos de demora, y despojándose de sus vestiduras, avanzó hacia la manada de delfines, y estos lo rodearon como el primer día que lo depositaron en aquella playa, y durante unos minutos bailó con ellos una danza de agradecimiento y despedida irrepetible por suerte para su protagonista.

En el barco le informaron de todos los pormenores que habían sucedido en el reino durante su ausencia, y la alegría era empañada por la tristeza, y ambas daban paso al odio y a la venganza. Las informaciones se le acumulaban en sus oídos: ... has tenido un hijo; ... el rey, tu suegro, ha muerto ya; ... el marquesito se dedica a acosar a tu esposa con el único fin de conseguir el trono... Juan no tuvo tiempo más que de articular la siguiente lamentación:

—¡Dios mío, Dios mío!, y mi esposa y yo mientras tanto tan solos.

Contradijo la sugerencia del capitán que le había indicado que durante el viaje de regreso adecentara su aspecto, arguyendo que quería pasar desapercibido durante un tiempo y observar las estrategias que se cernían sobre los alrededores de palacio, y se llenó de tristeza en el momento en que Atanasio, cuando ya vislumbraban la costa de su reino, le comunicó que la hora de despedirse había llegado. Volvió a abrazarlo, y, después de separarse, todos observaron cómo aquel santo hombre, en la cubierta, alzó sus manos entrelazadas al cielo, y al momento se convirtió en una especie de remolino transparente que se elevó a una velocidad inusitada hacia el azul infinito.

Juan desembarcó y, antes de despedirse del patrón del barco, le ordenó que volviera a zarpar de nuevo rumbo a la isla de su nacimiento con la orden de traer a sus padres y a su hermana junto a su nueva familia, y acto seguido se encaminó hacia la capital del reino. A pesar de su aspecto, nada de lo premeditado durante el viaje de regreso salió según lo previsto: se confundió con la turba de mendigos que esperaban su ración de comida a las puertas del palacio, pero la ancilla encargada de distribuir las raciones se percató del colgante regio camuflado detrás de la barba e inmediatamente avisó a la princesa, que dando gritos de alegría se personó en el lugar y se fundió en un larguísimo abrazo con su esposo. Inmediatamente, Juan mandó llamar a un barbero de palacio, y antes de ver a su propio hijo, ordenó que le afeitaran todas sus barbas y le arreglaran el pelo, pues no quería asustar a la infeliz criatura con su aspecto montaraz. Aquella misma tarde, observando a su hijo, que era amamantado por su solícita madre, recibió la noticia de que el marquesito y toda su familia habían abandonado el reino, exiliándose en no se sabe dónde de una forma definitiva. La felicidad terminó de completarse cuando una semanas después llegaron a palacio sus padres y hermana.

N. DEL T.: Juan de Calaís murió a la edad de 99 años, unos meses después de la muerte de su esposa. En los libros de historia del reino se le conoce con el apodo de «El Pacífico»: Juan I el Pacífico; las crónicas de su pueblo reseñan como dato curioso de su reinado lo siguiente: «[...] Jamás perdió batalla alguna, pues no promovió ninguna»; y al largo periodo de su reinado se le conoce con el nombre de «El siglo de la concordia».

* * *

PROCEDENCIA

Solamente tres versiones he consultado de este cuento:

— GUELBENZU, José María: *O. C.,* tomo I, páginas 168 y siguientes.
— CAMARENA, Julio, y CHEVALIER, Maxime: *Catálogo Tipológico del Cuento Folklórico Español, Cuentos Maravillosos,* Madrid, 1995, páginas 385 y siguientes.
— RODRÍGUEZ ALMODÓVAR, Antonio: *O. C.,* tomo I, páginas 275 y siguientes.

Las variaciones que he introducido en este relato son bastante numerosas, de ahí que no me atreva a proponer una de las versiones consultadas como conductora del relato. Todas las apostillas que aparecen en mi narración van encaminadas a dotar de verosimilitud un suceso de por sí complejo: la interrelación entre el mundo de los vivos y el de los muertos. No obstante, propongo como hilo argumental de la trama de mi historia la homónima de Guelbenzu.

En primer lugar, concreté en una manada de delfines «el espectáculo tan bonito» o «la revoltura de las olas» que son el motivo, en Almodóvar y en Guelbenzu, respectivamente, de que Juan se acerque a la proa de la embarcación y fuera arrojado al mar por el antiguo novio de su esposa; y los delfines fueron, en definitiva, quienes lo salvaron de morir ahogado, siguiendo una tradición secular que otorga a estos mamíferos la cualidad de ser íntimos amigos de los hombres.

Me preocupaba mucho, y quería resolverlo sin acudir a lo estrictamente maravilloso, cómo Atanasio, después de haber descendido a la Tierra por primera vez para ayudar a su apadrinado, se entera, ya de nuevo en las mansiones celestes, de la situación penosa en la que se encuentra otra vez su protegido. Me acordé de *Cien años de soledad* y de Prudencio Aguilar: el hombre al que matara José Arcadio Buendía en la gallera, y que todas las noches, después de muerto, lo visitaba, hasta que, arruinado por la impenitente visita, José Arcadio fundó Macondo; y cómo en el nuevo asentamiento no había fenecido todavía nadie, el mundo de ultratumba desconocía su ubicación exacta, y ningún muerto podía visitar aquel lugar inexistente, todavía, para los habitantes del más allá. Me acordé de Melquíades, el primer ser humano fallecido en Macondo, que con su muerte anunció la existencia y proporcionó las coordenadas exactas de la aldea fundada por José Arcadio. Desde este momento, y hasta la muerte del fundador, Prudencio Aguilar volvió a visitar a su verdugo de antaño y amiguísimo en la actualidad. Con semejante argumento, solamente tuve que elegir al protagonista oportuno de mi cuento, que a imitación de Melquíades, sirviera de cordón umbilical entre el mundo de la vida y el de la muerte, y este papel le cayó al rey, padre de la princesa.

He suprimido por completo todo el pasaje en el que se narra, yo me atrevería a calificarlo de extorsión, el chantaje que le hace «el muerto agradecido» a su protegido para sacarlo de la isla en la que se encuentra recluido: la usurpación del hijo de Juan, solo para demostrarle al mundo de los muertos la bondad del pobre padre. Sabía que es un elemento muy común en todas las mitologías. Por mi cabeza pasó el recuerdo, tan próximo, de nuestro Dios para con Abraham que lo obliga a sacrificar a su hijo unigénito Isaac solo para probar su virtud, hasta que en el último instante, un ángel cambiará al pobre niño por un cordero. Recordaba el mito de Ifigenia, que, como Isaac, también estuvo a punto de ser inmolada por su padre, Agamenón, para aplacar a los dioses helenos y así amainarían una tempestad que impedía a la flota argiva zarpar hacia Troya desde el puerto de Áulide; como sucede en el mito cristiano, Artemisa, en el momento postrero, cambia a la engañada muchacha por una tierna cervatilla; pero yo a Atanasio lo liberé de semejante trance, porque quería que obrara por bondad y por agradecimiento.

La nota del traductor con la que finaliza el cuento, dando cuenta de la benignidad del mandato de Juan de Calaís, es también fruto de mi imaginación y en ninguna de las tres versiones consultadas aparece. Pido perdón a los lectores puristas por las manipulaciones a las que he sometido el relato.

EL PRÍNCIPE DRAGÓN

Cuando los dragones moraban todavía sobre la Tierra, vivía una familia muy humilde muy humilde, que tenía solo una hija; las penurias económicas eran tan grandes que el padre tomó la decisión de ponerla a servir, para que al menos ella con su trabajo se sufragara la manutención y ayudara con el escaso sueldo que ganara a paliar la hambruna que desde siempre amenazaba aquella casa. La madre otorgó, aunque no estaba del todo de acuerdo con la decisión adoptada por el marido, pues la niña era aún muy joven, tan solo tenía quince años, y la desbordante hermosura, que ya comenzaba a mostrarse en todo su esplendor, aconsejaba un celo y una vigilancia constante. Con todo, a principios del verano de aquel año el padre la ajustó de pastora con un rico labrador de un pueblo vecino por el sustento y veinte reales al mes, más una escusa [1] de una oveja por cada año que estuviera a su servicio.

El propio padre, en la fecha convenida, la acompañó hasta la casa del futuro amo, y aquella misma tarde uno de sus criados le enseñó los lugares de careo [2], los bebede-

---

[1] Escusa: Derecho que el dueño de una finca o de una ganadería concede a sus guardas, pastores, etc., para que puedan apacentar, sin pagar renta, un corto número de cabezas de ganado de su propiedad, y esto como parte de la retribución convenida.

[2] Careo: Lugar donde habitualmente pasta el ganado.

ros y el siestil [3] del rebaño. Al amanecer del día siguiente la muchacha, con un zurrón de cuero colgado a la espalda, con una cestilla de mimbre en la mano izquierda, en la que llevaba un bastidor [4] y diversos hilos de colores para entretenerse bordando, un garrote en la mano derecha y dos perrillos de careo [5], que la precedían indicándole el camino del aprisco [6], se dirigió a la majada [7] donde el hato [8] había pasado la noche. Los dos alanos [9], un perro y una perra, que protegían el redil [10], la recibieron con enormes ladridos, y si no hubiera sido porque reconocieron a sus dos hermanos menores, no hubiera podido siquiera acercarse a la majada para dar suelta a las ovejas que dormitaban en su interior.

Los días pasaban apaciblemente; las ovejas pacían de mañana en los espigaderos que se incrementaban a medida que la mies era transportada a la era y, después de abrevar, se acarraban [11] debajo de unas encinas que había en un altozano del valle, y allí permanecían hasta que el sol, camino del poniente, perdía su fuerza abrasadora.

---

[3] Siestil: Lugar donde sestean las ovejas durante las horas de calor del verano.

[4] Bastidor: Utensilio rectangular o en forma de aro en el que se extienden y sujetan lienzos, telas, etc., para diversos usos, como por ejemplo pintarlas o bordarlas.

[5] Perro de careo/a: Perro de mediano tamaño que utilizan los pastores como ayuda para apacentar el ganado, principalmente el lanar.

[6] Aprisco: Lugar cerrado donde los pastores guardan el ganado.

[7] Majada: Lugar donde se recoge el ganado por la noche y se refugian los pastores.

[8] Hato: Conjunto de ganado, normalmente ovejas o cabras.

[9] Alano: Perro corpulento y fuerte. Se obtiene cruzando al dogo con el lebrel.

[10] Redil: Sinónimo de aprisco y majada.

[11] Acarrarse: Resguardarse del sol en el verano el ganado lanar.

Era este el momento en que Adela, que así se llamaba la pastora, aprovechaba para dedicarse con más intensidad al bordado. De tarde en tarde, los poderosos alanos, protegidos por enormes carlancas [12] y alertados previamente por los ladridos de los careas, emprendían veloz carrera y se perdían entre los matorrales de un sardón [13] próximo persiguiendo a alguna fiera que acechaba al rebaño. En esos momentos de tensa espera, Adela se levantaba y procuraba con sus voces atemperar el nerviosismo de las ovejas manteniéndolas reunidas en torno a ella. Al poco tiempo, unos ruidos en la espesura le anunciaban el regreso de los dos mastines, y en muchas ocasiones la sangre y los mordiscos que detectaba en distintas partes de su cuerpo le hablaban de la crudeza del enfrentamiento. Por la tarde, cuando el calor decaía y el ganado reballaba [14], volvía a conducirlo a los pastizales, y al oscurecer ya estaba de nuevo con él en el aprisco; revisaba una a una las uniones de las cañizas [15], cerciorándose de que estaban perfectamente entrelazadas, le daba una porción de canil [16] a cada uno de los dos perros guardianes, y precedida de los dos perrillos de pastoreo, se encaminaba hacia la casa de su amo.

---

[12] Carlancas: Collares anchos, protegidos por púas, que se le colocan a los perros guardianes de un rebaño, con el fin de protegerles el cuello del ataque de los lobos u otros animales salvajes.

[13] Sardón: Monte de encinas.

[14] Reballar: Levantarse las ovejas después de haber estado sesteando. Intranquilidad y nerviosismo del rebaño motivado por la presencia de algún animal extraño.

[15] Cañizas: Instrumento rectangular hecho de tabla o cañizo, modernamente de barrotes de hierro, de unos dos metros de largo por uno treinta de alto, que, unidas entre sí, sirven para formar un círculo o un cuadrado donde duermen protegidas las ovejas.

[16] Canil: Pan amasado con harina de centeno o salvado que se le daba a los perros para su alimentación.

Lo primero que hacía al entrar por el corral era dar novedades al amo de cómo había transcurrido la jornada; y aquí empezaba su particular calvario, pues sin fundamento alguno, este la reñía y la aleccionaba constantemente de cómo debía estar siempre vigilante para que no se extraviara ningún animal:

—Los peligros son muchos y vienen de todas partes —decía el avariento amo—; desde la tierra el mayor es el lobo; tú siempre debes estar paseando por la raya [17] del bosque y mirando hacia la espesura. Por ahí aparecerán esos perros salvajes. Desde el cielo el peligro es el águila, y las presas preferidas son los tiernos recentales [18]: no olvides auscultar de vez en cuando el firmamento en busca de las poderosas aves; cuando oigas un silbido semejante al de un torbellino, ya será demasiado tarde. Solo alcanzarás a ver prendido de las garras de la rapaz al indefenso cordero. La costumbre en esta casa siempre ha sido castigar la negligencia de los pastores con diez correazos sobre sus espaldas desnudas por cada animal perdido por su culpa.

Cuando el amo se enteró de que Adela llevaba la labor al campo para entretenerse, montó en cólera y en un arrebato de ira le hizo trizas el bastidor; la muchacha, sin embargo, se las ingenió para no abandonar por completo su querido entretenimiento: vaciaba con la ayuda de una navaja el molledo [19] de la media hogaza de pan, que tenía asignada para su alimentación diaria, y en el hueco depo-

---

[17] Raya: Línea divisoria entre dos lugares: términos municipales, provincias o naciones; en este caso línea que separa una zona boscosa de la pradera.
[18] Recental: Cordero de pocos días.
[19] Molledo: Miga blanda del pan.

sitaba el alfiletero [20], dos o tres madejitas de hilos de colores y un cuadradillo de lienzo del tamaño de un pañuelo de bolsillo y, después de comer el sobrante de la miga, lo tapaba de tal forma con el resto que nadie podía imaginar el escondrijo. Lo hizo tantas veces que ya tenía más de media docena de moqueros adornados con los más exquisitos bordados, que guardaba celosamente en su faltriquera [21].

Una tarde del mes de agosto, a la hora de la siesta, con el rebaño amarizado [22] debajo de las encinas, Adela se alejó un poco más de lo debido con la intención de coger moras de unos zarzales que estaban a orillas del regato [23] donde abrevaban las ovejas: «El calor es tan asfixiante —se decía Adela—, que mantendrá amodorrado al hato durante largo tiempo y los perros guardianes lo protegerán de un hipotético peligro. Tendré tiempo suficiente de llenar la cesta de moras y regresar antes de que comience a desperezarse». Cuando más entretenida estaba cogiendo los frutos silvestres, escuchó cómo del interior del zarzal salía una especie de lamento, entre humano y bestial, que la sobrecogió por un instante. Sobrepuesta de la primera impresión, y como los gemidos continuaban oyéndose con mayor intensidad, con la ayuda del garrote apartó las zarzas que le impedían la visión y dejó al descubierto un dragón enclenque [24], que más que asustar lo que hacía era

---

[20] Alfiletero: Instrumento cilíndrico hueco que sirve para guardar las agujas de la costura.
[21] Faltriquera: Pequeño bolso atado a la cintura que se lleva colgado debajo de la ropa en el que se guardan cosas de valor.
[22] Amarizarse: Sestear el ganado lanar por efecto del sol, quedándose inmóvil debajo de cualquier sombra.
[23] Regato: Pequeña corriente de agua.
[24] Enclenque: Muy débil, flaco o de poca salud.

producir lástima y pena: tenía un cuerpecillo de mediano tamaño, recubierto por unas escamas blandas todavía, y la piel se teñía de un color verde amarillento, lo que denotaba que era aún joven; pero lo que más le llamó la atención fue la tristeza de la mirada. Tenía el ala de la parte superior pegada al cuerpo y un hilillo de sangre brotaba de su interior hasta llegar al suelo. Ni corta ni perezosa le agarró la cola con ambas manos y lo sacó a un claro de la zarcera cerca del riachuelo, sin que el pobre infeliz opusiera resistencia alguna; antes bien, abría y cerraba los ojos mirándola con una pena infinita. Allí le apartó el ala del cuerpo y observó que debajo de la misma tenía una enorme herida producida por la lanza de algún caballero o por el cuerno de algún animal salvaje. La muchacha se la lavó con agua del arroyo y después preparó una cataplasma [25] de hierbas medicinales y se la aplicó sobre la misma. A continuación se cortó varias tiras del mandil que unidas entre sí hacían el oficio de gasa y se la vendó con sumo cuidado. Después lo ayudó a incorporarse, y antes de perderse entre la maleza, el dragón se despidió de ella con otra mirada conmovedora.

Dejó los restos del mandil prendidos entre las zarzas, y a buen paso se dirigió al siestil, pues ya el sol comenzaba a declinar, y lo más seguro era que el rebaño comenzara a moverse en busca del careo vespertino. Se impacientó sobremanera cuando desde un teso, desde el que se divisaban las encinas donde lo dejó sesteando, no vio la mancha blanca que deberían dibujar las ovejas apretadas las unas contra las otras, con la cabeza a ras del suelo, para protegerse de los rayos solares. La sorpresa

---

[25] Cataplasma: Medicamento externo en forma de emplasto que se utiliza como calmante local.

aumentaba a medida que se iba acercando, y esta llegó a su punto álgido [26] cuando, a unos escasos cien metros del lugar, encontró a los dos alanos muertos con sus vientres esparcidos por la pradera. Después de examinarlos con atención, dedujo que la muerte de los dos perros mastines no había sido producida por la acometida de las fieras salvajes, sino por la acción de alguna arma cortante, bien lanza, bien espada, pues no había en sus cuerpos rastro de dentelladas ni zarpazos propios de las garras del oso o del dragón. Avanzó hacia la sombra que proyectaba el encinar, y allí encontró los cadáveres de los dos careas, que presentaban los mismos síntomas que sus hermanos mayores. Rápidamente se subió a una encina, y desde su copa [27] oteó, ansiosa, un horizonte mucho mayor, pero el resultado fue totalmente negativo. Se agarró la oreja derecha, la protegió con la palma de la mano abocinada, y aguzó [28] el oído en todas las direcciones, por ver si las esquilas de los mansos [29] le descubrían el incierto paradero de la piara [30], pero recibió el silencio por respuesta. Inmediatamente se acordó de la tradición que existía en la casa de su amo para con los pastores distraídos; hizo un rápido cálculo mental, y se convenció de que sus espaldas no aguantarían los cinco mil latigazos que le correspondían, y decidió refugiarse en la espesura duran-

---

[26] Álgido: Punto culminante de un proceso.

[27] Copa: Parte superior de un árbol.

[28] Aguzar: Sacar filo a un instrumento cortante. Por extensión poner mucho interés en una cosa. Esforzar los sentidos o la inteligencia para percibir por ellos lo más posible.

[29] Mansos: Carneros castrados que sirven de guía al rebaño. Normalmente son los que portan las esquilas.

[30] Piara: Generalmente conjunto de cerdos, pero en muchos dominios del español designa también a un conjunto grande de ovejas.

te algunos días, para después camuflarse entre el gentío de la capital del reino.

Así lo hizo. Al atardecer, por miedo a las fieras, se encaramó en lo alto de un aliso [31] en el interior del bosque cerca de un berrocal [32] de considerables dimensiones, y se acomodó lo mejor que pudo dispuesta a pasar su primera noche en soledad. A punto de oscurecer, vio al dragoncito, que había curado aquella misma tarde, introducirse por una de las grietas que se abría entre dos enormes peñas; volvió a compadecerse de su aspecto desvalido y se prometió, en cuanto tuviera ocasión, inspeccionar la guarida de su protegido.

En la casa, el amo comenzaba ya a impacientarse con la tardanza de la pastora, y, cuando la situación se hizo insostenible, ordenó al aperador [33] que ensillara un par de caballos y que lo acompañara a los pagos [34] habituales donde pastaban las ovejas. Así se hizo. Al poco tiempo ambos jinetes se encontraban junto a las encinas del siestil. Las señas que observaron desde los caballos, sobre todo las cagarrutas recientes, les confirmaron que efectivamente las ovejas habían pasado la tarde en aquel lugar. Se apearon [35] de los caballos, y fue el aperador el primero que descubrió los cadáveres de los dos careas; cuando ampliaron el círculo, descubrieron también los cuerpos sin vida de los mastines, y llegaron a las mismas conclu-

---

[31] Aliso: Árbol de hoja caduca, de corteza grisácea, que da unos frutos en forma de piña pequeña. Amante de los lugares muy húmedos y de las corrientes de agua.

[32] Berrocal: Conjunto de rocas de granito.

[33] Aperador: Criado de confianza de una casa de labor.

[34] Pagos: Cierto tipo de división de la tierra de labor. También lugar en el que ha nacido una persona: Yo soy de estos pagos.

[35] Apearse: Descender, bajarse.

siones a las que había llegado Adela aquella misma tarde. Impresionado por el suceso, el amo le ordenó a su criado de confianza que partiera inmediatamente a dar la noticia a los padres de la pastora, y le advirtió que les dijera que era su intención iniciar la búsqueda de la muchacha y del rebaño al amanecer del siguiente día.

Antes del ser de día, ya estaban a la puerta del hacendado el padre y la madre de Adela, abatidos por la noticia, para colaborar en el rastreo de su querida hija. Al romper el alba, estaban en el lugar de los hechos, y poco después la pobre madre, que se había acercado al arroyo, descubrió indicios sobrados del nefasto desenlace de su hija: reconoció al instante los restos del mandil hecho jirones entre las zarzas. La sangre todavía visible en el lugar, y la hierba aplastada en el claro del zarzal le hablaban el desigual combate que debió mantener su pobre hija con alguna fiera salvaje la tarde anterior. Cuando se sobrepuso de la primera impresión, le comunicó al resto de la cuadrilla su macabro hallazgo, y todos coincidieron en que Adela había sucumbido víctima del ataque de algún oso o de algún dragón. Iniciaron entonces la búsqueda del rebaño, y la huella del mismo indicaba una terrorífica dirección: los dominios del Rey de las Cumbres, un gigante de descomunales proporciones que vivía en las alturas lejanas de las montañas que circundaban aquel valle, y que tenía cosidos a impuestos a todos sus moradores. Cuando el padre se convenció plenamente de la dirección que había tomado el rebaño, se encaró con el dueño, y le dijo:

—Tú tienes la culpa de la muerte de mi hija. Seguramente que no le has pagado este año la iguala [36] al Rey

---

[36] Iguala: Renta o paga que se da a otro merced a un acuerdo o trato prefijado.

de las Cumbres, y en castigo te lo ha robado, y es fácil que alguno de los osos de su escolta fuera el que devoró a mi hija. Muerta ella, yo no tengo nada que ganar en este asunto y por lo tanto abandono el rastreo.

Los demás criados, aterrorizados solo con el nombre del raptor, dieron también media vuelta dirigiéndose al pueblo. El patrono, viéndose solo, también se incorporó a los disidentes dando por buena la pérdida del hato, pero antes le dijo a toda la comitiva lo siguiente:

—Yo tengo perfectamente saldados todos mis impuestos con el Rey de la Cumbres, y así consta en los asientos de mi libro de cuentas. Por lo tanto, tiene que ser otra la causa de este desgraciado accidente en el que los máximos perjudicados somos tú (y apuntaba con su dedo índice al padre de Adela) y yo.

A esas mismas horas, en el interior del bosque, la muchacha se desperezaba en la copa del aliso que le había dado protección durante toda la noche. Desde esa altura volvió a observar cómo el dragoncito salía de su escondrijo, tambaleándose, en busca de alimento. Cuando se perdió en la espesura, descendió del árbol, se lavó en las aguas del arroyo que corría por sus inmediaciones, y ni corta ni perezosa se adentró en el desfiladero, que perfilaban las dos peñas, camino de la guarida del reptil. Atravesó un angosto [37] pasillo, cruzó un pequeño regato que atravesaba el corredor y de repente se encontró en medio de una enorme gruta, medianamente iluminada por la claridad que se filtraba por las rendijas de las peñas que prefiguraban la bóveda superior. Cuando se acostumbró a la penumbra que reinaba en su interior, y pudo reconocer con nitidez el entorno, se convenció de que aquella cueva

---

[37] Angosto: Estrecho.

era un refugio humano, posiblemente de cazadores, pues así lo anunciaban aquellos enseres: una enorme mesa de nogal, repleta de los mejores manjares, con una docena de sillas a su alrededor; un locero [38] en una de las paredes laterales, repleto de la vajilla más exquisita, y en la parte frontal, para que no faltara detalle, una chimenea de airosas proporciones con dos jamugas [39] que invitaban al descanso. Picó de los distintos manjares que adornaban la mesa y después se entretuvo en barrer el polvo del solado. La sorpresa fue mayor cuando descubrió en el suelo empolvado huellas recientes de un ser humano, y rápidamente decidió abandonar aquel lugar encantado. Anduvo vagando por los alrededores toda la mañana en espera de poder aclarar el misterio, pero no tuvo suerte. Comida por la curiosidad, volvió a entrar en la cueva y, después de inspeccionarla meticulosamente, no observó el más mínimo cambio. De pronto, escuchó un ruido que venía del exterior, como cuando se arrastra un saco por el suelo, y se acercó a la puerta de la gruta. Observó que por el desfiladero de entrada regresaba tambaleándose el dragoncito, y su vientre y su cola eran los que ocasionaban aquel misterioso ruido, al deslizarse trabajosamente sobre la tierra. Desde esta posición, camuflada en la oscuridad, continuó observando el triste espectáculo, y vio cómo el dragón, después de traspasar el regatillo que cruzaba el estrecho pasadizo, se convertía en un apuesto joven con una herida sangrante en su costado derecho. Adela no daba crédito a

---

[38] Locero: Mueble de madera, con la parte superior acristalada, que se utiliza para guardar la loza, de ahí su nombre.

[39] Jamugas: Silla plegable de cuero que se ponía encima de las caballerías, a modo de montura, para transportar sentadas a las mujeres. Por extensión, una silla plegable de cuero también se denomina así.

lo que estaba presenciando; permaneció acurrucada en el mismo lugar hasta que el joven penetró dentro del habitáculo. Con enorme esfuerzo llegó hasta una de la jamugas que estaban cerca del hogar y en ella se derrumbó como un saco de paja. Cuando los ojos del joven se acostumbraron también a la penumbra, la descubrió en la parte interior del dintel de entrada, y esbozando una leve sonrisa le hizo un gesto con su mano izquierda para que se aproximara hasta el lugar en el que él se encontraba. Pasito a pasito se fue acercando, y cuando estuvo a su altura, le agarró la mano, que permanecía casi desmayada sobre uno de los correones laterales de la poltrona. Se estremeció al notar la aceleración de su pulso, y todavía se preocupó más cuando le colocó su mano derecha sobre la frente y comprobó la alta fiebre que lo devoraba. De inmediato sacó uno de sus pañuelitos bordados, lo empapó en la corriente que atravesaba el pasadizo y se lo colocó sobre la misma. Después salió de nuevo al exterior, preparó otra cataplasma de plantas medicinales y se la aplicó sobre la herida. Se sentó a su lado y durante largo rato veló el febril sueño del mutante.

Al atardecer, lo ayudó a incorporarse, y agarrándole el brazo izquierdo se lo pasó por encima de sus hombros para que el joven se apoyara en todo su cuerpo; así lo acercó a un camastro que había en un lateral del salón y durante toda la noche lo estuvo observando, mientras que él se estremecía con el fulgor de la fiebre. A la mañana siguiente, el muchacho amaneció empapado en sudor, pero con un aspecto mucho más natural. Él fue el que inició la conversación en los siguientes términos:

—Soy un ser humano como tú, pero no me pidas que te aclare cuál es mi identidad, pues mi conciencia del pasado arranca del día en que sufrí esta terrible metamorfosis. Mi vida anterior ha quedado relegada al olvido...

—No te esfuerces..., tranquilízate... —le decía Adela.

—Fui víctima de un encanto cruel, desproporcionado desde todo punto. El Rey de las Cumbres se enojó conmigo, porque un día, no me preguntes cuánto tiempo hace, estando yo de caza por estos lugares herí, por confusión, a uno de los osos que forman su escolta. Entonces me convirtió en dragón; el mismo que tú curaste ayer. Un dragón, como pudiste comprobar, escuálido y raquítico que en lugar de suponer un peligro para los demás, los demás son un peligro para él: jamás he podido expulsar fuego por la nariz ni por la boca; si me esfuerzo, lo único que consigo es echar un poco de moquina o de saliva; mis ojos, en lugar de infundir pavor y pánico, transmiten misericordia y ternura. Sin embargo, a los hombres todavía sigo causándoles espanto, y todos, excepto tú, huyen asustados. ¡Soy el hazmerreír del bosque! ¿Sabes quién me hizo esta herida que me está costando la vida?: una cabra a la que yo pretendía arrebatarle su cabritillo. ¡Nunca se ha visto cosa igual!...

—Ten calma —le decía la joven mientras le colocaba una nueva cura sobre la herida.

—La noche del día de la metamorfosis me refugié en esta gruta, en la que estamos ahora, que era mi refugio de caza, y al entrar por el pasadizo, me sorprendió el regatillo de agua que lo surca, que antes no estaba, y una vez que lo atravesé recobré mi antigua figura; loco de contento, sin entrar en la cueva, pasé de nuevo el regato en dirección contraria para irme a la ciudad e inmediatamente volví a convertirme en dragón. Lo hice cien veces y todas con idéntico resultado. Me acosté agotado con el convencimiento de que jamás volvería a ver la luz del día con ojos humanos. Esta fue la última crueldad del Rey: transformarme en lo que fui dentro de la cueva para que me desesperara imaginando lo que sería fuera.

—Mejor es esto que nada —le decía Adela mientras le alisaba el embozo [40] de la sábana—. Al menos diariamente, durante cierto tiempo, vuelves a ser persona.

—No es mejor —respondió con pena el joven—. Desposeído del recuerdo, y obligado a vivir este tedioso presente, sin perspectivas de otro futuro distinto al que ya conoces, mi vida de hombre es un infierno. Soy más feliz de día como bestia que de noche como ser humano; si no fuera por el temor a los peligros de la oscuridad, jamás recobraría mi primitiva figura. ¡Si al menos pudiera recuperar el pasado!..., durante estas horas que soy un ser humano dispondría de una fuente de evasión inagotable. ¡Qué tristeza de vida sin pasado! Mi situación dentro de la gruta se resume en lo siguiente: soy un hombre que cuando se recuerda es dragón y cuando se imagina sigue siendo dragón. Solamente tengo un recuerdo agradable de todo este tiempo y la protagonista del mismo eres tú. Ya sabes a lo que me refiero.

—Y tu familia, porque seguramente la tendrás, ¿no te ha encontrado en el refugio? —preguntó la joven con impaciencia.

—Este era mi refugio secreto, nadie me buscará aquí porque nadie lo conoce, y yo no me atrevo a ir a los otros porque a aquellos tendría que ir bajo la apariencia de dragón y seguramente que los que me encontraran me matarían nada más verme.

—¡Dios mío, Dios mío! —musitó Adela.

---

[40] Embozo: Parte superior de las sábanas, doblado hacia afuera y que está en contacto con la cara.

La muchacha le preparó un agua de manzanilla silvestre, y mientras la tomaba, le explicó los avatares que la habían llevado a la situación en la que se encontraba, y cuando le contó el suceso de las ovejas, el joven no dudó un momento en afirmar:

—Las ovejas fueron robadas por el Rey de las Cumbres como castigo a la ayuda que me prestaste. El Gigante todavía me odia y persigue, y castiga a todo aquel que pueda ayudarme.

—Y si yo consigo una enorme maroma [41] y te la arrojo desde el exterior del berrocal por las grietas de la bóveda, y tú, agarrado a ella, asciendes a la superficie sin atravesar el maldito regato encantado, ¿crees que de esta forma no burlaríamos el hechizo?

—Sería inútil; la claridad también tiene efectos negativos sobre mi persona. Además, soy yo el que dispara los mecanismos del encantamiento, y la prueba la tienes en que tú atraviesas la corriente en ambas direcciones y sobre tu persona el agua no tiene ningún efecto. Eso lo demuestra todo.

—¿Y no intuyes alguna artimaña que pueda desencantarte? —preguntó ansiosa Adela.

—Existe una remota posibilidad, pero es muy arriesgada para ti.

—Dímela —exigió rotunda la muchacha.

—El Rey de las Cumbres es coleccionista de chalecos tejidos con los cabellos de las muchachas nobles del reino. Él mismo me lo afirmó el día de mi hechizamiento. Si consiguieras que alguna de estas jóvenes te donara sus trenzas, porque tienen que ser regaladas, y el artificio

---

[41] Maroma: Cuerda muy gruesa que se utilizaba para levantar grandes pesos y sujetar las mieses en los carros.

de la labor fuera del agrado del gigante, este podría anular el encantamiento; pero si por el contrario la prenda no le gusta, el portador es inmediatamente ejecutado.

Adela no contestó. Esperó unos días a que el joven embrujado se recuperara de su herida, y, cuando lo vio ya casi totalmente restablecido, le dijo que se marchaba a la capital del reino en busca de alguna muchacha noble que quisiera ayudarlos. Como las viandas comenzaban ya a escasear, al pobre muchacho no le quedaba otro remedio que atravesar de nuevo el riachuelo, convertirse en dragón y salir al exterior en busca de alimento:

—No te preocupes —le dijo el joven—. Retornaré a mi antigua costumbre, pero nunca más las noches volverán a ser igual: cuando atraviese la corriente camino de la cueva, y recobre de nuevo mi humanidad, el recuerdo de estos días inolvidables me acompañará siempre, y él será una valiosísima ayuda para paliar mi soledad. Vuelvo poco a poco a recobrar el pasado, y todo te lo debo a ti.

Al día siguiente por la mañana ambos jóvenes, cogidos de la mano, salían de la gruta y enfilaban el angosto desfiladero; antes de atravesar el regatillo, el joven abrazó a la muchacha y ambos se fundieron en un beso enternecedor, y de la mano cruzaron la temida frontera. En ese mismo instante Adela notó que agarraba el ala escamosa de un dragón. El reptil la volvió a despedir con la misma mirada de ternura que le dedicó cuando lo descubrió herido entre las zarzas, y se perdió entre los matorrales del bosque.

Nada más llegar a la ciudad, la joven se dirigió a la entrada del palacio real, e inmediatamente le pidió permiso al centinela de puerta para poner un pequeño tenderete junto a la misma, con la intención de exponer sobre él los bordados que realizaba, a fin de que alguna de las hijas de los nobles, que diariamente visitaban las dependencias palaciegas, se interesara por su primorosa labor. Aquella misma mañana una de las camareras de la princesa, que regresaba a palacio después de comprar esencias y adornos para su señora, se paró delante del estaribel [42] y se entretuvo en observar aquellas primicias bordadas en lino. No dijo nada, pero cuando llegó junto a su dueña no pudo contener el comentario:

—Hay una forastera junto a la puerta principal de palacio que tiene unas manos para el bordado angelicales. Jamás he visto costura semejante.

La joven princesa le dijo que la acompañara para comprobar ella misma las cualidades de los bordados.

—Son solo pañuelos de bolsillo —decía Adela—, pero puedo decorar cualquier cosa que su alteza imagine: embozos, almohadones, enaguas, mantones, chales... Contráteme a prueba, señora, no la defraudaré.

Y tomando uno de los bordados se lo entregó a la princesa al tiempo que le decía: «Acéptelo como recuerdo. Se lo regala Adela la Desdichada». La princesa lo tomó en sus manos, y al observar la naturalidad de la rosa que en él se figuraba, instintivamente se lo llevó a la nariz convencida de que también olía. La infanta le dedicó una leve sonrisa e intercambiaron una mirada de complicidad acto seguido:

—Desde hoy —le dijo— eres mi labradora [43] particular. Recoge tu labor y acompáñame.

Más contenta que unas castañuelas seguía Adela a la princesa y a su dama de compañía por los corredores de

---

[42] Estaribel: Mesa rústica confeccionada sobre dos burriquetas y un tablero sin sujeción sobre ellas.
[43] Labradora: Bordadora.

palacio, y no cesaba de admirar la lozanía de la cabellera rubia y ondulada que concluía en el límite de la espalda de su señora: «¡Qué chaleco haría yo con esos rayos de sol! —pensaba en su interior». Comenzó a bordar un mantón en el que se representaba la arrogante figura de un pavo real con la cola desplegada. Cuando terminó de definir los perfiles se lo enseñó a su señora, y esta, exultante ante tanta perfección, le dijo:

—Pídeme el regalo que quieras, que al momento te lo entregaré.

Adela, sin levantar la vista de la labor, se atrevió a susurrar:

—Señora, concédame la mitad de su cabellera. Hará una obra de infinita caridad; ayudará a salvar a la persona más buena del mundo, y yo le prometo que él vendrá personalmente a agradecerle el favor. Además, es el joven más apuesto que jamás haya podido imaginar y, si su alteza quiere, puede elegirlo como esposo, seguro que aceptará, pues es la condescendencia personificada; pero debe permitirme que le corte sus cabellos para tejer un chaleco, que debo regalarle al mago que lo tiene encantado para que lo deshechice.

La princesa se recogió el pelo en una enorme trenza, y la dobló hacia arriba por el lugar que presuponía que debía ser cortado, y de esta guisa[44] se fue hacia un espejo, y girando su cuello unas veces hacia la izquierda y otras hacia la derecha, se observó detenidamente el aspecto que tenía con la media melena; al instante le dijo:

—Tienes mi consentimiento. Procede a cortarlo tú misma.

---

[44] Guisa: Manera.

Terminada la operación, Adela guardó aquel vellón [45] de hebras doradas en el envés del mantón, le ahuecó la media melena e invitó a la princesa a que se volviera a mirar en el espejo. Aceptó, y con esa coquetería tan femenina, giró bruscamente la cabeza, ora a un lado, ora a otro, y el cabello le cubría unas veces su hombro derecho y otras el izquierdo como trigal movido por el viento. Por fin, después de comprobar minuciosamente su nuevo aspecto, le dijo:

—No estoy mal, pero no me vuelvas a pedir nunca otra cosa semejante.

Ese día bajó Adela al cuerpo de guardia, y al soldado más alto de la formación le midió el pecho con su mano y añadió una cuarta más, pensando que el apodo del Rey de las Cumbres, el Gigante, debía de ser por algo. Y aquella misma tarde, con la ayuda de unas agujas finísimas, comenzó a tejer uno de los delanteros del chaleco. La sorpresa no se hizo esperar, y a los dos días lo había concluido, pero también había agotado los cabellos. Desechó la idea de deshacerlo para rehacerlo de nuevo unas tallas más pequeño, y su mente emprendedora se iluminó otra idea que acaso pudiera sacarla del apuro: cortó una pieza cuadrada de lino blanquísimo, sobrehiló los bordes con hilo de oro y simuló, a modo de cenefa en todo el contorno, unas hojas de olivo; luego, en el lugar oportuno, perfiló un sol saliendo entre dos montañas, y en la parte inferior una pradera verde sobre la que se alzaba majestuosa, cantando al amanecer en el fragor del celo, la figura de un poderoso urogallo [46]

---

[45] Vellón: Manto de lana de una oveja después de ser esquilada.

[46] Urogallo: Ave salvaje de la familia de las gallináceas. El macho se caracteriza por tener un plumaje negro azulado que contrasta con el rojo de sus oídos y párpados. La hembra tiene una coloración parda mucho más discreta.

en la que el tornasol azulado de su librea contrastaba con el intensísimo rojo de sus oídos y ojeras. Después de dedicarle a esta labor varios días, le hizo los pliegues pertinentes hasta que le proporcionó forma de cofia. Imaginó la cara de la princesa enmarcada por la cenefa olivácea, su nuca iluminada por el sol y su espalda adornada por la grácil figura del urogallo, y, sin pensarlo dos veces, fue en su busca y la invitó a que se la probara. La princesa quedó encantada con la labor, y otra vez Adela, aprovechando ese primer momento de entusiasmo, y mostrándole el tejido de la mitad del chaleco, intentó dialogar con su dueña, pero no hubo tiempo, pues ella se adelantó y le dijo:

—Ni por salvar a mi propio hermano consentiría que me cortaras el resto de mi melena.

Y para no dar opciones a su interlocutora, se quitó la cofia y abandonó la sala de costura inmediatamente. En la soledad de su habitación comenzó a analizar el severísimo juicio que acababa de hacer: «No puede ser mi hermano ese hombre, se decía, pues hace mucho tiempo que desapareció. Pero... ¿y si lo fuera?... ¿Y si en el mundo de ultratumba mi hermano hubiera escuchado el juicio que ha pronunciado mi lengua?...» Unas se le iban y otras se le venían, pero lo que no llegaba era la tranquilidad. Después de una hora de zozobra, volvió al taller de bordado. A Adela le dio un vuelco el corazón cuando la vio aparecer de nuevo, y, sin pronunciar palabra, la princesa se sentó en una silla, colocó su mano derecha sobre la nuca, levantó su media melena y otra vez el envés del mantón se llenó de mechones dorados. La princesa se colocó la cofia, y sin mediar palabra abandonó la estancia. Dos días tardó en terminar el otro delantero; confeccionó la parte trasera con terciopelo amarillo para igualar con el resplandor de los cabellos, y por botones le puso cuatro garritas pulidas de osezno.

Al día siguiente partió con la ofrenda camino del refugio, para desde allí dirigirse al palacio del Rey de las Cumbres. Llegó al anochecer del segundo día, y cuando entró en la cueva, se sobresaltó, porque su amado no se encontraba en ella. Pensó que durante su ausencia alguna desgracia le había ocurrido, pues ya era hora de que estuviera descansando en la gruta, y sin poderlo remediar tuvo un recuerdo de agradecimiento para la princesa. Estando en estos pensamientos, sintió en el desfiladero los esperados pasos, se apresuró a salir para recibirlo, pero, cuando llegó al umbral de la puerta, ya había traspasado el riachuelo y no pudo verlo bajo la forma de dragón. Se abrazaron, e inmediatamente le enseño la labor; el joven convino en que era el chaleco más hermoso que jamás había visto, y le indicó el camino que debía seguir para llegar al palacio de su encantador.

Al amanecer del día siguiente, la joven se disponía a partir hacia su incierto destino, pero antes se atrevió a pedirle a su protegido que cruzara el regato en dirección a la salida, para observarlo metamorfoseado; así lo hizo el joven, complaciente, y Adela, acaso por última vez, acarició sus húmedas narices de dragón y se congratuló con la tristeza de su mirada. Vuelto de nuevo a la otra orilla, ya bajo apariencia humana, recibió la última recomendación de su amiga:

—No salgas en todo el día de la cueva, así estarás localizado en caso de que el Rey de las Cumbres solicite tu presencia.

Llegó a la puesta del sol a las inmediaciones del palacio del encantador, y a un guardia que vigilaba la puerta principal, protegido por una enorme osa, le expuso el motivo de su visita. Al momento le comunicaron que el Rey de la Cumbres le había concedido audiencia. Temblando, acompañó al ujier que la condujo a la sala de juntas, y se estremeció, hasta el punto que casi se desmayó, cuando comprobó las enormes dimensiones del Rey. Le enseñó el chaleco, y el tirano de las alturas no pudo reprimir una sonrisa de alegría: lo observó por derecho y por revés, y se alegró infinitamente cuando descubrió las garritas de osezno que hacían las veces de botones. Entonces fue cuando le dijo:

—¿Qué quieres a cambio?

—Que desencante a un pobre muchacho que lleva mucho tiempo metamorfoseado en dragón, y que le devuelva su pasado.

—No es costumbre pedir dos desencantamientos a cambio de un solo regalo, pero el chaleco lo merece, y por una vez voy a saltar la norma y atenderé tus dos peticiones.

—¿Dónde se encuentra ahora el hechizado?

—En un refugio de cazadores cerca de la frontera de su reino. Un regatillo de agua atraviesa el angosto corredor y lo metamorfosea en dragón cuando sale y en humano cuando entra.

El Rey se levantó y, acompañado por la muchacha, se dirigió hacia los jardines del palacio, y provisto de una enorme azada desvió el curso de un manantial, al tiempo que decía:

—Esta es la fuente que alimenta el regatillo que cruza el pasadizo, para perderse un poco más abajo en las profundidades de la tierra; yo mismo, cuando lo hechicé, la encaucé hacia ese lugar. En el momento en que se seque podrá salir tu amigo al exterior sin volver a sufrir nunca más la mutación; en contrapartida, ahora esta agua emponzoñará todos los cauces, y a partir de este momento las masas acuosas podrán dar vida y cobijo a un gran número de batracios [47], miniaturas de los actuales dragones.

Volvían ya de regreso a palacio, cuando Adela se atrevió a preguntarle:

—Y para recobrar el pasado, señor, ¿qué tiene que hacer?

—Para eso necesito tu ayuda. Yo no puedo desencantarlo solo. Dime, ¿quién es la persona que más lo quiere?

—Señor, no lo sé, pues como no recuerda nada... Ni siquiera sé si tiene padres o hermanos... Esposa creo que no, porque es muy joven; pero yo lo quiero muchísimo.

—Bien, pues si eres tú la que más lo quieres, tú podrás devolverle el pasado; si no lo eres, deberás investigar quién es esa persona. Haz lo siguiente: cuando desciendas, encontrarás un hermoso jaral [48] en flor, coge un buen ramo de las más floridas y cuando llegues al refugio haz una hoguera con ellas. Si tú eres la que más lo quieres, cuando se queme completamente el manojo, recobrará su pasado.

Al día siguiente, de madrugada, inició el camino de regreso la buena muchacha, y, cuando atravesó el jaral florido, cogió un buen ramillete de jaras. Llegó a las inmediaciones del refugio poco más de mediodía, y al pasar por el desfiladero se dio cuenta de que el riachuelo se había secado. Entró apresuradamente en la gruta y encontró al joven tendido en el camastro completamente exhausto; se aterrorizó pensando que alguna desgracia le

---

[47] Batracios: Vertebrados de la familia de los reptiles capacitados para vivir en el agua.
[48] Jaral: Lugar poblado de jaras. Arbusto de hoja y tallo viscoso y flores blancas.

había sucedido, pero este, cuando notó la presencia de su salvadora, dio un salto y se incorporó loco de alegría:

—Cuando me levanté, vi que el regato estaba seco —comentaba el muchacho—, y con timidez lo crucé en dirección a la salida sin que ningún cambio se notara en mi anatomía. Desde entonces lo he cruzado mil veces en ambas direcciones, por eso estoy tan cansado, y en ningún momento he vuelto a sentir el horrible crujido de la metamorfosis. Creo que estoy curado...

—Me alegro infinito...

—No te dejo hablar; tienes que prometerme ahora mismo que te vas a casar conmigo. Te quiero muchísimo, y además tú has sido mi salvadora. ¡Prométemelo!

—No puedo —respondió Adela abrazada a su cuello—; tu salvación ha sido lograda gracias a los cabellos de la princesa de este reino, y yo le dije que, en pago a su generosidad, tú te casarías con ella, si ella lo deseaba. Pero... y de la recuperación de la memoria, ¿has notado alguna mejoría?

—Nada —respondió lacónicamente el joven—; de eso estoy exactamente igual.

—Pues vamos a hacer el conjuro que me indicó el Rey de las Cumbres. A lo mejor este ramillete de jaras tiene la solución.

Salieron fuera, cogió un manojo de escobas secas y prendió fuego; cuando más viva estaba la llama, arrojó el brazado de jaras y, antes de terminarse de quemar, el muchacho exclamó:

—¡Feliciano!..., ¡me llamo Feliciano! He recuperado mi pasado; ya sé quién soy y a qué familia pertenezco: soy el hijo del rey de estas tierras...

No le dio tiempo de terminar la frase cuando Adela, abrazada a su cuello, le decía:

—Ahora sí que puedo prometerte ser tu esposa, pues la princesa es tu hermana. ¡Qué alegría para todos!; y así permanecieron abrazados durante largo rato.

Cuando llegaron a palacio, después de tanta ausencia, todos, los padres, la hermana y Adela se fundieron en un abrazo con el hijo rescatado; entonces ella le dijo a la princesa, que lucía todavía la hermosa cofia:

—Todos salimos ganando: tú recuperas a tu hermano querido y yo al amor de mi vida.

Y dirigiéndose a Feliciano, le decía:

—Mis padres... ¡Hay que avisar a mis padres! Quiero que estén junto a mí el resto de sus días.

* * *

PROCEDENCIA

Solamente dos versiones he encontrado de este cuento:

— AMADES, Joan: *Folklore de Catalunya,* Rondallística, Editorial Selecta, Barcelona, 1974.
— GUELBENZU, José María, *O. C.,* tomo II, páginas 167 y siguientes.

Elegí precisamente este cuento como representante de los príncipes encantados alertado por la afirmación que hace Almodóvar en el prólogo de su obra *Cuentos al amor de la lumbre.* Dice el recopilador sevillano lo siguiente: «... En cuanto al realismo, baste indicar que raros son en nuestros cuentos ogros, dragones y brujas o hadas, generalmente sustituidos por gigantes, toros bravos (u otros animales menos fabulosos que el dragón) y simples viejecitas». Ni mucho menos estaba en mi ánimo, al elegir este relato, contradecir al folclorista andaluz, sino presentar al lector un cuento *maravilloso* poco frecuente. Inmediatamente me di cuenta de que la historia estaba recogida en Cataluña, y en esta región la convivencia con este reptil fantástico está mucho más acentuada que en el resto de España, a través del patrón de esta comunidad, San Jorge, vencedor precisamente del dragón.

He tomado el cuento de Guelbenzu como soporte argumental de mi narración, pero también he introducido modificaciones de mi puño y letra. Estas son las principales desviaciones que he colocado en el relato:

— En mi historia, la protagonista solamente es pastora, y cuando le son robadas las ovejas mientras que estaba curando al dragón, no vuelve a casa de su amo por miedo y se refugia en el bosque. En la narración de Guelbenzu, la protagonista es primero vaquera, boyeriza dice este autor, posteriormente pastora y por último porquera. Las tres veces pierde el ganado por curar al dragón y recibe un castigo ejemplar en las dos primeras; la tercera vez, temerosa de no resistir ese castigo, se refugia en el bosque.
— En la narración de Guelbenzu, el encanto que sufre el príncipe es simplemente el de la mutación en dragón, ¡que no es poco!; en mi cuento sufre esa mutación también, pero para dramatizar más la situación, cuando por la noche recobra la figura humana, sufre amnesia y no es capaz de recordar ninguna de sus experiencias como hombre.
— El desencantamiento que a la heroína le propone el Gigante para salvar al príncipe es muy similar al de Blancaflor cuando tiene que recuperar el anillo que perdió una antepasada suya; solamente cambia el agua por el fuego. Como ya aparece en *Blancaflor,* y desde mi punto vista es demasiado sangriento, lo he sustituido en mi historia por el regatillo de agua. Sin embargo, para devolverle la memoria al príncipe, también yo recurro al fuego purificador, pero sin el elemento sanguinolento.

EL PERAL DE LA TÍA MISERIA

EN TIEMPOS del rey Carolo vivía en una cabaña en las afueras de un pueblo una anciana muy pobre, a la que todos los habitantes de los contornos conocían por el nombre de Miseria. Durante muchos años estuvo acompañada por su hijo, al que llamaban Ambrosio * por el hambre que pasaba, pero desde hacía bastante tiempo Ambrosio la había abandonado con el pretexto de buscar

---

* Ambrosio: Es curiosa la interpretación etimológica popular que se le concede al nombre propio Ambrosio. No he sido yo el que se ha sacado de la manga este nombre; al contrario, lo he tomado siguiendo la nomenclatura que aparece en los cuentos que me han servido de guía en mi historia. R. Almodóvar en su versión no lo recoge directamente, pero sí lo hace de forma indirecta, al afirmar que Miseria tiene un hijo que se llama Ambrosio, y después de pactar la madre con la Muerte, dice que desde entonces la miseria y el hambre (con lo que se identifican hambre y Ambrosio por proximidad fonética) viven en el mundo. José María Guelbenzu es más claro e identifica, siguiendo el proceso anterior, hambre y Ambrosio. Nada más lejos de la realidad: Ambrosio tiene su origen en $\beta\rho o\tau o\varsigma$, sustantivo griego que significa mortal y por extensión hombre, precedido de una α privativa, o, lo que es lo mismo, «no mortal» o «inmortal», que es lo que en realidad significaría Ambrosio. Por lo tanto, su significado verdadero dista muchísimo del significado popular que se le atribuye en el cuento. Muy en relación con este nombre, y con la misma etimología, está el sustantivo ambrosía: manjar que servía de alimento a los dioses grecolatinos. Conservaba la juventud y la inmortalidad, produciendo una deliciosa euforia.

fortuna por el ancho mundo; lo cierto es que la suerte del hijo no cambió con la partida, y de cuando en cuando le llegaban a la tía Miseria noticias de la situación angustiosa en la que vivía; cada vez que esto sucedía, la madre se lamentaba de la decisión tomada por el hijo, y estos lamentos se multiplicaban cada año por septiembre, cuando maduraban los frutos de un peral que tenía plantado a la misma puerta de la choza.

La venta de las peras era la única fuente de ingresos que tenía la vieja a lo largo del año, pero, como eran tan buenas y tan sabrosas la chiquillería del pueblo le robaba cada temporada más de la mitad de la cosecha, sin que la pobre anciana pudiera hacer cosa alguna para remediarlo; entre las que le comían los muchachos desde el suelo y los tordos desde el cielo, todos los años se le malrotaba[1] la mitad de la producción. En esos momentos la ayuda de Ambrosio era decisiva, pues entre los dos la vigilancia estaba asegurada. Un año, desesperada por las experiencias pretéritas, decidió hacer acopio de limosnas durante el verano y no salir a pedir durante el mes de septiembre para proteger el peral. Los muchachos la espiaban día y noche, pero Miseria siempre estaba debajo, junto al tronco, protegiéndolo con un gran garrote. Las peras estaban ya casi maduras, y la anciana, ¡cosa rara!, las conservaba en su totalidad. Una tarde se acercó el hijo del tendero hasta el chozo y le dijo:

—Tía Miseria, que ha dicho mi padre que le lleve una banasta de peras antes de mañana, y que las quiere poco maduras para que le aguanten más.

—Bueno, majo —respondió la mujer—. Toma esta pera como premio.

---

[1] Malrotar: Disipar, destruir, perder...

El muchacho se fue comiéndola y, cuando desapareció de su vista, se reunió con otros cuatro amiguetes que lo estaban esperando detrás de una pared:

—¡Ya está! Esta tarde se las cogemos —dijo el pícaro.

Miseria, como no podía subir al árbol por lo vieja que era, comenzó a coger las más bajas, y luego, con la ayuda de una cachaba, doblaba las ramas del árbol y cogía las de mediana altura; así, hasta que llenó la banasta. Luego se la puso en el cuadril [2] y se encaminó hacia el pueblo con el encargo. Los muchachos la siguieron con la vista hasta que coronó un pequeño cerro que se interponía entre los arrabales y su caseta. Acto seguido se dirigieron al peral, y, a sus anchas, le quitaron todas las que quedaban. Solamente le dejaron tres o cuatro encaramadas en la picota del árbol. Cuando regresó la dueña y vio el destrozo, de la rabia no pudo contener las lágrimas. Observó las pocas que permanecían aún en la copa, y se juró que por la mañana, con la ayuda de la escalera, las cogería y en paz. Aquella fue la primera noche de septiembre que durmió en el jergón de borra dentro de la caseta; cuando se levantó por la mañana, unos cuantos tordos salieron del peral y las peras volaron con ellos.

—Este año... ¡Peor que ninguno! —se lamentaba la vieja—; ¡ni siquiera las he probado! No vuelvo a preocuparme del peral.

Recuperó otra vez la rutina de la limosna diaria, y lo cierto es que el pueblo se comportaba con ella de una forma regular: no faltaban en su despensa unas cuantas patatas, unos mendrugos de pan, algún cachillo de tocino rancio, y en algunas ocasiones la gorja de alguna oveja o

---

[2] Cuadril: Sinónimo de cadera; cada una de las partes salientes formadas por los huesos superiores de la pelvis.

de alguna cabra que habían sacrificado en la carnicería del pueblo; tampoco faltaba casi nunca el entretiño [3] sebáceo de un vientre, que, frito en la sartén, servía para gobernar [4] los pobres platos que cocinaba.

Un atardecer de aquel mismo invierno llegó a la puerta de la choza un pobre, y como estaba nevisqueando, Miseria se compadeció inmediatamente de él, dándole acomodo y cena en su humilde chamizo. A la mañana siguiente, la tierra apareció cubierta por una enorme nevada, y a pesar de que el mendigo hizo intención de continuar su camino, la buena vieja no se lo consintió; incluso sacó de la faltriquera unas monedas que todavía le quedaban de la venta de la banasta de peras, y cogiendo una botella se encaminó al pueblo a comprar un par de cuartillos de vino para acompañar la comida con su huésped. Después de la sobria pitanza, el pobre le comunicó a su benefactora que, a pesar de su aspecto, él no era un vagabundo, sino un ángel que tenía el encargo divino de preparar un informe acerca de lo virtuosos que eran los hombres en la Tierra, y, en recompensa a la bondad que había mostrado con su persona, le dijo que le pidiera un deseo y que al momento se lo concedería. La mujer le contestó que no necesitaba nada, que si había vivido casi noventa años con aquellas estrecheces, bien podía seguir así los pocos años que le restaran de vida; sin embargo,

---

[3] Entretiño: Mesenterio. Tejido conjuntivo que contiene numerosos vasos sanguíneos y linfáticos y que une el estómago y los intestinos con las paredes del estómago. En él se acumula gran cantidad de grasa.

[4] Gobernar: Aderezar los platos con un refrito de ajo, aceite y pimentón. En este caso, y por la pobreza de Miseria, con el sebo derretido del mesenterio de una oveja.

se acordó del peral y de la murga [5] que todos los años le daban los muchachos del pueblo, y cambió de opinión, pidiéndole entonces al ángel que le concediera que todo aquel que subiera al árbol sin su permiso, no pudiera descender sin su consentimiento.

En eso quedaron, y el ángel continuó ruta para completar el informe encargado por el Altísimo. Aquella primavera el árbol se cuajó de flores, anticipo de una excelente cosecha a principios del otoño, y la vieja se despreocupó del cuidado al que lo había tenido sometido años atrás. Sería a principios de septiembre, en el momento en que las peras iban comenzado a estar pintojas, cuando se acercó al chamizo de la dueña otro de los truhanes de la pandilla del año anterior y le dijo:

—Tía Miseria, que dice mi madre que si quiere el vientre y la pajarina [6] de un gurriato [7] que acaban de matar, que vaya a buscarlo antes de que los tire.

—Sí, hijo —contestó la vieja—, enseguida voy.

El pillo abandonó el portal de la caseta y se escondió con sus compinches detrás de la misma pared que le sirvió de escondite el año anterior; la vieron pasar camino del pueblo, y una vez que se ocultó detrás del teso, se dirigieron al peral. Dos se colocaron de rodillas debajo del tronco, y otros dos, entre ellos el portador del mensaje, se encaramaron en sus espaldas y se subieron al árbol.

---

[5] Murga: Compañía de músicos de ínfima calidad que tocan instrumentos musicales por las puertas de las casas. En el texto es sinónimo de guerra, lata.

[6] Pajarina: Bazo; también se conoce popularmente por alma o corbata. Víscera de color negruzco, de forma alargada y sabor poco agradable.

[7] Gurriato: Cerdo de unos tres o cuatro meses de edad.

Cuál sería su sorpresa cuando comprobaron que no podían moverse ni un ápice; igual que jilgueros atrapados por la engañosa liga así quedaron adheridos al árbol. Los dos que permanecían en tierra, al cerciorarse del hechizo, se retiraron del contorno del peral, y desde esta posición los animaban a que se bajaran.

Nada más llegar Miseria a la casa de la madre del pícaro, se dio cuenta del engaño. La madre del truhán le dijo que no habían matado ningún animal desde hacía tiempo en casa, y lo más seguro era que los muchachos le hubieran tendido otra trampa para que se alejara del peral y así poderle robar la fruta; sin embargo, no se vino de vacío la anciana, pues la dueña le dio unos pimientos y unos tomates para que se hiciera una ensalada. Miseria no se inmutó, pero una sonrisa de complicidad inundó su cara. No se apresuró durante el regreso ya que estaba segura de que los encontraría apresados en el árbol. Cuando llegó, allí estaban los dos, sin poderse mover, y con la cayada les sacudió unos buenos mamporros en el culo. Después de pegarles todo lo que quiso, le dijo al árbol: «¡Déjalos libres!, ¡yo te lo ordeno!». Los dos niños pudieron bajar entonces, y antes de perderlos de vista, les gritó:

—Decídselo a todos los del pueblo. Y ya sabéis..., para muestra, basta un botón.

A la salida del sol, desde que las peras comenzaron a madurar, la vieja arrimaba una escalera al árbol, y una docenita de tordos, que también estaban prendidos en el peral, iban para la morrala de la anciana; nunca había vivido tan bien: media docena de tordos con unos granos de arroz para comer, y otra media estofados para cenar, aparte de los tres cuartos que sacaba con la venta de la peras. «¡Esto es Jauja!» —exclamaba llena de alegría la pobre mujer.

Todo era miel sobre hojuelas, pero la Fortuna tenía previsto que la tía Miseria no terminara de comer las peras ese año. Un atardecer de aquel mes de septiembre llegó a la puerta de la choza una mujer delgadísima, vestida de negro y con una guadaña al hombro. La vieja la reconoció enseguida: en sueños ya se le había aparecido desde hacía algún tiempo. Sin mediar más conversación, la Muerte le dijo:

—Vamos, Miseria, tu tiempo ya se ha cumplido.

—¡Ten piedad de mí! —le decía—. Me llevas cuando mejor vivo; ¿por qué no viniste a buscarme el año pasado cuando me robaron las peras? ¡Déjame al menos que termine la cosecha de este año!

—No puede ser —respondió la Muerte—. Pero no te preocupes por las peras: yo las cogeré y me servirán de refresco durante las duras caminatas que me meto.

Mientras que la tía Miseria se despedía de sus pertenencias más íntimas, la Muerte se subió en lo alto del peral para coger la fruta más madura, y cuando salió la anciana, dispuesta a acompañarla, allí estaba prendida, con la capa de raso negro movida por el viento. La anciana, después de observarla un momento, entró de nuevo en la chabola y se acostó a dormir tan tranquila.

Al día siguiente en el pueblo, la noticia en todos los corrillos giraba en torno al macabro espantapájaros que la mendiga había colocado en el peral. La pandilla de pícaros, que había intentado robarle las peras aquel mismo mes, fue la primera que se acercó a investigar por los alrededores del peral, pues sabían que la tía Miseria ese año no tenía ninguna necesidad de colocar espantajo alguno sobre el árbol, y fueron ellos los primeros en darse cuenta de que aquel pelele encaramado en el peral era la propia Muerte. Alborozados, corrieron con la noticia al pueblo y aquella noche en la taberna todos los vecinos bebieron hasta emborracharse festejando la buena nueva, y todos en procesión fueron a agradecerle a la vieja el bien que les había hecho liberándolos de la Muerte. La comitiva pasó por debajo del árbol, pero ninguno se atrevió a mirar cara a cara su espantoso aspecto; sin embargo ella los observaba detenidamente, como si buscara en sus rostros el fatídico final.

Las noches siguientes, en la cantina, reinó el mismo ambiente distendido que la tarde del extraordinario descubrimiento; no obstante, uno de los presentes, que tenía a un vecino muy enfermo, pues aquella misma mañana había recibido el viático, hizo en voz alta la siguiente reflexión:

—Que la Muerte esté prisionera no quiere decir que no haya enfermedades en el mundo. ¿Qué va a ser de mi compadre que está agonizando desde esta mañana? El médico dice que no hay solución... ¿No sería mejor que esa Señora se lo llevara de una vez?... ¿Para qué tanto sufrimiento?...

El gracioso de turno lanzó la siguiente impertinencia: «Yo prefiero estar medio muerto en el mundo de los vivos, que no sé cómo en el de los muertos»; pero al resto de los contertulios se le cambió la expresión y la alegría dejó paso a un rictus de preocupación.

La sorpresa siguió en aumento cuando al día siguiente, en la carnicería, las clientas no pudieron comprar carne, porque los animales destinados para el sacrificio, una ternera y dos ovejas, no terminaban de morirse en el degolladero: desangradas, continuaban vivas tumbadas en el suelo. Una de las presentes, al percatarse del suceso, no pudo por menos de exclamar:

—Y ahora... ¿qué hacemos con los cebones?... ¡Que San Martín [8] está a la vuelta de la esquina, y nos quedamos sin matanza!...

Las compañeras ni siquiera le contestaron, pero la preocupación volvió a adueñarse de sus rostros. En ese momento salió el matachín y le dijo a su esposa:

—He decapitado a una de las ovejas, y ni por esas... El cuerpo sigue vivo y la cabeza también; es más, bala y abre y cierra los ojos. Yo así no la desuello.

Llevaban tres días sin la presencia de la Muerte y el panorama ya se empezaba a hacer insostenible. Los médicos comenzaban a ser visitados no para que curaran sino para ayudar morir. Uno de un pueblo próximo, que por su negligencia en el oficio apenas trabajaba antes, ahora los desahuciados hacían cola a la puerta de su casa, y le imploraban para que les facilitara el camino hacia la muerte; ni él, que en otros tiempos fue tan experto, consiguió que ninguno de los desgraciados pacientes tuviera la suerte de morir.

La situación se hizo tan tensa que a los quince días los alcaldes de los distintos municipios de la comarca acordaron ir a ver a la tía Miseria para pedirle, si tenía poderes, que desencantara el árbol para que la muerte siguiera cumpliendo su benéfico papel. La Muerte estaba en el peral igual que un cuervo con las alas extendidas, pero para aquella comitiva, asolada por su ausencia, la espeluznante visión resultaba acogedora. La saludaron quitándose la gorra, al tiempo que la anciana aparecía por la puerta del chozo:

---

[8] San Martín: Se hace referencia a la festividad de San Martín de Tours, el 11 de noviembre, fecha en que tradicionalmente se iniciaban las matanzas; de ahí el refrán «A todo cerdo le llega su San Martín».

—Miseria —le dijo el alcalde de un pueblo próximo—, la situación es ya insostenible: en mi pueblo tenemos ya cinco muertos vivos; o, si lo entiendes mejor, cinco vivos muertos; pero ahí están, respirando trabajosamente, con los ojos cerrados y sin mover pata ni oreja. ¿Es esto vivir?... Desde que esta buena mujer está prisionera en tu peral no hemos vuelto a comer carne ni pescado; no hay quien mate a ninguna criatura viva: nos acribillan las pulgas y los piojos, los ratones nos comen el grano... Y nosotros desfallecemos de hambre. Tienes que liberar ahora mismo a tu prisionera. Pídenos lo que quieras a cambio.

Desde el alféizar [9] de la entrada, Miseria observaba la figura de la Muerte; no olvidaba ni un instante que aquella había venido a buscarla a ella, y, sabedora de que cumpliría a rajatabla su encargo, no se atrevió a ordenarle al árbol que la dejara libre, y no tuvo más remedio que mentir a la comitiva:

—Todavía no tengo los poderes precisos —contestó la vieja— para liberar a nuestra inseparable compañera; cuando los posea, yo misma os avisaré.

La comitiva, entristecida, volvió sobre sus pasos, y aquella misma tarde cada uno se encaminó a sus respectivos lugares de origen. En cada mente bullía el mismo pensamiento: liberados de la presión de la Muerte, estamos condenados, antes o después, a sufrir el castigo de vivir agonizantes.

Uno de los enfermos de un pueblo cercano, asediado por los inmensos sufrimientos de una dolencia incurable,

---

[9] Alféizar: Vuelta que hace una pared en el corte de una puerta o una ventana, tanto en la parte de dentro como en la de fuera, dejando al descubierto el grueso del muro.

en un momento de lucidez, preguntó a un nieto que velaba su angustia con solicitud:

—¿Las águilas y los lobos han muerto ya?

—No, abuelo —respondió el nieto—; en el cielo se ve todavía la figura de la enorme rapaz, y en la noche se siente el lastimero aullido del gran perro.

—Entonces —continuó el abuelo—, eso quiere decir que siguen cazando, y devoran sus presas vivas y las digieren en ese estado... Mis dolores son tan grandes que os pido que hagáis conmigo lo mismo que hace el lobo con la oveja. ¡Qué insensatez vivir en este dolor eterno!

—Abuelo, nadie de la familia aceptará tal proposición. Sin ir más lejos, el otro día, mi madre, tragó un par de sardas semivivas, y dice que todavía las siente dar coletazos en su vientre, tal como cuando estaba embarazada de mí.

No obstante, y a pesar de la desaprobación del nieto, el abuelo expuso a toda la familia su terrible propuesta. Fue desechada por unanimidad, pero volvió a poner sobre la mesa la terrible situación que un día u otro tendrían que afrontar todos los allí presentes. Su hija tuvo entonces una idea esperanzadora:

—Acaso llevando a los agonizantes —decía— ante la misma Muerte, esta, con solo mirarlos, sea capaz de poner fin a sus sufrimientos.

Fue el abuelo el primero que inauguró aquella espantosa procesión de incurables, que se dirigía en carretas o en parihuelas hacia aquel santuario; no a pedir vida, sino a implorar que se la quitaran. Vinieron de todas partes, atraídos por la esperanza del milagro de la mirada, pues todos eran conscientes de que la Muerte no podía descender del peral. En dos o tres días la explanada, que rodeaba el chozo de la tía Miseria, se llenó de suplicantes que, acompañados por los familiares más cercanos, conformaron la acampada más tétrica jamás vista por la humanidad. De noche pernoctaban al abrigo de las carretas, y sus quejidos y ayes ascendían a las alturas acompañando el humo de las hogueras. De día, los que todavía tenían fuerza para hacerlo, imploraban de rodillas la benevolencia de la señora. La Muerte, como una aparecida, permanecía atada de pies y manos observando los terribles efectos de su ausencia.

Al tercer día, la tía Miseria, compadecida y asustada por la enorme muchedumbre de suplicantes, puso las escaleras junto al peral y arrimándose al oído de la Muerte le susurró:

—Te libero si me prometes olvidarte hasta la consumación de los siglos de mi hijo y de mí.

—Te lo prometo —respondió la muerte—. Te lo promete la más fiel compañera del género humano; la que nunca se olvida de todos y cada uno de los hombres; por lo tanto, puedes estar segura de que mi promesa jamás será violada.

Miseria retiró la escalera del árbol y a continuación exclamó:

—¡Árbol, libérala, yo te lo ordeno!

La Muerte bajó entonces del peral, y los romeros que estaban más próximos, al darse cuenta del prodigio, corrieron con sus agonizantes a entregárselos. La Muerte levantó su guadaña y todos se pararon petrificados. Luego, habló aparte con la tía Miseria transmitiéndole las órdenes oportunas, y a partir de este momento fue la anciana la que organizó el solemne holocausto. Ordenó Miseria que formaran un estrecho pasillo con los agonizantes colocados a ambos lados, y, una vez formado el angosto corredor, la Muerte, como si de un general triunfador se tratara, inició su recorrido tocando con sus manos los cuerpos doloridos de los enfermos. Al momento estos expiraban y un susurro de agradecimiento acompañaba a la Señora en su tétrico paseo. Cuando terminó el macabro itinerario, acarició a un perro, que estaba dormido debajo de un carro, y el pobre animal expiró al momento; en ese instante la ternera y las dos ovejas, que todavía permanecían vivas en la carnicería, expiraron dulcemente, y así se restableció desde ese momento la muerte en el mundo animal.

Aquel mismo día se levantó el campamento y cada una de las familias regresó a sus lugares de origen dando gracias a la Señora por el restablecimiento del orden. Sin embargo, desconocían el precio que habían tenido que pagar por gozar del privilegio de morir: hasta el fin de los siglos la miseria y el hambre, personificados en la tía Miseria y su hijo Ambrosio, convivirían con los hombres, merced al trato pactado entre la anciana y la Muerte.

* * *

PROCEDENCIA

He tenido en cuenta las siguientes versiones:

— CORTÉS VÁZQUEZ, Luis: *O. C.,* tomo I, páginas 215 y siguientes. Recoge don Luis tres versiones, todas de La Alberca, con los siguientes títulos: «San Pedro y los puerros», «La tía Lucrecia y la muerte» y «Juan Peral».
— GUELBENZU, José María: *O. C.,* tomo I, páginas 139 y siguientes.
— RODRÍGUEZ ALMODÓVAR, Antonio: *O. C.,* tomo I, páginas 313 y siguientes.
— GÜIRALDES, Ricardo: *Don Segundo Sombra,* Editorial Losada, Buenos Aires, 1972. El capítulo XXI de dicha novela está dedicado por completo a narrar el cuento que acabas de leer: don Segundo Sobra le cuenta a su apadrinado la anécdota de «El Peral de la tía Miseria». En esta versión, el protagonista es masculino, el tío Miseria, y es herrero; el trabajo que realiza, y por el que recibe

poderes mágicos, es ponerle una herradura a la mula de Nuestro Señor.

Las versiones consultadas se pueden agrupar en torno a dos grandes grupos: un primer bloque en el que estarían las narraciones de Guelbenzu y Almodóvar, ambas tituladas «El peral de la tía Miseria», en las que el tema central gira en torno al apresamiento de la Muerte, prendida en un peral encantado por el sortilegio que un santo agradecido le concede a la tía Miseria, y las nefastas consecuencias que su ausencia trae para el mundo; un segundo bloque estaría representado por el resto de las versiones: las tres de don Luis Cortés y la de Ricardo Güiraldes. En estas versiones, además de apresar a la Muerte o al Diablo, normalmente a través de tres encantamientos: uno de ellos un peral —nogales en Güiraldes—, un saco —una tabaquera en el autor argentino—, del que no puede salir el que entra, y una silla de la que no se puede levantar el que se sienta; aparte de retener a la Muerte, sirven también para que el protegido entre en el Paraíso ayudado por alguno de estos encantos. Estas versiones últimas están muy influenciadas por otro cuento popular que la mayor parte de los recopiladores recogen con el título de «Juan Soldado», cuyo desenlace final se parece mucho a los enunciados anteriormente.

Mi versión se condensa fundamentalmente en el apresamiento de la Muerte, sigue por lo tanto las versiones de Guelbenzu y Almodóvar, suprimiendo por completo la salvación de los protegidos a través de los objetos mágicos. La única diferencia que presenta mi narración con las de los autores anteriormente citados es la inclusión de la inmortalidad para el mundo animal. En las versiones citadas solamente el género humano no fallece, mientras Miseria tiene apresada a la Muerte; en la mía, esta ausencia se hace extensible al mundo animal.

LOS TRES PELOS DEL DIABLO

En los confines de los reinos Nabateos * había una vez un pequeño estado cuyo rey se caracterizaba por ser un auténtico tirano y se enorgullecía de maltratar a sus súbditos sin motivo alguno. Los comerciantes y el pueblo llano eran cosidos a impuestos por el soberbio monarca, mientras que la nobleza, de vez en cuando, recibía también las acometidas incontroladas de su airada personalidad. Solamente los altos mandos del ejército y los consejeros más allegados eran tratados con cierta

---

* Reinos Nabateos: Situados al noroeste de Arabia. Alcanzaron su momento de esplendor en la época helenística, teniendo como refugio la ciudad de Petra. Monopolizaron el comercio de caravanas que transportaba la mirra y las especias de Arabia y el betún del mar Muerto. Controlaron también la navegación en el mar Rojo; mantuvieron una buena relación con los romanos, pero fueron sometidos por Trajano en el año 105.

Se ambienta el cuento en estos reinos por estar a caballo entre los dominios del Paraíso Terrenal bíblico, que algunos autores sitúan entre los ríos Tigris y Éufrates, y en donde el manzano tiene una enorme trascendencia, y algunos lugares mitológicos griegos: en sus confines se encontraba el palacio de Helios y hasta allí llegó Faetón para pedir a su padre que le dejara ser el conductor del carro solar por un día. También está cerca de Chipre, isla en donde crecía un manzano dedicado a Afrodita que producía los mismos frutos maravillosos que los del cuento; la diosa del amor utilizó estos frutos para atemperar en la carrera a Atalanta y ayudar a Hipómenes, su competidor.

benignidad con el fin de ganarse sus favores en caso de una revuelta generalizada en contra de sus intereses. Llevaba en el trono bastante tiempo, y los más viejos del lugar recordaban que durante los primeros tiempos de su mandato achacaban su despotismo a la juventud, y todos esperaban que con el paso de los años aquel comportamiento se atemperara, pero fue precisamente ese tiempo el que vino a quitarles la razón, pues ahora, que ya tenía cerca de cincuenta años, su conducta continuaba siendo la misma. En definitiva, eran pocos los súbditos que se identificaban con su proceder y, si no era mediante una severa imposición, ninguno estaba dispuesto a ayudarlo en caso de necesidad.

El reino era conocido en los contornos como La Tierra de los Manzanos de Oro, pues esparcidos por sus dominios había unos cuantos árboles que de forma maravillosa daban como fruto manzanas de oro. Desde hacía un par de temporadas, y sin causa aparente que lo explicara, los árboles dejaron de ofrecer el valioso regalo, y en su lugar maduraban ahora las consabidas manzanas. En las tertulias se comentaba que la causa había que buscarla en el desinterés de sus propietarios, porque el gravamen al que estaban sujetos estos árboles encantados, por la avaricia del monarca, era tan grande que sus dueños percibían muy pocas ganancias y, por lo tanto, se despreocupaban de su cultivo. Lo cierto era que los manzanos de oro en aquel momento eran escasísimos, y si había alguno, estaba situado en los confines del reino, lejos del control de los recaudadores de impuestos de la corona.

El monarca tenía una única hija, llamada Altamara, huérfana desde que nació, puesto que su madre, la verdadera reina —el rey era, hasta el fallecimiento de su esposa solo príncipe consorte—, murió de una hemorragia varicosa después del parto. La avaricia del poder lo obligó a no volver a tomar estado, y era consciente de que cuando Altamara llegara a la mayoría de edad, debería poner su cargo a disposición del Consejo del Reino, el cual tenía la facultad de confirmarlo en él o entregárselo a la princesa heredera. Tendría la joven unos dieciocho años cuando contrajo una enfermedad que volvió locos a todos los médicos de la corte, pues no encontraban una causa aparente que justificara su laxitud. Su comportamiento cambió por completo: de activa y risueña pasó a indolente y triste; de servicial y comunicativa se tornó negligente y reservada... Y lo peor de todo era que apenas se alimentaba. Cuando la situación llegó a tal estado que se temía por la vida de la heredera, el Consejo obligó al rey a publicar un bando en el que se anunciaba que aquel joven que fuera capaz de sanar a la princesa tendría el privilegio de desposarse con ella. No hubo, ni mucho menos, una movilización general; la mayor parte de los nobles se desentendieron del asunto, no por inquina[1] hacia la pobre enferma, sino por temor y desprecio hacia su propio padre; el pueblo llano tampoco tomó en serio la convocatoria y, disgustados con el monarca, por la enorme cantidad de impuestos que tenían que abonar, se desentendieron casi todos del asunto. Los que acudieron, en fin, a la llamada no tuvieron suerte, pues la princesa continuaba en el mismo estado, sin experimentar alivio alguno.

El bando continuó vigente durante bastante tiempo ya que la mejoría no llegaba, y la noticia traspasó los límites de la capital y llegó hasta los lugares más remotos del reino. Alejada de la ciudad, vivía una familia con un hijo

---

[1] Inquina: Aversión, mala voluntad.

solamente, que hasta hacía poco había disfrutado de la magnanimidad de un manzano maravilloso, pero que desde hacía una temporada se había mutado en un pobre asperiego [2], que daba, eso sí, unos frutos muy sabrosos. Un día, a la hora de comer, el hijo, que tenía la misma edad que la princesa, le dijo a sus padres que él quería ir a probar fortuna, movido no por el premio, y sí por salvar a su quinta de una muerte segura. La madre, sin haberse repuesto de la sorpresa, le contestó:

—Hijo, tenemos mucho que perder y poco que ganar en este asunto; el rey nunca se portó bien con nosotros; nos dejarás solos por buscar algo que no has perdido. Aun consiguiendo el objetivo, no lograrás que ese tirano te admita dentro de su círculo. Solo una cosa enaltece tu acción: tu desinterés.

Samuel, que así se llamaba el hijo, se reafirmó en lo dicho y le prometió a los padres que la suya no era una partida definitiva, sino una ausencia temporal, pues, si conseguía su propósito, pensaba regresar al hogar cuando la princesa estuviera totalmente restablecida. A continuación le sugirió a la madre que para la mañana siguiente le preparara un hatillo [3] con un par de mudas y algo de merienda, y él se dirigió al asperiego y cortó una docena de manzanas de las más maduras; las abrillantó limpiándolas con una servilleta de algodón y las colocó en su zurrón de pastor. La madre, intrigada, le preguntó:

—¿No pensarás curar a la princesa con las manzanas del asperiego? Creo yo que nuestro árbol ya ha perdido

---

[2] Asperiego: Manzano que produce frutos idóneos para la fabricación de sidra.

[3] Hatillo: Diminutivo de hato. Bulto de ropa y otros objetos que uno posee para su uso ordinario.

todo su encanto; si así piensas sanarla, pronto estarás de vuelta.

El joven no contestó a la insidiosa pregunta de la madre. A la mañana siguiente, antes de que se levantaran sus padres, tomó el camino de la ciudad dispuesto a ayudar con su presencia al restablecimiento de la enferma. Hacia el mediodía encontró una fuente, protegida por la sombra de un magnifico castaño y, como el trecho que le quedaba para llegar a la corte era todavía largo y el hambre apremiaba, decidió reponer fuerzas en aquel lugar tan apacible. No había terminado de desatar el fardel de la merienda cuando observó que una mujer de mediana edad se aproximaba, seguramente con idénticas intenciones que él, a aquel vergel. Cuando llegó, lo saludó y bebió agua; a continuación, se sentó a su lado y no hizo ningún ademán de sacar del bolso ración alguna para comer. El muchacho le preguntó:

—Señora, ¿no va usted a comer algo? ¿No tiene hambre?

—Pensaba que a estas horas ya estaría en mi casa; he calculado, como se suele decir, mal el tiempo y no traje comida suficiente —respondió la mujer.

Inmediatamente Samuel le ofreció un rescaño [4] de pan y un trozo de queso. La mujer lo aceptó y se lo agradeció con la mirada. Después de saciada el hambre, estuvieron hablando del motivo que a cada uno de ellos le había empujado a realizar aquel viaje. Notó, sin embargo, el muchacho que su contertulia no concretaba las causas que la habían obligado a efectuar aquel desplazamiento; en definitiva, tan solo sacó en claro que era extranjera y que había venido a visitar a unas amigas que tenía en este reino. Samuel, por el contrario, se explayó contándole

---

[4] Rescaño: Resto o parte de alguna cosa, en este caso de pan.

minuciosamente la causa del suyo. Tanto hincapié hizo y tanto interés mostró en dejar clara su intención que incluso le mostró las manzanas que llevaba como obsequio para la pobre princesa. La mujer, asombrada ante tanta bondad, le dejó que terminara su discurso y, cuando concluyó, le dijo:

—Tu humanidad salvará a la princesa. Yo te lo auguro. Lava todas las manzanas en el agua de esta fuente y dile que coma una diaria, siempre en tu presencia. Antes del duodécimo día estará completamente curada.

El muchacho hizo todo lo que le dijo y, todavía antes de despedirse, la mujer, agradecida, le dijo:

—No te olvides de mi persona. Es fácil que no volvamos a vernos, pero siempre guardaré un grato recuerdo de este momento; quiero que sigamos siendo amigos, y ya sabes: un amigo es bueno hasta en... Y sorprendida, calló la terrible palabra.

Se despidieron y cada uno siguió camino distinto, pero en el pensamiento de Samuel siguió vivo durante mucho tiempo el recuerdo de aquella mujer, de la que, por desgracia, no conocía ni el nombre. Llegó al atardecer a la capital del reino y pensó que ya no eran horas de acercarse a palacio, así que se acomodó en una posada de los arrabales de la ciudad y esperó al nuevo día para entrevistarse con la princesa.

A la mañana siguiente, acompañado por un guardia de la escolta, fue conducido ante el rey y, con sumo respeto, le expuso a él y a varios de sus consejeros sus intenciones. El monarca mostraba poco interés ante lo que Samuel le exponía, y, para justificarlo, pensó el muchacho que habría escuchado tantas veces razonamientos similares, en relación con la curación de su hija, que uno más, y acaso con pocas posibilidades de éxito, era continuar moviéndose dentro de la misma rutina. No obstante, cuando terminó la exposición, el monarca le contestó:

—Se hará como tú dices: la princesa intentará comer cada día delante de ti una de tus manzanas encantadas, pero si el hechizo no surte efecto recibirás un castigo por tu osadía [5]; si por el contrario la dolencia remite, ya sabes lo que dice el edicto.

Aquella misma mañana lo llevaron a la cámara de la joven heredera y, nada más saludarla, Samuel sugirió que los dejaran solos un momento; las damas de compañía obedecieron cuando observaron un leve gesto afirmativo en la pobre enferma. Después que salieron, se arrodilló junto al lecho y, agarrándole la mano, le dijo:

—Alteza, he venido a sanarla. Tenga confianza en mí y haga todo lo que yo le diga. Tiene que comer, en mi presencia, cada día una manzana y así hasta doce. Le juro que, si lo hace, sanará.

La princesa lo observó detenidamente y, tomando resuello, le contestó:

—Varios han venido hasta aquí con las mismas intenciones y ya ves las consecuencias. Algunos de los brebajes que me han hecho tomar, más que aliviarme, han avivado la enfermedad que me asola; el remedio tuyo, al menos, creo que no me perjudicará, por lo tanto intentaré cumplirlo.

En ese momento el joven sacó del zurrón una manzana, la limpió en el puño de su camisa y partiéndola a la mitad se la fue a entregar a la enferma. La sorpresa surgió cuando observó sus pepitas totalmente doradas, y en ese momento se acordó de nuevo de la mujer que encontró junto a la fuente. Comentó el suceso con la enferma,

---

[5] Osadía: Atrevimiento.

y esta, también asombrada, extrajo una de las pepitas de entre la carne de la manzana e intentó clavarle la uña; fue imposible, la semilla era de oro macizo y su densidad hizo infructuosa la penetración. Animada por el feliz descubrimiento, la princesa comió la manzana y guardó las semillas en una cajita recamada [6] de terciopelo.

Al muchacho le asignaron una habitación en uno de los alerones del palacio, y aquella misma tarde recibió la visita de uno de los recaudadores de impuestos del rey. Este, en tono amistoso, le pasó el brazo por el hombro, al tiempo que le decía:

—El rey sabe ya que las manzanas que tienes como amuleto para curar a la princesa tienen las pepitas de oro. Nos tienes que decir a qué manzano pertenecen, porque todos pensamos que puede ser el inicio de la recuperación de estos árboles maravillosos. Acompáñame al salón del trono y comunícaselo a nuestro señor.

Cuando llegó al gran salón, el rey lo estaba ya esperando acompañado por dos aguaciles y otros dos recaudadores; el ambiente que se respiraba era de tensa calma, y el muchacho, antes de ser interrogado, se adelantó y dijo:

—Señor, estas manzanas son de un árbol de nuestra propiedad que desde hace dos años perdió sus cualidades mágicas.

—¿De dónde eres? —preguntó el monarca.

—De un pueblecito próximo a las montañas de Caracayuda.

Inmediatamente el rey ordenó a uno de los alguaciles que comprobara los datos en el libro de asientos de los manzanos de oro y, una vez hecho, el monarca volvió a preguntar al muchacho:

---

[6] Recamada: Participio del verbo recamar: recubrir, recubierta.

—¿Cómo se llama tu padre?
—Josué —respondió.

Al momento, el escribiente le mostró con el índice el lugar exacto en el que se reflejaba la anotación pertinente, con el dato preciso de cuándo habían dejado por completo de madurar las manzanas de oro. A continuación volvió a interrogarlo:

—¿Crees que el hecho de que tus manzanas tengan las pepitas de oro es un signo de recuperación de los árboles?

No lo sé, señor —respondió Samuel, sin mencionar para nada el suceso de la fuente en donde había lavado las manzanas.

El rey ordenó a los recaudadores que actualizaran el catastro de los manzanos y que incluyeran en cada uno de ellos todos aquellos datos que fueran necesarios para delimitar su situación actual. Todavía antes de abandonar el gran salón, Samuel se interesó por el estado de salud de la princesa:

—Majestad, ¿cómo ha pasado la tarde la infanta?

—Joven —respondió el iracundo rey—, estamos hablando de negocios de mucho dinero, no de enfermedades de tres al cuarto. Cuando hablo de asuntos de estado, nadie me debe interrumpir con pasatiempos familiares.

El joven, asustado, se retiró a la alcoba y a la mañana siguiente volvió con otra manzana a visitar a la princesa, y la escena se desarrolló más o menos de una forma similar a la del día anterior: también la manzana tenía las semillas de oro, y estas fueron recogidas en la cajita recamada de la princesa. Cuando le preguntó por su estado de salud, la infanta le confirmó, con una enorme amabilidad, que todavía era pronto para experimentar una mejoría palpable, pero que por lo menos no se encontraba peor, y le agradeció su interés con una sonrisa.

Al sexto día, la alegría por la posible recuperación de la princesa, que, a juzgar por los signos externos que la enferma presentaba, parecía evidente, vino a empañarse con la noticia de que los recaudadores habían encontrado en el valle posterior a las montañas de Caracayuda, en los confines del reino, unos cuantos asperiegos no censados hasta ahora, que seguían produciendo, como en tiempos pretéritos, las doradas manzanas. Por la proximidad geográfica con su región —pues lo descubierto se correspondía con la umbría de la montaña mientras que su comarca se asentaba en la solana de la misma—, el joven temió que alguno de los fraudulentos fuera conocido de sus padres, y el castigo, según se rumoreaba en palacio, sería ejemplar para los dolosos [7]. Ese mismo día, Samuel tuvo un recuerdo para su madre, y desde este momento el joven se cuestionó aquella promesa que le había hecho de que la partida sería provisional y no definitiva, pues la imagen, ahora sonriente de la princesa, pasaba con demasiada frecuencia por su imaginación.

En la mañana del undécimo día encontró a la princesa retocándose la melena frente al espejo de una de las cómodas que adornaban la estancia; cuando Altamara se percató de su presencia, se giró sobre la planta de sus pies y le dijo alborozada:

—Samuel, ya solo me quedan dos manzanas; me he entretenido en contar las pepitas de oro que guardo y tengo cuarenta, por lo tanto me quedan ocho pepitas, o dos manzanas. ¡Como tú quieras, mi amor!... Y su rostro se ruborizó al pronunciar por primera vez aquella palabra.

Samuel, aturdido, respondió con evasivas, pero Altamara estaba dispuesta a recibir una contestación que

---

[7] Doloso: Fraudulento, engañoso.

pusiera fin a la angustiosa espera que, paradójicamente, tanto había contribuido a su recuperación, y volvió a insistir:

—Yo, gracias a Dios y a ti, ya estoy curada; y ahora te pregunto: ¿Vas a cumplir todo lo que el edicto promete?

Un tiernísimo abrazo fue la única respuesta que se le ocurrió al azorado muchacho, y, sin embargo, fue suficiente para que a Altamara se le iluminara el rostro de alegría. Cogiéndolo de las manos, continuó diciendo:

—Mañana, cuando termine el tratamiento, mando a una de mis camareras para que le comunique a mi padre mi restablecimiento y para que le diga que, por decisión mutua, pensamos contraer matrimonio, tal como se anuncia en el bando.

—Pero... ¿no ha venido a verte durante estos días? —preguntó sorprendido Samuel.

—Desde hace mucho tiempo mantenemos unas relaciones muy distantes. Es largo de contar; te lo referiré cuando estemos casados, pero ahora anda absorto con el problema de los manzanos de oro y, cuando hay dinero por medio, mi padre solamente piensa en él.

—Eso, por desgracia, ya lo sé —respondió lacónicamente Samuel.

Al duodécimo día, como estaba previsto, recibió el rey las dos noticias y, según informó la camarera, no experimentó ni frío ni calor. Sin embargo, ordenó a uno de sus ujieres que organizara una cena para el día siguiente, en la que debían estar presentes todos los altos dignatarios de la corte para anunciar la noticia de la recuperación de su hija.

A pesar de que la ocasión era inmejorable para que la alegría estuviera presente en todos y cada uno de los actos que constituían el protocolo de la cena, no sucedió así y el ambiente que se palpaba estaba más próximo al más puro formalismo que a la distendida informalidad que el acto presumiblemente exigía. En los prolegómenos, Altamara apareció radiante, acompañada en todo momento por su benefactor. Ambos ocuparon un lugar preferente en el testero del salón de embajadores, muy cerca del propio monarca. En los postres, después de recibir la heredera los parabienes de las familias asistentes, el rey tomó la palabra y anunció a todos los presentes lo siguiente:

—La corona tiene constancia de que este joven, aquí presente, que al parecer ha conseguido desencantar a nuestra hija y heredera, es de origen humilde; los recursos económicos de toda su familia se centraban en las ganancias que le proporcionaba un manzano de oro, ahora mutado, como casi todos los del reino, en un vulgar asperiego. La corona, sin desdecirse de lo prometido en el bando, exige que para entrar a formar parte de la familia real, el aspirante deberá realizar un acto heroico que en cierta medida supla la carencia de títulos nobiliarios de toda su saga familiar.

Un murmullo de desaprobación recorrió toda la sala; incluso Altamara, que inmediatamente se dio cuanta de la felonía[8] de su padre, intentó transmitirle ánimos a su prometido apretándole la mano derecha entre las suyas por debajo de la mesa. Samuel se levantó inmediatamente y contestó al monarca en los siguientes términos:

—Majestad, es cierto que yo soy un pobre labrador y su hija una rica princesa, pero hasta hace unos días yo lo tenía todo y ella no tenía nada; yo era feliz y ella infeliz, y lo que tiene ahora, incluida la felicidad, se lo debe a mi

---

[8] Felonía: Deslealtad, traición.

persona. Estoy dispuesto a cometer ese acto heroico al que V. M. se refiere, pero no para complacer su megalomanía [9], sino para conseguir mi felicidad y la de su hija. Pero no hablemos más... Señor, ¿qué debo hacer?

—Debes traer ante mi persona tres pelos del Diablo. Tienes de plazo, contando a partir de mañana, diez días.

—Señor —respondió Samuel—, me encomendáis una empresa muy difícil, pues ni siquiera sé donde se encuentran sus mansiones.

—Una vez atravesados los montes Caracayuda, a un día de camino, se encuentra el río del Olvido, que delimita nuestro reino por la parte norte; en la otra orilla comienza un extenso territorio que se conoce con el nombre de los Cráteres de Belcebú, algunos de los cuales son utilizados por el Diablo como pasadizos para llegar a su oscuro reino. Búscalo en esos parajes... Y que tengas suerte.

Ni un solo momento, a lo largo del discurso, dejó Altamara de transmitirle ánimos a su enamorado a través de ese cariñoso apretón de manos que iniciara al comienzo de la conversación, y cuando terminó la plática, antes de abandonar el salón, le dijo al oído a su enamorada:

—No te preocupes, también de esta saldré airoso.

Al día siguiente, de madrugada, partió en dirección a su propio hogar, pues, como ya se ha dicho, su pueblo estaba situado en la solana de los montes Caracayuda; a media mañana se encontraba en la fuente encantada, la misma en la que lavó las manzanas cuando se dirigía a la corte; pensaba, como la vez anterior, descansar y reponer fuerzas junto a ella, pero la sorpresa llegó inmediatamente pues la fuente, sin causa aparente, estaba com-

---

[9] Megalomanía: Manía o delirio de grandeza.

pletamente seca. Decidió, de todas las formas, descansar junto a ella, y mientras observaba el lodo [10] resquebrajado del fondo de la misma, se acercaron dos hombres y le dijeron al sorprendido muchacho:

—¡Ay señor!, ¡qué desgracia la nuestra! Esta fuente estaba encantada y no solamente manaba agua, sino que, mezcladas con ella, salían de vez en cuando pepitas de oro, que eran nuestro sustento. ¿No sabrá usted por qué se ha agostado [11]? Si lo descubre, cuente con una buena propina.

Ahora se explicaba Samuel el sortilegio de las pepitas de oro de sus manzanas: la fuente aurífera, al lavarlas, había obrado el milagro. Inmediatamente les contestó a los dos pobres hombres:

—Mucho tengo yo también que agradecerle a esta fuente; voy a un lugar en donde posiblemente me puedan informar de la causa de su desecación, dentro de seis o siete días volveré por estos pagos, entonces acaso pueda informarlos.

Al atardecer de aquel día llegó a la casa paterna; ambos padres, alborozados, lo abrazaron y festejaron por todo lo alto su regreso. Les contó que la princesa estaba, gracias a él, totalmente recuperada, y les mintió diciéndoles que iba de paso en misión diplomática a uno de los reinos vecinos y que esperaba estar de vuelta dentro de seis o siete días. Se interesó a continuación por la identidad de los dueños de los manzanos de oro recientemente descubiertos, y el padre le confirmó que se trataba de tres vecinos de La Umbría, a quienes tenían camuflados entre

---

[10] Lodo: Mezcla de tierra y agua, en especial la que resulta de las lluvias en el suelo.

[11] Agostado: Participio de agostar. Secarse algo por la acción del calor.

un sardón [12] de encinas; por último, les preguntó por la salud del aspriego y les comentó el prodigio de las semillas de oro. La madre, sorprendida, le dijo:

—Hijo, pues tuviste suerte, porque en las demás manzanas que ha dado, en ninguna se ha producido semejante milagro. No debes hacerte ilusiones acerca de la recuperación del árbol.

Salió de madrugada en dirección norte y, como le quedaba de camino, decidió detenerse en La Umbría para recabar información de primera mano sobre los manzanos hallados recientemente. No le costó ningún trabajo encontrar la casa de uno de los propietarios de aquellos pocos árboles que habían superado durante tanto tiempo la vigilancia regia. Encontró a los dueños en la mediocasa totalmente abatidos, y la causa no era otra que la desecación de los frutos maravillosos desde el momento en que fueron descubiertos por los recaudadores de impuestos:

—Parece como si los hubiera mirado un tuerto —decía la esposa—. Desde que vinieron los recaudadores, los frutos han empezado a languidecer y a arrugárseles la piel, como si les faltara agua; no creo que cojamos una manzana de provecho. El resto de los árboles, que fueron también descubiertos, están en el mismo estado. ¡Es la ruina!, ¡sin manzanas no podremos sobrevivir en este pueblo!

El marido le suplicó que lo acompañara a la heredad para que comprobara en vivo el desastre, pero el muchacho le contestó que él ahora no tenía ninguna solución para su desgracia, que él solo era un convecino del otro lado de la montaña, natural de La Solana, en misión diplomática para el rey, pero que quizá pudiera aportar algún remedio al problema cuando regresara de nuevo.

---

[12] Sardón: Monte bajo de encinas.

El matrimonio lo invitó a que pernoctara en su casa, y como la tarde iba ya avanzando aceptó la invitación, pues le disgustaba la idea de pasar la noche al raso en los territorios de Belcebú.

Volvió a iniciar la marcha al amanecer y a media mañana se encontraba en la orilla del río del Olvido. Divisó aguas abajo una aceña [13] y hacia ella se dirigió con la esperanza de que le dieran información acerca de cómo podía pasar a la otra orilla. El molinero lo recibió, extrañado, en la puerta del molino, pues hacía mucho tiempo que no pasaba por aquel lugar alma alguna, y se ofreció a pasarlo a la otra orilla en una barca que tenía. Hablaron largo rato, pues según le informó, la casa del Diablo se encontraba no muy lejos de allí, en la ladera del cráter más grande la zona:

—De día, el Diablo está rigiendo los destinos del *triste reino de la oscura gente* —decía el maquilón [14]—; ahora solamente encontrarás a la Diabla, pero a lo mejor es lo más conveniente, pues Belcebú posee un carácter muy voluble y, si tiene un día malo, lo más seguro es que no vuelvas a regresar. Mejor es que hables primero con su esposa, que es mucho más razonable. Si me haces el favor, en pago a mis servicios, pregúntale qué tengo que hacer para abandonar el oficio de barquero, pues atravesar el río con mis años me infunde verdadero terror.

—Señor —le contestó Samuel—, le prometo que si puedo le he de ayudar; y ahora, si lo desea, para liberarlo de ese terror, déjeme la barca que yo pasaré solo, la camuflaré en la otra orilla, y mañana, si Dios quiere, estaré de vuelta en esta ribera en la que nos encontramos.

---

[13] Aceña: Molino movido por la fuerza del agua.

[14] Maquilón: Molinero; de maquila, porción de grano que el molinero cobraba por moler una determinada cantidad de cereal.

—Si va a ser solo por un día —le respondió el barquero—, tienes mi consentimiento.

Atravesó en la barca el río y comenzó su andadura por los dominios de Belcebú. El paisaje que se presentaba ante sus ojos era amenazador: desprovisto totalmente de vegetación, el mar de cráteres, muchos de ellos con fumarolas humeantes, semejaba enormes carboneras en plena ebullición. Subió a uno de los más pequeños y su vista se perdió en un prolongado embudo negro descendente, que parecía no tener fin; estuvo tentado de tirar una piedra en su interior, para calcular la profundidad, pero no se atrevió a hacerlo; bajó por una rampa en espiral y al final de la misma contempló una enorme escalera fabricada con larguísimas maromas, con pasos de madera entrelazados, que sin duda era utilizada por el Diablo para bajar a los distintos compartimentos del reino de las sombras. Dedujo que, cuando la escalera estaba plegada en la superficie del cráter, Belcebú no se encontraba en el interior de esa estancia, porque sin duda, después de ascender, la recogería en la superficie para que ningún desgraciado, en su ausencia, pudiera evadirse del castigo eterno. En un ramalazo de lucidez, decidió descolgarla, lanzándola a la tenebrosa oscuridad, por si acaso le era de utilidad en el viaje de vuelta.

Continuó su camino y un poco más adelante vislumbró la silueta de un cráter que por su tamaño descollaba del resto, y pensó que aquella debía ser la entrada principal al mundo de ultratumba, y que, según las indicaciones del maquilón, allí debía de encontrarse la vivienda de Belcebú. Se acercó un poco más, y la silueta de una casita acostada en la ladera del monte le confirmó que sus pensamientos eran ciertos. Una mujer cavaba en el interior de un pequeño jardín, que rodeaba el aposento, y cuando se acercó lo suficiente, comprobó que aquella señora era la misma a quien hacía unos quince días había conocido junto a la fuente encantada. El corazón se le salía del pecho, y para sus adentros se dijo: «Estoy salvado; mi amiga no me engañará». La Diabla, al verlo, exclamó:

—Pero... ¡alma de Dios!, ¿cómo te has atrevido a venir hasta aquí! Si te pilla mi marido solo, te mata.

—Señora, tenía que hacer un encargo, en el que me va la felicidad, y no me quedaba otro remedio. Espero que esta vez me pueda ayudar de nuevo.

—Antes de nada —le dijo la Diabla—, me voy a presentar, porque cuando estuvimos en la fuente, por no asustarte, no te confirmé mi identidad. Soy la esposa del Diablo, pero yo nunca lo acompaño a las profundidades, donde está su verdadero reino; la jornada en que nos vimos venía de presidir una bacanal [15] en mi honor que se celebró unos días antes en los reinos Nabateos, por eso nos encontramos junto a la fuente... Pero cuéntame, ¿qué ha sido de la princesa de tus sueños?, ¿ha sanado de su dolencia como yo te auguré? Y, por favor, dime lo antes posible cuál es la causa que te ha traído hasta aquí.

Samuel no daba crédito a lo que estaba viendo y oyendo y, después de ordenar mentalmente cada una de las preguntas que le había formulado su interlocutora, le dijo:

—Todo ha salido tal como usted predijo: la princesa se ha curado de su dolencia y además nos hemos enamorado, pero el rey no me concede su mano, porque soy un pobre labrador y, para dignificar mi persona y permitir el casamiento, me ha encargado que antes debo llevarle tres

---

[15] Bacanal: Fiesta en honor del dios Baco. Orgía con mucho desorden y tumulto.

pelos del Diablo, y aquí estoy. No lo hago por complacer sus deseos, Diabla, sino por conseguir la felicidad de Altamara y la mía propia.

—Pero... ¡alma de cántaro!, ¿cómo pensabas tú solo conseguir esos tres pelos de mi esposo?, ¡qué osados os vuelve el amor!

No lo sé, Señora —respondió el joven—; pero, ya que está usted de mi parte, quiero, y esto ya es cosa mía, que el Diablo me responda a las tres preguntas siguientes: la primera, que me diga cuál es la causa por la que la fuente en la que nos encontramos ha dejado de manar; la segunda, qué les sucede a los manzanos de mi reino para dejar de madurar manzanas de oro, y la tercera, qué debe hacer un hombre para dejar de ser barquero. ¿Me ayudará, Señora?

La Diabla lo agarró de la mano y le dijo:

—Muchacho, el tiempo apremia, mi marido pronto regresará y si te encuentra bajo apariencia humana ni yo misma podré salvarte. Recuerda bien esto que te voy a decir, porque mientras permanezcas metamorfoseado solamente estos consejos y las respuestas posteriores del Diablo a mis preguntas permanecerán grabados en tu cerebro. Voy a darte una pócima que te va a convertir en piojo; una vez mutado, te alojaras en uno de mis sobacos y desde allí escucharás las contestaciones que mi esposo dará a las preguntas que de tu parte yo debo formularle. Cuando termine con los pelos, los mantendré agarrados con los dedos de la mano perteneciente al brazo en donde tú estés alojado, desciende entonces por él, cógelos y sal al exterior. La luz de la luna te deshechizará. Espero que tengamos suerte también en esta empresa.

A continuación le dio un poco de jarabe encantado y al momento Samuel estaba convertido en un auténtico piojo; tiernamente, la Diabla lo cogió entre sus dedos y, alzando el brazo izquierdo para dejar más movilidad al derecho, lo alojó en el interior de su axila. Cuando al atardecer llegó el Diablo a la casita, la esposa, solícitamente, le puso la cena y, mientras comía, ella comenzó a desenredarle el pelo, al tiempo que le decía:

—Parece mentira cómo vienes hoy de morceñas [16]; ni que no tuvieras ayudantes para atizar las calderas. ¡Qué barbaridad!

Y en un descuido, poniendo por disculpa un enredón de sus cabellos, le arrancó un primer pelo. El Diablo notó el agrio pinchazo e instintivamente se llevó la mano para rascarse la parte dolorida de su cabeza; en ese mismo instante le dijo su mujer:

—¡Qué delicado estás, hijo!, ¡a ver si te vas a desangrar!... Es que tenías una morceña en la raíz de este pelo y si no te lo arranco no hubiera sido capaz de desprenderla. Pero... Cambiemos de conversación. Dime, tú sabes cuál es la causa de que la fuente que te comenté el otro día haya dejado de manar.

—¡Qué tonta eres! Ya sabes lo poco que me gusta el rey de esos lugares, y tú me dijiste que la fuente manaba pepitas de oro. Por eso la desequé; el otro día mandé a unos de mis demonios de confianza y le puso un tapón de corcho en el mismo manantial.

Desde su escondrijo sábeo [17], Samuel escuchó y grabó en su pequeño cerebro de piojo la causa de la desecación de la fuente. Impaciente, volvió a agazaparse entre la flo-

---

[16] Morceñas: Chispa que salta de la lumbre.
[17] Sábeo: Perteneciente a la reina de Saba. Que huele bien, es, por tanto, una ironía, pues el sobaco no se caracteriza precisamente por su buen olor.

resta [18] de la Diabla esperando el segundo pelo y la segunda respuesta.

La astuta mujer continuaba observando la cabeza de su marido y le propuso incluso, para desembarazarse de la mugre que traía, que se la lavara en una herrada de agua que había tenido toda la tarde al sol. En ese mismo momento dio un respingo y dijo:

—¡Huy!, espera a ver... Me parece que te he visto una liendre [19]...

Desde su psicología de piojo, a Samuel se le encogió el corazón, pensando cuál sería la suerte de aquel embrión de su especie, pero continuó escuchando desde su escondrijo.

—Espera que voy a explotártela entre las uñas.

En ese momento, la Diabla volvió a arrancarle otro pelo y Belcebú tornó a rascarse la cabeza con la misma celeridad que la vez anterior. Tampoco le gustó nada la maniobra y de nuevo se quejó de la acción de su esposa.

—¿No ves —le decía— que es imposible desprenderte la hueva sin arrancarte el pelo? ¡No seas quejica! ¿No querrás emponzoñarte con esta miseria?... Dime otra cosa: ¿cómo es posible que los manzanos de oro del reino vecino se hayan desecado casi todos? ¿Andas acaso tú también detrás de esa treta?

—Te he dicho ya —contestó el Diablo— que no tolero a ese reyezuelo del tres al cuarto, y todo el mal que le pueda hacer se lo haré. A medida que he ido localizando la situación de los árboles —los últimos los he descu-

---

[18] Floresta: Terreno frondoso y ameno poblado de árboles. Se hace referencia irónicamente al sobaco sin depilar de la Diabla.

[19] Liendre: Huevo de piojo que suele estar adherido al pelo de las personas.

bierto hace tres o cuatro días, poco después de encontrarlos ellos—, he mandado a un demonio para que los inutilice. Todos tienen una raíz que yo denomino aurífera, por la que absorben partículas de oro disueltas en el agua, de ahí su producción maravillosa; pues bien, le he mandado una lombriz, muy golosa también para el oro, que se anticipa a la acción de la raíz y de esta forma el árbol sigue viviendo, pero ya no puede producir manzanas de oro. No creo que vuelvan a disfrutar de la riqueza que le proporcionaron en tiempos esos asperiegos.

Un picotazo en el sobaco le recordó a la Diabla que su inquilino se había enterado de todo lo que su marido había dicho; fue entonces cuando la mujer invitó al esposo a irse a la cama, y Samuel volvió a clavar sus mandíbulas en las esponjosas carnes de su benefactora para recordarle que todavía quedaba un pelo y una pregunta por contestar. Con tanta saña se rascó la mujer que a punto estuvo de destripar al pobre muchacho, que buscó refugio en los más escondidos rincones de la convexidad. En la cama, la Diabla inmediatamente se hizo la dormida, y desde esta falsa situación le arrancó el último pelo a su marido. Este, enojadísimo, le dio un codazo, y la esposa, sobresaltada, le contestó:

—Perdóname, esposo, pero estaba soñando.

Intrigado, le preguntó por el contenido de ese sueño, y ella le dijo que soñaba cuál sería la forma para que un hombre que aborrecía su oficio de barquero pudiera dejarlo definitivamente. El Diablo no dudó en responder:

—Eso es muy sencillo, esposa: que le entregue los remos de la barca al primer transeúnte que contrate sus servicios. Te prometo que nunca jamás podrá desasirse de ellos.

En su escondite, Samuel escuchó el terrible hechizo y pensó en su pobre suerte, pues ineludiblemente tenía que montar en la barca para atravesar el río del Olvido. Entonces la Diabla se dio la vuelta hacia la puerta de entrada de la habitación y sacó el brazo izquierdo fuera del embozo, sin duda para facilitar la huida de su protegido, e inmediatamente sintió en sus carnes, brazo abajo, el cosquilleo de las patitas del piojo en dirección descendente; llegó hasta el límite del dedo índice, que sujetaba los tres pelos presionando al dedo gordo, y notó cómo los cogía entre sus mandíbulas; bajó la mano hasta el suelo de la habitación y al momento se desembarazó de su querido amigo.

Samuel esquivó la claridad de la luna que se filtraba a través de las rendijas de la puerta, hasta que consiguió salir fuera del habitáculo. En el momento de la metamorfosis, calculó mal el espacio, y un pie, ya humano, quedó entrizado [20] en la parte de abajo de la puerta. Tuvo que dar un gran tirón para desasirse de su opresora, y el ruido alertó al Diablo que inmediatamente se levantó de la cama para cerciorarse del suceso. Cuando abrió la puerta, observó cómo un joven huía ayudado por la claridad de la luna. Lo persiguió con saña, pero el miedo da alas y la distancia entre ambos se mantenía después de largo tiempo de carrera. En esto llegaron al cráter que Samuel había estado inspeccionando la tarde anterior, y ambos vieron a multitud de espíritus de condenados que salían del mismo, retornando al mundo de la vida gracias a la escalera que el joven había arrojado al interior del mismo. Ante tal desatre, el Diablo abandonó la persecución y dedicó todos sus esfuerzos a reconducir de nuevo a todos sus inquilinos a las mazmorras del Averno.

---

[20] Entrizado: Quedar preso algún miembro del cuerpo en un lugar estrecho.

Samuel llegó a la orilla del río, montó en la barquichuela y, recordando la maldición, no tocó en absoluto ninguno de los remos, antes bien se colocó en la proa y con los dos brazos presionando sobre el agua dirigió la minúscula embarcación hasta la otra orilla. Sano y salvo, en la ribera de la vida, acarició los larguísimos pelos de Belcebú y se dirigió hasta la puerta de la aceña. Llamó varias veces y, cuando el sorprendido molinero abrió la puerta, le dijo:

—Para desembarazarse del oficio de barquero me han dicho que debe entregar los remos de la barca al primero que solicite sus servicios. Se quedará amarrado a los mismos por toda la eternidad.

—De poco me sirve la conseja —respondió el maquilón—. ¡Dios sabe cuándo volverá otro cliente por estos parajes! Pero bueno, no está del todo mal la solución: mientras no haya clientes, yo no atravieso el río y, cuando llegue el primero, él ocupará definitivamente mi puesto. Acepta este fardel de monedas por la información.

Tomó las monedas, y sin detenerse continuó el viaje de regreso y al amanecer estaba en La Umbría, en casa de los dueños del manzano deshechizado últimamente:

—Hay que echarle ceniza en las raíces para matar todas las lombrices que tienen alrededor; una de ellas es la que impide que los manzanos maduren el fruto dorado. ¡Volveremos a ser ricos!

Le dieron una alforjuela[21] llena de monedas de oro y partió rápidamente hacia su pueblo. Pasó la noche junto

---

[21] Alforjuela: Diminutivo de alforja. Especie de talega de paño con dos compartimentos que se colgaba del hombro para llevar principalmente la merienda. En muchas zonas de los dominios del español se emplea en plural: las alforjuelas.

a sus padres y los informó también del descubrimiento de los manzanos. Al mediodía del día siguiente se encontraba junto a la fuente encantada y allí estaban los hombres esperando la información:

—El Diablo —les dijo— ha puesto un tapón de corcho en el manantial de la fuente. Hay que mondarla, localizar el tapón y sanear el manantial. Volverá a congratularnos con sus pepitas de oro.

Los hombres agradecidos le dieron un celemín [22] de pepitas de oro que vació en el fardel junto con las monedas del maquilón.

Al atardecer estaba de nuevo en la ciudad, y sin pérdida de tiempo se dirigió a palacio. A la primera que visitó fue a Altamara y, al instante, le comunicó alborozado:

—Traigo conmigo el encargo de tu padre. Ahora ya podemos casarnos, amor mío.

Se dirigió inmediatamente a entregarle los tres pelos al rey, y este no tuvo más remedio que consentir el matrimonio de su hija. A continuación le enseñó todos los tesoros que había conseguido durante el viaje, y el rey, al ver tanta riqueza, le preguntó intrigado:

—¿En qué tierra viven tan holgados como para que les sobre tanto oro?

—En la otra ribera del río del Olvido —le contestó Samuel.

El monarca no pudo conciliar el sueño durante toda la noche, y de madrugada, sin ningún tipo de escolta, partió en busca del legendario Dorado. Cuando llegó a la aceña y solicitó los servicios del barquero, este le dijo con sorna que se sirviera a su antojo, y, ni corto ni perezoso, el rey

---

[22] Celemín: Medida de capacidad, que se usaba principalmente para medir áridos, equivale a 4,600 litros.

subió a la barca y se amarró a los remos, y, si Dios no lo remedia, todavía estará allí cruzando de una orilla a otra sin posibilidad de desasirse de ellos.

La princesa y Samuel esperaron unos días para casarse, pero como el padre no volvía decidieron hacerlo sin su presencia. Un emisario avisó a los padres del novio, que con premura se presentaron en palacio, y a la boda asistieron todos los habitantes del reino en agradecimiento a Samuel, que les había devuelto la esperanza y la riqueza con el restablecimiento de los manzanos de oro.

* * *

PROCEDENCIA

Las versiones consultadas han sido las siguientes:

— CORTÉS VÁZQUEZ, Luis: *O. C.,* tomo II, páginas 56 y siguientes. Recoge este autor tres versiones, una en Vilvestre y otra en Miranda del Castañar, con el mismo título: «Los tres pelos del Diablo»; por fin, recoge otra de Hinojosa de Duero, sobre el mismo tema, titulada «El pájaro grifo». Especialmente he tenido en cuenta la de Miranda y la de Hinojosa de Duero.
— RODRÍGUEZ ALMODÓVAR, Antonio: *O. C.,* tomo I, páginas 261 y siguientes.
— GUELBENZU, José María: *O. C.,* tomo I, páginas 165 y siguientes.
— ESPINOSA (hijo), Aurelio Macedonio: *O. C.,* tomo II, páginas 251 y siguientes.

He tomado como punto de partida para mi narración las versiones de Miranda del Castañar y de Hinojosa de don Luis Cortés Vázquez; sin embargo, he introducido algunas modificaciones. En mi cuento, el protagonista es hijo único, mientras que en las de don Luis son tres hermanos los que intentan salvar a la princesa con media manzana de oro y solamente lo consigue el más pequeño, que es el que parte en último lugar, después de haber fracasado sus hermanos mayores, aojados por una bruja a la que ellos han querido engañar con anterioridad. Todo este suceso lo he suprimido en mi cuento, centrando la acción en un solo aspirante. Sin embargo, a esta hechicera la convierto en mi relato en la esposa del propio Diablo y a la larga va a servir de una gran ayuda a nuestro héroe para conseguir el objetivo final del cuento. El resto de la narración también posee manipulaciones personales: por ejemplo, la anécdota de los manzanos de oro; en las demás versiones se habla de manzanas de oro, pero no del árbol que las produce; en mi argumento los manzanos de oro cobran una importancia decisiva.

Es de mi invención también el suceso de la escalera que desciende por un cráter a una de las galerías del reino del Infierno, y como puede verse al final de la historia, es de gran utilidad para el triunfo del protagonista. Almodóvar, en su versión, cuenta cómo la esposa del Diablo, sin decirnos el porqué, ayuda al joven héroe y, para camuflarlo de su esposo, lo metamorfosea en hormiga; en mi narración es en piojo en lo que es transformado, gracias a la ayuda de la Diabla, agradecida por las atenciones que días atrás le prestó Samuel, mi protagonista. Por lo demás, mi versión se amolda a las directrices expuestas en las narraciones anteriormente citadas.

Es curioso que este cuento no aparezca en las colecciones de los Espinosa, tanto del padre como del hijo, y sin embargo, Cortés recoja tres versiones, nada menos, en la provincia de Salamanca, provincia que los Espinosa ignoraron en sus recolecciones. Sí aparece una versión muy similar en los cuentos populares rusos de Afanásiev titulada «Marco el rico y Basilio el desgraciado». En esta versión rusa se sustituye el personaje del Diablo por el del rey Culebrón (*Cuentos populares rusos,* A. N. Afanásiev, Anaya, 1985, tomo II, páginas 329-335).

CUENTOS
DE COSTUMBRES

EL HOMBRE DEL SACO

En un pueblecito muy pequeño vivía hace mucho tiempo un matrimonio que tenía una única hija; la niña nació con un leve defecto en una de sus caderas que la hacía renquear[1] un poquito al andar; este pequeño contratiempo, unido al hecho de ser hija única, hizo que sus padres la criaran con un celo y un cuidado superior. La criatura, desde que aprendió a hablar, dio muestras de una inteligencia y un gracejo fuera de lo normal, que suplía con mucho la pequeña lesión de su cadera; incluso aquella forma de caminar, arrastrando un poquito el pie derecho, proporcionaba un donaire especial a su desplazamiento. Los padres, que gozaban de una posición económica regular, aprovechaban cualquier ocasión para agasajar a la pequeña, y así, cuando la niña cumplió los cuatro años, a un buhonero[2], que vendía su mercancía de puerta en puerta, le compraron un anillo de oro para conmemorar la efeméride; el quincallero grabó en la parte superior de la sortija el nombre de la niña: Vega; y ella, alborozada, abrazaba a sus padres, al tiempo que sonreía al comerciante. Hasta el mercader se contagió de su ale-

---

[1] Renquear: Andar meneándose de un lado para otro a causa de una lesión en las piernas o en las caderas.
[2] Buhonero: Vendedor ambulante que vende cosas de poca monta como quincalla, baratijas...

gría, y antes de despedirse le canturreó este estribillo que ella inmediatamente memorizó:

> Anillito, anillito mío,
> anillito que en mi dedo estás,
> por el amor de mis padres
> asegúrame la felicidad.

Aposta, los padres se lo compraron crecedero[3], e inmediatamente su madre le colocó un pedacito de dobladillo en la parte inferior del mismo para que se le sujetara mejor en el dedo, pero la niña lo rechazó en cuanto observó su palma y vio el pequeño vendaje blanco en su querido adorno. Le recomendó entonces que se lo pusiera en el dedo corazón hasta que creciera un poquito más, pero tampoco le agradó la idea, pues todas sus amiguitas lo llevaban en el anular, y en cuanto tenía ocasión en él se lo colocaba. Una tarde que se lo vio en este dedo, la madre le echó una reprimenda que terminó con estas palabras:

—... Si un día lo pierdes, no vuelvas a casa sin él.

La niña comprendió inmediatamente el mensaje, y a partir de aquel momento no volvió a quitárselo del dedo corazón, y procuró extremar el cuidado para no extraviarlo.

Por aquellos días la madre, que estaba encalando el portal, la mandó a por una botella de agua medicinal para su abuelo a una fuente que corría a las afueras del pueblo,

---

[3] Crecedero: Se dice de cualquier prenda que se compra grande para que no se quede inmediatamente pequeña, y pueda ser utilizado durante más tiempo por el usuario, normalmente un chico en edad de crecer.

y que por todo el contorno era conocida con el nombre de la Fuente de la Salud. Vega se dirigió hacia el manantial, y, cuando estaba llenando la botella, se sobresaltó al ver el anillo en su dedo dentro del agua; sacó inmediatamente la mano y se lo quitó depositándolo en el valle al lado de la fuente. Volvió a llenar la botella, y, sin darse cuenta de la sortija se encaminó de nuevo hacia el pueblo. No habría andado ni doscientos metros cuando se percató del horrible olvido, y volvió a encaminarse hacia la fuente con la seguridad de que la encontraría junto a ella. Sin embargo, al irse acercando, vio sentado en la entrada de la misma a un viejo harapiento con un enorme saco a sus pies que, a juzgar por lo abultado que estaba, debía de contener otro montón de andrajos [4] de su pertenencia particular.

Cuando llegó a su altura, observó que el anillo no estaba en el lugar en el que ella lo había dejado, y dirigiéndose al mendigo le preguntó si no lo había encontrado, a lo cual este le respondió:

—Sí, bonita; en el saco lo tengo, pero no te lo daré hasta que me pongas en la Cañada Real. Veo poco y temo perderme por estos andurriales [5]. ¿Sabes tú, desde aquí, el camino?

—Sí, señor —respondió Vega—, pero tenemos que darnos prisa, si no, mi madre comenzará a impacientarse por mi tardanza, pues ya llevo perdido mucho tiempo volviendo a la fuente por causa de mi olvido; pero... enséñeme antes el anillo.

El vejestorio metió la mano en la gran saca, y, palpando por todos los lados, al fin lo encontró en el fondo de

---

[4] Andrajos: Prendas de vestir rotas y sucias.
[5] Andurriales: Parajes alejados de los caminos, deshabitados y poco transitados.

la misma. Lo sacó para que lo viera, y el anillo brillaba entre sus dedos mugrientos. La niña le ayudó a levantarse y canturreando delante de él lo dirigía hacia el amplio camino. En lo más intrincado del bosque el paria [6] se detuvo un momento con la falsa intención de tomar resuello y volvió a dirigirse a la pobre niña:

—Ven, preciosa, que ya debemos estar cerca y voy a ponerte la sortija en el dedo.

La niña, toda solicitud, le tendió la mano para que se la pusiera, pero en ese momento el malvado viejo la empujó hacia el saco con la intención de meterla en él. Vega comenzó a dar voces y patadas, pero no pudo soltarse de las tenazas de su raptor. Entonces le sacudió un tremendo manotazo, que le hizo brotar la sangre de las narices, hasta el punto de que la pobre criatura casi pierde el conocimiento. Sin embargo, todavía vio cómo el mugriento le desataba el lazo que adornaba su espalda y le ataba los pies, al tiempo que la desnudaba dejándola solo con la enagua, y hacía jirones el vestido limpiándole con él, a manotazos, la sangre de sus narices. Luego desperdigó los restos de la vestimenta ensangrentada por los alrededores del carrascal y, al tiempo que la metía en el saco, le decía:

—Cuando tus padres salgan a buscarte y encuentren los andrajos de tu vestido manchados con tu sangre, pensarán que algún lobo te ha devorado y, llorando, darán por concluida la búsqueda. Para entonces nosotros ya estaremos lejos y libres de toda sospecha. ¡Qué listo soy!... ¡Qué buenas ganancias voy a sacar contigo!

---

[6] Paria: Persona de baja categoría social que vive marginada por la sociedad.

La pobre niña se acurrucó en el fondo de la saca, cogió el anillito entre su mano y lo apretó hasta hacerse daño en la palma; escuchaba, como nunca había imaginado que se podía escuchar, para ver si oía el murmullo de personas que se cruzaran con su raptor. Pero todo resultó inútil.

A media mañana, cuando el padre llegó a casa con el ganado, la madre, toda compungida, le refirió la tardanza de la niña y, sin pérdida de tiempo, ambos se encaminaron a la Fuente de la Salud, temerosos de que la hija, por un fallo de su pierna enferma, se hubiera caído en ella.

Llegaron exhaustos junto a la boca de la fuente y se congratularon de que el funesto pensamiento que los había llevado hasta allí resultase infundado. Observaron desde todos los lados el fondo y comprobaron que, efectivamente, Vega no se encontraba en su interior. Se miraron asombrados y se abrazaron con la esperanza de encontrarla en sus alrededores: «Seguramente, decía la madre, que cualquier artilugio le ha llamado la atención y no se ha dado cuenta de la hora que es. ¡Qué azote le voy a dar cuando la encontremos!». Sin embargo, el hallazgo no se produjo, y después de peinar un círculo bastante amplio en los alrededores del manantial, entre atronadoras voces de Vega por aquí y Vega por allá, el padre decidió regresar al pueblo en busca de la ayuda vecinal para continuar el rastreo, mientras que la madre decidió quedarse en las inmediaciones del lugar ampliando por su cuenta el radio de la exploración. Se alejó en dirección a la Cañada Real, y en el pago denominado «los torcales [7] de Val de Jarrús», ella sola dio con el macabro hallazgo: cogió el trozo más grande del vestidito de su hija, y casi

---

[7] Torcal: Depresión circular del terreno con bordes escarpados.

desmayada, se sentó, tapada la cara con él, a reflexionar sobre la terrible desgracia que le había ocurrido.

Cuando llegó el marido acompañado de varios vecinos, el asombro se duplicó, pues ahora eran dos las perdidas, pero la sorpresa duró poco; obsesionado por la ausencia de la niña, el padre gritó con voz aterradora su nombre; la voz de la esposa contestó al instante:

—¡Estoy aquí!

—¿Dónde?

—En los torcales de Val de Jarrús —respondió la voz de la madre.

Hacía allí se dirigió toda la comitiva. En el camino se entabló una pequeña discusión entre un grupo que defendía la posibilidad de que la madre había ya encontrado a la hija, y otro que defendía lo contrario; el padre dejó las cosas claras cuando lacónicamente afirmó:

—Mi esposa ha dicho estoy; si estuvieran las dos, hubiera contestado con estamos.

Así sucedió; estaba sola, y en la más absoluta de las soledades. Todos comprendieron inmediatamente la terrible desgracia. El marido se abrazó a su mujer y durante largo rato permanecieron inmóviles llorando la muerte de la niña y su infinito desamparo.

Uno de los componentes de la comitiva propuso regresar de nuevo al pueblo, ya que las huellas de la desgracia eran tan evidentes que no dejaban lugar a dudas:

—Que más da saber —decía el vecino— si han sido los lobos o los osos los causantes de la tragedia.

Todos convinieron en que aquella era la solución acertada, e incluso el marido animaba a la madre, reacia a regresar, a que abandonara aquel maldito lugar. Otro de los presentes, ya de regreso, propuso rebautizar aquel pago, para perpetuar la memoria de la niña, con el nombre de «torcal de Vega».

Mientras tanto, el andrajoso con la niña en el saco se alejaba más y más del lugar de los hechos; no paró hasta el atardecer, y a esa hora abandonó la Cañada Real, perdiéndose entre un bardal [8], con la intención de pasar la noche en su interior. Se sentó y acomodó la espalda contra un roble, y de un fardel, que llevaba colgado de su flanco, sacó un medrugo de pan y un tasajo de cabra; colocó el moquero extendido entre las dos piernas, para no desperdiciar ni una migaja, y comenzó a engullir la pitanza. Cuando terminó, dobló el pañuelo hacia su interior, desató el saco y tiró de los bracitos de Vega hacia el exterior, hasta que su cabeza quedó totalmente fuera de los bordes de la saca; desenvolvió el moquero y le dijo a la criatura:

—Esta es tu ración diaria. Tienes que adelgazar mucho para trabajar conmigo.

La pobre niña temblaba como una vara verde; mientras comía las cuatro migajas desparramadas por el mugriento pañuelo, el viejo continuó aleccionándola:

—Tienes que acostumbrarte a vivir dentro del saco. A vivir inmóvil; en cuanto te vea mover, te sacudo un estacazo, y cuando estés tan delgada que nadie detecte tu presencia dentro del costal, iremos de pueblo en pueblo, y cuando yo diga: «¡Canta saco, o te doy un garrotazo!», tú recitarás una canción. Ya lo he hecho con más niñas, hasta que se han muerto de hambre, la última se me murió ayer, y la gente de estas alquerías aplauden y se divierten pensando que el saco está encantado. Luego me dan una propina y así voy tirando.

El viejo extrajo del saco un enorme tabardo, introdujo de nuevo a la niña en su interior, cerró la boca con un

---

[8] Bardal: Monte bajo de robles.

atijo de cuero, se cubrió con el ropón de pies a cabeza, agarró con fuerza el garrote y se dispuso a pasar la noche. Antes de quedarse dormido, observó cómo se movía la pobre niña dentro de la saca, y sin mirar dónde propinaba el estacazo y sin mediar palabra, descargó toda su fuerza sobre la desdichada criatura, que recibió el golpe sobre su pierna buena, encajándolo sin que se oyera el más leve quejido. El viejo se dio cuenta de la terrible situación, pero ni se inmutó; tan solo carraspeó para sí: «Si estás muerta, mañana aquí te quedas, y en paz».

Mejor hubiera sido que estuviera muerta, pero no fue así. A la mañana siguiente, y sin desatarle los tobillos, la sacó fuera para que hiciera sus necesidades. Le decía mientras tanto, enseñando su boca desdentada:

—Dentro de tres días ya no tendrás necesidad de evacuar. No comer es bueno; nos ahorra a los dos un trabajo diario.

Así estuvieron durante quince días, al cabo de los cuales la niña estaba ya tan delgada que el viejo decidió realizar la primera función, por un lado para sacar un poco de dinero, y por otro para aprovechar los pocos días que presumiblemente a la criatura le quedaban de vida. Se dirigió a un chozo abandonado, cogió tres vellones de lana que en él tenía guardados y los esponjó con las manos; después sacó a la niña del costal y la envolvió en el tabardo. A continuación cubrió el fondo del saco con uno de los vellones y sobre él depositó el envoltijo humano; luego, en derredor, esparció la lana sobrante. Comprobó, palpando por el exterior, el artificio que había preparado y, orgulloso, se convenció de que nadie podría detectar el cuerpo de la pobre infeliz entre tanto envoltorio; antes de atar el saco con la correa, le dijo:

—Hoy empezamos. Si aguantas diez funciones y te portas bien, luego serás libre.

Cargó el saco a la espalda y se dirigió a un pueblo cercano al lugar donde se encontraban, pero bastante alejado de la alquería de la niña. Por el camino Vega iba pensando las letrillas que debía recitar cuando el viejo se lo ordenara; analizaba cuáles serían las misivas más adecuadas para anunciar al público su triste situación, sin que su malvado amo se diera cuenta, y con buen criterio pensó que la Fuente de la Salud, que era conocida en toda la comarca, sería un buen punto de referencia; sin más, decidió incluirla en su recitación. También recordó que como su padre tenía muchos amigos en todos aquellos lugares, alguno de los asistentes sabría que tenía una única hija cojita, y resolvió incorporar también su pequeño defecto al repertorio.

La llegada al primer pueblo se la anunció a Vega el griterío de la chiquillería que acompañaba al tío del saco, alegrando con sus voces la entrada en el lugar: «Pobrecitos, pensó Vega, si supieran de lo que es capaz de hacer este desalmado». El viejo, ajeno a toda esta tragedia, hablaba con ellos, e incluso les permitía que palmearan la superficie del costal, pero les advertía:

—El saco encantado solamente me obedece a mí; cuando yo se lo ordene, volverá, como en otras ocasiones, a hablar y a divertirnos. Id y decid en vuestras casas que el pobre viejo del saco ha vuelto para divertir a pequeños y a ancianos. Esta tarde en la plaza hay una primera función.

A esa hora, con la plaza repleta de público, el despiadado hampón comenzaba su repertorio: puso la saca sobre una mesa de madera e invitó a dos mozas a que comprobaran con sus propias manos que en el costal no había ningún ser viviente, solamente lana, algodón o borra. Una de las muchachas, que palpaba con todas sus fuerzas la tela de yute, como si estuviera amasando harina en una artesa, recibió una advertencia masculina que voló desde el centro del auditorio:

—¡Así debías sobarme a mí cuando estamos juntos por la noche debajo del cabañal [9]!

Las carcajadas de los asistentes llegaron nítidas a los oídos de Vega, y la muchacha, avergonzada, retiró sus manos del bulto, pero ambas afirmaron que efectivamente la saca no contenía otra cosa que no hubiera sido anunciada por el viejo. Tomó la palabra el embaucador, y después de saludar y dar la bienvenida a la concurrencia, les afirmó que la fiesta estaba asegurada pues el encanto había respondido con desenvoltura en los ensayos previos a la función; a continuación descargó sobre la mesa un terrible garrotazo, al tiempo que decía:

—¡Canta saco, o te doy un estacazo!

El público permaneció expectante, pero del saco no salió sonido alguno. El malvado esperó un poquito y volvió a repetir la escena anterior, pero el encanto continuó mudo. Los asistentes empezaban a impacientarse, y, antes de que la situación llegara a mayores, desató la cuerda, pensando por un momento que la niña se había asfixiado, e introdujo la mano en su interior, al tiempo que tranquilizaba a los concurrentes. Observó que la niña respiraba,

---

[9] Cabañal: Cobertizo formado por ramas y escobas que sirve para cobijar el ganado. En el oeste de la provincia de Zamora, el cabañal es una dependencia más del corral de las casas de labranza, y cumple una doble finalidad: por un lado es sinónimo de leñera, pues en él se almacena la leña destinada a la lumbre y a la vez es utilizado en la parte inferior como tenada para que se resguarde algún animal doméstico.

pero también se dio cuenta de que estaba tumbada boca abajo, y aunque hablaba, era un hilo de voz tan delgado, que no traspasaba los envoltorios. Ordenó de nuevo las guedejas de lana, le dio la vuelta al saco y, sin pérdida de tiempo, volvió a decir:

—¡Canta saco, o te doy un estacazo!

Vega percibió con claridad la voz de su amo y el golpe sobre la mesa, e inmediatamente comenzó su particular recital:

> Fuente de la Salud:
> ¡que nunca nadie pise
> tus tristes umbrales!...
> ¡Ojalá sean malditos
> todos aquellos lugares!

Uno de los asistentes, que en cierta ocasión, aquejado de un dolor de estómago, se acercó a beber el agua medicinal y en lugar de curarlo le avivó los sufrimientos, le contestó al encanto:

—Que sean malditos, como tú dices, aquellos lugares y todo el pueblo que permite que todavía esté manando esa maldita fuente.

El populacho festejó la ocurrencia de su convecino mientras que Vega albergaba en su interior esperanzas de que alguna alma caritativa se diera cuenta de su situación. El viejo volvió a ordenar el comienzo de una nueva prueba. El garrotazo sobre la mesa impuso silencio entre el público e indicó a la niña su intervención:

> Vega tengo por nombre,
> en la Salud me perdí;
> y a todos os imploro
> que me saquéis de aquí.

Otra vez la voz del espectador anterior volvió a tronar en la plaza; ahora se dirigió al embaucador en estos términos:

—Si vuelve tu encanto a nombrar la asquerosa fuente, ¡me cagüén mi macho!, ni tú ni él salís vivos de este pueblo. ¡Todavía me duele el estómago por causa de la maldita agua!

Volvió a reiniciarse el espectáculo; Vega cambió de tema, no por no comprometer al viejo, sino por su propia seguridad; cuando escuchó el garrotazo, comenzó a decir:

> Cojita soy por desgracia,
> cojita del mal andar,
> y si tú no lo remedias
> en el saco he de finar.

Nadie se dio por aludido cuando terminó la recitación, y la pobre niña se desesperaba en el interior del saco. Volvió a sonar la señal y Vega cambió por completo de tercio:

> Por recuperar mi anillo de oro,
> que busqué como al mayor tesoro,
> me encuentro metida en este costal,
> privada de cualquier libertad.

Uno de los espectadores, el buhonero que le vendiera tiempo atrás el anillo y que era de aquel mismo pueblo, comenzó a recordar a la simpática criatura: su cojera..., su voz... Y, sin pensarlo dos veces, le dijo al viejo:

—Permítame que sea yo el que le desate la lengua al encanto.

—Solo me obedece a mí —decía el hampón—; es inútil que lo intente. No responderá.

El buen hombre volvió a insistir, y todos los presentes aplaudieron la idea. Comenzaron a abuchear al viejo, y este, para evitar males mayores, accedió a la petición. El quincallero se dirigió al centro de la plaza, y cuando el viejo le iba a entregar la garrota, aquel se la apartó; ante tamaña sorpresa, el avariento le preguntó:

—¿Cómo quieres darle la orden al embrujo?

No contestó; carraspeó dos o tres veces, y al momento dijo:

> Anillito, anillito mío,
> anillito que en mi dedo estás,
> por el amor de mis padres
> asegúrame la felicidad.

A Vega en el interior del saco le dio un vuelco el corazón. ¡Por fin alguien la había reconocido! Inmediatamente recordó el estribillo que aquel hombre le había cantado cuando le compraron la sortija, y por su cerebro pasó nítida la cara del mercader que le vendiera la sortija. Antes de que el público se impacientara, le contestó:

> Te confundiste, buhonero,
> te confundiste en verdad:
> penas, me trajo, penas.
> penas, no felicidad.

Todo el público aplaudió a rabiar la pericia del quincallero; incluso el viejo hampón, subido en la mesa, reconoció ante los presentes que aquel hombre poseía poderes sobrenaturales, quizá mayores que los suyos, pues sin ningún tipo de intimidación había disparado los poderes del hechizo. Anunció que la función había terminado, y con el saco al hombro y la mano derecha extendida pidió a la concurrencia una limosna por la función que acababa de representar. Cuando veía que alguno se hacía el remolón, afirmaba:

—Colaboren, señores, colaboren, que son dos bocas las que hay que mantener, que aunque no lo crean, el encanto come, y el que os habla y divierte, también.

Antes de terminar de pasar la gorra, el comerciante hizo un aparte con él y, en voz baja, le dijo:

—Tengo hoy en mi casa una cena de negocios muy importante. Me gustaría agasajar a mis invitados con algún número protagonizado por tu encanto. Ninguno de ellos lo ha podido presenciar, pues todavía están de camino. ¿Cuánto me pides por la actuación?

Ajustaron el precio, y el buhonero le notificó la hora en que debería estar en su domicilio, y para que no perdiera tiempo buscando la ubicación del mismo, le dijo que un hijo suyo lo iría a buscar a la posada del pueblo donde se hospedaba. A continuación se despidió del embaucador, e inmediatamente le confesó a dos familiares suyos la estrategia y ambos dieron su aprobación, quedando a las nueve para iniciar la ficticia cena de negocios.

Vega, que había escuchado la propuesta del buhonero, estaba pletórica de alegría dentro del saco. Se esforzaba en adivinar el desenlace, pero no alcanzaba a imaginar cuál podía ser, e imploraba a todas las divinidades que fuera rápido y feliz.

A la hora acordada estaban en casa del buhonero sus dos cuñados, que se hacían pasar por dos almacenistas de quincalla, y al poco tiempo llegaba el mugroso acompañado del hijo mayor del anfitrión. Colocó el saco en un rincón del salón, y se sentó a la mesa, correspondiendo a la invitación que le hacía el dueño de la casa.

—Primero cenamos —le dijo el buhonero—, después hablamos de negocios con mis socios, y por último nos divertimos con tu hechizo.

La esposa y la hija mayor del comerciante comenzaron a servir la mesa y él se encargó de servir el vino. Por cada bocado que metía en su cuerpo el viejo se echaba al coleto [10] un vaso, que inmediatamente era repuesto por cualquiera de los comensales. Cuando terminó la pitanza, llevaba bebido más de una azumbre [11] y el sueño comenzaba a invadir todo su cuerpo. Después de los postres trajeron dos frascas de aguardiente: una llena de este licor y otra con agua. La madre sirvió de la del aguardiente al hampón y de la del agua al resto de los invitados, y a cada trato que cerraban, a instancias de cualquiera de los presentes, brindaban con otra copa de licor. Llegó un momento en que el viejo no podía levantarse para brindar de nuevo; fue entonces, y para seguir al pie de la letra el guión que el buhonero le había expuesto, cuando comenzó la diversión del encanto. El quincallero le propuso que él sería el primero en hacer hablar al hechizo, y este, ya completamente borracho, aceptó de inmediato. Volvió a repetirse la última actuación de la plaza:

> Anillito, anillito mío,
> anillito que en mi dedo estás,
> por el amor de mis padres
> asegúrame la felicidad.

La niña respondió inmediatamente:

---

[10] Echarse al coleto: Comer o beber con avaricia.
[11] Azumbre: Medida de capacidad para líquidos que equivale a unos dos litros.

> Te confundiste, buhonero,
> te confundiste en verdad:
> Penas me trajo, penas.
> Penas, no felicidad.

Todos los presentes se levantaron para aplaudir el ingenio del saco y, alborozados, propusieron otro brindis. El viejo apuró la copa y se derrumbó junto al saco encantado. Entre el buhonero y un cuñado lo llevaron hasta la panera, y allí se quedó roncando como un marrano moribundo. Volvieron inmediatamente al salón y desataron con rapidez el costal. El comerciante metió el brazo, convencido de que en el interior encontraría a la niña cojita, pero solo palpaba lana y un envoltorio que al tacto le parecía una capa. Vega, asustada, no decía nada, pues creía que la mano era la de su verdugo que intentaba colocarla de alguna otra forma en el interior. Por fin, el buhonero se decidió a sacar el bulto y cuando lo desenvolvió apareció la niña atada de pies y manos. Daba miedo verla: el cuerpo estaba reducido a huesos y piel, la cara era solo ojos, mientras que las orejas habían adquirido, ante tanta delgadez, un tamaño desproporcionado. La desataron, la cogieron en brazos, pues ella no podía moverse, y la acostaron en la habitación más alejada del salón. La niña lloraba y a la vez sonreía. El padre le ordenó a la hija mayor que permaneciera junto a ella toda la noche; al poco tiempo se quedó dormida, abrazada a las manos de su protectora.

Se entabló entonces una discusión entre los familiares acerca de qué debían hacer con el verdugo de aquella criatura: si entregarlo a la justicia o ajusticiarlo por su cuenta. El quincallero volvió a tomar la palabra:

—La niña está viva, y gracias a Dios sobrevivirá. El castigo que el juez le impondrá, ateniéndose a esta circunstancia, será leve; por otro lado, nosotros no debemos ajusticiarlo, porque entonces la justicia se cebará con nuestras personas, y, evidentemente, la canallada de este malvado no puede quedar impune. Tengo una idea que seguramente es la más acertada, y la voy a poner en práctica.

Tenía en el corral una osa domesticada para la protección de la vivienda, que había parido un osezno hacía pocos días, y hacia ella se dirigió. Estaba tumbada en el suelo dentro de un cobertizo con el osito acurrucado junto a su vientre. El amo entró en el establo y la celosa madre lo recibió con un rugido. Al momento le habló y el animal se tendió sobre su lomo con las patas hacia arriba. Le acarició la barriga, mientras el animal, agradecido, le lamía la mano, y cogiendo al osezno lo arrimó a su ubre [12] e inmediatamente comenzó a mamar. Lo estuvo amamantando durante largo rato y después volvió al salón, cogió el saco, regresó a la guarida e introdujo al osito dentro del saco, arropándolo con la lana, preocupándose de que la madre observara perfectamente la maniobra. La osa acercó con sus patas delanteras la saca a su panza, y abrazada a ella permaneció el resto de la noche. El osezno, bien comido y bien caliente dentro del saco, se quedó profundamente dormido.

Al amanecer se despertó el viejo e inmediatamente preguntó por su encanto. El buhonero le dijo que lo había llevado junto a una osa que tenía para la protección de los suyos, pues creía que aquel era el lugar más seguro de la casa. Se dirigieron los dos hacia la guarida, y efectivamente el saco estaba allí abrazado por el animal. El amo lo cogió y se lo dio al viejo, que acto seguido lo terció

---

[12] Ubre: Cada una de las tetas de las hembras de los mamíferos.

sobre sus costillas, y sin esperar a cobrar el servicio del día anterior se dirigió hacia las puertas del corral. La osa olió el costal colgado del hombro del viejo, miró tiernamente a su amo, y dando dos meneos de cabeza comenzó, pausadamente, a seguir la estela del viejo. Cuando salió a la calle y se percató de que el animal lo seguía, se dio la vuelta y le voceó al quincallero:

—¡Llame usted al animal, pues parece que tiene intención de venirse conmigo!

—No se preocupe —le contestó el buhonero—. Lo hace con todos los invitados de esta casa. Lo acompañará un buen trecho, así le servirá de protección, y luego volverá sobre sus pasos. ¡Buen viaje!

Cuando ya se habían alejado un poco del pueblo, el viejo, nervioso por comprobar si Vega continuaba en el saco y por la presencia de la osa, se dio la vuelta y amenazó a la fiera con el garrote; entonces ella se alzó sobre sus patas traseras, abrió la boca y lanzó un terrible gruñido que dejó helado al hampón. Continuó su camino, y voceando se dirigió al saco:

—Contesta si estás ahí; si no, te mato

Nadie contestó. Entonces tiró el saco al suelo y le sacudió un terrible garrotazo. Del interior salió un leve chillido y en ese momento la osa se abalanzó sobre el mugriento.

N. DEL T.: El códice que contiene la noticia de esta historia presenta en este mismo punto una raspadura, que abarca casi un renglón, lo cual hace imposible su lectura. Allí supone el traductor que vendría detallado el final del malvado viejo. El traductor, por su parte, ha consultado todas las crónicas disponibles de ese reino, y en ninguna ha encontrado el menor rastro de esta anécdota. En el campo puramente especulativo podemos suponer que la osa mató y devoró al viejo, pues aquel no volvió, o al menos los cronicones de la época no lo recogen, al lugar de los hechos; pero también pudo suceder que no pereciera en el ataque y, por miedo, no retornara nunca más a aquellos contornos, y en consecuencia el peligro del malvado hombre del saco no habría desaparecido aún de la faz de la tierra. La historia, tal como la continúa la susodicha crónica, es como sigue:

A media mañana llegó la osa con el osito a la puerta de su dueño; venía andando erguida, como si fuera un pingüino, y entre sus patas delanteras traía acurrucado al osezno, que a pesar del chillido que lanzó dentro del saco no presentaba el más leve rasguño. Cuando estuvo cerca del corral, lanzó otro gruñido y la hija pequeña del quincallero corrió alborozada a abrirle. Entró, acomodó al osezno en la guarida, y a continuación, durante largo tiempo, estuvo bebiendo agua de una herrada [13]; tanta bebió, que la muchacha, intrigada, no pudo por menos de exclamar:

—¡Pues hija... ni que hubieras estado esta mañana de boda!

Aquel mismo día, el hijo mayor del buhonero partió hacia el pueblo de la niña a dar la buena noticia a sus progenitores, pues la niña estaba tan débil que no podía moverse. Los padres fueron a buscarla en una carreta de bueyes, y cuando entraron en la alcoba donde permanecía acostada la encontraron sonriente mirando el resplandor de su anillo.

* * *

PROCEDENCIA

Las versiones que he consultado para la confección de este cuento son las siguientes:

---

[13] Herrada: Cubo de madera con grandes aros de hierro o de latón.

— Sánchez Pérez, José Antonio: *O. C.*, páginas 42 y siguientes. Aparece bajo el título de «El zurrón».
— Guelbenzu, José María: *O. C.*, tomo I, páginas 25 y siguientes.
— Rodríguez Almodóvar. A.: *O. C.*, tomo II, páginas 331 y siguientes. Aquí aparece bajo el título de «El zurrón que cantaba».
— Cortés Vázquez, Luis: *O. C.*, tomo I, páginas 191-92. También el catedrático salmantino lo titula «El zurrón que cantaba».

Es este uno de los cuentos que más recuerdo de mi infancia. En mi pueblo, en el Sayago zamorano, también al hombre del saco lo identificamos con el tío Camuñas, horror ambos de todos los niños sayagueses. Mi abuelo, que me lo contó muchas veces, recuerdo que nunca mató al hombre del saco, sin duda para que yo lo creyera todavía una persona viva que en cualquier momento podía aparecer; mi abuelo, como hace Guelbenzu en su versión y José A. Sánchez Pérez en la suya, metía, después de liberar a la niña, un perro y un gato, y cuando el malvado viejo desataba el costal, el perro le mordía las narices y el gato le arañaba la cara, pero el hombre del saco continuaba vivo y podía hacer de las suyas cuando quisiera. La versión que recoge don Luis Cortés, y también la de Almodóvar, cuentan que, una vez recuperada la niña, rellenan el saco con todo tipo de reptiles, y cuando el malvado viejo lo desata, estos lo matan. Ninguna de las dos soluciones me convencen ahora: un mordisco y un arañazo me parecen poco castigo para tanta maldad, y la muerte del viejo cercena por completo la posibilidad de que en cualquier momento vuelva a aparecer. Yo he propuesto una solución abierta y ni afirmo ni niego, aunque la osa parece que había almorzado bien, la posibilidad de que el hombre del saco esté todavía vivo; y si está vivo, hay que pensar que la osa, después de oír al osezno quejarse dentro del saco, le dio una tunda soberana. Esta es la primera manipulación a la que he sometido el relato.

La segunda hace referencia a la persona que recupera a la niña. José A. Sánchez Pérez dice que la salvan sus dos hermanas mayores y en su propia casa, lo cual quiere decir que inició la perversa función en el mismo pueblo de la pobre cautiva. Mi abuelo me dijo siempre que el hombre del saco era muy astuto, y si era o es muy astuto, no podía caer en un error tan mayúsculo; en las otras versiones abandona el saco en la posada y se va a tomar unos vinos por el pueblo; mientras tanto la posadera desata el costal y hace el cambio ya explicado. El abandono del saco, por parte del astuto viejo, tampoco me convenció. Entonces pensé que la persona idónea para recuperar a la niña era el buhonero, que por su oficio recorría todos los pueblos de la comarca, incluso los más alejados. Así, el pérfido viejo inició el recital en el pueblo más alejado, sin saber que de allí era el quincallero que un día le vendió el anillo a la niña.

En el *Vocabulario de refranes* de Correa aparece el siguiente, que sin duda hace referencia a la historia que acabas de leer. Dice así: «Canta zurrón, canta, si no, darte he una puñada». La referencia es clara, pero, además, don Gonzalo hace el siguiente comentario que ya no deja lugar a dudas: «El cuento que fingen es que un romero traía un gran zurrón y decía que le haría cantar por sacar mucho con la invención, y era que llevaba dentro un muchacho que cantaba en diciendo esto».

LA MUJER QUE NO COMÍA
CON SU MARIDO

Cuando los ríos solo tenían una orilla, vivía en un pueblo de la raya con Portugal un matrimonio recién casado, que se llevaba a las mil maravillas, pero desde hacía un tiempo el marido estaba preocupado porque su mujer, sin causa aparente, había perdido el apetito: argüía toda clase de pretextos para rechazar cualquier tipo de comida aunque se tratara del más exquisito manjar. Al principio el bueno de Pánfilo * que así se llamaba el marido, se alegró infinitamente de la dolencia de su esposa pues achacó la desgana a un hipotético embarazo, y así se lo hizo saber:

—Lo que te ocurre, querida Tarsila, es que debes de estar embarazada, pues yo le he oído a las mujeres de mi casa que uno de los primeros avisos de la preñez es la falta de apetito. Tendremos que afrontar la situación con resignación mientras esperamos el feliz acontecimiento. ¡Todo sea bienvenido con tal de ser padres!

—Si es como tú dices —respondió la mujer apesadumbrada—, ¡vaya calvario que me espera hasta el parto!; no sé si seré capaz de aguantar esta flojera [1].

El tiempo, que todo lo trae y todo lo lleva, vino a poner los puntos sobre las íes, y corroboró en los meses siguien-

---

* Pánfilo: Su significación etimológica es «amigo de todos».
[1] Flojera: Debilidad y flaqueza en algunas partes del cuerpo.

tes la ausencia de cualquier atisbo de gestación, pero la inapetencia de Tarsila seguía en sus trece. La esposa se negó en rotundo a ir al médico alegando que la dolencia debía de ser andancio [2]:

—¡Si está medio pueblo igual! —decía cabizbaja la esposa—; tú, como siempre estás en el monte, no te enteras de las plagas que tenemos que alimentar. En cuanto comience a llover, este maleto [3] desaparecerá de nuestras casas.

La lluvia llegó, pero el apetito no. Pánfilo, desesperado, recurrió a remedios caseros para tratar de remediar el mal de su esposa. Recordó que a su abuelo, que había perdido el paladar después de sufrir la embestida de unas pertinaces cuartanas [4], un pastor le recomendó que se comiera un mochuelo [5] estofado, para recuperar el gusto recalentado por la fiebre, y ni corto ni perezoso, una tarde después de terminar la labor, se presentó en casa con la rapaz totalmente desplumada. Pero la desproporción de su cuerpo desnudo, en el que descollaba la redondez, casi perfecta, de la cabezorra del pájaro, perforada por dos enormes cuencas oculares por arriba del pico, hizo retroceder a la esquiva mujer y afirmar que ella no se comprometía a guisar semejante manjar. Pánfilo se cargó de paciencia y sofrió una buena cebolla en aceite para que le matara al pajarraco el gusto a montuno, pero cuando vació el guisote en el plato y la mujer volvió a observar la magnitud esférica del cabezón, se negó en redondo a probar bocado.

---

[2] Andancio: Enfermedad generalizada, epidemia leve.

[3] Maleto: Sinónimo de andancio. Epidemia leve.

[4] Cuartanas: Calentura casi siempre de origen palúdico que entra con frío de cuatro —de ahí su nombre— en cuatro días.

[5] Mochuelo: Rapaz nocturna de pequeño tamaño.

Atrás quedaban aquellas magníficas amanecidas en las que los dos, antes de que Pánfilo se dirigiera a apacentar el ganado al monte, compartían mesa y mantel degustando unas patatas meneás con unos torreznos mientras que la esposa le recordaba el sueño que había tenido aquella misma noche, pues el joven marido era sonámbulo y comentaba y respondía desde la inconsciencia de su estado todo aquello que su esposa le preguntaba. Ahora, el pobre hombre, cancamurrioso [6], comía solo unas patatas machacás junto al chupón [7] de la lumbre mientras su esposa permanecía acostada, asolada según ella por la maldita flojera. Recordaba la mañana en que ella, para verificar si el sonámbulo, como decía la gente del pueblo, respondía siempre con la verdad, le preguntó el número exacto de ovejas que tenían, y él, sin dudarlo, le contestó:

—Tenemos trescientas cuarenta ovejas de vientre, ciento cinco corderos, sesenta cancinas [8], dos marones [9] y tres mansos [10].

Recordaba que aquella misma tarde, nada más llegar a casa, tuvo que desdecirse de la cifra que le había dado por la mañana, porque tres ovejas habían parido aquella misma noche y todavía no tenía contabilizados los respectivos recentales [11]. Recordaba que Tarsila, abrazándose a su cuello, le decía que era la mujer más afortunada del mundo,

---

[6] Cancamurria: Tristeza y cargazón de la cabeza que hace andar cabizbajo y melancólico al que la padece. Cancamurrioso: Persona que padece cancamurria.

[7] Chupón: Cañón de las chimeneas por donde asciende el humo.

[8] Cancina: Oveja de un año que todavía no ha parido ninguna vez.

[9] Marón: Carnero padre. Semental de las ovejas.

[10] Manso: En el ganado lanar, cabrío o vacuno, carnero, macho o toro, castrados que sirven de guía al rebaño.

[11] Recental: Cordero recién nacido.

pues tenía la completa seguridad de que, hasta ese momento, nunca había habido otra mujer en su vida, y que si la hubiera, ¡Dios quisiera que no!, se enteraría inmediatamente. La respuesta de Pánfilo siempre era similar:

—Los de mi casa son hombres de una sola mujer. Pero... ¡qué cosas me debes de preguntar mientras duermo!

Ahora, terminado el almuerzo, se encaminaba hacia el corral y, antes de cerrar la puerta, como un autómata, le repetía el mismo estribillo a su mujer:

—¡Anímate, mujer!... Y a ver si hoy puedes comer algo.

Como tiempo atrás, cogía la merienda, montaba en la burra y en las afueras del pueblo se juntaba con Adolfo, un vecino con el que desde antes de casarse era mediero [12], y ya los dos juntos se encaminaban hasta el posido [13] donde se encontraba la majada de las ovejas. También la conversación con su compadre había cambiado radicalmente; antes la charla distendida giraba en torno a las cuestiones típicas de su oficio: que si la otoñada viene tardía..., que si las artuñas [14] este año han sido muchas..., que si el agostadero [15] ha sido flojo... Incluso Adolfo, en multitud de ocasiones, puso en solfa su sonambulismo, y entre broma y serio le decía:

—Como algún día tengas un lío, la Tarsila es la primera en enterarse.

---
[12] Mediero: Cada una de las personas que van a medias en la explotación de tierras, cría de ganado u otras actividades.
[13] Posido: Terreno destinado a pastos y rodeado de tierras labrantías.
[14] Artuña: Oveja parida que ha perdido la cría.
[15] Agostadero: Sinónimo de espigadero. Rastrojo donde pace el ganado lanar durante el mes de agosto y septiembre después de haber cosechado el cereal.

La contestación de Pánfilo casi siempre era la misma:
—No acaba uno lo de casa como pa andar de picos pardos [16].
—¡Pero hombre!..., ¡todos los días jamón...! A veces es más rico el tocino, y con una jebrita [17] en medio mejor —decía el picarón de Adolfo.

Lo cierto es que su mediero nunca había tomado en serio la enfermedad de Tarsila, y en multitud de ocasiones así se lo había confesado:
—Zalameronas, eso es lo que son la mayoría de ellas. Siempre quieren que les estés haciendo arrumacos [18] y carantoñas. ¿Tú me quieres decir a mí que la tu Tarsila con las carnes que tiene no come?... Un poco de tralla no le vendría mal, que me parece a mí que está muy retozona. Pero allá tú; tú eres el arriero y ella es la... Mira, te voy a contar un refrán, que se lo oí muchas veces a mi abuelo; luego, haz tú lo que quieras:

La vaca que no come con el bué,
come antes o come después.

Lo cierto es que la mojiganga [19] de Tarsila tenía, en efecto, su origen en la soledad. Después de cerca de un

---

[16] Picos pardos: Especie de chal de color parduzco que usaban las prostitutas para anunciar su profesión a los clientes. Colgado de la ventana de la ramera, anunciaba que su dueña se encontraba libre en ese momento.
[17] Jebrita: Diminutivo de jebra. Veta carnosa que posee el tocino en el centro; sinónimo de hebra.
[18] Arrumacos: Caricias, agasajos, mimos.
[19] Mojiganga: Obrilla dramática muy breve, que se representaba como complemento de una obra larga en la que se introducen figuras ridículas y extravagantes.

año de casada, salvo el día de la Fiesta Mayor, allá por la Candelaria, no había vuelto a hacer vida social en el pueblo: tuvo que acostumbrarse a ir sola a la misa de doce, en lugar de ir recolgada del brazo del marido como hacía la mayor parte de las mujeres del pueblo; el baile vespertino del domingo se lo pasaba sentada, sola, en un banco, observando lo que hasta hacía poco tiempo ella había protagonizado, y fue precisamente desde esta soledad, rodeada de bullicio y jolgorio que la hacía aún más insoportable, desde donde se fraguó la cruel venganza que tenía aterrorizado al pobre Pánfilo, pues nunca podría imaginarse la causa verdadera de aquel desastre. Un domingo de Cuaresma, mientras paseaba por la Cañada Real en compañía de su amiga la Petri, también casacantana [20] como ella y angustiada por las mismas sensaciones, ambas decidieron poner remedio a tanto abandono:

—No hay derecho, Tarsila, a lo que nos están haciendo nuestros maridos; tú maldices el oficio de pastor y yo el de gañán [21], pues los dos son tan egoístas que nos tienen viudas en vida. Porque..., ¿dime a mí de qué me sirve estar casada con el mejor gañán de la comarca si no lo veo más que después de puesto el sol y no lo siento más que de cuando en cuando a causa del cansancio y de las preocupaciones...? Si la mayor parte de las noches se despacha con ¡quítate p'allá, que tienes el culo frío! Mira,

---

[20] Casacantana: Recién casada. Se dice sobre todo del cura que ha cantado misa hace poco tiempo: misacantano. Quevedo califica irónicamente de una forma similar a los cornudos que hace poco tiempo que ejercen como tales, denominándolos cornicantanos.

[21] Gañán: Mozo de labranza, especializado en todas las labores del campo.

tres meses hace que estrené estas enaguas [22] —y, se levantaba los manteos [23] para enseñárselas— y todavía no se ha enterado el so mamón; durante la semana, desde el amanecer hasta el anochecer, siempre en el campo, y el domingo preparando los aperos para el lunes: que si remendar coyundas [24]..., que si engrasar sobeos [25]..., que si desbastar manceras [26]... En fin, un asco, ¡qué quieres que te cuente!... Tenemos que hacer algo para que se den cuenta de que se han casado con seres humanos y no con dos sacos de paja.

Ahí empezó la flojera de Tarsila y el insomnio de la Petri, que desde ese día cambió el sueño mostrándose activa por la noche, para desolación de su marido, el pobre Prudencio, mientras que por la mañana, después de que él se marchaba en busca de la besana [27], se enroscaba en la cama todavía caliente, como si fuera una gata, y amanecía fresca y lozana a eso de las cinco de la tarde.

Las preocupaciones y monsergas [28] de Pánfilo terminaron por hartar a su compadre Adolfo; un día, después de escuchar por enésima vez la sempiterna canción, no pudo menos de contestarle:

---

[22] Enagua: Prenda de vestir femenina; especie de saya, por lo general de tela blanca, que se usa debajo de la falda exterior.
[23] Manteos: Ropa de paño que traían las mujeres de la cintura para abajo, ajustada y solapada por delante.
[24] Coyundas: Correa fuerta y ancha con la que se uncen los bueyes al yugo.
[25] Sobeo: Correa fuerte con la que se ata el yugo al timón del arado o a la lanza del carro.
[26] Mancera: Pieza corva y trasera del arado, sobre la cual lleva la mano el que ara para dirigir la reja y apretarla contra la tierra.
[27] Besana: Labor de surcos paralelos que se hace con el arado.
[28] Monsergas: Lenguaje confuso y embrollado.

—Mira, mañana —¡y hazme caso, alma cándida!— te levantas como de costumbre, coges la burra y te vienes a la hora de todos los días hasta los Cotorros [29]; me esperas como haces siempre y en lugar de venir a las ovejas te das la vuelta de nuevo para tu casa, y cuando Tarsila salga a misa te metes en el sobrao y observas lo que hace. Por la tarde cuando vuelva a salir, esta vez al rosario, sales de casa, vuelves a los Cotorros, yo te entrego la burra, te montas en ella y, como si no hubiera pasado nada, entras en el corral como Cristo en Jerusalén. Perdóname, amigo, por la minuciosa descripción, pero existen personas en este mundo que hay que conducirlas con más tiento que a un ciego. Siempre lo he dicho: «Noé construyó el arca demasiado grande...».

Por fin, al día siguiente Pánfilo puso en práctica el plan propuesto por su compadre. Todo salió a pedir de boca menos lo del perro: cuando el carea vio que su amo regresaba a casa, no hubo forma de hacerlo ir con Adolfo y su presencia en el corral alertaría a la desconfiada Tarsila, así que, sin encontrar remedio mejor, Pánfilo tiró de correa, lo llamó, le rodeó el cuello, y cuando se cercioró de que el lazo era lo suficientemente estrecho que no le permitía sacar la cabeza, presionó el puntero de la hebilla hasta que traspasó la correa de material y se lo entregó a su compadre:

—Así —le dijo—, si intenta escapar, no hay posibilidad de que se ahorque. Llévalo de ramal, y cuando saques la ovejas, si ves que intenta venirse de nuevo, lo atas a un carrasco, y en paz. Por la tarde quiero verlo tal como ahora te lo entrego.

---

[29] Cotorros: Topónimo que hace referencia a una elevación del terreno con una meseta en la parte superior. Montículo en forma de cono truncado.

Se metió ambos dedos índices en las trabillas delanteras de los pantalones para no perderlos, y de esta guisa volvió para su casa. Cuando llegó, efectivamente, su mujer se encontraba en misa de siete. Metió la mano en el nidal donde ponían las gallinas, removió la paja, e inmediatamente encontró la llave de la vivienda. Abrió y volvió a colocarla en el mismo sitio; cerró por dentro, cogió una cuerda, que haría por unas horas las veces de correa, y la anudó a la altura de la pretina. Observó el puchero de las patatas, que estaba todavía cerca del humero [30], y vio que no quedaba absolutamente nada, cuando él había dejado hacía un rato cerca de la mitad sin comer. Desechó que hubiera sido el gato el que las hubiera comido, pues bien sabía él que los gatos son poco amigos de lo caliente y además, por necesidad, hubiera tenido que volcar el recipiente para comer el contenido, y sin más se acomodó en el sobrao cerca de una rendija que había en una machimbra [31], desde donde se observaba más de la mitad de la cocina, y esperó acontecimientos.

Al rato sintió en la cerradura el golpe de la llave y al momento estaba Tarsila en la cocina; todavía traía el velo puesto en la cabeza; se lo quitó con poderío y cogiéndolo a modo de muleta, en el medio de la cocina, dio dos pases toreros, uno natural y otro de pecho, despacito, con sentimiento, gustándose en lo realizado, al tiempo que decía:

—¡Vamos p'allá mi alma!

Y luego, como mirando al tendido, canturreaba:

---

[30] Humero: Cañón de la chimenea por donde sale el humo.

[31] Machimbra: Canaleta de unión entre dos tablas, una de las cuales posee una hendidura —hembra— en la que engarza la otra que posee un saliente —macho.

> Quien tenga pena que rabie,
> quien tenga pena que rabie...
> Que cuando la tuve yo,
> no me la quitó nadie.

A continuación, cogió el velo con ambas manos, extendió los brazos y se los colocó delante, a la altura de sus ojos; se quedó en esta posición, con los pies juntos y los músculos en tensión, un instante; luego meneó las caderas con tronío [32], acompañando cada uno de los movimientos con brazos y velo, y ensayó un baile altanero [33]: cuatro pasos para adelante y cuatro para atrás, rematados con una molinete por su sitio, al tiempo que daba un taconazo y decía:

—¡Toma castaña!

Desde el sobrao, el pobre Pánfilo no daba crédito a lo que veía; no le entraba en la cabeza que aquella Tarsila fuera la que había dejado en la cama hacía un par de horas en el sopor de la flojera, igual que una gata encenizá. Ni siquiera el día de la boda había tenido unos arranques semejantes. Inmediatamente pensó en Adolfo, y sin haber podido comprobar con certeza la magnitud del desayuno, dedujo que aquel cuerpo y aquel saque no eran fruto de ayunos y abstinencias.

Durante la mañana la mujer se entretuvo en acicalar [34] la casa; de vez en cuando escuchaba Pánfilo un repiqueteo sobre la tarima de alguna de las habitaciones..., cuatro palmas..., unos golpes en la parte posterior de los

---

[32] Tronío: Ostentación. Magnificencia exterior y visible.
[33] Altanero: Dícese principalmente del vuelo de las aves de cetrería, porque vuelan muy altas. Altivo, soberbio.
[34] Acicalar: Limpiar, abrillantar la superficie de la casa.

muslos...; y la figura de su esposa, rebosante de salud y alegría, volvía a dibujarse en su imaginación.

A eso de las doce entró en la cocina de nuevo con una cesta de mimbre llena de huevos, separó media docenita y el resto los puso en la fresquera junto a los que tenía almacenados de días anteriores, cogió un cuchillo y partió dos buenas mediasuelas de jamón, peló una patata y un par de cebolletas y en un plis-plas preparó un revuelto de órdago a la grande. Después cogió un jarro, desató el pellejo del vino y lo llenó, tanto, que iba tiesa como un ajo haciendo equilibrios para no verter ni una gota. No comía, engullía; y en un periquete terminó la pitanza. Lavó y recogió todos los restos como si nada hubiera pasado. Luego se retiró —por el sonido de la puerta, Pánfilo dedujo que se había ido a la alcoba del dormitorio—, y durante una hora la casa estuvo en el más absoluto de los silencios.

El marido no necesitaba otras demostraciones acerca de la enfermedad de su esposa; se podría decir que eran demasiadas para una sola jornada, pero el temor a ser descubierto le impidió abandonar su escondite. A eso de las tres apareció de nuevo en la cocina; esta vez traía un pavipollo [35] de regular tamaño, que mató y desplumó con verdadera maestría, y después de trocearlo lo puso en un pote al amor de la lumbre. Preparó un relleno con otros seis huevos, y colocó tres pimientos morrones junto al borrajo [36] para que se fueran asando, y cuando la pepitoria [37] estuvo a su gusto le añadió el relleno troceado para

---

[35] Pavipollo: Pavo joven.

[36] Borrajo: Rescoldo que queda en el hogar después de quemarse la leña.

[37] Pepitoria: Guisado que se hace con todas las partes comestibles de las aves y cuya salsa tiene, entre otros ingredientes, yema de huevo.

que se empapara con el caldo de la cochura y los pimientos asados a modo de guarnición, al tiempo que decía:

—No sé que me gusta más de este guiso, si las tajás o los repápalos [38] y la guarnición.

Volvió a colocar la mesa tocinera [39] cerca del fuego y despachó más de la mitad de la pepitoria; escurrió el vino que le quedaba en el jarro y un regüeldo de satisfacción se escuchó por toda la dependencia:

—Pa'los oliscones y gentes de malvivir —dijo, sin pensar en la situación que estaba protagonizando.

Al pobre Pánfilo se le encogió el corazón y por un momento pensó que su mujer lo había descubierto, pero no fue así, y al momento Tarsila se colocaba el velo y salía camino de la iglesia. El marido esperó un poquito y a continuación hizo la misma maniobra de la mañana, pero a la inversa. Después de colocar la llave otra vez en el nidal, abandonó la casa y se fue para los Cotorros a esperar a su compadre Adolfo. Al poco rato apareció el mediero montado en la burra y con el carea de ramal; en cuanto estuvieron juntos, le preguntó:

—¿Qué?

—Mañana te cuento —respondió Pánfilo—; la función ha sido muy larga y ahora no tengo tiempo de resumirla. Es mejor esperar a mañana.

Se puso la correa, se subió en la burra y como gato escaldao y no como Cristo en Jerusalén, como le había vaticinado Adolfo, entró en el corral a la misma hora que todos los días. Tarsila estaba en la cocina preparándole la cena, y, como siempre le preguntó el marido:

---

[38] Repápalos: Masa frita compuesta por molledo de pan y huevo.
[39] Mesa tocinera: Mesa de pequeño tamaño con un cajón en la parte inferior donde se guardan los tropezones sobrantes del cocido.

—¿Qué?, ¿ha habido suerte hoy?

—Hijo, imposible —respondió Tarsila—. A media tarde parece que se me antojaron unas patatas con bacalao y las estoy cocinando. A ver si con tu compañía puedo meter algo en este asqueroso cuerpo. ¡Me dan unas arcadas..., que no hay forma de comer!

Gobernó [40] el guiso con un sofrito de aceite, ajo y pimentón y se entretuvo en chupar la cola del bacalao mientras que Pánfilo la observaba con disimulo; cuando se cansó de jugar con ella, dando un profundo bostezo, le dijo:

—¿Qué tal están?... A mí todo me sabe soso. ¡Fíjate que es bacalao...!, pues como si no... No puedo más..., ¡estoy como si hubiera comido un bué!, ¡qué fatalidad!

—Resignación, Tarsila, resignación —le decía el bueno de Pánfilo.

Durante toda la mañana del día siguiente, Pánfilo le contó con pelos y señales a Adolfo todo lo sucedido en la jornada anterior. Cuando terminó de explayarse, su compadre le preguntó:

—¿Recuerdas el refrán que te dije?

—Lo recuerdo, y tenías razón. ¡Qué tonto he sido preocupándome! —contesto Pánfilo.

—Bueno. Pues ahora vas a hacerme también caso —le decía Adolfo—. Voy a regalarte una vara de fresno y le pegas una zurra con ella hasta que se rompa. Recuerda que el fresno rompe mal, mira si no a los colchoneros que las utilizan todos los días. ¿Has visto partir una vara de colchonero? Pues tú tienes que partir una y, además, ¡en qué colchón!

---

[40] Gobernar: Aliñar un determinado guiso.

—No pienso darle un mal verdiascazo [41] a mi mujer —le contesto Pánfilo—. Y ten por seguro que le voy a dar tal escarmiento que no se le va a olvidar en toda la vida.

—Tú déjala a su libre albedrío. No le des un mal rato: pobrecita, ¡qué malita está! ¡Algún día te caga en el morral! Haz lo que quieras, pero no me atormentes más con el problema. No volveré a escucharte nada de lo concerniente a la enfermedad de Tarsila.

Aquella misma tarde, volvió a repetirse la misma escena que desde hacía tiempo era familiar; Pánfilo cenó, y mientras cenaba escuchó los lamentos de la fingida enferma, y después de asar unas bellotas en el rescoldo [42] de la lumbre el marido decidió irse a dormir. Tarsila se entretuvo un poco recogiendo la mesa, y cuando se acostó, Pánfilo la sintió meterse en la cama, pero fingió estar ya dormido. Llevarían ya una hora acostados cuando de repente el marido, sobresaltado, se incorporó apoyándose en el cabecero, con los ojos abiertos como platos, remedando [43] las noches en que el sonambulismo hacía acto de presencia. La mujer refunfuñó para sus adentros: «Ya estamos otra vez. ¡Vaya nochecita!»... Después de observar que el marido no cambiaba de posición, le preguntó, esta vez en voz alta:

—Pero ¿qué te pasa ahora?

—Que te he engañado, Tarsila.

La respuesta de Pánfilo, fingidamente sonámbulo, desveló por completo a la mujer. Durante un buen rato

---

[41] Verdiascazo: Azote que se da con una vara verde.
[42] Rescoldo: Brasa menuda resguardada entre la ceniza.
[43] Remedando: Gerundio de remedar. Imitar una cosa.

estuvo rumiando [44] la inesperada contestación sin atreverse a profundizar en el asunto, pero la curiosidad pudo más, y cuando esta se hizo insostenible, Tarsila volvió a preguntarle al esposo, que se encontraba todavía en la misma posición:

—¿Qué quieres decir con eso de que me has engañado?..., ¿quién es ella?...

—No te he engañado con ninguna mujer, Tarsila. Lo que ocurre es que anteayer, en lugar de ir a las ovejas, volví a casa y mientras que tú estabas en misa entré, subí al sobrao y desde allí te estuve observando todo el día; luego, cuando saliste al rosario, yo también abandoné la casa y regresé como si nada hubiera pasado. Acaso mi acción no se deba calificar de engaño, pero sí te he ocultado información.

Tarsila se camufló entre el colchón, como si fuera una lombriz, y desde esta posición, sin atreverse a mover un músculo, continuó hablando con el sonámbulo:

—Y..., ¿qué viste?

—Que en mi ausencia no comes... ¡engulles!: una docena de huevos, seis revueltos y seis en repápalos; dos lajas [45] de jamón como las orejas de un burro y un pavipollo en pepitoria con pimientos asados fue el menú que despachaste anteayer... Luego conmigo chupaste una cola de bacalao que, según tú, estaba sosa. ¡Ah!, y si quieres podemos hablar del tronío y la destreza que muestras en el baile, tanto en el zapateao como en el palmeao.

---

[44] Rumiando: Gerundio de rumiar. Acción de masticar detenidamente la hierba por los rumiantes. En el texto, analizar detenidamente una cosa.

[45] Lajas: Lanchas finas de piedra.

Un silencio opaco se adueñó de la habitación; Tarsila todavía se confundió más entre el colchón, y después de una larga espera, todavía volvió a preguntarle:

—Y... ¿qué piensas hacerme?

—Lo mismo que tú al pavo —respondió Pánfilo con extremada rapidez.

En ese momento desfilaron por la imaginación de Tarsila todas las ovejas de vientre, las cancinas, los marones, los corderos y los mansos que su marido poseía, y la certeza de la veracidad del sonámbulo se apoderó por completo del pensamiento de la esposa. Todavía esperó un poco, se mordió, hasta hacerse sangre, el labio inferior, y después le dio una palmada en la cara, como siempre que se presentaba el sonambulismo en su persona: un escalofrío recorrió el cuerpo de Pánfilo, y como el que viene del otro mundo, preguntó sobresaltado:

—¿Qué pasa?

—Nada —respondió Tarsila—; que has estado soñando.

—¿Me has preguntado algo? —inquirió de nuevo Pánfilo.

—No. Esta vez no te he preguntado nada. Anda, duérmete.

A la mañana siguiente se levantaron como si nada hubiera pasado, y cuando Tarsila puso el almuerzo, le dijo al marido:

—¡Mira por dónde, hoy parece que me encuentro un poco más animada! A lo mejor hasta almuerzo un poco contigo. ¿Qué te parece?

—Me parece bien —respondió Pánfilo—. Ya es hora de que vayas echando esa flojera de tu cuerpo.

Almorzaron los dos juntos, y cuando Pánfilo se disponía a coger la burra para ir a las ovejas, su mujer volvió a decirle:

—Digo yo, Pánfilo, que si me dejaras la burra y tú te fueras andando, podía llevarte la comida y comeríamos los dos juntos en el posido. Mira, parece que el almuerzo he podido llevarlo y la comida, si la hacemos juntos, a lo mejor también me sienta bien.

Pánfilo accedió gustoso, y cuando Adolfo lo vio esperándolo en los Cotorros, sin la burra, comenzó a tomarle el pelo:

—¿Qué?... ¿Se ha puesto de parto la burra? Ya es hora de que alguna hembra para en esa casa. A ver si Tarsila copia del animal y nos da una alegría un año de estos.

—No es eso —contestó Pánfilo—. Es que dice Tarsila que a partir de hoy me va a traer la comida al careo; parece que se va recuperando y dice que mi compañía la anima y le abre el apetito. Por eso le he dejado la burra.

—Entonces, me hiciste caso, ¿no?; si no hay mejor forma para hacerlas entrar en razón que darles jabeque [46]. ¡Menos mal que otra vez me has hecho caso!

—No le he tocado un pelo —respondió inmediatamente Pánfilo.

—Entonces espera un poco, que me acerco a casa a por más merienda, que yo no quiero pasar hambre.

Sin embargo, a eso de las doce, apareció Tarsila, subida en la burra, con una cesta de mimbre, cubierta con un paño de cuadros blancos y rojos, para proteger la comida del polvo y de las moscas. Se bajo del animal, extendió el paño en la hierba y, sentándose junto a su marido, comenzaron a comer. Adolfo no creía lo que estaba viendo; la examinó de arriba abajo con la intención de descubrir en su cuerpo algún cardenal que delatara la paliza del

---

[46] Jabeque: Herida en el rostro hecha con arma blanca. Aquí sinónimo de maltratar.

día anterior. No descubrió en todo su contorno no ya cardenales, sino el más mínimo ostiario [47], y la situación lo desbordó por completo.

Cuando terminaron de comer, Tarsila recogió el puchero y los cubiertos en la cesta, y de nuevo se subió en la burra camino del pueblo. Adolfo, lleno de curiosidad, no pudo por menos de preguntarle a su socio:

—¿Cómo lo has conseguido?

—Son secretos de marido y mujer —respondió Pánfilo, lleno de satisfacción—. Y te aseguro que así sucederá por el resto de los días.

* * *

PROCEDENCIA

Las versiones que he tenido en cuenta para la elaboración de este cuento son las siguientes:

— SÁNCHEZ PÉREZ, José A.: *O. C.,* páginas 89 y siguientes.
— CORTÉS VÁZQUEZ, Luis: *O. C.,* tomo I, página 43-44.
— RODRÍGUEZ ALMODÓVAR, José Antonio: *O. C.,* tomo II, páginas 396 y siguientes.
— ESPINOSA (padre), Aurelio Macedonio: *Cuentos populares de España,* Austral, 1997, páginas 77 y siguientes.

He seguido el argumento que desarrolla en su cuento Almodóvar, y básicamente he introducido dos innovaciones de mi peculio particular, encaminadas, según mi criterio, a racionalizar la exposición. En primer lugar, he pretendido justificar la apatía de la esposa, que en las demás versiones ni se mienta, dejando de comer sin causa apa-

---

[47] Ostiario: Una de las cuatro órdenes eclesiásticas menores. Tenía el ostiario la misión de abrir la puerta de la iglesia. Si metafóricamente cardenal —una de las máximas categorías eclesiásticas— significa moratón o contusión de gran envergadura, ostiario —la menor de las órdenes religiosas— significaría un levísimo rasguño.

rente. Para eso he inventado el personaje de la Petri, amiga de Tarsila; y como puede observar el lector, la causa de esa apatía es una reacción, lógica desde el punto de vista femenino, al abandono en el que las tienen sus respectivos maridos. En segundo lugar, no quería que a fuerza de palos, como le propone Adolfo a Pánfilo en multitud de ocasiones, y que más o menos recogen como buena las versiones que he consultado, fuera reconducida de nuevo Tarsila a su vida normal. Me pareció demasiado brusco este procedimiento y lo deseché de inmediato; para darle el escarmiento necesario, inventé el sonambulismo del marido y la fiabilidad de los juicios que este, estando en ese estado, pronunciaba. Tarsila parece que lo entendió enseguida.

La historia de este cuento entra de lleno en un amplio grupo en el que se ejemplifica acerca de la convivencia matrimonial, sin duda cargada de misoginia, que hunde sus raíces, en la cultura española, en el *Sendebar*. Sin duda, el cuento más conocido de este apartado es el de «La mujer mandona», que ya recoge don Juan Manuel en *El Conde Lucanor* con el título de «Lo que aconteció a un mancebo que casó con mujer fuerte y brava»; Shakespeare escenifica esta misma historia en *La doma de la furia*, y don Luis Cortés recoge un cuento popular en La Alberca, «La moza brava», sobre el mismo asunto. Precisamente por ser tan conocida esta historia, la he desechado, pero quería incluir otra similar sobre el mismo asunto, de ahí mi elección.

Afanásiev, en sus *Cuentos populares rusos*, recoge una historia muy semejante a la de *La mujer que no comía con su marido*, titulada, «Marido y mujer» (Afanásiev, A. N., *Cuentos populares rusos*, tomo III, páginas 256-57).

EL ZAPATERO Y EL SASTRE

En tiempos de Maricastaña vivía en un pueblo un zapatero que, por más que se esforzaba en complacer a los clientes, no levantaba cabeza; en cinco años que llevaba casado se había llenado de hijos. Seis en cinco años —decía ufano las pocas veces que iba a la taberna. Y todos los vecinos sabían que no mentía, porque en el último parto, acaso para no desequilibrar la manada, habían nacido mellizos: tres hembras y tres varones eran en total las bocas que había que mantener. Este hecho, unido a los pocos encargos que recibía, hizo que el pobre hombre no fuera capaz de desenvolver el negocio, y a medida que pasaban los días las deudas se iban incrementando hasta el punto de que la mayor parte de sus fiadores le retiraron el crédito, y llegó el momento en que los proveedores indispensables —guarnicioneros, curtidores, cordeleros ferreteros...— se negaron a proporcionarle el material imprescindible para seguir trabajando.

Con algún vecino del pueblo también había contraído deudas de menor cuantía, pues la prole necesitaba alimentarse y el dinero no llegaba ni en pintura. Así, con los dos tenderos tenía una tarja [1] regular, y aunque todavía no se habían negado a suministrarle lo más indispensable, la

---
[1] Tarja: Caña o palo en el que por medio de muescas se va marcando el importe de las ventas.

mujer, desde hacía algún tiempo, había rehusado ir a comprar para no tener que aguantar la mirada —decía— de cada una de las dueñas de las dos tiendas de comestibles que abastecían al pueblo; de modo que el infeliz Romualdo, que así se llamaba el zapatero, ya cuando el tendero estaba a punto de cerrar, cogía el capacho y, pegado a las paredes de las casas del pueblo, iba a buscar lo más indispensable. En cierta ocasión, el Eutiquio, el dueño de una de las tiendas, le dijo después de despacharlo:

—Mira a ver, Romualdo, qué hacemos con la tarja; que como tú comprenderás a mí no me lo regalan.

—Ten paciencia, Eutiquio; a ver si el verano quiere llegar de una vez y vendo una partida de abarcas [2] que ya tengo confeccionadas y hacemos borrón y cuanta nueva.

Sabía que mentía, pues por falta de material aquel año no había podido preparar la remesa que todos los años por San Juan despachaba en la feria del pueblo, pero fue la única solución que se le vino a la mente capaz de contrarrestar la sugerencia del impaciente tendero. Cuando llegó a casa, en un aparte, para que los niños no se asustaran con la proposición, le dijo a la mujer:

—No aguanto más; esto es demasiado para un hombre solo. No puede uno vivir todo el día y toda la noche pensando en los acreedores. ¡Me voy a volver loco! He decidido hacerme el muerto, escaparme antes de que me entierren y emprender una nueva vida lejos de aquí sin el agobio de las deudas. ¡Yo así me niego a seguir viviendo! Tú no te preocupes que ya tendrás noticias mías.

---

[2] Abarcas: Calzado rústico de cuero crudo que cubre solo la planta de los pies, con reborde en torno, y se asegura con cuerdas y correas sobre el empeine y el tobillo.

De nada sirvieron los infinitas consejas de la mujer, encaminadas a hacerlo desistir de su idea:

—Espérate —le decía— a septiembre en que los vecinos nos pagarán la iguala [3] anual; con eso podrás saldar cuentas con los proveedores, y de nuevo te volverán a fiar material para confeccionar las chancas [4] del invierno, así pasaremos este año, y el que viene ya veremos cómo lo pelamos.

—No te esfuerces —contestaba el atribulado zapatero—; no quiero vivir condenado a mirar siempre pal suelo y a sentir la mirada insidiosa de los demás. Estoy decidido a fingir mi propia muerte —¡que Dios no me lo tenga en cuenta!—, y renacer en un lugar donde no me conozca nadie.

Toda la noche la pasó en blanco preparando con su mujer la macabra farsa. Y quedaron de acuerdo en que en la madrugada siguiente Romualdo iniciaría la representación más larga y monótona que ningún cómico [5] hubiera protagonizado jamás. Aquella noche, la mujer sacó del baúl el sudario [6] blanco, el mismo que le regalara al entonces novio el día de la pedida, y lo colocó a los pies de la cama matrimonial; cogió una tacita con un preparado de talco y ceniza y un trozo de algodón en rama para maquillarle la cara y las manos con la palidez de la muerte.

---

[3] Iguala: Convenio entre el médico, u otros beneficiarios como el barbero, el herrero o el zapatero, y sus clientes, mediante el cual aquellos prestan sus servicios por una cantidad fija anual en metálico o en especias.

[4] Chancas: Calzado rústico con plataforma de madera y empeine de cuero.

[5] Cómico: Nombre tradicional que recibe el actor de teatro.

[6] Sudario: Hábito de lienzo con las empuñaduras y el cuello bordados que cubre el cuerpo de un difunto.

Tardó la esposa un buen rato en conseguir la coloración exacta, y cuando por fin la logró, le dijo al marido:

—Ya puedes ponerte el sudario y tumbarte sobre la cama que el resto de la caracterización te la tengo que hacer de echado.

Se acostó totalmente vestido y calzado, con el sudario puesto sobre la vestimenta de calle; se colocó boca arriba y entrelazó las manos a la altura del pecho. Fue entonces cuando la mujer le ató un pañuelo blanco cuya circunferencia abarcaba mandíbula y cabeza, pasando por detrás de las orejas, al tiempo que le decía:

—Siempre lo vi hacer con todos lo muertos de casa, y aunque tu caso es distinto, también hay que hacerlo, pues ya sabes que con la relajación de la muerte se abre la boca y se distorsiona la figura.

Aceptó Romualdo el complemento, pero le sugirió que se lo aflojara un poco, pues como el tiempo de representación era mucho, había que cuidar hasta el más mínimo detalle todo lo concerniente a la comodidad. Entonces la mujer separó un par de guedejitas de algodón en rama y se las introdujo en cada una de las fosas nasales, al tiempo que comentaba con el marido:

—Pa que no se te caiga la guinda [7], hijo; también siempre lo vi hacer en casa.

Luego, le ordenó al esposo que cerrara los ojos y observó con detenimiento el trabajo realizado. Se convenció de que cuando estuviera iluminado por los cuatro hachones [8] mortuorios, Romualdo pasaría por ser el más muerto de los mortales. Corrió la cortina que separaba la

---

[7] Guinda: Moquillo intermitente que cuando uno está acatarrado le gotea de la nariz.

[8] Hachones: Vela gruesa de cera que acompaña el túmulo funerario.

habitación de la mediocasa, y con una toalla ahuyentó todas las moscas del aposento y cerró de nuevo el hueco de la puerta. Le decía otra vez al marido:

—No te preocupes por ellas, esposo; yo estaré todo el día a tu lado y procuraré que ninguna te haga cosquillas en la nariz.

En ese momento Romualdo se movió un poquito y los muelles del somier emitieron un leve sonido perceptible para cualquier vecino que estuviera velando al cadáver. La mujer fue a la cocina y regresó con un pocillo de aceite y un trozo de gamuza para engrasar todas las articulaciones del somier. Cuando entró en la habitación, encontró al esposo levantado y su aspecto era tan cadavérico que a punto estuvo de gritar. El marido se dirigió con todo el disfraz hacia la mediocasa, y la mujer, temerosa de que alguno de los niños lo viera en aquel estado, le dijo:

—Pero ¿adónde vas, alma cándida?

—A mear. ¿No es lo último que hacen todos los vivos antes de morir? Bueno... yo no tengo claro si es lo último que hacen los vivos o lo primero que hacen los muertos, pero ahí está, y hay que seguir respetando la tradición.

Salió al corral y la luna le iluminó el rostro aportando más credibilidad a la ficción; entonces la mujer, que lo observaba desde la ventana de la habitación, no pudo por menos de exclamar:

—Dios mío, Dios mío, ¡qué grande es el teatro!

Volvió a entrar en la habitación y, antes de acostarse de nuevo, la esposa le dijo:

—Son las seis, pronto amanecerá y creo que ya es hora de que entre yo en escena. Te voy a dejar solo un ratito y voy a darle la noticia a los vecinos.

Salió a la calle y, desenfrenada, comenzó a golpear a las puertas de los vecinos más próximos al tiempo que exclamaba: «¡Se me ha muerto!, ¡se me ha muerto el pobre Romualdo! ¡Qué va a ser de mí!, ¡qué de mis hijos!». Salían todos como movidos por un resorte y a todos les repetía el mismo quebranto. Se dirigió de nuevo a la casa, y las mujeres, arropadas con una toquilla [9], y los hombres detrás, la seguían, comentando el inesperado suceso. En un momento la habitación se llenó de gente y cada uno daba una explicación que no convencía a nadie, pero servía para relajar el ambiente. Una de las presentes, dirigiéndose a la esposa, le dijo:

—Hija, ¡qué valor!; tú sola... y te has atrevido a amortajarlo. Bueno... lo que yo digo: obligada te veas...

Otra de las presentes sugirió que había que avisar al sacristán para que hiciera señal [10] después del toque de ánimas [11] y para que trajera las andas [12] para llevarlo al humilladero [13]. Así se hizo, y aquel amanecer el pueblo se despertó sobresaltado por el anuncio de un muerto que nadie esperaba, pues gracias a Dios no había ningún enfermo grave en toda la alquería. Pero al poco rato todos sabían que el pobre Romualdo había sido el elegido y

---

[9] Toquilla: Especie de pañuelo grande, de algodón o de lana, con el que se cubren los hombros las mujeres y los niños.

[10] Hacer señal: Toque especial de las campanas por el que se anunciaba a la comunidad la muerte de algún vecino. Si el óbito había sucedido durante la noche, la señal se hacía inmediatamente después del toque de ánimas; si sucedía de día, la señal se realizaba inmediatamente después del deceso. Incluso se solía anunciar a través de un número fijo de campanadas, después de la señal propiamente dicha, si el finado era hombre o mujer.

[11] Toque de ánimas: Primer toque de campanas del día; se realizaba al amanecer.

[12] Andas: Féretro o caja con varas, en que se llevaba a enterrar a los muertos.

[13] Humilladero: Ermita situada a las afueras del pueblo.

todos le deseaban una eternidad más halagüeña que la desgraciada existencia que había pasado en este valle de lágrimas.

Cuando llegaron las andas y los hachones, dos hombres se encargaron de tenderlo sobre las mismas y una piadosa mujer encendió los velones que proporcionaron al habitáculo la iluminación adecuada, capaz de satisfacer al más exigente de los mortales. Fue entonces cuando decidieron darles la noticia a los niños y la valerosa madre los fue aupando, uno a uno, para que le dieran el último beso de despedida a su padre; luego pensaron que era mejor mantenerlos alejados del sepelio y otra vecina caritativa se los llevó para su casa con la promesa de darles un buen tazón de leche y tostas.

Durante toda la mañana no cesaron de ir y venir los vecinos a velar el cadáver y a cumplimentar a la dolorida esposa. Las escenas, no por tan repetidas, resultaban menos dramáticas: los hombres se descubrían, se santiguaban y permanecían un momento en silencio delante del rudimentario catafalco [14]; las mujeres se persignaban, rezaban una oración y todo el velorio, al terminar, rubricaba la rogativa con un rotundo AMÉN. Cada uno, después, se dirigía a la viuda y le ofrecía lo que «hiciera falta» para paliar su dolor. A media mañana llegaron las dos tenderas, enveladas y vestidas de negro como la ocasión requería, a cumplimentar a la pobre viuda. Esta se encontraba sentada junto al difunto y, solícita, le espantaba las moscas, que en ese momento ya eran un enjambre las que volaban por la habitación. Las dos mujeres representaron su papel con la misma dignidad que el resto de

---

[14] Catafalco: Monumento funerario sobre el que se colocan los restos mortales de una persona.

la convecinas, y luego le cogieron las manos y en voz alta le dijeron:

—Ya no hay tarja; esta mañana la hemos quemado. ¡Es lo menos que podíamos hacer por el pobre Romualdo! Allí nos tienes para lo que necesites.

Las tenderas lo dijeron tan alto, sin duda para que todos los presentes se enteraran de su buena voluntad, que hasta el pobre muerto se enteró de la buena nueva y en su interior se alegró de que la representación comenzara a dar tan tempranos frutos.

La mujer se lo agradeció con la mirada y continuó ahuyentando las moscas del rostro del marido muerto, temerosa de que las cosquillas dieran al traste con la representación. Una de las plañideras [15] presentes, entonces, le sugirió la idea de taparle la cara con el pañuelo, para aliviarlo del acoso de los insectos, pero la mujer rehusó la sugerencia por el temor de que el lienzo se abocinara en torno a su boca, atraído por el aire de la respiración, y se descubriera el engaño. Con suma diplomacia, le contestó:

—No te preocupes... Es lo que tengo que hacer; ya tendrá tiempo de acostumbrase a convivir con la cara tapada.

A eso del mediodía fue a hacer oración el sastre del pueblo, y después de permanecer un buen rato arrodillado delante del cadáver, se dirigió junto a la esposa y, al oído, le dijo lo siguiente:

—Señora, me es muy doloroso decírselo, pero su marido me debe un real por la confección de un chaleco que le hice tiempo atrás... Se lo digo para que lo sepa, pues como dice el refrán: lo olvidao ni agradecido ni pagao.

---

[15] Plañidera: Mujer pagada que lloraba en los entierros.

La mujer lo miró de arriba abajo y, sonándose la moca en el pañuelo que utilizaba de espantamoscas, le dijo en voz alta para que todo el auditorio lo oyera:

—Si tienes valor, quítaselo tú; ese chaleco es el que lleva de mortaja. ¡Parece mentira, significarte por un real en una situación como esta!

Todo el duelo clavó su mirada en el sastre, y los cuchicheos reprobatorios se escuchaban por todas partes. El usurero comprendió que había elegido mal el momento y, con la mirada baja, abandonó el velatorio. Sin embargo, el suceso lejos de hacerlo desistir sirvió para que se reafirmara en la primitiva decisión, y mientras salía del aposento se juró para sus adentros: «Eso es mío y por lo tanto se lo quito yo».

A eso de las cinco de la tarde llegaron a la casa del óbito [16] el cura, el sacristán, que portaba una enorme cruz, y el monaguillo con el hisopo en la mano; venían a encabezar el cortejo fúnebre que trasladaría los restos mortales de Romualdo desde la casa hasta el humilladero del Santo Cristo de la Buena Muerte, junto al cementerio, donde, en soledad, pasaría la última noche en el mundo de la luz. El sacristán casi tuvo que poner la cruz completamente horizontal, pues la altura de la habitación no permitía la verticalidad, y el ropón, guarnecido con una guirnalda de borlas de terciopelo negro, que camuflaba la unión entre el bronce de la propia cruz y el leño en el que iba engarzado, vino a coincidir encima de la frente del pobre finado [17] y al más leve movimiento la borlita se movía y las cosquillas estuvieron a punto de dar al traste con la representación. La mujer se dio cuenta

---

[16] Óbito: Fallecimiento de una persona.
[17] Finado: Muerto.

inmediatamente del hecho y le sugirió al sacristán que levantara al instante el crucifijo. En ese momento el sacerdote, sin previo aviso, cogió el hisopo, y mientras entonaba el «Concédele Señor el descanso eterno», asperjó cuatro o seis hisopazos en torno a la figura del muerto, cuyas gotas, por desgracia, vinieron a caer en su mayoría en la cara de Romualdo y el escalofrío que recorrió su cuerpo fue visto por la preocupada esposa, que al punto, y para protegerlo de chubascos futuros, le tapó la cara con el pañuelo mosquitero.

Terminadas las preces [18] oportunas, la comitiva fúnebre se puso en marcha encabezada por el sacristán, que ahora sí enarbolaba en toda su verticalidad el leño sagrado, después las andas, que llevaban a hombros cuatro hombres del pueblo, con el cuerpo del finado, y escoltándolas iban otros cuatro, que portaban los hachones ahora apagados por causa del viento. Inmediatamente detrás iba el cura y a su lado el monaguillo con el funesto hisopo de la mano; los seguía después la viuda, como parte más dolida del sepelio, y a continuación, en procesión silenciosa, todo el pueblo. Romualdo, a salvo desde esa posición de las miradas de sus vecinos, abrió los ojos y a través de la fronda de los árboles calculaba la distancia que le quedaba para llegar al humilladero y pedía a Dios que la ceremonia fuera rápida, pues ya no sabía en qué pensamientos ocupar su mente para distraerse del escozor que las inmensas ganas de mear le proporcionaban.

Nada más llegar a la puerta de la ermita, la esposa volvió a colocarle el pañuelo sobre la cara, y ahora dos hombres solamente, uno delante y otro detrás, llevaron el catafalco hasta el altar del santuario que presidía la imagen del

---

[18] Preces: Oraciones dirigidas a Dios, la Virgen o los santos.

Santo Cristo de la Buena Muerte. Allí, debajo de la imagen benefactora, quedó instalado el túmulo, y el sacerdote entonó cuatro plegarias más, volvió a rociar el cadáver con las abluciones pertinentes, y cuando el pueblo, a coro, siguiendo las pautas dadas por el oficiante, entonó el «Miserere mei, Deus, secundum magnam misericordiam tuam» [19], a Romualdo se le abrió el cielo, porque sabía que esa era la última plegaria que le dedicaban a sus restos en ese día. Luego el humilladero se quedaría vacío y podría evacuar a sus anchas contra las tapias del cementerio.

Sintió el silencio en sus ojos y el último golpe de llave le anunció que el humilladero quedaba completamente desierto. Esperó unos momentos y luego se incorporó pues el dolor de los bajos se hacía ya insoportable; desde un ventanuco que daba a la vereda que enlazaba con el pueblo los vio regresar cabizbajos, con el sacristán, ahora en retaguardia, llevando la cruz completamente horizontal al suelo, y pensó: «¡Qué trascendente es la muerte!, ¡hasta la cruz que durante la venida me indicó el camino de lo alto, ahora sin mí se pliega a los destinos de la tierra!».

Cuando se alejaron un poco más, abrió la cancela [20] que daba al interior del camposanto, y en su tumba, la misma que el enterrador había excavado aquella mañana, soltó de golpe todo el caudal que aprisionaban sus esfínteres. A continuación, cogió una embrueza [21] de tierra y la desparramó por encima de la humedad para ocultar los efectos de la micción. Luego, temeroso de que alguna

---

[19] Miserere... Ten piedad de mí, Dios, según tu gran misericordia.

[20] Cancela: Verja pequeña que se pone en el umbral de las puertas de las casas u otras construcciones.

[21] Ambrueza: Parte de un todo, normalmente paja, tierra o grano, que se puede coger, de una sola vez, entre las dos manos.

alma pía [22] se acercara a hacer oración junto a las puertas del santuario, se volvió a tender sobre las andas remedando la posición anterior. Desde esta perspectiva inusual se entretuvo en analizar la figura, tan familiar, del Cristo que se alzaba sobre su cabeza. Desde aquí, se estremeció con el dramatismo de la figura del Nazareno, cuyos ojos, entornados por la cercanía de la muerte, adquirían un blancor y una expresión muchísimo más tétrica; la boca, que desde la perspectiva normal aparecía entreabierta, vista desde aquí, mostraba una abertura distorsionada en donde el rictus de la agonía era mucho más palpable. La barba terminaba en un cono invertido, rizado y negro, que parecía clavársele en el pecho descubierto. Del cuerpo, totalmente desnudo, destacaba la herida en el costado, la que Longinos, compadecido de la terrible agonía del Galileo, y para dar legitimidad a las Escrituras, le hiciera. Un rosario de lágrimas rojas arrancaba de la enorme llaga y teñía de muerte el blanco pecho. La ingle asexuada —hermaflorito [23] decían en el pueblo—, se tapaba con el final de una enorme estola de lienzo blanco que desde el cuello descendía hasta cubrirle su intimidad encubierta. Nunca hasta ese momento había sido analizada la imagen del Gigante con tanta minuciosidad, y nunca a persona humana se le había revelado con tanta magnitud la trascendentalidad de la muerte.

Unos pasos vinieron a enturbiar el análisis que Romualdo hacía de la figura del Salvador. Escuchó con

---

[22] Pía: Persona piadosa.
[23] Hermaflorito: Deformación popular de hermafrodito. Persona que tiene los dos sexos. Tiene su origen en el personaje mitológico griego Hermafrodito, hijo de Hermes y de Afrodita. Su extraordinaria belleza cautivó a la ninfa Salmacis, quien pidió a los dioses que fusionaran sus cuerpos en uno.

atención, y por el crujir de los zapatos, no en vano era del oficio, reconoció a su dueño:

«¡El sastre! —se dijo Romualdo—. ¿Qué querrá a estas horas ese badanas?»

Sintió cómo saltaba la tapia del cementerio, y en ese momento, llenó de aire los pulmones, se relajó, cerró lo ojos y esperó acontecimientos. El chirrido de la cancela le anunció la presencia del inoportuno visitante. Inmediatamente el sastre se acercó al túmulo e intentó apartarle los brazos que tenía cruzados sobre el pecho. Romualdo, hizo fuerza para no desasirlos y el sastre murmuró:

—Está ya frío... y no hay ser humano que desuna estos brazos. Tendré que quitarle el chaleco descosiéndoselo por la espalda.

Intentó darle la vuelta al cuerpo, pero en ese momento un enorme ruido, producido por el galope de varios caballos le hizo desistir de la idea. El estruendo producido por la pezuñas se detuvo a las mismas puertas del camposanto y se cambió por bisbiseos humanos y resoplidos de equinos. Al momento sintieron los dos los pasos de varios hombres que pisaban las hierbas secas del cementerio, y el sastre se escondió debajo de las andas del monumento.

Era una cuadrilla de bandoleros que después de peinar la sierra próxima, dedicados al pillaje y al robo, venía al humilladero a repartir el botín de sus fechorías. El capitán, después de vaciar las alforjas de cada uno de sus secuaces, hizo trece montones con las joyas y monedas de oro que habían robado en sus correrías. Uno de los componentes de la cuadrilla, al ver los trece apartados, le dijo a su jefe:

—¿Para qué trece montones, si somos solamente doce?

El capitán le respondió al momento:

—Un montón para cada uno de nosotros y el que sobra para el que sea capaz de darle una jabetá [24] al muerto.

No había terminado de decirlo cuando dos de los rufianes se dirigieron al catafalco con los alfanjes [25] empuñados, dispuestos a cumplir la sugerencia de su jefe. En ese momento, Romualdo que había escuchado amedrentado todo el discurso, se levantó y exclamó:

—¡A mí todos los difuntos!

El sastre, que desde su escondite también estaba enterado de todo el percal [26], le contestó con voz cavernosa:

—¡Allá vamos todos juntos!

Los bandoleros pusieron pies en polvorosa y ni tiempo tuvieron de recoger los tesoros robados. Romualdo y el sastre metieron en sendas alforjas las partijas de oro dispuestas sobre el altar, y cuando llegaron a la última, le dijo el resucitado al sastre:

—Este pa mí, que fui el inventor de esta parodia

En ese momento el sastre se dio cuenta de que Romualdo debería estar muerto, pues así lo encontró él esa misma mañana, y acto seguido le preguntó:

—Pero... ¿tú no tenías que estar muerto?

—He estado muerto hasta hace un rato; ya he estado en el mundo de ultratumba y gracias a mis zapatos he podido salir de él. Luego vine a darle las gracias al Santo Cristo, y de cansado que estaba me he quedado dormido; en ese momento debiste de llegar tú.

---

[24] Jabetá: Sinónimo de cuchillada.

[25] Alfanjes: Cuchillo curvo con filo por un solo lado.

[26] Percal: Entramado de un asunto. El significado normal del término es el de tela fina que se utiliza fundamentalmente para confeccionar los forros de los trajes. Creo que el sentido que aquí posee deriva de ese significado general: conocer en profundidad una cosa, si fuera un traje, hasta el forro.

Los bandoleros, después de galopar varios kilómetros, se pararon en un claro del bosque y recapacitaron acerca de lo sucedido. Uno de ellos dijo:

—Yo no me creo esa patraña. Propongo volver al cementerio y recuperar nuestras ganancias. Si alguien tiene que morir dos veces, lo siento por él.

Retornaron al lugar, silenciosos como la noche, y cuando llegaron, el capitán puso el oído pegado a la tapia de la ermita y escuchó la conversación. En ese momento estaban Romualdo y el sastre hablando, y desde fuera el capitán no perdía detalle:

—Y tú ¿a qué viniste aquí? —preguntaba Romualdo.

—A por mi real. Me corresponde un real y no me iré sin él —respondió tajante el sastre.

Entonces el jefe de los bandoleros montó en su caballo y a galope tendido puso tierra por medio; la cuadrilla, cuando lo vio, hizo lo mismo y al rato, cuando los caballos estaban a punto de reventar, el capitán se paró y les dijo:

—¡Hay tantos muertos dentro de la ermita que no tocan ni a real! Olvidémonos de los tesoros y salvemos nuestras vidas.

Al momento, salieron del humilladero los dos vecinos, cada uno cargado con unas alforjas de oro y se dirigieron al pueblo con la vida solucionada. Al pasar por la puerta del cura, y a pesar de que la hora era inadecuada, Romualdo le dijo al sastre que tenía que darle explicaciones al párroco de lo que le había acontecido; el sastre le dijo que él no podía entretenerse más y con la parte correspondiente del botín se dirigió hacia su casa.

Cuando el cura vio en el umbral de la puerta la figura de Romualdo casi se muere del susto. Pasada la primera impresión, el resucitado le explicó que gracias a sus zapatos y a la intercesión del Santo Cristo había logrado escapar del reino de la muerte, y en agradecimiento, le dejó un celemín de monedas de oro para reparar la ermita y atender al culto del Crucificado. El cura las recogió y le prometió que esa acción debería ser conocida por todos los feligreses, le aseguró que al día siguiente todos tendrían noticia de ella en el sermón de la misa.

Romualdo llegó a su casa y le contó a la mujer todo lo sucedido. Al día siguiente el sacerdote, en la homilía, le habló a la feligresía de las cualidades maravillosas de los zapatos de Romualdo y de la impagable ayuda que le prestó el Santo Cristo y también de la donación que el resucitado había hecho para mantener el culto en el humilladero; cuando salieron de misa todos, otra vez en procesión, fueron a felicitar al pobre zapatero y, sorprendidos, se encontraron a la puerta de la zapatería el siguiente cartel:

ZAPATERÍA ROMUALDO
ZAPATOS DE IDA Y VUELTA

El zapatero inmediatamente saldó todas las deudas con sus fiadores, incluidos los dos tenderos del pueblo, y desde ese momento no le volvió a faltar trabajo, pues la totalidad de los pobladores de la comarca le encargaban unos zapatos idénticos a los suyos por lo que pudiera pasar.

* * *

PROCEDENCIA

He manejado para la confección de este cuento las siguientes versiones:

— RODRÍGUEZ ALMODÓVAR, Antonio: *O. C.,* tomo II, páginas 383 y siguientes.

— Díaz, Joaquín, y Chevalier, Maxime: *Cuentos castellanos de tradición oral,* Ámbito, Valladolid, 1992, páginas 76 y 77. Estos autores titulan el cuento «¡Arriba ánimas!».

Básicamente he seguido la narración de Almodóvar, y a este hilo argumental le he añadido algunas escenas fruto de mi propio recuerdo. Este cuento, junto con el «Hombre del saco» y algunos de animales que más tarde reseñaré, es otro de los que mejor recuerdo. Mi abuelo materno me lo refirió muchas veces —debo decir, a fuer de ser sincero, que se lo refería a mis familiares más allegados, sobre todo durante las matanzas en la velada de después de cenar, pues él pensaba que esta historia no era infantil, pero yo me acuerdo fielmente de la anécdota—; todavía hoy recuerdo con detalle el timbre de su voz, cuando imitando al sastre, decía: *¡Me debes un «rial» y sin el «rial» no me marcharé!* Por lo tanto las innovaciones que aquí introduzco se deben más a la vieja memoria que a una reciente manipulación personal.

Fruto de ese recuerdo es la recreación mitad real y mitad esperpéntica de la caracterización del sastre para el viaje definitivo. Mi abuelo fantaseaba con la necesidad fisiológica del muerto, el mearse, que no aparece en ninguna de las dos versiones consultadas, y que producía la carcajada distendida entre los oyentes, sobre todo los mayores, y también lo hacía con el cosquilleo de las moscas; aderezaba tan bien esta anécdota que recuerdo que algunos oyentes, todos ellos familiares míos, se daban manotazos en la cara, pensando que efectivamente el insecto estaba posado en sus propias narices. Paradójicamente, mi abuelo era un católico convencido, creyente fervoroso de la imagen de un Cristo que se veneraba hasta hace poco tiempo en un humilladero —el *milladero* denominamos sus ruinas todavía hoy— situado a las afueras de mi pueblo, y siempre ambientaba la historia en este lugar. Fruto de ese fervor religioso es sin duda la ayuda que le presta la imagen al zapatero, ayuda ficticia porque no esta muerto, pero sí lo está para el resto del pueblo. Este punto tampoco aparece en ninguna de las dos versiones consultadas, así como la descripción del Cristo, que tiene como referencia la imagen que se guardaba en aquel santuario y que mi abuelo conocía a la perfección. El holgado estipendio que el sastre le concede al cura del pueblo para que mantenga el culto de la bendita imagen también era añadido de la imaginación de mi antecesor, y así lo recojo yo en mi versión. Tampoco aparece en ninguna de las dos versiones consultadas la treta final que urde el sastre, después de *resucitado,* para que no le falte nunca más en la vida trabajo, y con la que mi abuelo cerraba siempre la historia.

La versión de Joaquín Díaz, muy resumida, toma el título de la frase que pronuncia el sastre momentos antes de que lo intenten apuñalar; según este autor, el fingido muerto grita: ¡Arriba ánimas!, de ahí precisamente el título del cuento. Mi abuelo prefería a los difuntos, sabía perfectamente que el auditorio y él se entendían mejor con esa expresión.

ARRIMARSE A UN LAO

EN CIERTA OCASIÓN, hace ya mucho tiempo, el maestro de un pueblo le encomendó a los colegiales un trabajo de investigación que consistía en hacer una breve redacción acerca del significado del nombre de las calles que prefiguraban el entramado urbanístico de la localidad. Les dijo que cada uno tendría que elegir el nombre de una, la que más le apeteciera, y antes de la hora de la salida debían comunicarle cuál había escogido cada uno, y les anunció que el trabajo se expondría públicamente la semana siguiente.

Durante el recreo, los mayores escogieron una calle por su cuenta y riesgo, sin atenerse a criterio alguno, y como es lógico eligieron aquellos nombres que menos dificultades les presentaban; así, las más solicitadas fueron La Larga, La Empedrada, La Fuente, La Iglesia... Al más pequeño del grupo le correspondió hacer el trabajo sobre la más difícil, y el pobre Rafael, que así se llamaba el niño, no tuvo otro remedio que bailar con la más fea y acometer la historia de la calle Arrimarse a un lao, que era una de las más céntricas y más antiguas del pueblo.

Cuando terminó la escuela aquel día, Rafael se acercó al maestro en busca de alguna ayuda que lo orientara acerca de la nomenclatura, tan rara, que en principio parecía tener la endiablada calle, pero el maestro le contestó:

—Como tú sabes, yo no soy de aquí; por lo tanto, no sé cuál habrá sido la razón por la que pusieron así a esa dichosa calle.

Se lo comentó, ya en casa, a sus padres, y tampoco supieron darle una explicación coherente, así es que el atribulado Rafael no encontraba una salida digna para el encargo. Llevó los devaneos [1] a la cama, y antes de quedarse dormido le vino a la memoria que acaso el cura fuera el más indicado para proporcionarle alguna información. A la mañana siguiente, como el niño era monaguillo, se dirigió a la iglesia a ayudar a misa, y cuando terminó el oficio religioso se acercó al cura y le planteó el interrogante que desde el día anterior desvelaba su mente. El sacerdote le dijo lo siguiente:

—Si el señor Mariano, el centenario que vive al final de esa misma calle, no te da noticias de la leyenda de su nombre, desiste de encontrar alguna razón de peso que pueda explicarla.

Aquella misma tarde, a la salida de la escuela, Rafael se acercó hasta el hogar del señor Mariano, el hombre más viejo, con mucho, de todo el pueblo. Vivía con una hija octogenaria, viuda, y a ella, en principio, le explicó cuál era el motivo de su visita. La vieja invitó al niño a pasar a la cocina y por el camino le advirtió:

—No te garantizo nada; por las tardes se amodorra mucho, para estas cosas es mejor que vengas por la mañana; cuando se levanta está mucho más espabilado. Pero... dime, ¿tu bisabuelo no se llamaba Sindo?... Te lo digo, porque lo que más le ordena el cerebro es el pasado; si logramos despertarlo con el recuerdo de algo pretérito, a lo mejor tenemos suerte y te cuenta la historia de

---

[1] Devaneos: Preocupaciones.

nuestra calle. Yo se la tengo oída en alguna ocasión, pero no creas, que una tampoco está para muchos trotes.

Estaba sentado junto al hogar, con un tapabocas [2] echado por la espalda, la cayada entre las piernas, las dos manos cruzadas sobre la ganchera [3] y sobre ellas apoyaba la barbilla. Cuando entraron, ningún movimiento en su persona anunció que hubiera detectado su presencia. Entonces la hija volvió a dirigirse a Rafael:

—Ve muy poco y está casi completamente sordo.

La hija le metió las narices en el oído y, agarrándole un hombro, le vociferó:

—Está aquí el bisnieto del tío Sindo, el de la taberna, que quiere saber la historia de nuestra calle, que el maestro le ha mandado hacer un escrito sobre ella.

El centenario se incorporó y con las manos buscaba la figura del niño; la hija lo obligó a acercarse y el viejo lo palpó de pies a cabeza al tiempo que decía:

—¡Cómo pasa el tiempo!, el bisnieto de Sindo... ¡y yo todavía aquí! Buena persona mi compadre Sindo...

La hija cortó las reflexiones de raíz, y volvió a dirigirse al niño:

—Tenemos suerte. Está despierto, pero como coja carrete en toda la tarde no termina de recordar a tu bisabuelo. Hay que cortarlo.

Y volviendo a meterle las narices en la oreja, le gritó de nuevo:

---

[2] Tapabocas: Especie de bufanda grande con la que se cubre cuello y boca.

[3] Ganchera: Empuñadura curva de la cayada. En el lenguaje coloquial el nombre deriva del verbo enganchar: coger algo con algún utensilio, y los pastores utilizan la cayada para agarrar a las ovejas, sujetándoles el cuello con la curva de la cayada.

—El muchacho ha venido a lo de la calle, padre, no a que le cuente la historia de su bisabuelo.

Entonces el hombre, dando un profundo respiro, como si con él contribuyera a ordenar todos sus pensamientos, comenzó a decir:

«Todo empezó por un bando del alcalde que debía aplicarse en los días de la fiesta del pueblo, de bodas y otros acontecimientos sociales. En esas circunstancias, el alcalde —parece que lo estoy viendo—, que era muy previsor, ordenó, para evitar accidentes desagradables, que aquel transeúnte que significara un peligro para el resto gritara: ¡Arrimarse a un lao!, ¡arrimarse a un lao!»

De repente, y sin venir a cuento, clavó los ojos en el muchacho, y dirigiéndose a la hija, le dijo lleno de alegría:

—Pero... ¿por qué ha venido Sindo a verme? Sácanos un par de vasos de vino, que hay que festejarlo.

Comenzó a mezclar el presente con el pasado, e incluso por su mente pasaron algunas hipótesis futuras, y ya no hubo forma de centrarlo en el primitivo discurso. La hija agarró del brazo a Rafael y le dijo:

—Es imposible; cuando se pone así, es que ya no carbura y hay que dejarlo. Ven el domingo después de misa, que es cuando lo levanto, a ver si hay suerte.

Aquella noche, el niño se entretuvo en imaginar cuáles serían esos acontecimientos que obligaban a los transeúntes que circulaban por la angostura de la calle a anunciarse con la consabida frase. Imaginó al sacristán el día de la patrona, cuando Santa Águeda, con los pechos en un plato, era paseada en procesión, gritando: ¡Arrimarse a un lao!, ¡arrimarse a un lao! Pensó en el alguacil, cuando algún preboste de la ciudad visitaba el pueblo, abriendo la comitiva que lo conducía desde la Casa Consistorial hasta la iglesia, con la misma exclamación; imaginó, por fin, al padre de la novia, que también ahuyentaba a los curiosos de la misma manera que los anteriores, para que su hija avanzara desde la iglesia hasta el Consistorio, a rubricar el contrato civil, que la uniría de por vida con aquel que tan trabajosamente había elegido como esposo. Rendido con tan lógicas suposiciones, pensó que el señor Mariano ya había cumplido con creces su misión, y que, si el domingo no se encontraba animoso, él, tomando como punto de partida la afirmación del centenario y con conclusiones que acababa de pergeñar, podría componer un trabajo digno sobre la nomenclatura de la calle. Antes de dormirse, un pensamiento vino a enturbiar la alegría de sus raciocinios y, sin poderlo remediar, se preguntó en voz alta:

—Si la calle sigue siendo igual de estrecha y los acontecimientos que en ella se desarrollan similares a los que yo he planteado, ¿por qué ha desaparecido la costumbre del grito?

Se durmió, y el domingo llegó antes de lo previsto. Después de misa, Rafael fue a visitar de nuevo al señor Mariano. La hija lo recibió en el portal, y de entrada ya le anunció que su padre parecía que estaba lúcido. Lo encontró en el mismo lugar y en idéntica posición que la vez anterior. Le sorprendió que lo saludara de la misma forma que lo hizo cuando lo conoció:

—¡Cómo pasa el tiempo!; el bisnieto de Sindo... ¡y yo todavía aquí! Buena persona mi compadre Sindo.

La hija volvió a ponerlo en antecedentes, al tiempo que le hacía una seña al niño para que no lo distrajera. Sin embargo, el abuelo, dando otra vez muestras de que disfrutaba de una espléndida lucidez, se interesó por las conclusiones a las que había llegado Rafael; y así, le preguntó:

—Y... ¿quién crees tú que inmortalizó el nombre de nuestra calle?

—He pensado —dijo el niño— que acaso fuera el sacristán en la procesión de nuestra patrona, o el alguacil en alguna visita de los mandamases de la ciudad, o el padre de alguna novia, que perdió el habla gritando la consabida frase para abrir un pasillo por donde pasara su hija, recién casada, camino del Ayuntamiento.

—No está mal, pero observa que esos acontecimientos se siguen desarrollando y la frase ya no se escucha.

—También lo he pensado —respondió Rafael—, pero después. Luego me quedé dormido y no pude discurrir más.

—Pues los que inmortalizaron la expresión que da nombre a la calle fueron tu propio bisabuelo y el alcalde de entonces: el señor Arcadio. Y los sucesos se desarrollaron de la siguiente forma:

«Siendo yo mozo, no recuerdo con exactitud el año, el segundo día de la fiesta de Santa Águeda, venía tu bisabuelo con una carga de leña en el burro y, como en esos días nos visitaban muchos forasteros, el alcalde le había encargado al alguacil que echara un bando recordando a todos los vecinos la obligación de pronunciar la contraseña habitual para que los corrillos se apartaran y dejaran pasar las bestias con su cargamento. Estaban a la sazón tres o cuatro mozas de un pueblo vecino, disfrazadas todavía de aguederas, charlando en la mitad de la calle. Sindo, nada más verlas, les gritó: ¡Arrimarse a un lao!, ¡arrimarse a un lao!, tal y como había sugerido el alcalde en el bando, pero ellas estaban entretenidas en la conversación, y o no lo oyeron o no quisieron oírlo. Tu bisabuelo pensó que se mofaban de él y arreó el burro, retorciéndole un poco el rabo; el animal embistió contra ellas y a dos las tiró al suelo con los serones cargados de astillas y a otra la pisó, cosa de poco, en un cuadril...»

—Eso mismo hubiera hecho yo —apostilló el niño.

«Tu bisabuelo —continuó el centenario— no les hizo mayor caso, pero ellas, envalentonadas, acaso por la reciente proximidad de su santa patrona, se despacharon con todo tipo de insultos, y a voces le dijeron que llevarían el caso al Ayuntamiento y que no pararían hasta que se hiciera justicia.

Cuando llegó Sindo a la taberna, encontró en ella al alcalde desayunando un chicharro en escabeche y bebiendo una jarra de vino, e inmediatamente le contó el incidente:

—Me ha sucedido —le dijo— un caso, y antes de que se entere por otros, prefiero que conozca mi versión.

—Y dices que tú cumpliste con el bando del alguacil.

—Como que hay Dios —volvió a responder tu bisabuelo.»

El niño no perdía detalle de la narración, y cada vez que escuchaba de labios del centenario el nombre del bisabuelo un escalofrío enternecedor recorría todo su cuerpo, al tiempo que un sentimiento de desaprobación para su familia, que había olvidado completamente el suceso, se plasmaba en su cerebro.

«No te preocupes —le contestó el alcalde—. Vamos a arreglarlo a nuestro modo: cuando te llegue la citación —y haré que te enteres nada más recibir la denuncia—, tú te haces el sordo, y por más que te diga e incluso que te insulte, tú no me contestes ni con burro ni con albarda; tenemos que hacerles creer a esas fanfarronas que eres sordo y por eso no cumpliste con la ordenanza.

Tu abuelo invitó al alcalde a otro vaso de vino, y eso lo sé yo bien, porque en ese momento entraba en la taberna y también me aproveché de la invitación, y se fue para la alcaldía. Las *indinas* ya lo estaban esperando, y a voces le explicaron su versión. El señor Arcadio fingió escucharlas con sumo interés, y cuando terminaron llamó al alguacil y le dijo que fuera a buscar a Sindo y lo trajera ante su presencia para responder del desaguisado. Cuando llegó el alguacil a la cantina, todavía estaba yo en ella y tu bisabuelo lo acompañó al momento. De lo que sucedió en el Ayuntamiento, la información que poseo se la debo al propio Sindo, pero creo que puedo meter la mano en la lumbre y no me quemo.

Yo, muerto de curiosidad, esperé en la taberna la vuelta de mi amigo, y al poco rato, cuando regresó, me contó lo siguiente:

—Me sentó enfrente de él, en el Salón de Plenos, con las cuatro implicadas acomodadas en los laterales, y comenzó el interrogatorio. Como me sabía bien el papel, por más que gritó y por más que me insultó, no respondí a nada. Las mozas estaban indignadísimas, y una de ellas, la que estaba sentada más cerca de la autoridad, levantándose, le dijo:

—¡Pero bueno, señor alcalde!, ¿nos quiere hacer pasar por tontas?

—No veo a qué vienen estos desplantes —respondió el sagaz alcalde—; no se dan ustedes cuenta de que están en presencia de un sordomudo, que es incapaz de hablar; ¿no es esta suficiente prueba para perdonarlo? Mujeres, por favor... ¡que estamos en fiestas!...

—Eso de la sordera o de la mudez se lo creerá usted —contestó de nuevo la misma moza—, pues hace un rato, cuando venía con el burro, gritaba como un descosido: ¡Arrimarse a un lao!, ¡arrimarse a un lao!

—¡Ahí te quería yo ver! —respondió Arcadio—. Él ha cumplido con su obligación y, sin embargo, vosotras no.

Así es que ahora mismo, sin perdida de tiempo, os vais para vuestro pueblo si no queréis que os encierre por calumniadoras en el cepo del Ayuntamiento.»

—Esta, querido amigo, es la anécdota que bautiza la calle con el nombre que hoy tiene —concluyó el anciano.

Todavía, y aprovechando la lucidez del viejo, el niño volvió a formularle otra pregunta:

—Y... ¿nunca más se produjeron anécdotas similares?

—Aquel alcalde, como te he dicho, era muy sagaz y acto seguido la declaró peatonal, como tú la conoces en la actualidad, en prevención de posibles sucesos venideros.

El niño se despidió del abuelo y de su hija. Aquella misma tarde redactó la anécdota de la calle Arrimarse a un lao, y cuando la leyó en la escuela fue muy aplaudida por el maestro y por los escolares.

* * *

PROCEDENCIA

La única versión consultada, pues no he encontrado otra similar en las colecciones que he manejado, es la de José A. Sánchez Pérez; el cuento aparece en la página 21 de la citada edición, y decidí incluirlo en esta breve antología por varias razones; una de ellas por ser poco conocido, al menos yo no lo conocía, y después de consultar varios compendios y no aparecer en ninguno, parece que ese desconocimiento mío se justificaba por la rareza del relato. Otra de las razones que me indujo a incluirlo fue la astucia que muestra el alcalde frente al grupo de mujeres acusadoras para resolver el asunto. En situaciones similares, la literatura nos presenta más ejemplos de triunfos de la astucia femenina que de la masculina, y lo más frecuente es que el hombre aparezca embaucado por las tretas de las mujeres, que a la inversa: Boccaccio y el Arcipreste de Hita exponen muchos ejemplos que confirman este juicio.

Mi narración, como no podía ser de otra manera, sigue en esencia la que desarrolla José A. Sánchez en su historia. Yo incluyo en mi cuento la anécdota del nombre de la calle, tomado precisamente de la obligación que tenían sus transeúntes de anunciar la presencia de un peligro con la consabida frase: ¡Arrimarse a un lao!, ¡arrimarse a un lao!, y a partir de aquí desarrollo mi relato; y fantaseo con la idea de que, después de mucho tiempo, los propios vecinos desconocen el origen de ese nombre, y las interpretaciones que posteriormente se dan para explicarlo son de lo más disparatado. El punto de partida de todo este entramado tiene su origen en un suceso real, vivido por mí, en relación con el nombre de una calle de Salamanca, ciudad en la que vivo. No me resisto a callarlo y aunque sea sucintamente lo contaré: la calle en cuestión se llama Bientocadas, y muchos salmantinos, por lo menos el amigo y el grupo con el que mantuve la conversación, derivaban el hipotético participio que conforma el nombre de la calle, *tocadas,* del verbo tocar, sinónimo de palpar —andar a las apalpinas, decimos en mi pueblo—, y como puede suponer el lector, se *apalpan* principalmente ciertas partes masculinas o femeninas según los contertulios o las contertulias; en el caso de la reunión nuestra se *apalpaban* ciertas partes de la anatomía femenina, que aparecen repetidas en la misma. Nada más lejos de la realidad: tocadas no se deriva del verbo tocar, sino del sustantivo toca, sinónimo de cofia, atuendo que utilizan las monjas, sobre todo, para cubrirse la cabeza; y resultó ser que en dicha calle había un convento y sus monjitas iban tan bien cubiertas, tan bien tocadas, que el pueblo bautizó la calle con el nombre de esa parte del atuendo de las monjitas que en ella habitaban.

He pretendido también juntar en esta narración a los dos protagonistas más significativos en el acto de la comunicación de los cuentos: al abuelo y al nieto; me parece que el subconsciente me ha jugado una buena pasada, y detrás de ese niño que sale de la escuela es fácil que esté mi propia persona, y que el señor Mariano, el centenario, sea la reencarnación de mi propio abuelo materno, al cual yo recuerdo ya octogenario. Sirvan estas líneas de cálido homenaje para aquella persona a la que todavía recreo en el recuerdo y que me aficionó a disfrutar el mundo mágico de los cuentos.

CUENTOS DE ANIMALES

LA LIEBRE Y EL ERIZO

Una madrugada del mes de mayo salió un erizo de su madriguera a buscar la diaria ración de comida para él y para toda su prole, pues la eriza el día anterior había tenido un parto quíntuple; esta era la razón por la cual aquella mañana la esposa no lo acompañaba al cazadero habitual, pues la descendencia, tan menuda, exigía unos cuidados especiales que solo una madre puede proporcionar.

Partió, pues, solo, con la intención de dirigirse a un pequeño teso que había próximo al cubil [1], donde en esta época del año la abundancia de grillos y saltamontes estaba asegurada y hacía presagiar una caza abundante y rápida. Iba nuestro protagonista en estas cavilaciones cuando a lo lejos, mimetizada al amparo de un tomillo, vio una liebre encamada. Cuando se acercó, observó que ya ella lo había descubierto, pues tenía los dos ojos completamente abiertos y las dos patas traseras en tensión sobre el promontorio de tierra de la parte trasera de la cama, dispuesta a iniciar la carrera ante el más leve peligro. La liebre lo miró de soslayo [2] y, como su presencia no ofrecía amenaza alguna, se desentendió de su visitante, adoptando una posición más relajada, con la intención

---

[1] Cubil: Sitio donde los animales salvajes se recogen para dormir.
[2] Soslayo: Oblicuamente.

de continuar descansando durante todo el día. El erizo, que estaba pletórico de alegría por la reciente paternidad, entabló conversación con la rabona y le habló en los siguientes términos:

—Ya ves, hermana liebre, a buscar el condumio diario..., y hoy tengo que darme prisa, porque son seis bocas las que tengo que mantener, pues sabrás que mi esposa ha dado a luz a cinco ericitos.

—Pues, amigo mío —le contestó el lepórido [3]—, con el espelde [4] que traes se te puede echar la noche encima antes de llegar de nuevo a la madriguera.

No le gustó absolutamente nada la contestación al jovial erizo, y dándose la vuelta para observar la inclinación de la cuesta, le contestó en tono desafiante:

—¿No querrás echar una carrera desde aquí al regato [5], fanfarrona?

La liebre se incorporó, se desperezó, arqueó el lomo y luego, como si de un atleta se tratara, tensó las patas delanteras hasta que las uñas quedaron perfectamente visibles y a continuación estiró las traseras, cargando ahora el peso de su cuerpo sobre la una y después sobre la otra; luego se alebró, amonó [6] las orejas, como si esperara el pistoletazo de salida, y cuando terminó la demostración, le dijo al atónito erizo:

—Juegas con ventaja, rufián [7], tú has hecho ya el calentamiento adecuado y yo, como ves, ni tiempo he tenido de estirarme en condiciones, pero acepto el desafío.

---

[3] Lepórido: De la familia de la liebre.
[4] Espelde: Manera de comportarse uno en el andar y trabajar.
[5] Regato: Arroyo pequeño de agua.
[6] Amonó: De amonar, agachar, plegar, ocultar.
[7] Rufián: Hombre sin honor, perverso, despreciable.

Salieron los dos a la cañada y el erizo se enroscó sobre su cuerpo, hasta hacerse una bola perfecta. Cuando la liebre dio la voz de salida, comenzó a rodar pendiente abajo dejando tras de sí un carrillillo de polvo. Las espadañas y los juncos de la orilla del regato hicieron de contención, pero no impidieron que la pelota espinosa del cuerpo del erizo terminara en medio del arroyo. Cuando sintió la humedad en su cuerpo, se descaperuzó y comenzó a nadar hasta agarrarse a una junquera que crecía en el interior del cadozo [8]. Desde este lugar vio a la liebre, aculada a la orilla, y esta, con arrogancia, le dijo al empapado erizo:

—Hace tres minutos que estoy aquí, rufián.

—Pues hará tres minutos que estás ahí —replico el erizo—, pero yo he ganado la apuesta.

—¿Cómo? —replicó la liebre, enderezando sus orejotas.

—Como lo oyes —continuó con parsimonia el erizo—. Yo dije que «al regato» y tú te has quedado en la orilla; has llegado un poquito antes, pero no has concluido completamente el recorrido. O acaso..., ¿estás por casualidad mojada? Si no aceptas mi veredicto, espera un momento, que le preguntamos a la cigüeña.

Y a la cigüeña que estaba pescando renacuajos [9] un poquito más arriba le expusieron el dilema. Aquella escuchó con atención la exposición y, cuando ambas partes hubieron concluido, dijo:

—Entiendo yo, señores, que en esta discusión no debe haber vencedores ni vencidos, pues no es una cuestión de

---

[8] Cadozo: Hondura que se forma en los regatos y ríos en donde el agua hace remanso y se conserva durante el verano.

[9] Renacuajos: Larva de rana; se diferencia del animal adulto principalmente por tener cola y carecer de patas.

rapidez, sino lingüística. Yo les aconsejo que inicien de nuevo la competición, una vez que las bases hayan quedado perfectamente claras.

—Hoy no puedo —respondió el erizo—. Estoy completamente baldao [10]. Dos carreras en un mismo día son muchas para mi cuerpo.

—Yo tampoco volveré a correr si la meta la marca cualquier arroyo. El agua para los peces y para usted, señora cigüeña.

La cigüeña se desentendió del asunto, pero la liebre volvió a tentar al erizo con la posibilidad de una nueva competición. El erizo aceptó el nuevo reto y además se apostó un litro de leche: «En estos momentos —se dijo— es a lo que más utilidad vamos a sacarle; seguramente que la prole me lo agradece a la hora de la merienda». Antes de despedirse, la liebre impuso sus condiciones:

—Competiremos en un barbecho [11], totalmente llano; delimitaremos la distancia de antemano y así no habrá suspicacias.

—De acuerdo —replicó el erizo—. Dentro de tres días, al amanecer, estoy de nuevo en el altozano donde tienes la dormida e iniciamos la competición. ¡No olvides el litro de leche!

Ya no volvió el erizo al cazadero matutino, sino que empleó la mañana en atrapar unas cuantas lombrices en la misma orilla del regato y, cuando creyó que ya había cazado las suficientes, le dijo a la cigüeña, que todavía seguía pescando en la ribera, que hiciera el favor de lle-

---

[10] Baldado: Participio de baldar; impedir una enfermedad o un accidente el uso de los miembros o de alguno de ellos.

[11] Barbecho: Tierra labrantía que no se siembra durante uno o dos años.

varlo a su escondite, pues los recién nacidos y su esposa tendrían hambre, y a causa de la competición él se había alejado más de lo debido de su casa. La cigüeña aceptó, y sobre su lomo, agarrado al largo cuello de la zancuda, inició el viaje de regreso que en un santiamén lo condujo a los alrededores del cubil. La cigüeña entonces regurgitó [12] una buena porción de renacuajos, y le dijo:

—Por si acaso traes pocas lombrices. Dile a tu mujer que acepte este presente de mi parte.

El erizo se lo agradeció de corazón y, al momento, se introdujo en su escondite. La eriza, toda preocupación, le recriminó su tardanza, y cuando el marido le contó la apuesta que tenía pendiente con la liebre, esta puso el grito en el cielo:

—Querido esposo, la paternidad te ha trastornado por completo. ¿Dónde se ha visto, si no es en algún tratado filosófico*, una competición tan desigual? Si sigues mi consejo..., yo le llevaría el litro de leche y le pondría una disculpa —que estoy lesionado, por ejemplo—, y así no serías el hazmerreír de la pradera.

El erizo miró tiernamente a la mujer y le respondió:

—Mujer de poca fe, ¿por qué no crees?

---

[12] Regurgitar: Expeler por la boca, sin esfuerzo y sin sacudida de vómito, sustancias sólidas o líquidas contenidas en el estómago o el esófago.

* Nuestra eriza, que parece ser muy culta, hace referencia aquí al famoso postulado defendido por Zenón de Elea, filósofo presocrático acaso discípulo de Parménides, que, influido por él, defendió la teoría de la negatividad del movimiento, según la cual Aquiles, el de los pies ligeros, nunca podría dar alcance y sobrepasar a una tortuga por poca ventaja que le hubiera dado en la carrera. La contestación del erizo, también muy culto, no le va a la zaga y plagia una respuesta de Cristo, esta vez al apóstol Tomás después de haber resucitado el Nazareno.

El día anterior a la competición, por la mañana, el erizo volvió a visitar a su rival. La encontró en otra cama, próxima a la del día anterior, y nada más acercarse, le dijo:

—Deseo ver el lugar que has elegido para la carrera, pues quiero entrenarme un poco para hacerme al terreno.

La liebre se despereckó y acompañó a su competidor a una gran besana que estaba de barbecho, y situándose en uno de los extremos, le dijo:

—Desde este mojón partiremos; si te fijas, al final del labrantío verás un encino: allí estará la meta. Aquí no hay trampa ni malentendidos.

El erizo le rogó que lo acompañara hasta la línea de llegada, y, efectivamente, una encina de pequeño tamaño, que crecía en medio de un lindón[13], marcaría el punto final de la competición. El erizo volvió otra vez junto con la liebre al punto de partida y desde aquí se despidió de su contrincante, al tiempo que le decía:

—No te olvides del litro de leche. Esa fue la apuesta.

Por la tarde se dirigió con una botella al siestil de un rebaño de cabras y, con suma delicadeza, ordeñó a una que estaba echada hasta que llenó el recipiente. Después de cenar, se acostó junto a la eriza y mucho antes del amanecer los dos estaban fuera de la madriguera, con la botella de leche, dispuestos a enfrentarse a una de las competiciones más desiguales que recuerda la historia de la zoología. Pasaron cerca del encame de la liebre y desde una distancia prudencial, para no ser descubiertos, el erizo le enseñó a su mujer los dominios donde campeaba su competidora. Luego se dirigieron hasta el encino que delimitaba la competición, y allí le dijo a la eriza:

---

[13] Lindón: Linde ancha que sirve de separación entre dos parcelas de tierra.

—Tú quédate aquí. Cuando la liebre comience a correr, te ovillas y al llegar, sin desovillarte, le dices: ¡Ya estoy aquí!; si te propone una segunda y una tercera carrera, tú acepta; no te muevas y esperas en esta posición. Cuando llegue de nuevo a tu presencia, vuelves a decir lo mismo: ¡Ya estoy aquí!... Y así hasta que reviente. Si en una de sus idas o venidas, observas que la liebre abandona la competición, dándose por vencida, tú te vas para nuestra casa por donde hemos venido. Allí me encontraré contigo

La eriza entendió al instante la maturranga [14] de su esposo y por respuesta no se le ocurrió otra que la siguiente:

—¡Vaya migada de leche que cenamos esta noche todos!; verás qué contentos se ponen los ericitos.

A continuación el erizo, con la botella de leche debajo el brazo, fue en busca de la liebre. Antes de vislumbrarla, vio junto a un tomillo la botella al fresco, y, efectivamente, al lado, estaba encamada la rabona [15]. Se levantó, y antes de iniciar la marcha, le dijo el erizo:

—Buena gana de ir cargados con las botellas hasta el lugar de la competición; mejor las dejamos aquí y, si tú ganas, ya las tienes en tu casa, y si gano yo, como me cae de camino, me ahorro un buen trecho.

Llegaron al lugar señalado, y la liebre se aculó junto al mojón [17] de salida, agachó las orejas, y desde esta posición le dijo a su competidor:

—Cuando yo diga tres, iniciamos la carrera.

---

[14] Maturranga: Treta, engaño, marrullería.
[15] Rabona: Liebre. Toma el nombre del pequeño rabo que tiene este roedor.
[16] Mojón: Señal permanente que se pone en los linderos de las heredades, términos y fronteras.

El erizo asintió, y cuando oyó el ¡Tres!, observó cómo salía disparada la liebre cerro arriba hasta el encino donde finalizaba la desigual competición. La siguió con la mirada y cuando solo era ya un puntito amarillento en la negrura del barbecho, dijo en voz alta:

—Desde ahí ya la estará viendo mi mujer.

Efectivamente, la mujer la divisó en la lejanía, y en ese momento, se parapetó dentro de su caparazón, y cuando el jadeo [17] del lepórido anunció su llegada, exclamó:

—¡Ya estoy aquí!

La liebre no daba crédito a lo que veía, pero lejos de enfadarse, se acordó de que el erizo era animal de una sola carrera, así lo había anunciado unos días antes, durante la competición que había tenido como meta el regato. Recordaba puntualmente sus palabras: «Hoy no puedo. Estoy completamente baldao. Dos carreras en un mismo día son muchas para mi cuerpo». Inmediatamente, le propuso al falso erizo reanudar la competición, con la esperanza de que ahora sí ganaría. Volvió a repetirse la escena en dirección inversa, y la eriza la perdió de vista en el mismo momento en que la recogía su marido desde el hito [18]. El erizo se ovilló, y cuando la cercanía de su rival estaba próxima, volvió a exclamar:

—¡Ya estoy aquí!

La liebre no podía con su alma, pero todavía realizó otras dos carreras más, para terminar casi reventada junto al mojón en el que se encontraba el erizo. Este, al verla en

---

[17] Jadeo: Respirar anhelante por efecto de algún trabajo o ejercicio impetuoso.

[18] Hito: Sinónimo de mojón. Poste de piedra, por lo común labrada, que sirve para conocer la dirección de los caminos y para señalar los límites de un territorio.

tan lamentable estado, la ayudó a levantarse, y poco a poco se dirigieron hacia su encame. La eriza esperó un buen rato, y cuando comprendió que la carrera había finalizado, emprendió el camino de regreso hacia su madriguera.

El erizo acompañó a la liebre hasta su cama y cogió las dos botellas de leche, el premio a su astucia, y cuando su contrincante se acostó, inició el retorno; la liebre todavía tuvo fuerzas para rogarle:

—Amigo erizo, te pido que no trascienda por el valle el resultado de la carrera. Que te aprovechen los dos litros de leche.

Aquella noche, a la puerta de la madriguera, los siete miembros de la familia del erizo comieron la migada más sabrosa jamás degustada, y la orgullosa esposa no pudo por menos de decirle:

> Hemos comido muchas migadas,
> pero esta ha sido la mejor ganada.

* * *

PROCEDENCIA

Las versiones que he tenido en cuenta para la redacción de este cuento han sido las siguientes:

— Espinosa (padre), Aurelio Macedonio: El cuento aparece recogido en las dos publicaciones realizadas por este autor: en Austral, páginas 247 y siguientes; en *Cuentos populares españoles,* C.S.I.C., aparece en las páginas 552-53.

— Espinosa (hijo), Aurelio Macedonio: *O. C.,* tomo I, páginas 92-93. Recoge dos versiones con el mismo título, una escuchada en Urueña (Valladolid) y otra en Potes (Santander).

Solamente estas tres versiones he encontrado de este cuento entre las manejadas para la confección de mi relato, y las dos son de los Espinosa. Sigo muy de cerca la versión de Espinosa hijo; me aparto de mi conductor en la primera carrera que disputan la liebre y el erizo solos, sin la ayuda de la esposa del segundo, que por un malentendido lingüístico también gana el erizo, aunque la cigüeña, que es solicitada como árbitro de la singular competición, afirme, rememorando el viejo romance zamorano, que no hubo ni vencedores ni vencidos. En las dos versiones consultadas solamente se desarrolla una carrera, la segunda. El relato se desenvuelve siguiendo las pautas de la mayor parte de los cuentos de animales que ha recreado el género humano, en los que la astucia del débil triunfa sobre la arrogancia y la soberbia del mejor dotado, siguiendo una tradición secular que arranca, para Occidente, de la mitología griega. Para los dioses griegos, uno de los mayores defectos de los humanos, siempre castigado, es la *Hybris,* la soberbia. Las versiones consultadas revientan a la liebre a correr, y así con la liebre *reventá* en el campo terminan ambas versiones; el final de mi cuento es menos dramático y la liebre vive, pero aceptando la derrota.

Los hermanos Grimm (*Cuentos,* Alianza Editorial, 1988, páginas 136 y siguientes) recogen este relato con el mismo título que el español; los dos recopiladores alemanes también revientan a la liebre a correr después de competir con el erizo setenta y cuatro veces seguidas, pero lo más llamativo del cuento es la apostilla moralizante final, que yo me inclino a creer que es un fruto personal o un añadido que nada tiene que ver con la tradición oral; dice así la coletilla con la que se cierra el relato: «La moraleja de esta historia es: primero, que a nadie, por muy principal que se considere, se le debe ocurrir burlarse de un hombre inferior, aun cuando se trate de un erizo; y, segundo, que resulta aconsejable, cuando uno se quiere casar, tomar por mujer a una de su condición y que sea igual de aspecto; o sea: un erizo ha de preocuparse de que su mujer sea también un erizo, y así sucesivamente».

En cuanto a la primera moraleja, debió de ser muy conocida en España, y si no que se lo pregunten al pastor soriano que se la contó a don Antonio Machado, bajo aspecto de refrán, y que según el propio poeta era como sigue: «Nadie es más que nadie»; la impresión que le causó al gran poeta la sutilísima frase fue enorme y el mismo Machado se encargó de glosarla de la siguiente manera: «Por mucho que valga un hombre, nunca tendrá valor más alto que el valor de ser hombre».

LA ZORRA, EL LOBO Y LA VACA

Estaba muy de mañana la zorra descansando en un otero después de una noche de vigilia en la que la caza se había dado francamente mal, cuando vio que por la cárcava bajaba el lobo camino del perdedero [1]; por el aspecto que tenía dedujo que tampoco él había tenido suerte en su incursión cinegética nocturna. Enseguida abandonó la atalaya [2] y se dirigió corriendo hasta el arranque de la falda, donde lo encontró bebiendo agua en un arroyo que circundaba aquel promontorio. Llevaba la intención de proponerle un plan que, si tenían un poco de suerte, podía solucionar durante más de una semana el problema que representaba la hambruna para ambos cazadores.

La zorra era consciente de que las grandes empresas había que negociarlas con muchísimo tiento, por eso inició el diálogo con su compadre mayor con suma diplomacia y, antes de entrar en el meollo [3] de la cuestión, comenzó halagando al lobo en los siguientes términos:

---

[1] Perdedero: Lugar por donde los animales salvajes se ocultan de sus perseguidores.

[2] Atalaya: Cualquier altura desde donde se descubre mucho espacio de tierra.

[3] Meollo: Parte más importante de las cosas; fondo y trascendencia de las mismas.

—Buenos días, hermano lobo; a juzgar por la sed que tienes, deduzco que la noche te ha sido propicia y tu andorga [4] está bien repleta, pidiendo a gritos el líquido elemento para llevar a cabo una nutricia digestión.

—Siempre fuiste buena observadora, hermana raposa, pero te juro que bebo para aplacar mi fatiga y no para adobar mi pitanza, pues te aseguro que pocas noches han sido más desoladoras que la que acaba de finalizar: la he pasado casi en su totalidad siguiendo el rastro de unos jabalíes, y cuando he dado con ellos me ha sido imposible separar a alguno de la manada, por lo que la cacería ha resultado del todo infructuosa. Incluso uno de los verracos [5] me ha herido en el costado con sus navajas [6]. No sé si me estoy haciendo viejo o si me falta la astucia suficiente para rematar mis lances; lo cierto es que estoy transido de hambre, y creo yo que por hoy ya está todo hecho. Me voy a ir mi lobera a descansar.

—Una pena que no me encontrara contigo cuando saliste —le contestó la zorra—, porque, como tú bien sabes, a mí maña me sobra —y ya conoces el refrán: más vale maña que fuerza—, y en ese lance que me cuentas bien hubiera podido yo distraer la atención de los mayores mientras tú separabas algún rayón [7] y de esa forma nos podíamos haber aliviado los dos.

—No te falta razón —respondió convencido el lobo—, pero agua pasada, ya sabes, no mueve molino. Te lo agra-

---

[4] Andorga: Vientre, barriga.

[5] Verraco: Cerdo padre.

[6] Navaja: En el lenguaje de los monteros, cada uno de los cuatro colmillos de los jabalíes adultos.

[7] Rayón: En el lenguaje cinegético, cría de jabalí. El nombre hace referencia a la coloración de la piel —rayada— que presentan los jabatos durante los primeros meses de vida.

dezco de veras, y si Dios quiere ya tendremos ocasión de unificar nuestros esfuerzos.

Fue en ese momento, cuando la confianza del lobo estaba prácticamente ganada, en el que la astuta vulpeja [8] le propuso su diabólico plan:

—Espera, no te vayas —le dijo—. Desde lo alto de mi cazadero he visto toda la noche una vaca estacada paciendo en un prado a sus anchas. Si colaboramos los dos, podemos tener resuelta la manduca para varios días: yo pongo la maña y tú la fuerza, y vamos a partes iguales en la empresa.

—Y... ¿qué quieres que hagamos tú y yo solos, con una vaca?, ¿quién la va a sujetar hasta que seamos capaces de matarla?

—Tú —respondió contundente la zorra—. Déjame que te cuente: la vaca está atada con un cordel bastante largo a una estaca, tanto que puede moverse con soltura por la mitad del prado; yo me encargo de desatarle la soga de la estaca y llevarla hasta detrás de unos zarzales que hay en el medio del cercado, allí me estás esperando tú; entonces yo te ato el cordel por detrás de tus patas delanteras, luego comienzo a atacar a la vaca y, si quiere escaparse, tú con tu enorme fuerza la sujetas hasta que entre los dos podamos acoquinarla [10]. Luego la troceamos y la escondemos en la espesura del bosque, lejos de la vista de los buitres, así tendremos asegurada la pitanza durante varias semanas.

El lobo no contestó, y durante un buen rato estuvo sopesando el plan que le proponía su hermana; al cabo, le dijo a la raposa:

---

[8] Vulpeja: Zorra.

[9] Estacada: Participio de estacar. Atar a un animal a un clavo clavado en el suelo.

[10] Acoquinar: Amilanar, acobardar, hacer perder el ánimo.

—Acepto tu plan, pero tienes que modificar la partición de nuestra presa.

—¿Cómo quieres repartirla tú? —dijo la zorra.

—Una vez muerta, comemos hasta hartarnos los dos —propuso el lobo—. Luego calculamos lo que hemos consumido cada uno y en relación con la ración comida repartimos el resto; si yo, por ejemplo, como el triple que tú, me tocan tres partes de vaca más que a ti. Lo hago sobre todo para que terminemos el sobrante a la vez y, así, poder participar en otras empresas conjuntas; si fuéramos a partes iguales, yo terminaría mucho antes mi despensa, y tú no querrías ayudarme a cazar hasta que no terminaras la tuya.

—No es tan tonto como yo creía —pensó para sí la zorra.

Pero aceptó sin rechistar el trato que le proponía el lobo, y hubiera aceptado cualquier otro menos beneficioso, pues la gazuza [11] era mucha y el riesgo que ella corría poco. Así que se encaminaron hacia el prado y desde la cerca estuvieron observando largo rato a la víctima. Era una vaca rubia, de aspecto apacible y de una gran envergadura. Tenía efectivamente, como había dicho su comadre, un cordel atado a la testuz, anclado fuertemente a una estaca en el medio del prado. Ahora estaba echada rumiando la hierba que durante toda la noche había pastado; de la enorme mole solamente se movía el rabo y a veces la cabeza para espantar las moscas, que ya a esa hora de la mañana comenzaban a molestarla.

A una indicación de la zorra, el lobo, camuflado detrás de la pared de la cerca, buscándole siempre la espalda al rumiante y en contra del viento para no ser olfateado,

---

[11] Gazuza: Hambre.

alcanzó la trasera del zarzal. La zorra, sin mayores preocupaciones —la vaca la vio desde el momento en que saltó la valla, pero su presencia no inquietó lo más mínimo al apacible animal—, se acercó a la estaca y desató la cuerda y en la boca la llevó hasta la trasera del zarzal, donde el lobo, sentado sobre sus patas traseras, la estaba esperando. Le ató, bien fuerte, el cordel por detrás de sus manos y cuando se cercioró de que el nudo estaba bien seguro, salió del escondrijo y comenzó a dar vueltas en torno a la vaca, enseñándole los caninos y poniendo toda la agresividad posible en el lance. La vaca ni siquiera se levantó; le bastaba el rabo para protegerse de tal insignificancia. El lobo la observaba desde el arbusto espinoso y, viendo la infructuosa escena repetida, se dijo para sus adentros:

—Ahora voy yo, vamos a ver si se levanta.

Apareció delante del zarzal, y la vaca, nada más verlo, se incorporó y se encaró con el gran cánido mientras la zorra daba vueltas en derredor e intentaba morderle las chitas [12]. En una de esas acometidas le sacudió una coz, sin perder de vista al lobo, que le alcanzó de lleno la parte izquierda de la cabeza y varios de sus molares quedaron hechos añicos [13]. La raposa metió el rabo entre las patas y a una distancia más prudente continuó caracoleando en torno a la gran presa. El lobo, que hasta este momento había permanecido inmóvil observando la hazaña de su comadre, se decidió a intervenir en el acoso y, alebrándose sobre el terreno, inició la siniestra aproximación. La vaca inclinó la cuerna, escarbó en la pradera y embistió

---

[12] Chitas: Hueso del pie. En el texto es sinónimo de pezuña.
[13] Añicos: Pedazos muy pequeños en que se divide una cosa al romperse.

contra su verdadero enemigo. A duras penas pudo el lobo esquivar la acometida de las astas, pero en ese momento, la vaca, en lugar de secundar el envite, se lanzó a todo correr en dirección al pueblo. El lobo se aculó, para hacer más fuerza, y con sus manos tiraba de la cuerda para intentar contener aquel obús animado, pero era imposible frenarlo. Tenía ya las nalgas en carne viva y ni por un solo instante había podido aquietar aquel tornado viviente. La zorra también contribuía, dentro de sus limitadas posibilidades, en la operación e intentaba desviarla de su certera trayectoria acercándose a los hocicos del animal al tiempo que le gritaba al lobo:

—¡Fuerza, hermano lobo, fuerza!

Y el lobo le contestaba:

> Si la soga no quebranta
> y el nudo no se desata,
> los dos vamos a parar
> an ca del amo de la vaca.

Viendo la inutilidad de su colaboración y la cercanía de las primeras casas del pueblo, la zorra se paró en un altozano [14] de la cañada a observar el triste final de la cacería. Permaneció así un ratito, hasta que solamente era perceptible en el horizonte un torbellino de polvo, y en su interior se despidió del pobre lobo, que sin duda fenecería apaleado por el dueño de la vaca, pues estaba completamente segura de que ni la soga ni el nudo cederían ante la presión impuesta por el rumiante.

El animal se paró delante de la puerta del corral de su amo con el lobo atado al otro extremo del cordel, sin que

---

[14] Altozano: Elevación pequeña del terreno.

apenas tuviera fuerza para mantenerse en pie; nada más llegar dio un mugido, y el dueño, que estaba en el cabañal partiendo leña, salió sorprendido con un gran destral [15] en la mano, a ver si era su vaca la que había bramado, y de repente se encontró con aquel inesperado cuadro. Ni corto ni perezoso, levantó el hacha para rematar al moribundo lobo, pero en el momento de la descarga el desgraciado esquivó el golpe, con tan buena fortuna para el lobo, que el hachazo descargó contra la cuerda que aprisionaba al cánido, cortándola a cercén [16]. Viéndose el lobo libre de la atadura, emprendió la huida todo lo más rápido que pudo y el amo se quedó estático y avergonzado, observado por la mirada incrédula de la vaca.

A la noche del día siguiente volvió a encontrarse con la zorra, la cual, con solicitud, le desató el trozo de cuerda que había quedado anudada en torno a su cuerpo al tiempo que le proponía una segunda colaboración, que podían llevar a cabo aquella misma noche.

El lobo, una vez desembarazado de la opresión del cordel, le dijo a su comadre, mientras la miraba fijamente:

> Nunca segundas partes fueron buenas,
> y para muestra basta un botón;
> mejor solo que mal acompañado,
> desde ayer, todo esto pienso yo.

* * *

---

[15] Destral: Hacha de considerable tamaño.
[16] Cercén: Adverbio: enteramente y en redondo.

PROCEDENCIA

Las versiones que he tenido en cuenta para la elaboración de este cuento son las siguientes:

— Cortés Vázquez, Luis: *O. C.,* tomo II, páginas 165-66. Tiene este autor otra versión muy parecida, recogida en Sanabria, incluida en su libro *Leyendas, cuentos y romances de Sanabria.* Las aportaciones más importantes de esta historieta, alguna de las cuales yo tengo en cuenta en la mía, se fundamentan en que el lobo va solo a atacar a la vaca, sin la ayuda de la zorra, y en que el amo, cuando ve que el cánido está atado a los cuernos del cuadrúpedo, lo intenta matar con un hacha, pero en su precipitación corta la soga que los une y el lobo se escapa.

— Espinosa (padre), Aurelio Macedonio: *O. C.,* páginas 226-27. Este autor titula el cuento como «Vicente, Vicente, deja la soga y vente», desgajado del estribillo que le dice la zorra cuando observa que su compañero de cacería, llamado en este relato Vicente, es arrastrado por la vaca hacia la casa del amo:

> —¡Vicente, Vicente,
> deja la soga y vente!
> ¡Vicente, Vicente,
> deja la soga y vente!

— Rodríguez Almodóvar, Antonio: *O. C.,* tomo II, página 481. Almodóvar titula el cuento «El lobo, la zorra y la vaca».

Este es otro de los cuentos que me contaba mi abuelo. Recuerdo que en el tardío —así denominaba él a casi todo el mes de noviembre y parte de diciembre—, si el invierno venía áspero, descendían las manadas de lobos desde el vecino Aliste y la más alejada Sanabria y acampaban en el Sayago zamorano. Era la pesadilla de los pastores: noche tras noche llegaban noticias de las lobas que protagonizaban en los distintos pueblos de la comarca, incluido el mío, y entonces el lobo adquiría tintes dramáticos. Yo, siendo un niño, llegué a mitificarlo; recuerdo verlo muerto, cruzado en el transportín de una bicicleta, llevado y traído por los cazadores que le habían dado muerte por los distintos pueblos de la comarca, de casa en casa, pidiendo un porqué por haber liberado a los pobres pastores de semejante azote. Recuerdo que todos los vecinos que tenían ovejas le daban una limosna, pero sobre todo lo recuerdo muerto, colgado por las patas traseras, pendiente de uno de los tres negrillos que adornaban la plaza de mi pueblo. Nosotros, después de salir de la escuela, nos entreteníamos acanteando, sin piedad, al terrible cazador nocturno. Es curioso que en las cinco versiones consultadas la solución final para el pobre lobo sea tan dispar: Almodóvar no dice nada sobre la suerte del coprotagonista de la historia: termina el cuento siendo arrastrado por la asustada vaca y no especifica si se suelta o muere; los Espinosa terminan su historia con la muerte del lobo, desollado a zurrón por el amo de la vaca; el mismo fin tiene en la versión que recoge Cortés en La Alberca; sin embargo, la que recoge este mismo autor en Galende, Sanabria, la tierra más lobera de España, presenta un final distinto, pues el lobo se salva y huye de nuevo al campo. Acaso la convivencia, más cercana, entre el sanabrés y el gran cánido lo hizo a este más indulgente. Mi abuelo también lo mataba siempre, acaso porque no estaba tan acostumbrado a convivir con él, como los alistanos y sanabreses; yo no he seguido su ejemplo y sí el del narrador de Galende, y mi lobo, aunque maltratado, continúa vivo.

De mi propia cosecha, he añadido la anécdota de la anticipada repartición de la presa, la vaca estacada, en donde el lobo da muestras de una astucia y una inteligencia que sorprenden a su sagaz compañera de cacería.

LA CIGÜEÑA Y LA ZORRA

Desde que el mundo es mundo, durante los meses de abril y mayo de cada año entraban en litigio la zorra y la cigüeña —y a veces este contencioso adquiría caracteres verdaderamente dramáticos—, debido a las disputas que entre ambas surgían por el usufructo [1] del cazadero que durante ese periodo las dos compartían. Durante el resto de la temporada la fricción se aliviaba muchísimo, pues cada una de ellas buscaba su sustento en lugares muy diferentes: mientras que la zorra se especializaba en la caza de gazapos de liebres y conejos buscándolos entre los berrocales del contorno, la cigüeña conseguía su dieta en los valles a base de saltamontes y de grillos, que desde principios de junio abundaban en todos aquellos pagos.

Sin embargo, durante abril y mayo la zancuda no salía de la ribera en busca de la ralda [2] de la sarda, del desove de la boga [3] o la freza del barbo [4]. No se confundía la pizpireta cigüeña lo más mínimo; parecía como si algún humano le hubiera soplado el refrán:

---

[1] Usufructo: Derecho de usar de las cosas ajenas y aprovecharse de todos sus frutos sin deteriorarla.

[2] Ralda: Salto de los peces por arriba del agua o frote de los mismos en las piedras de la corriente para desovar.

[3] Boga: Pez de agua dulce de pequeño tamaño de color plateado y con aletas blanquecinas.

[4] Freza: Desove de los peces.

La ralda de San José,
ocho días antes, u ocho después.

En mayo hacían su aparición enormes bandadas de renacuajos que, por desconocer el peligro del aguijón anaranjado de la cigüeña, eran presa fácil y alimento nutricio para ella y su prole, que por ese tiempo ya se hacía notar sobre la enorme plataforma del nido, construido en la copa de un fresno que crecía próximo al regato.

Por esa misma época la raposa también era asidua visitante de las orillas del riachuelo. En abril, el azulón [5], la espátula [6], el somormujo [7] o la gallina ciega hacían sus nidos, camuflados entre lo carrizos [8] y los juncos de sus orillas. ¡Cuántas veces la vio salir de entre las ovas con una gallineta cruzada en la boca! Otras, la salida intempestiva de la clueca [9] le anunciaba con exactitud la ubicación del nido, y entonces la zorra entraba y salía tantas veces cuantos huevos hubiera en el nidal, dejando los empavonados [10] cascarones en el ribazo [11]. En mayo, las

---

[5] Azulón: Especie de pato de gran tamaño y de color azulado, muy frecuente en lagos y albuferas.

[6] Espátulas: Ave de la familia de las zancudas, de plumaje blanco y pico en forma de espátula.

[7] Somormujo: Vulgarismo de somorgujo. Palmípeda de pico recto y agudo, de color negro en el lomo y blanco en el vientre; vuela poco y puede mantenerse mucho tiempo bajo el agua.

[8] Carrizo: Planta gramínea que se cría cerca del agua.

[9] Clueca: Aplícase a las aves cuando se echan sobre los huevos para empollarlos.

[10] Empavonados: Se aplica sobre todo a los metales. Pintura que se aplica al hierro para que no se oxide. De color azulado y metálico.

[11] Ribazo: Porción de tierra inclinada que separa dos terrenos que están a distinto nivel. En el texto, inclinación que va desde la superficie del agua de un arroyo hasta la tierra firme.

crías del pato o de la espátula eran también presa fácil para la raposa. El estropicio que se formaba en el piélago con cada uno de sus lances hacía desaparecer durante horas la pesca, y la pobre cigüeña permanecía estática esperando a que la tranquilidad volviera a reinar en el cadozo. En multitud de ocasiones, cuando la divisaba, crotoraba [12] bajito y todas las anátidas que engüeraban [13] en la orilla abandonaban silenciosas el blando nido, sin denunciar su presencia a la pertinaz cazadora. La zorra se dio cuenta enseguida de la estrategia de la cigüeña, y cuando en su visita no encontraba presa alguna, sin ton ni son le decía a su delatora:

—Mira por dónde hoy tengo calor y voy a darme un baño.

De nada servían las súplicas de la zancuda; muchas veces abandonaba el charco en el que estaba pescando y levantaba el vuelo para dirigirse a otro con la intención de conseguir la pitanza diaria, pero hasta allí se trasladaba la contumaz [14] vulpeja dispuesta a ahuyentar la fauna de la que se alimentaba su convecina. Llegó la zorra a considerarla como un ser tonto e insípido con el cual podía divertirse siempre que quería.

En cierta ocasión la invitó a merendar con la única finalidad de reírse aún más de su persona. Estaba la cigüeña, como un poste, en medio de un gran charco siguiendo la evolución de un banco de bogas, cuando apareció la raposa, y le dijo:

---

[12] Crotorar: Producir la cigüeña un ruido particular con su pico. Popularmente se conoce como «machar el ajo».

[13] Engüerar: Vulgarismo de enhuerar. Incubar los huevos las aves.

[14] Contumaz: Rebelde, porfiada y tenaz en mantener una decisión errónea.

—Hermana cigüeña, en desagravio por lo mucho que te he hecho sufrir esta primavera, te invito a merendar esta tarde en mi casa. Tengo un buen plato de calostros [15] y si quieres podemos compartirlos como prueba de mi arrepentimiento. Ya sabes dónde tengo la zorrera, te espero a la puesta del sol.

—No es necesario —le respondió la cigüeña— tanto agasajo; me conformo con que me dejes tranquila durante mi actividad piscatoria, que ya sabes que la naturaleza a todos nos nutre.

La raposa, viendo que peligraba una ocasión idónea para mofarse aún más de su vecina, continuó insistiendo:

—Hombre, si crees que es mucho descaro presentarte en mi casa mano sobre mano, puedes colaborar aportando algún pez, pues ya sabes que a mí el pescado me gusta mucho, pero hasta la sementera en que suelen casi secarse las aguas del arroyo me está totalmente prohibido.

La pobre zancuda creyó a pies juntillas los argumentos y la buena disposición de la zorra y, pensando que aquella reunión podía ser el inicio de una convivencia pacífica, le contestó:

—Bueno, a la puesta del sol estoy a la puerta de la zorrera. No te prometo nada, pero cuenta, casi seguro, con un buen pez para iniciar la merienda.

En eso quedaron, y aquella misma tarde, antes de lo acostumbrado, la cigüeña descendió al cadozo en busca del pez que le había prometido a su amiga. Pensó que no podía cumplir la promesa: durante más de dos horas estuvo intentando una captura presentable y lo único que consiguió fue media docena de renacuajos y cuatro ale-

---

[15] Calostros: Primera leche que da la hembra después de parida. Al cocerla por la acción de un fermento se coagula formando grumos.

vines de boga que comió según los iba pescando, pues no merecían la pena; pero a eso de la puesta del sol unos gorgoritos [16] junto a una mata de ovas en el medio del piélago les anunció la presencia de una buena pieza en el lodo del fondo; esperó en la más pura inmovilidad observando la superficie del agua, donde una gran libélula desovaba en las hojas, y al momento, como un disparo, apareció la silueta de un buen barbo que engulló en un santiamén al insecto. En ese mismo instante el pico mortífero de la zancuda, impulsado por su larguísimo cuello, lo atenazó por la mitad de su cuerpo. Inmediatamente levantó el vuelo y, loca de contenta, se dirigió a la zorrera donde la estaba esperando su amiga. Cuando se posó, todavía el pez estaba vivo y flexionaba inútilmente su cuerpo, aprisionado entre las tenazas del pico. La zorra se aproximó a su invitada y, estirándose, lamía algunas de las partes del pez, incitando a su invitada con los lametazos a que soltara el trofeo, al tiempo que le decía:

—A ti te da lo mismo; estás acostumbrada a estos manjares, pero a mí, que no los pruebo desde septiembre... ¡se me hace la boca agua! Si fueras tan buena de dejármelo todo para mí...

—Para ti lo he traído; acéptalo como mi regalo de invitada —dijo la cigüeña, después de depositar en la tierra el barbo.

La zorra se lo zampó en un momento mientras que la zancuda la miraba complacida. Luego invitó a su homenajeada a que pasara al interior de la zorrera, pero, como la hura [17] era estrecha, apenas podía entrar. Ella desde

---

[16] Gorgoritos: Burbuja pequeña en el agua que denota que los peces andan en el fondo del cauce.
[17] Hura: Agujero pequeño y estrecho que conduce a la madriguera de ciertos animales salvajes.

dentro la incitaba a que se encogiera y se agachara, y para animarla en el intento le afirmaba que el salón era mucho más espacioso y que ya estaba cerca; llegó un momento en que la pobre ave ya no andaba ni para delante ni para atrás. Por fin, con mucho cuidado y reculando, pudo salir de nuevo a la superficie. Cuando se incorporó y vio los destrozos que había realizado en su plumaje, a punto estuvo de echarse a llorar, pues como lo había cogido a contrapelo, muchas de sus plumas habían desaparecido en el fallido intento y otras estaban tan estropeadas que casi no le servían para nada. La zorra se sonreía maliciosamente al tiempo que le decía:

—Bueno, pues tendré que sacar los calostros a la superficie. Como dice el refrán: si Mahoma no va a la montaña...

Entró y salió inmediatamente con una escudilla [18], totalmente plana, y los calostros en el centro. La colocó en el suelo, y mientras que su invitada tomó unos poquitos con la punta de su pico, ella de dos lengüetazos dejó totalmente fregado el recipiente. Volvió a entrar a por más y sucedió lo mismo, y así hasta tres veces, al cabo de las cuales le dijo:

—Se acabó lo que se daba. También el ternero tenía que probarlos, que para él eran.

La raposa, aculada sobre la zorrera, se relamía de oreja a oreja, mientras que la cigüeña, con el cuello engarabatado y mirándose el plumaje se decía con ánimo de revancha: «Me he quedado descompuesta y sin novio, pero... donde las dan las toman y callar es bueno». Luego, en voz alta, le dijo a su anfitriona:

---

[18] Escudilla: Vasija en forma de media esfera que se usa para servir sopa y caldo.

—Muy agradecida, hermana zorra; pero con se dice en estos casos...: una me debes... Yo espero que me devuelvas pronto la visita. Ahora, antes de que anochezca, tengo que irme a mi posadero.

Partió la cigüeña, y la zorra seguía riéndose de su argucia. Toda la noche se la pasó la zancuda intentando arreglar los desperfectos que se había hecho en su plumaje; se puede decir que ni una sola pluma quedó sin recibir el correspondiente acicalamiento, pero, a pesar del mimo y del cuidado, su aspecto externo dejaba mucho que desear. Como no pudo pegar ojo en toda la noche, se entretuvo también en preparar la revancha con la que esperaba sorprender a su astuta vecina.

El comportamiento de la zorra en la ribera después de la invitación tampoco experimentó ninguna mejoría, y este hecho le confirmó a la cigüeña, aún más, que la raposa la había invitado con la única finalidad de mofarse de ella. A los pocos días, estando la zancuda ensimismada en la pesca, entró la raposa en el cadozo a saludarla, chapoteando todo lo que podía para ahuyentarle la pesca. La sufrida cigüeña hizo de tripas corazón y todavía se atrevió a decirle:

—Ayer noche estuve preparando unas natillas y me acordé de ti; me dije: «¡Mira qué ocasión más buena para devolverle la invitación a mi vecina! Te ruego, querida amiga, que me acompañes esta tarde a merendar».

La zorra, que como ya hemos visto, era sumamente golosa, no pudo negarse a la invitación y a la hora convenida estaba junto al tronco del fresno en el que pernoctaba su anfitriona. Al momento descendió de la plataforma trayendo una botella llena de natillas. Hizo con el pico un hueco en la tierra, aproximadamente del mismo diámetro que la base de la botella, y en él la encajó, al tiempo que le decía:

—Perdona, pero me han quedado un poco líquidas y no he encontrado un recipiente más apropiado para traerlas.

La cigüeña introdujo el pico por la boca de la botella y succionó parte del suavísimo postre; cuando lo sacó, unas gotas quedaron en derredor de su cuello y la zorra las lamió con gula. Volvió a repetir la zancuda la acción y otra vez volvió a suceder lo mismo. Entonces la zorra dio media vuelta y le sacudió un rabazo al recipiente y este cayó al suelo. Sin desperdiciar ni una gota, la raposa lo agarró con sus manos, lo introdujo en su boca y durante un buen rato estuvo bebiendo aquel néctar que destilaba la botella, mientras que se acompañaba rítmicamente con el rabo dando golpecitos en el suelo. Cuando escurrió todo el contenido, mientras lamía las chorreras que se deslizaban por el exterior del recipiente, le dijo a la pobre zancuda:

—Verdaderamente estaban un poco líquidas, pero el sabor era exquisito. Una pena que no tengas más. Disculpa mi comportamiento, pero ya sabes... el que tiene vergüenza ni come ni almuerza. Perdóname que no te ayude a lavar la botella, pero tengo que irme inmediatamente.

Volvió otra vez la cigüeña a resentirse de la treta protagonizada por la raposa y se juró vengarla en cuanto tuviera ocasión.

Una mañana del mes de mayo estaba la cigüeña en medio del cadozo bañándose cuando pasó por la orilla la raposa; como la vio chapoteando en el agua, esta vez no hizo ni pizca de ruido, pero intrigada por el baño matutino, le dijo:

—Hija, ¡qué limpieza te estás haciendo! Ni que fueras de boda.

—Pues, efectivamente, a eso voy. Todos los convecinos saben que el águila imperial va a tomar estado y han invitado a la ceremonia a la mayor parte de los habitantes del bosque. A ti seguramente que también te invitarán.

—Seguro —dijo la zorra—, pues en multitud de ocasiones nos ayudamos en la actividad cinegética. ¡Que no tenemos cogidos conejos al alimón!

—Pues, fíjate, llevan una semana cazando sin parar los dos novios para agasajar después de la ceremonia a los invitados. Dicen que los conejos y las perdices se cuentan por cientos.

A la zorra comenzaron a ponérsele los dientes largos, y con sumo interés le preguntó a su interlocutora:

—Y... ¿dónde se celebrará el acontecimiento?

—Hombre —respondió la zancuda—, como son aves altaneras [19] se van a casar en una nube. Me han dicho que si mañana amanece nublo, celebrarán los esponsales. Por eso me estoy bañando yo hoy.

—¡Malo! —contestó la zorra—; una comida que me pierdo. Yo, aunque la nube esté muy bajita, nunca podré llegar a ella.

—No te preocupes —le dijo la cigüeña rápidamente—, para eso están los amigos: yo me encargo de subirte y bajarte cuando llegue el momento.

—No esperaba menos de ti, hermana cigüeña; y ahora si me lo permites, voy a bañarme yo también por lo que pueda pasar mañana.

Se bañaron las dos y la cigüeña partió hacia su posadero; estuvo en él un buen rato, y cuando comprendió que la zorra ya habría terminado, se dirigió al cazadero del águila imperial y le expuso su venganza.

---

[19] Altaneras: Que vuelan muy altas; aplícase fundamentalmente al halcón y a otras aves de rapiña.

Aquella misma tarde estaba la rapaz a la puerta de la zorrera para invitar a la vulpeja a la ficticia ceremonia. La zorra, muy agradecida, le deseó toda la felicidad del mundo y le prometió que estaría presente en los esponsales.

La mañana siguiente apareció totalmente nublada, y tempranito ya estaba la raposa junto al tronco del fresno y a gritos la llamaba:

—¡Vamos, hermana, que llegamos tarde!

La cigüeña descendió del nido y le sugirió a la raposa que se acomodara en su espalda y que se agarrara fuertemente a su cuello. Así lo hizo la glotona vulpeja y la cigüeña inició con parsimonia el largo despegue. Comenzó a ascender y a ascender con la carga a sus espaldas, hasta que se introdujo en el manto algodonoso de las nubes. Una densa niebla impedía la perfecta visión, y la raposa lo agradeció de verdad, pues la altura le infundía pánico. Voló la zancuda durante un rato entre la espuma de la nube y, cuando le pareció, le dijo a su compañera:

—Ya sobrevuelo la plataforma donde se va a celebrar el himeneo [20]. Tú no la ves por causa de la niebla, pero te aseguro que no estamos ni a dos metros de distancia. Cuando yo te diga, te tiras, que yo no me comprometo a aterrizar con tanto peso en la espalda, pues lo mismo al tomar tierra, tan sobrecargada, me parto una pata y a ver cómo regresamos después.

Trazó otro círculo, camuflada entre la nube, y entonces le dijo: ¡Ahora! Sintió cómo se aliviaba del peso de su compañera y esta en un plis-plas atravesó la masa opaca de la nube y salió a la claridad del día. Descendía

---

[20] Himeneo: Boda.

volando, y ante el espectáculo que contemplaba a sus pies, cerró los ojos al tiempo que decía:

> Si de esta salgo y no muero,
> no quiero más bodas al cielo.

Tuvo la suerte de caer en el piélago más profundo de la ribera y la masa de agua atemperó en gran parte el terrible impacto; no obstante, llegó a tocar el fondo del gran charco, pero gracias al líquido elemento salvó la vida, y a pesar de que el agua fue su salvadora, se juró no volver a pisar sus orillas, y así la cigüeña se vio libre por siempre de las burlas de la raposa.

* * *

PROCEDENCIA

Las versiones consultadas para la elaboración de este historia son las siguientes:

— CORTÉS VÁZQUEZ, Luis: *O. C.*, tomo II, páginas 174 y siguientes. Recoge don Luis cinco versiones, todas en la provincia de Salamanca, de esta anécdota: dos en Villarino de los Aires con los títulos de «La zorra y la cigüeña» y «La zorra y el águila», respectivamente; una en Vilvestre, titulada «La zorra y la cigüeña»; otra en Saucelle, cuyo título es «El águila y la zorra», y por último, otra en La Alberca, con el título de «La zorra y la cigüeña».
— RODRÍGUEZ ALMODÓVAR, Antonio: *O. C.*, tomo II, páginas 489 y siguientes. El título de este relato es el de «La zorra y la cigüeña».
— ESPINOSA (padre), Aurelio Macedonio: *O. C.* (C.S.I.C.), páginas 543-44. Recoge dos versiones con idéntico título: «La zorra y la cigüeña».
— ESPINOSA (hijo), Aurelio Macedonio: *O. C.*, páginas 51-53. Recoge tres versiones, dos de ellas tituladas «La zorra y la cigüeña» y otra que lleva por título «Si de esta salgo y no muero».

— CAMARENA LAUCIRICA, Julio: *Cuentos tradicionales de León*. Seminario Menéndez Pidal, Diputación de León, 1991, página 98.

En esencia, todas las versiones que llevan por título *La zorra y la cigüeña* son muy similares: la zorra invita a comer a la cigüeña para mofarse de ella, consiguiendo su objetivo; la cigüeña devuelve la invitación a la zorra con el mismo fin, pero la astucia de la raposa desbarata el plan de la zancuda; por último, la cigüeña asciende a las alturas transportando a su enemiga, con el pretexto de asistir a una boda a la que ambas están invitadas, y desde una nube arroja a la tierra a la raposa, vengándose con creces de lo que le había hecho. Este cuento pertenece también a mi vieja memoria, y mi abuelo me lo contó infinidad de veces; ni que decir tiene que mi antecesor, que anduvo toda la vida a palos con la zorra, porque le robaba las gallinas y algún recental que otro, mataba a la astuta raposa —se destripó, decía él—; los autores que me han servido de guía en este punto no coinciden en absoluto, y hay soluciones para todos los gustos: don Luis Cortés, en sus cinco versiones, no aclara nada; cierra el relato con los dos refranes, que también conocía mi abuelo, y ahí termina el cuento. Los Espinosa salvan a la osada vulpeja, y después de caer al suelo y darse un buen coscorrón es cuando pronuncia el refrán: «Si de esta salgo y no muero, no quiero más bodas al cielo»; Almodóvar también da a entender que la pobre zorra muere. Mi abuelo, después de decir el refrán mencionado anteriormente, o la frase que le precede, que también tiene autonomía propia: «Apártate guijarro que te escacharro», siempre apostillaba: «... y se destripó, o se descacharró», y se quedaba tan pancho. En mi versión, como hemos podido comprobar, salvo a la zorra, porque me pareció la muerte demasiado castigo para lo que había hecho.

Las dos versiones de don Luis Cortés, que llevan por título «El águila y la zorra», son casi idénticas a las anteriores; lo único que cambia es el ave: el águila por la cigüeña. En la versión de Saucelle, la más simplificada de todas, solamente se narra el viaje y sus consecuencias, sin más prolegómenos; el lector debe suponer cuál es la causa por la que el águila se porta de esta forma con la raposa. En este punto, yo introduzco una solución personal, y antes de que empiecen las recíprocas invitaciones, expongo cuáles son las motivos por los que ambos protagonistas se llevan tan mal, y estos no son otros que la disputa del mismo cazadero. Ninguna de las versiones consultadas trata este asunto.

Por último, decir que la tradición popular hace que el desenlace final de la zorra en los cuentos en los que participa varíe, y es un rasgo más de la intención popular de castigar al mas fuerte; según quién sea su compañero de aventuras así tendrá que actuar ella; si el compañero es el fuerte, normalmente el lobo, la zorra triunfará sobre él gracias a su ingenio; si su compañero es más débil que ella, como es el caso que nos ocupa, la zorra será la derrotada, como castigo a su engreimiento.

Afanásiev (*Cuentos populares rusos,* Anaya, 1985, página 47) recoge una anécdota muy similar con el título de «La zorra y la grulla», en donde la grulla desempeña idéntico papel que la cigüeña en las versiones castellanas.

Fedro, en la fábula XXVI de su libro primero recoge una historia con el mismo título y el mismo argumento que la castellana, pero desprovista de la última anécdota, la de la boda a la que asisten las dos protagonistas.

BIBLIOTECA EDAF JUVENIL

1. *La isla del tesoro*, Robert Louis Stevenson.
2. *La vuelta al mundo en 80 días*, Julio Verne.
3. *Cuentos de horror*, Edgar Allan Poe.
4. *Sandokán*, Emilio Salgari.
5. *El extraño caso del Dr. Jekyll y Mr. Hyde*, Robert Louis Stevenson.
6. *Las aventuras de Tom Sawyer*, Mark Twain.
7. *Cuentos del siglo XIX*, varios autores.
8. *Corazón*, Edmundo de Amicis.
9. *Bola de sebo*, Guy de Maupassant.
10. *El fantasma de Canterville y otros cuentos*, Oscar Wilde.
11. *Antología de cuentos populares*, Ángel Piorno Benéitez.